新潮文庫

死後の恋

―夢野久作傑作選―

夢野久作著

JN150544

新潮社版

10616

目次

死後の恋……七
瓶詰地獄……四三
悪魔祈禱書……六一
人の顔……八七
支那米の袋……一〇三
白菊……一五三
いなか、の、じけん……一八一
怪夢……二六九
木魂……二九七
あやかしの鼓……三四五
所感　夢野久作　四二八
編者解説　日下三蔵

死後の恋——夢野久作傑作選

死後の恋

一

ハハハハハ。イヤ……失礼しました。嘸《さぞ》かしビックリなすったでしょう。ハハア。乞食《こじき》かとお思いになった……アハアハアハ。イヤ大笑いです。

あなたは近頃、この浦塩《うらじお》の町で評判になっている、風来坊のキチガイ紳士が、私だという事をチットモ御存じなかったのですね。ハハア。ナルホド。それじゃそうお思いになるのも無理はありません。泥棒市に売れ残っていた旧式のボロ礼服を着ている男が、貴下《あなた》のような立派な日本の軍人さんを、スウェツランスカヤ（浦塩の銀座通り）のまん中で捕まえて、こんなレストランへ引っぱり込んで、ダシヌケに、

「私の運命を決定《きめ》て下さい」

などと、お願いするのですからね。キチガイだと思われても仕方がありませんね。ハハハハハ……しかし私が乞食やキチガイでないことはおわかりになるでしょう。ネエ。おわかりになるでしょう。酔っ払いでないことも……さよう……。

お笑いになると困りますが、私はこう見えても生え抜《は》きのモスコー育ちで、旧露西《ロシ》

亜《ア》の貴族の血を享《う》けている人間なのです。そうして現在では、ロマノフ王家の末路に関する「死後の恋」という極めて不可思議な神秘作用に自分の運命を押えつけられて、夜《よ》もオチオチ眠られぬくらい悩まされ続けておりますので……実は只今《ただいま》からそのお話をきいて頂いて、あなたの御判断を願おうと思っているのですが……勿論《もちろん》それは極めて真剣な、且《か》つ歴史的に重大なお話なのですが……。

……ああ……御承知下さる……有り難う有り難う。ホントウに感謝します。……ところでウオツカを一杯いかがですか……ではウイスキーは……コニャックも……皆お嫌い……日本の兵士はナゼそんなに、お酒を召し上らないのでしょう……では紅茶。乾菓子《コンフエートム》。野菜……アッ。この店には自慢の腸 詰《ソーセージ》がありますよ。召し上りますか……ハラショ……。

オイオイ別嬪《べっぴん》さん。一寸《ちょっと》来てくれ。註文があるんだ。……私は失礼してお酒をいただきます。……イヤ……全く、こんな贅沢《ぜいたく》な真似《まね》が出来るのも、日本軍が居て秩序を保って下さるお蔭《かげ》です。室《へや》が小さいのでペーチカがよく利《き》きますね……サ……帽子をお取り下さい。どうか御ゆっくり願います。

実を申しますと私はツイ一週間ばかり前に、あの日本軍の兵站部《へいたん》の門前で、あなたをお見かけした時から、ゼヒトモ一度ゆっくりとお話ししたいと思っておりましたのです。あなたがあの兵站部の門を出て、このスウェツランスカヤへ買い物にお出《い》でになるお姿を拝見するたんびに、これはきっと日本でも身分のあるお方が、軍人になっておられるのだな……と直感しましたのです。イヤイヤ決してオベッカを云《い》うのではありませぬ……のみならず、失礼とは思いましたが、その後《のち》だんだんと気をつけておりますと、貴下《あなた》の露西亜《ロシア》語が外国人とは思われぬ位お上手なことと、露西亜《ロシア》人に対して特別に御親切なことがわかりましたので……しかもそれは、貴下《あなた》が吾々同胞《わたくしたち》の気風《きもち》に対して特別に深い、行き届いた理解力を持っておいでになるのに原因していることが、ハッキリと私に首肯《うなず》かれましたので、是非ともこの話を聞いて頂く事に決心してしまったのです。否《いな》、あなたよりほかにこのお話を理解して、私の運命を決定して下さるお方は無いと思い込んでしまったのです。

さよう……只きいて下されば、いいのです。そうして私がこれからお話しする恐しい「死後の恋」というものが、実際にあり得ることを認めて下されば宜《よろ》しいのです。そうすればそのお礼として、失礼で御座いますが、私の全財産を捧《ささ》げさして頂きたいと考えておるのです。それは大抵の貴族が眼を眩《ま》わすくらいのお金に価《あたい》するもので、私の生命にも換えられぬ貴重品なのですが、このお話の真実性を認めて、私の運命を決定して下さるお礼のためには、決して多過ぎると思いません。惜しいとも思いませぬ。それほどに私を支配している「死後の恋」の運命は崇高と、深刻と、奇怪とを極めているのです。

少々前置が長くなりますが、註文が参ります間、御辛棒《ごしんぼう》下さいませんか……ハラショ……。

私がこの話をして聞かせた人はかなりの多数に上っております。同胞の露西亜《ロシア》人には無論のこと、チェックにも、猶太《ユダヤ》人にも、支那《シナ》人にも、米国人にも……けれども一人として信じてくれるものがいないのです。そればかりか、私が、あまり熱心になって、相手構わずにこの話をして聞かせるために、だんだんと評判が高くなって来ました。しまいには戦争が生んだ一種の精神病患者と認められて、白軍《はくぐん》の隊から逐《お》い出されてしまったのです。

そこでいよいよ私は、この浦塩《うらじお》の名物男となってしまいました。この話をしようとすると、みんなゲラゲラ笑って逃げて行くのです。稀《たま》に聞いてくれる者があっても、人を馬鹿《ばか》にするなと云って憤《おこ》り出したり……ニヤニヤ冷笑しながら手を振って立ち去ったり……胸が悪くなったと云って、私の足下に唾《つば》を吐いて行ったり……それが私にとって死ぬ程悲しいのです。淋《さび》しくて情なくて堪《たま》らないのです。

ですから誰でもいい……この広い世界中にタッタ一人でいいから、現在私を支配している世にも不可思議な「死後の恋」の話を肯定して下さるお方があったら、……そうして、私の運命を決定して下さるお方があったら、その方に私の全財産である「死後の恋」の遺品《かたみ》をソックリそのままお譲りして、自分はお酒を飲んで飲んで飲み死にしようと決心したのです。そうして、やっとのこと貴下《あなた》を発見《みつ》けたのです。あなたこそ、「死後の恋」に絡《から》まる私の運命を、決定して下さるお方に違いないと信じたのです。

ヤ……お料理が来ました。あなたの御健康と幸福を祝さして下さい。日本の紳士にこのお話をするのは、貴下が最初なのですからネ……そうして恐らく最後と思いますから……。

二

ところで一体、あなたはこの私を何歳ぐらいの人間とお思いになりますか、エ？わからない？……ハハハハ。これでもまだ二十四なのですよ。名前はワーシカ・コルニコフと申します。さよう、コルニコフというのが本名です……モスコーの大学に這入《はい》って、心理学を専攻して、やっと一昨年出て来たばかりの小僧ッ子ですがね。四十位には見えますでしょう。髪毛《かみのけ》や髯《ひげ》に白髪《しらが》が交っていますからね。ハハハハハ。しかし私は、今から三ヶ月前迄《まで》は間違いなく二十代に見えたのです。白髪などは一本も無くて、今とは正反対のムクムク肥《ふと》った黒い顔に、白軍の兵卒の服を着ていたのですから……。

ところが、それがたった一夜の間に、こんな老人《としより》になってしまったのです。詳しく申しますと、今年（大正七年）の、八月二十八日の午後九時から、翌日の午前五時までの間のこと、……距離で云えば、ドウスゴイ附近の原ッパの真中に在る一ツの森から、南へ僅《わず》か十二露里《ろり》（約三里）の処《ところ》に在る日本軍の前哨《ぜんしょう》まで、鉄道線路伝いによろめいて来る間のことです。そのあいだに今申しました……不可思議な「死後の恋」の神秘力は、私を魂のドン底まで苦しめてこんな老人《としより》にまで衰弱させてしまいました……。……どうです。このような事実を貴下《あなた》は信じて下さいますか。……ハラショ……あり得ると思われる……と仰言《おっしゃ》るのですね。オッチエニエ、ハラショ……有り難い有り難い。

ところで最前も一寸《ちょっと》申しました通り、私はモスコー生れの貴族の一人息子で、革命の時に両親を喪《うしな》いましてから後《のち》、この浦塩へ参りますまでは、故意《わざ》と本名を匿《かく》しておったのですが、あまり威張れませんが生れ付き乱暴なことが嫌いで、むしろ戦争なぞは身ぶるいが出る程好かなかったのです。然《しか》し今申しましたペトログラードの革命で、家族や家産を一時に奪われて極端な窮迫に陥ってしまいますと、不思議にも気が変って参りまして、どうでもなれ……というような自殺気分を取り交《ま》ぜた自暴自棄の考えから、一番嫌いな兵隊になったのですが、それから後《のち》幸か不幸か、一度も戦争らしい戦争にぶつからないまま、あちらこちらと隊籍をかえておりますうちに、セミヨノフ将軍の配下について、赤軍《せきぐん》のあとを逐いつつ、御承知でも御座いましょうがここから三百露里ばかり距《へだ》たった、烏首里《ウスリ》という村へ移動して参りましたのが、ちょうど今年の八月の初旬の事でした。そうしてそこで部隊の編成がかわった時に、このお話の主人公になっているリヤトニコフという兵卒が私と同じ分隊に這入ることになったのです。

リヤトニコフは私と同じモスコー生れだと云っておりましたが、起居動作が思い切って無邪気で活潑《かっぱつ》な、一種の躁《はしや》ぎ屋と見えるうちに、どことなく気品が備わっているように思われる十七八歳の少年兵士で、真黒く日に焼けてはいましたけれども、たしかに貴族の血を享《う》けていることが、その清らかな眼鼻立ちを見ただけでもわかるのでした。

彼はこの村に来て、私と同じ分隊に編入されると間もなく、私と非常な仲よしになってしまって、兄弟同様に親切にし合うのでした。……といっても決して忌《いま》わしい関係なぞを結んだのではありませぬ。あんな事は獣性と人間性の矛盾を錯覚した、一種の痴呆《ちほう》患者のする事です……で……そのリヤトニコフと私とは、何ということなしに心を惹《ひ》かれ合って隙《ひま》さえあれば宗教や、政治や芸術の話なぞをし合っているのでしたが、二人とも純な王朝文化の愛惜者であることが追々《おいおい》とわかって来ましたので、涙が出るほど話がよく合いました。殺風景な軍陣の間に、これ程の話相手を見つけた私の喜びと感激……それは恐らく、リヤトニコフも同様であったろうと思われますが……その楽しみが、どんなに深かったかは、あなたのお察しに任せます。

けれども、そうした私たちの楽しみは、あまり長く続きませんでした。その後間もなくセミヨノフ軍の方では、この村に白軍が移動して来たことを、ニコリスクの日本軍に知らせるために、私達の一分隊……下士一名、兵卒十一名に、二人の将校と、一人の下士を添えて斥候《せっこう》に出すことになりましたのです。さよう、……連絡斥候ですね。実は私は、それまで弱虫と見られていて、そんな任務の時にはいつでも後廻しにされていたので、今度も都合よく司令部の勤務に廻わされていましたから、占《し》めたと思って内心喜んでいたのですが、思いもかけぬ因縁に引かされて、自分から進んで行くようなことになりましたので……というのは、こんな訳です。

その出発にきまった前日の夕方に……それは何日であったか忘れてしまいましたが、私がリヤトニコフや仲間の分隊の者に「お別れ」を云いに司令部から帰って来ますと、分隊の連中はどこかへ飲みに行っているらしく室《へや》の中には誰も居ません。ただ隅ッこの暗い処にリヤトニコフがたった一人でションボリと、革具《かわぐ》の手入れか何かをしていましたが、私を見ると急に立ち上って、何やら意味ありげに眼くばせをしながら外へ引っぱり出しました。その態度がどうも変テコで、顔色さえも尋常でないようです。そうして私を人の居ない廏《うまや》の横に連れ込んで、今一度そこいらに人影の無いのを見澄ましてから、内ポケットに手を入れて、手紙の束かと思われる扁平《ひらべっ》たい新聞包みを引き出しますと、中から古ぼけた革のサックを取り出して、黄金色《きんいろ》の止め金をパチンと開きました。見るとその中から、大小二三十粒の見事な宝石が、キラキラと輝やき出しているではありませんか。

私は眼が眩《くら》みそうになりました。私の家は貴族の癖として、先祖代々からの宝石好きで、私も先天的に宝石に対する趣味を持っておりましたので、すぐにもう、焼き付くような気もちになって、その宝石を一粒宛《ずつ》つまみ上げて、青白い夕あかりの中に、ためつすがめつして検《あらた》めたのですが、それは磨き方こそ旧式でしたけれども、一粒残らず間違いのないダイヤ、ルビー、サファイヤ、トパーズなその選《よ》り抜きで、ウラル産の第二流品なぞは一粒も交っていないばかりでなく、名高い宝石蒐集家《しゅうしゅうか》の秘蔵の逸品ばかりを一粒ずつ貰《もら》い集めたかと思われるほどの素晴らしいもの揃《ぞろ》いだったのです。こんなものが、まだうら若い一兵卒のポケットに隠れていようなぞと、誰が想像し得ましょう。

三

私は頭がシインとなるほどの打撃を受けてしまいました。そうして開《あ》いた口がふさがらないまま、リヤトニコフの顔と、宝石の群れとを見比べておりますと、リヤトニコフは、その、いつになく青白い頬を心持ち赤くしながら、何か云い訳でもするような口調で、こんな説明をしてきかせました。

「これは今まで誰にも見せたことのない、僕の両親の形見なんです。過激派の主義から見ればコンナものは、まるで麦の中の泥粒《どろつぶ》と同様なものかも知れませんけれども……ペトログラードでは、ダイヤや真珠が溝泥《どぶどろ》の中に棄《す》ててあるということですけれども……僕にとっては生命《いのち》にも換えられない大切なものなのです。……僕の両親は革命の起る三箇月前……去年の暮のクリスマスの晩に、これを僕に呉《く》れたのですが、その時に、こんな事を云って聞かせられたのです。

……この露西亜《ロシア》には近いうちに革命が起って、私たちの運命を葬《ほうむ》るようなことに成るかも知れぬ。だからこの家の血統を絶やさない、万一の用心のために、誰でも意外に思うであろうお前にこの宝石を譲ってコッソリとこの家から逐《お》い出して終《しま》うのだ。お前はもしかすると、そんな処置を取る私たちの無慈悲さを怨《うら》むかもしれないけれども、よく考えてみると私たちの前途と、お前の行く末とは、どちらが幸福かわからないのだ。お前は活潑な生れ付きで、気象《きしょう》もしっかりしているから、きっと、あらゆる艱難辛苦《かんなんしんく》に堪えて、身分を隠しおおせるだろうと思う。そうして今一度私たちの時代が帰って来るのを待つことが出来るであろうと思う。

……しかし、もしその時代が、なかなか来そうになかったならば、お前はその宝石の一部を結婚の費用にして、家の血統を絶やさぬようにして、時節を見ているがよい。そうして世の中が旧《もと》にかえったならば、残っている宝石でお前の身分を証明して、この家を再興するがよい……。

……と云うのです。僕はそれから、すぐに貧乏な大学生の姿に変装をして、モスコーへ来て、小さな家を借りて音楽の先生を始めました。僕は死ぬ程音楽が好きだったのですからね。そうして機会《おり》を見て伯林《ベルリン》か巴里《パリー》へ出て、どこかの寄席《よせ》か劇場の楽手になり了《お》おせる計画だったのですが……しかしその計画はスッカリ失敗に帰して終《しま》ったのです。その頃のモスコーはとても音楽どころか、明けても暮れてもピストルと爆弾の即興交響楽で、楽譜なぞを相手にする人は一人もありませぬ。おまけに僕は間もなく勃興《ぼっこう》した赤軍の強制募集に引っかかって無理やりに鉄砲を担《かつ》がせられることになったのです。

……僕が音楽を思い切ってしまったのはそれからの事でした。何故《なぜ》思い切ったかっていうと、僕の習っていた楽譜はみんなクラシカルな王朝文化式のものばかりで、今の民衆の下等な趣味には全く合いません。そればかりでなく、ウッカリ赤軍の中で、そんなものをやっていると身分が曝《ば》れる虞《おそ》れがありますからね。……ですから一生懸命に隙《すき》を見つけて、白軍の方へ逃げ込んで来たのですが、それでもどこに赤軍の間諜《かんちょう》が居るかわかりませんからスッカリ要心をして、口笛や鼻唄《はなうた》にも出しませんでしたが、その苦しさといったらありませんでした。上手なバラライカや胡弓《こきゅう》の音《ね》を聞くたんびに耳を押えてウンウン云っていたのですが……そうして一日も早く両親の処へ帰りたい……上等のグランドピアノを思い切って弾いてみたいと、そればかり考え続けていたのですが……。

……ところが、ちょうど昨夜のことです。分隊の仲間がいつになくまじめになって、何かヒソヒソと話をし合っているようですから、何事かと思って、耳を引っ立ててみますと、それは僕の両親や同胞《きょうだい》たちが、過激派のために銃殺されたという噂《うわさ》だったのです。……僕はビックリして声を立てるところでした。けれども、ここが肝腎《かんじん》のところだと思いましたから、わざと暗い処に引っ込んで、よくよく様子を聞いてみますと、僕の両親が、何も云わずに、落ち付いて殺された事や、僕を一番好《す》いていた弟が銃口の前で僕の名を呼んで、救《たす》けを求めたことまでわかっていて、どうしても、ほんとうとしか思えないのです。……ですから、僕はもう……何の望みも無くなって……あなたにお話ししようと思っても、生憎《あいにく》勤務に行って……いらっしゃらないし……」と云ううちに涙を一パイに溜《た》めてサックの蓋《ふた》を閉じながら、うなだれてしまったのです。

私は面喰《めんくら》ったが上にも面喰らわされてしまいました。腕を組んだまま突立って、リヤトニコフの帽子の眉庇《まびさし》を凝視しているうちに、膝頭《ひざがしら》がブルブルとふるえ出すくらい、驚き惑《まど》っておりました。……私はリヤトニコフが貴族の出であることを前からチャンと察しているにはいましたが、まさかに、それ程の身分であろうとは夢にも想像していないのでした。

実を云うと私は、その前日の勤務中に司令部で、同じような噂をチラリと聞いておりました。……ニコラス廃帝が、その皇后や、皇太子や、内親王たちと一緒に過激派軍の手で銃殺された……ロマノフ王家の血統はとうとう、こうして凄惨《せいさん》な終結を告げた……という報道があったことを逸早《いちはや》く耳にしているにはいたのですが、その時は、よもやソンナ事があろう筈《はず》はないと確信していました。いくら過激派でも、あの何も知らない、無力な、温順なツアールとその家族に対して、そんな非常識な事を仕掛ける筈はあり得ない……と心の中《うち》で冷笑していたのです。又、白軍の司令部でも、私と同意見だったと見えて、「今一度真偽をたしかめてから発表する。決して動揺してはならぬ」という通牒《つうちょう》を各部隊に出すように手筈をしていたのですが……。

とはいえ……仮りにそれが虚報であったとしても、今のリヤトニコフの身の上話と、その噂とを結びつけて考えると、私は実に、重大この上もない事実に直面していることがわかるのです。そんな重大な因縁を持った、素晴らしい宝石の所有者である青年と、こうして向い合って立っている――ということは真に身の毛も竦立《よだ》つ危険千万な運命と、自分自身の運命とを結びつけようとしている事になるのです。

……但《ただ》し、……ここに唯《ただ》一つ疑わしい事実がありました。……というのは他でもありませぬ。ニコラス廃帝が、内親王は何人《いくたり》も持っておられたにも拘《かか》わらず、皇子《おうじ》としては今年やっと十五歳になられた皇太子アレキセイ殿下以外に一人も持っておられなかったことです。……ですからもし今日只今《こんにち》、私の眼の前に立っている青年が、真に廃帝の皇子で、過激派の銃口を免れたロマノフ王家の最後の一人であるとすれば、オルガ、タチアナ、マリア、アナスタシヤと四人の内親王殿下の中で、一番お若いアナスタシヤ殿下の兄君か弟君か……いずれにしても、そこいらに最も近い年頃に相当する訳なのですが……そうして、これがもしずっと以前の露西亜《ロシア》か、又は外国の皇室ならば、すぐに、そんな秘密の皇子様が、人知れず民間に残っておられることを首肯されるのですが、……しかし最近の吾《わ》がロマノフ王家の宮廷内では、斯様《かよう》な秘密の存在が絶対に許されない事情があったのです。……すなわち、もしニコラス廃帝に、こんな皇子があったとすれば、仮令《たとえ》、どんなに困難な事情がありましょうとも、当然皇子として披露さるべき筈であることがその当時の国情から考えても、わかり切っているのでした。その国情というのはあらかた御存じでもありましょうし、この話の筋に必要でもありませんから略しますが、要するに、その当時のスラヴ民族は、上も下も一斉に、皇儲《こうちょ》の御誕生を渇望《かつぼう》しておりましたので、甚しきに到《いた》っては、ビクトリア女皇の皇女《おうじょ》である皇后陛下の周囲に、独逸《ドイツ》の賄賂《まいない》を受けている者が居る。……皇子がお生れになる都度に圧殺している者が居る……というような馬鹿げた流言まで行われていたことを、私は祖父から聞いて記憶していたのです。

……ですから……こうした理由から推して、考えてみますと、現在私の眼の前に宝石のケースを持ったままうなだれて、白いハンケチを顔に当てている青年は、必ずや廃帝に最も親《ちか》しい、何々大公の中の、或《あ》る一人の血を引いた人物に違いない……それは、斯様な「身分を証明するほどの宝石」の存在によっても容易に証明されるので、ことによるとこの青年は、その父の大公一家が、廃帝と同じ運命の途連《みちづ》れにされたことを推測しているか……もしくは、その大公の家族の虐殺《ぎゃくさつ》が、廃帝の弑逆《しいぎゃく》と誤り伝えられている事を、直覚しているのかも知れない……。しかも万一そうとすれば、そうした容易ならぬ身分の人から、かような秘密を打ち明けられるという事は、スラヴの貴族としてこの上もない光栄であり、且つ面目《めんぼく》にもなることであるが、同時に、他の一面から考えるとこれは又、予測することの出来ない恐しい、危険千万な運命に、自分の運命が接近しかけていることになる……。

……と……こう考えて来ました私は、吾れ知らずホーッと大きな溜息をつきました。そうして腕を組み直しながら、今一度よく考え直してみましたが、そのうちに私は又、とても訝《おか》しい……噴飯《ふきだ》したいくらい変テコな事実に気が付いたのです。

……というのは、この眼の前の青年……本名は何というのか、まだわかりませんが……リヤトニコフと名乗る青年が、この際ナゼこんなものを私に見せて、これ程の重大な秘密を打ち明ける気になったかという理由がサッパリわからない事です。もしかしたらこの青年は、私が貴族の出身であることをアラカタ察していて……且つは親友として信頼し切っている余りに、胸に余った秘密の歎《なげ》きと、苦しみとを訴えて、慰めてもらいに来たのではあるまいかとも考えてみましたが……。それにしては余りに大胆で、軽卒で、それほどの運命を背負って立っている、頭のいい青年の所業《しわざ》とはどうしても思われませぬ。

それならばこの青年は一種の誇大妄想狂みたような変態的性格の所有者ではないか知らん。たった今見せられた夥《おびただ》しい宝石も、私の眼を欺《あざむ》くに足るほどの、巧妙を極めた贋造物《にせもの》ではなかったかしらん。……なぞとも考えてみましたが、いくら考え直しても、今の宝石はそんな贋造物《にせもの》ではない。正真正銘の逸品揃いに違いないという確信が、いよいよ益々《ますます》高まって来るばかりです。

……しかし又、そうかといってこの青年に、

「何故《なぜ》その宝石を僕に見せたんですか」

なぞと質問をするのは、私に接近しかけている危険な運命の方へ、一歩を踏み出すことになりそうな予感がします。

……で……こうして色々と考えまわした揚げ句《あ　く》、結局するところ……いずれにして

もこの場合は何気なくアシラッて、どこまでも戦友同志の一兵卒になり切っていた方が、双方のために安全であろう。これから後《のち》も、そうした態度でつき合って行きながら、様子を見ているのが最も賢明な方針に違いないであろう……とこう思い当りますと、根が臆病者《おくびょうもの》の私はすぐに腹をきめてしまいました。前後を一渡り見まわしてから、如何《いか》にも貴族らしく、鷹揚《おうよう》にうなずきながら二ツ三ツ咳払《せきばら》いをしました。

「そんなものは無暗《むやみ》に他人《ひと》に見せるものではないよ。僕だからいいけれども、ほかの人間には絶対に気付かれないようにしていないと、元も子もない眼に会わされるかも知れないよ。しかし君の一身上に就いては、将来共に及ばずながら力になって上げるから、あまり力を落さない方がいいだろう。そんな身分のある人々の虐殺や処刑に関する風説は大抵二三度宛伝わっているのだからね。たとえばアレキサンドロウィチ、ミハイル、ゲオルグ、ウラジミルなぞいう名前はネ」

と云い云い相手の顔色を窺《うかが》っておりましたが、リヤトニコフの表情には何等の変調もあらわれませんでした。却《かえ》ってそんな名前をきくと安心したように、長い溜め息をしいしい顔を上げて涙を拭《ふ》きますと、何かしら嬉《うれ》しそうにうなずきながら、その宝石のサックを、又も内ポケットの底深く押し込みました。

……が……しかし……。私は決して、作り飾りを申しません。あなたに蔑《さげ》すまれるかも知れませんけど……こんなお話に嘘《うそ》を交ぜると、何もかもわからなくなりますから正直に告白しますが……。

手早く申しますと私は、事情の奈何《いかん》に拘《かか》わらず、その宝石が欲しくてたまらなくなったのです。私の血管の中に、先祖代々から流れ伝わっている宝石愛好慾《よく》が、リヤトニコフの宝石を見た瞬間から、見る見る松明《たいまつ》のように燃え上って来るのを、私はどうしても打ち消すことが出来なくなったのです。そうして「もしかすると今度の斥候《せっこう》旅行で、リヤトニコフが戦死しはしまいか」というような、頼りない予感から、是非とも一緒に出かけようという気持ちになってしまったのです。うっかりすると自分の生命《いのち》が危いことも忘れてしまって……。

しかも、その宝石が、間もなく私を身の毛も竦《よだ》立つ地獄に連れて行こうとは……そうしてリヤトニコフの死後の恋を物語ろうとは、誰が思い及びましょう。

四

私共の居た烏首里《ウスリ》からニコリスクまでは、鉄道で行けば半日位しかかからないのでしたが、途中の駅や村を赤軍が占領しているので、ズット東の方に迂廻《うかい》して行かなければなりませんでした。それは私共の一隊にとっては実に刻一刻と生命《いのち》を切り縮められるほどの苦心と労力を要する旅行でしたけれども、幸いに一度も赤軍に発見されないで、出発してから十四日目の正午頃に、やっとドウスゴイの寺院の尖塔《せんとう》が見える処まで来ました。

そこは赤軍が占領しているクライフスキーから南へ約八露里（二里）ばかり隔った処で、涯《はて》しもない湿地の上に波打つ茫々《ぼうぼう》たる大草原の左手には、烏首里鉄道の幹線が一直線に白く光りながら横たわっております。その手前の一露里ばかりと思われる向うには、コンモリとしたまん丸い濶葉樹《かつようじゅ》の森林が、ちょうどクライフスキーの町の離れ島のようになって、草原《くさはら》のまん中に浮き出しておりました。この辺の森林という森林は大抵鉄道用に伐《き》ってしまってあるのに、この森だけが取り残されているのは不思議といえば不思議でしたが……その森のまん丸く重なり合った枝々の茂みが、草原の向うの青い青い空の下で、真夏の日光をキラキラと反射しているのが、何の事はない名画でも見るように美しく見えました。

ここまで来るともうニコリスクが鼻の先といってよかったので、私共の一隊はスッカリ気が弛《ゆる》んでしまいました。将校を初め兵士達も皆、腰の処まである草の中から首を擡《もた》げて、やっと腰を伸ばしながら提げていた銃を肩に担ぎました。そうして大きな雑草の株を飛び渡り飛び渡りしつつ、不規則な散開隊形を執《と》って森の方へ行くのでしたが、間もなく私たちのうしろの方から、涼しい風がスースーと吹きはじめまして、何だか遠足でもしているような、悠々とした気もちになってしまいました。先頭の将校のすぐうしろに跟《つ》いているリヤトニコフが帽子を横ッチョに冠《かぶ》りながら、ニコニコと私をふり返って行く赤い頬や、白い歯が、今でも私の眼の底にチラ付いております。

その時です。多分一露里半ばかり距たっている鉄道線路の向う側だったろうと思いますが、不意にケタタマシイ機関銃の音が起って、私たちの一隊の前後の青草の葉を虚空《こくう》に吹き散らしました。そうしてアッと驚く間もなく、その中《うち》の一発が私の左の股《もも》を突切って行ったのです。

私は一尺ばかり飛び上ったと思うと、横たおしに草の中へたおれ込みました。けれども、それと同時に「傷は股《もも》だ。生命《いのち》に別状は無い」と気が付きましたので、草の中に尻餅《しりもち》を突いたままワナワナとふるえる手で剣を抜いてズボンを切り開くと、表皮と肉を抉《えぐ》り取られた傷口へシッカリと繃帯《ほうたい》をしました。そのうちにも引き続いて発射される機関銃の弾丸は、ピピピピピと小鳥の群れのように頭の上を掠《かす》めて行きますので、私は一と縮みになって身を伏せながら、仲間の者がどうしているかと、草の間から見まわしました。こんな処で一人ポッチになるのは死ぬより恐しい事なのですからね。

しかし私の仲間の者は、一人も私が負傷した事に気づかないらしく、皆銃を提げて、草の中をこけつまろびつしながら向うのまん丸い森の方へ逃げて行くのでした。今から考えると余程狼狽《ろうばい》していたらしいのですが、そのうちに、どうしたわけか機関銃の音が、パッタリと止《や》んでしまいましたけれども、私の戦友たちは、なおも逃げるのを止《や》めません。やがて、その影がだんだんと小さくなって、森に近づいたと思うと、先《せん》登《とう》に二人の将校、そのあとから十一名の下士卒が皆無事に森の中へ逃げ込みました。その最後に、かなり逃げ後《おく》れたリヤトニコフが、私の方をふり返りふり返り森の根方を這い上《のぼ》って行くのがよく見えましたが、ウッカリ合図をして撃たれでもしては大変と思いましたので、なおも身を屈《かが》めて、足の痛みを我慢しながら、一心に森の方を見守って、形勢がどうなって行くかと心配しておりました。

するとヌ、リヤトニコフの姿が森の中へ消え入ってから十秒も経《た》たないうちに……どうでしょう。その森の中で突然に息苦しいほど激烈な銃声が起ったのです。それは全くの乱射乱撃で、呆《あき》れて見ている私の頭の中をメチャメチャに掻《か》きみだすかのように、跳弾があとからあとから恐ろしい悲鳴をあげつつ森の外へ八方に飛び出しているようでしたが、それがヌ、一分間も経たないうちにピッタリと静まると、あとはヌもとの通り、青々と晴れ渡った、絵のようにシインとした原ッパに帰ってしまいました。

私は何だか夢を見ているような気もちになりました。一体何事が起ったのだろうと、なおも一心に森の方を見つめておりましたが、いつまで経っても、森を出て行く人影らしいものは見えず、銃声に驚いたかして、原ッパを渡る鳥の姿さえ見つかりません。

私はそんな光景を見まわしているうちに、何故ということなしに、その森林が、たまらない程恐しいものに思われて来ました。……今聞こえた銃声が敵のか味方のか……というような常識的な頭の働らきよりも、はるかに超越した恐怖心、……私の持って生れた臆病さから来たらしい戦慄《せんりつ》が、私の全身を這いまわりはじめるのを、どうすることも出来ませんでした。……一面にピカピカと光る青空の下で、緑色にまん丸く輝やく森林……その中で突然に起って、又突然に消え失《う》せた夥《おびただ》しい銃声、……そのあとの死んだような静寂……そんな光景を見つめているうちに、私は歯の根がカチカチと鳴りはじめました。草の株を摑《つか》んでいる両方の手首が氷のように感じられて来ました。眼が痛くなるほど凝視している森の周囲の青空に、灰色の更紗《さらさ》模様みたようなものがチラチラとし始めたと思うと、私は気が遠くなって草の中に倒れてしまいました。もしかするとそれは股《もも》の出血が非道《ひど》かったせいかも知れませんでしたけど……。

それでも、やや暫《しばら》くしてから正気を回復しますと、私は銃も帽子も打ち棄てたまま、草の中を這いずり始めました。草の根方に引っかかるたんびに、眼も眩《くら》むほどズキズキと高潮する股の痛みを、一生懸命に我慢しいしい森の方へ近づいて行きました。何故その時に、森の方へ近づいて行ったのか、その時の私には全くわかりませんでした。生れつき臆病者の私が、しかも日の暮れかかっている敵地の野原を、堪え難い痛みに喘《あえ》ぎながら、どうしてそんな気味のわるい森の方へ匍《は》い寄って行く気持ちになったのか……。

……それは、その時既に私が、眼に見えぬ或る力で支配されていたというよりほかに説明の仕方がありませんでしょう。常識からいえば、そんな気味のわるい森の方へ行かずに、草の中で日の暮れるのを待って、鉄道線路に出て、闇《やみ》に紛れてニコリスクの方へ行くのが一番安全な訳ですからね。申すまでもなくリヤトニコフの宝石の事などは、恐ろしい出来事の連続と、烈《はげ》しい傷の痛みのために全く忘れておりましたし、好奇心とか、戦友の生死を見届けるとかいうような有りふれた人情も、毛頭残っていなかったようです。……唯……自分の行く処はあの森の中にしかないというような気持ちで……そうして、あそこへ着いたら、すぐに何者にか殺されて、この恐しさと、苦しさから救われて、あの一番高い木の梢《こずえ》から、真直《まっす》ぐに、天国へ昇ることが出来るかもしれぬ……というような、一種の甘い哀愁を帯びた超自然的な考えばかりを、たまらない苦痛の切れ目切れ目に往来させながら、……はてしもなく静かな野原の草イキレに噎《む》せかえりながら……何とはなしに流るる涙を、泥だらけの手で押しぬぐい押しぬぐい、一心に左足を引きずっていたようです。……但《ただし》……その途中で二発ばかり、軽い、遠い銃声らしいものが森の方向から聞こえましたから、私は思わず頭を擡《もた》げて、恐る恐る見まわしましたが、やはり四方《あたり》には何の物影も動かず、それが本当の銃声であったかどうかすら、考えているうちにわからなくなりましたので、私は又も草の中に頭を突込んで、ソロソロと匍いずり始めたのでした。

五

森の入口の柔らかい芝草の上に私が匍い上った時には、もうすっかり日が暮れて、大空が星だらけになっておりました。泥まみれになった袖口《そでぐち》や、ビショビショに濡《ぬ》れた膝頭《ひざがしら》や、お尻のあたりからは、冷気がゾクゾクとしみ渡って来て、鼻汁と涙が止め度なく出て、どうかすると嚔《くしゃみ》が飛び出しそうになるのです。それを我慢しいしい草の上に身を伏せながら、耳と眼をジッと澄まして動静《ようす》をうかがいますと、この森は内部《なか》の方までかなり大きな樹《き》が立ち並んでいるらしく、星明りに向うの方が透いて見えるようです。しかも、いくら眼を瞠《みは》り、耳を澄しても人間の声は愚か、鳥の羽ばたき一ツ、木の葉の摺《す》れ合う音すらきこえぬ静けさなのです。

人間の心というものは不思議なものですね。こうしてこの森の中には敵も味方も居ない……全くの空虚であることが次第にわかって来ると、何がなしにホッとすると同時に、私の平生《へいぜい》の気弱さが一時に復活して来ました。こんな気味のわるい、妖怪《おばけ》でも出て来そうな森の中へ、たった一人で、どうして来たのかしらん……と気が付くと、思わずゾッとして首をちぢめました。軍人らしくもない性格でありながら軍人になって、こんな原ッパのまん中に遥《はる》遥《ばる》とやって来て、たった一人で傷つきたおれている自分の運命までもが、今更にシミジミとふり返られて、恐ろしくて堪らなくなりましたので、すぐにも森を出ようとしましたが、又思い返してジッと森の中の暗《やみ》を凝視しました。

私がリヤトニコフの宝石の事を思い出したのは、実にその時でした。リヤトニコフは……否、私たちの一隊は、もしかするとこの森の中で殺されているかも知れぬ……と気が付いたのもそれと殆《ほと》んど同時でした。

……早くから私たちの旅行を発見していた赤軍は、一人も撃ち洩《も》らさない計略を立てて、あの森に先廻りをしていた。そうして私たちをあの森に追い込むべく、不意に横合いから機関銃の射撃をしたものと考えれば、今までの不思議がスッカリ解決される。しかも、もしそうすれば私たちの一隊は、この森の中で待ち伏せしていた赤軍のために全滅させられている筈で、リヤトニコフも無論助かっている筈はない。赤軍はそのあとで、私が気絶しているうちに線路へ出て引き上げたのであろう……と、そう考えているうちに私の眼の前の闇の中へ、あのリヤトニコフの宝石の幻影がズラリと美しく輝やきあらわれました。

私は今一度、念のために誓います。私は決して作り飾りを申しませぬ。この時の私はもうスッカリ慾望の奴隷《どれい》になってしまっていたのです。あの素晴らしい宝石の数十粒がもしかすると自分のものになるかも知れぬ、という世にも浅ましい望み一つのために、苦痛と疲労とでヘトヘトになっている身体《からだ》を草の中から引き起して、インキ壺《つぼ》の底のように青黒い眼の前の暗《やみ》の中にソロソロと這い込みはじめたのです。……戦場泥棒……そうです。この時の私の心理状態を、あの人非人でしかあり得ない戦場泥棒の根性と同じものに見られても、私は一言の不服も申し立て得ないでしょう。

それからすこし森の奥の方へ進み入《い》りますと、芝草が無くなって、枯れ葉と、枯れ枝ばかりの平地になりました。それにつれて身体《からだ》中の毛穴から沁《し》み入るような冷たさ、気味わるさが一層深まって来るようで、その枯れ葉や枯れ枝が、私の掌《てのひら》や膝の下で砕ける、ごく小さな物音まで、一ツ一ツに私の神経をヒヤヒヤさせるのでした。

そのうちに、だんだんと奥へ這入るにつれて、恐怖に慣れたせいか、いろんな事がハッキリとわかって来ました。……この森には昔、砦《とりで》か、お寺か、何かがあったらしく、処々《ところどころ》に四角い、大きな切石が横たわっていること。時々人が来るらしく、落ち葉を踏み固めたところが連続していること。そうして今は全く人間が居ないので、今まで来る間に死骸《しがい》らしいものには一つも行き当らず、小銃のケースや帽子なぞいう戦闘の遺留品にも触れなかったことから推測すると、味方の者は無事にこの森を出たかも知れない……ということなぞ。……そのうちに、積り積った枯れ葉の山が、匐ってい る私の掌《てのひら》に生《なま》あたたかく感ぜられるようになりました時、私はちょうど森のまん中あたりに在る、すこしばかりの凹地《くぼち》に来たことを知りました。そこから四辺《あたり》を見まわしますと、森の下枝ごしに四辺の原ッパが薄明るく見えるのです。

私は安心したような……同時にスッカリ失望したような、何ともしれぬ深いため息をして、その凹地のまん中に坐《すわ》りこみました。思い切って大きな嚔《くしゃみ》を一つしながら頭の上をふりあおぐと、高い高い木の梢の間から、微《かす》かな星の光りが二ツ三ツ落ちて来ます。それを見上げているうちに、私はだんだんと大胆になって来たらしく、やがて、いつもポケットに入れているガソリンマッチの事を思い出しました。

私はその凹地のまん中でいく度もいく度も身を伏せて四方《あたり》のどこからも見えないこ

とを、たしかめますと、すぐに右のポケットからガソリンマッチを取り出して、手元を低くしながら、自動点火仕掛の蓋《ふた》をパット開きました。その光りをたよりにソロソロと頭を擡げて、まず鼻の先に立っている、木の幹かと思われていた白いものをジッと見定めましたが、間もなく声も立て得ずにガソリンマッチを取り落してしまいました。

けれどもガソリンマッチは地に落ちたまま消えませんでした。そこいらの枯れ葉と一緒にポツポツと燃えているうちにケースの中からガソリンが洩れ出したと見えて、見る見る大きく、ユラユラと油煙をあげて燃え立ち始めました。けれども私はそれを消すことも、どうすることも出来ずに、尻餅をついたまま、ガタガタと慄《ふる》えているばかりでした。

私の居る凹地を取り捲《ま》いた巨大な樹の幹に、一ツ宛《ずつ》丸裸体《まるはだか》の人間の死骸が括《くく》りつけてあるのです。しかも、よく見ると、それは皆最前まで生きていた私の戦友ばかりで、めいめいの襯衣《シャツ》か何かを引っ裂いて作ったらしい綱で、手足を別々に括って、木の幹の向うへ、うしろ手に高く引っぱりつけてあるのですが、そのどれもこれもが銃弾で傷ついている上に、そうした姿勢で縛られたまま、あらゆる残虐な苦痛と侮辱とをあたえられたものらしく、眼を抉《えぐ》り取られたり、歯を砕かれたり、耳をブラリと引き千《ち》切《ぎ》られたり、股《もも》の間をメチャメチャに切りさいなまれたりしています。そんな傷口の一つ一つから、毛糸の束のような太い、または細長い血の紐《ひも》を引き散らして、木の幹から根元までドロドロと流しかけたまま、グッタリとうなだれているのです。口を引き裂かれて馬鹿みたような表情にかわっているもの……鼻を切り開かれて笑っているようなもの……それ等がメラメラと燃え上る枯れ葉の光りの中で、同時にゆらゆらと上下に揺らめいて、今にも私の上に落ちかかって来そうな姿勢に見えます。

そんな光景を見まわしている間が何分間だったか、何十分だったか、私は全く記憶しません。そうして胸を抉られた下士官の死骸を見つめている時には、自分の胸の処を、釦《ボタン》が千切れる程強く引っ摑《つか》んでいたようです。咽喉《のど》を切り開かれている将校を見た時には、血の出るのも気付かずに、自分の咽喉仏の上を掻き挘《むし》っていたようです。下腭《したあご》を引き放されて笑っているような血みどろの顔を見あげた時には、思わず、ハッハッと喘《あえ》ぐように笑いかけたように思います。

……現在の私が、もし人々の云う通りに精神病患者であるとすれば、その時から異常を呈したものに違いありません。

すると、そのうちに、こうして藻掻《もが》いている私のすぐ背後で、誰だかわかりませんが微《かす》かに、歎《た》め息《いき》をしたような気はいが感ぜられました。それが果して生きた人間のため息だったかどうかわかりませんが、私は、何がなしにハッとして飛び上るように背後《うしろ》をふり向きますと、そこの一際《ひときわ》大きな樹の幹に、リヤトニコフの屍体《したい》が引っかかって、赤茶気《あかちゃけ》た枯れ葉の焔《ほのお》にユラユラと照らされているのです。

それはほかの屍体と違って、全身のどこにも銃弾のあとがなく、又虐殺された痕跡《こんせき》も見当りませんでした。唯その首の処をルパシカの白い紐で縛って、高い処に打ち込んだ銃剣に引っかけてあるだけでしたが、そのままにリヤトニコフは、左右の手足を正しくブラ下げて、両眼を大きく見開きながら、まともに私の顔を見下しているのです。

……その姿を見た時に私は、何だかわからない奇妙な叫び声をあげたように思います。……イヤイヤ。それは、その眼付が、怖ろしかったからではありません。

……リヤトニコフは女性だったのです。しかもその乳房は処女の乳房だったのです。

……ああ……これが叫ばずにおられましょうか。昏迷《こんめい》せずにおられましょうか。

……ロマノフ、ホルスタイン、ゴットルプ家の真個《ほんとう》の末路……。

彼女……私は仮りにそう呼ばせて頂きます……彼女は、すこし後《おく》れて森に這入ったために生け捕りにされたものと見えます。そうして、その肉体は明らかに「強制的の結婚」によって蹂躙《じゅうりん》されていることが、その唇を隈取《くまど》っている猿轡《さるぐつわ》の瘢痕《あと》でも察しられるのでした。のみならず、その両親の慈愛の賜《たまもの》である結婚費用……三十幾粒の宝石は、赤軍がよく持っている口径の大きい猟銃を使ったらしく、空砲に籠《こ》めて、その下腹部に撃ち込んであるのでした。私が草原《くさはら》を匐《は》っているうちに耳にした二発の銃声は、その音だったのでしょう……そこの処の皮と肉が破れ開いて、内部《なか》から掌《てのひら》ほどの青白い臓腑《ぞうふ》がダラリと垂れ下っているその表面に血にまみれたダイヤ、紅玉《ルビー》、青玉《サファイヤ》、黄玉《トパーズ》の数々がキラキラと光りながら粘《ねば》り付いておりました。

六

……お話というのはこれだけです。……「死後の恋」とはこの事をいうのです。彼女は私を恋していたに違いありませぬ。そうして私と結婚したい考えで、大切な宝石を見せたものに違いないのです。……それを私が気付かなかったのです。宝石を見た一刹那《せつな》から烈《はげ》しい貪慾《どんよく》に囚《とら》われていたために……ああ……愚かな私……。けれども彼女の私に対する愛情はかわりませんでした。そうして自分の死ぬる間際《まぎわ》に残した一念をもって、私をあの森まで招き寄せたのです。この宝石を私に与えるために……この宝石を霊媒として、私の魂と結び付きたいために……。

御覧なさい……この宝石を……。この黒いものは彼女の血と、弾薬の煤《すす》なのです。けれども、この中から光っているダイヤ特有の虹《にじ》の色を御覧なさい。青玉《サファイヤ》でも、紅玉《ルビー》でも、黄玉《トパーズ》でも本物の、しかも上等品でなくてはこの硬度と光りはない筈です。これはみんな私が、彼女の臓腑の中から探り取ったものです。彼女の恋に対する私の確信が私を勇気づけて、そのような戦慄すべき仕事を敢《あ》えてさしたのです。

……ところが……。

この街の人々はみんなこれを贋《に》せ物《もの》だと云うのです。血は大方豚か犬の血だろうと云って笑うのです。私の話をまるっきり信じてくれないのです。そうして、彼女の「死後の恋」を冷笑するのです。

……けれども貴下《あなた》は、そんな事は仰言《おつしや》らぬでしょう。……ああ……本当にして下さる。信じて下さる、……ありがとう。ありがとう。サアお手を……握手をさして下さい……宇宙間に於《お》ける最高の神秘「死後の恋」の存在はヤッパリ真実でした。私の信念は、あなたによって初めて裏書きされました。これでこそ乞食みたようになって、人々の冷笑を浴びつつ、この浦塩の町をさまよい歩いた甲斐《かい》がありました。

私の恋はもう、スッカリ満足してしまいました。

……ああ……こんな愉快なことはありませぬ。済みませぬがもう一杯乾盃《かんぱい》させて下さい。そうしてこの宝石をみんな貴下《あなた》に捧げさして下さい。私の恋を満足させて下すったお礼です。私は恋だけで沢山です。その宝石の霊媒作用は今日《こんにち》只今完全にその使命を果したのです……。サアどうぞお受け取り下さい。

……エ……何故ですか……。ナゼお受け取りにならないのですか……。

この宝石を捧げる私の気もちが、あなたには、おわかりにならないのですか。この宝石をあなたに捧げて……喜んで、満足して、酒を飲んで飲んで飲み抜いて死にたがっている私を可愛相《かわいそう》とはお思いにならないのですか……。

エッ……エエッ……私の話が本当らしくないって……。

……あ……貴下《あなた》もですか。……ああ……どうしよう……ま……待って下さい。逃げないで……ま……まだお話しすることが……ま、待って下さいッ……。

ああッ……

アナスタシヤ内親王殿下……。

瓶詰地獄

拝呈　時下益々《ますます》御清栄、奉慶賀候《けいがたてまつりそうろう》。陳者《のぶれば》、予《かね》てより御通達の、潮流研究用と覚《おぼ》しき、赤封蠟《ふうろう》附きの麦酒《ビール》瓶、拾得次第届告《とどけつげ》仕る様、島民一般に申渡置候処《もうしわたしおきそうろうところ》、此《この》程《ほど》、本島南岸に、別小包の如《ごと》き、樹脂封蠟附きの麦酒《ビール》瓶が三個漂着致し居《お》るを発見、届出申候《とどけいでもうしそうろう》。右は何《いず》れも約半里、乃至《ないし》、一里余を隔てたる個所に、或《あるい》は砂に埋もれ、又は岩の隙間《すきま》に固く挟まれ居りたるものにて、よほど以前に漂着致したるものらしく、中味も、御高示の如き、官製端書《はがき》とは相見えず、雑記帳の破片様のものらしく候為《た》め、御下命の如き漂着の時日等の記入は不可能と被為存候《ぞんぜられそうろう》。然《しか》れ共、尚《なお》何かの御参考と存じ、三個とも封瓶のまま、村費にて御送附申上候間《もうしあげそうろうあいだ》、何卒《なにとぞ》御落手相願度《あいねがいたく》、此段得貴意候《きいをえそうろう》　敬具

月　日　　××島村役場㊞

海洋研究所　御中

◇第一の瓶の内容

ああ……この離れ島に、救いの舟がとうとう来ました。

大きな二本のエントツの舟から、ボートが二艘《そう》、荒浪《あらなみ》の上におろされました。舟の上から、それを見送っている人々の中にまじって、私たちのお父さまや、お母さまと思われる、なつかしいお姿が見えます。そうして……おお……私たちの方に向って、白いハンカチを振って下さるのが、ここからよくわかります。

お父さまや、お母さまたちはきっと、私たちが一番はじめに出した、ビール瓶の手紙を御覧になって、助けに来て下すったに違いありませぬ。

大きな船から真白い煙が出て、今助けに行くぞ……というように、高い高い笛の音が聞こえて来ました。その音が、この小さな島の中の、禽鳥《とり》や昆虫《むし》を一時に飛び立たせて、遠い海中《わだなか》に消えて行きました。

けれども、それは、私たち二人にとって、最後の審判の日の篴《らっぱ》よりも怖《おそ》ろしい響《ひびき》で御座いました。私たちの前で天と地が裂けて、神様のお眼の光りと、地獄の火焔《ほのお》が一時《いっとき》に閃《ひら》めき出たように思われました。

ああ。手が慄《ふる》えて、心が倉皇《あわて》て書かれませぬ。涙で眼が見えなくなります。

私たち二人は、今から、あの大きな船の真正面に在る高い崖《がけ》の上に登って、お父様や、お母様や、救いに来て下さる水夫さん達によく見えるように、シッカリと抱き合ったまま、深い淵《ふち》の中に身を投げて死にます。そうしたら、いつも、あそこに泳いでいるフカが、間もなく、私たちを喰べてしまってくれるでしょう。そうして、あとには、この手紙を詰めたビール瓶が一本浮いているのを、ボートに乗っている人々が見つけて、拾い上げて下さるでしょう。

ああ。お父様。お母様。すみません。すみません、すみません、すみません。私たちは初めから、あなた方の愛子《いとしご》でなかったと思って諦《あき》らめて下さいませ。

又、せっかく、遠い故郷《ふるさと》から、私たち二人を、わざわざ助けに来て下すった皆様の御親切に対しても、こんなことをする私たち二人はホントにホントに済みません。どうぞどうぞお赦《ゆる》し下さい。そうして、お父様と、お母様に懐《いだ》かれて、人間の世界へ帰る、喜びの時が来ると同時に、死んで行かねばならぬ、不倖《ふしあわせ》な私たちの運命を、お矜恤《あわれみ》下さいませ。

私たちは、こうして私たちの肉体と霊魂《たましい》を罰せねば、犯した罪の報償《つぐのい》が出来ないのです。この離れ島の中で、私たち二人が犯した、それはそれは恐ろしい悖戻《よこしま》の報責《むくい》なのです。

どうぞ、これより以上《うえ》に懺悔《ざんげ》することを、おゆるし下さい。私たち二人はフカの餌《え》食《じき》になる価打《ねうち》しか無い、狂妄《しれもの》だったのですから……。

ああ。さようなら。

神様からも人間からも救われ得ぬ

哀《かな》しき二人より

お父様

お母様

皆々様

◇第二の瓶の内容

ああ。隠微《かくれ》たるに鑒《み》たまう神様よ。

この困難《くるしみ》から救わるる道は、私が死ぬよりほかに、どうしても無いので御座いましょうか。

私たちが、神様の足発《あしだい》と呼んでいる、あの高い崖の上に私がたった一人で登って、いつも二三匹のフカが遊び泳いでいる、あの底なしの淵の中を、のぞいてみた事は、今までに何度あったかわかりませぬ。そこから今にも身を投げようと思ったことも、いく度《たび》であったか知れませぬ。けれども、そのたんびに、あの憐憫《あわれ》なアヤ子の事を思い出しては、霊魂《たましい》を滅亡《ほろぼ》す深いため息をしいしい、岩の圭角《かど》を降りて来るのでした。私が死にましたならば、あとから、きっと、アヤ子も身を投げるであろうことが、わかり切っているからでした。

＊

私と、アヤ子の二人が、あのボートの上で、附添いの乳母《ばあや》夫婦や、センチョーサンや、ウンテンシュさん達を、波に浚《さら》われたまま、この小さな離れ島に漂《なが》れついてから、もう何年になりましょうか。この島は年中夏のようで、クリスマスもお正月も、よくわかりませぬが、もう十年ぐらい経《た》っているように思います。

その時に、私たちが持っていたものは、一本のエンピツと、ナイフと、一冊のノートブックと、一個のムシメガネと、水を入れた三本のビール瓶と、小さな新約聖書《バイブル》が一冊と……それだけでした。

けれども、私たちは幸福《しあわせ》でした。

この小さな、緑色に繁《し》茂《げ》り栄えた島の中には、稀《まれ》に居る大きな蟻《あり》のほかに、私たちを憂《なや》患《ま》す禽《とり》、獣《けもの》、昆虫《はうもの》は一匹も居ませんでした。そうして、その時、十一歳であった私と、七ツになったばかりのアヤ子と二人のために、余るほどの豊饒《ゆたか》な食物が、みちみちておりました。キュウカンチョウだの鸚鵡《おうむ》だの、絵でしか見たことのないゴクラク鳥だの、見たことも聞いたこともない華麗《はなやか》な蝶《ちょう》だのが居りました。おいしいヤシの実だの、パイナプルだの、バナナだの、赤と紫の大きな花だの、香気《かおり》のいい草だの、又は、大きい、小さい鳥の卵だのが、一年中、どこかにありました。鳥や魚なぞは、棒切れでたたくと、何ほどでも取れました。

私たちは、そんなものを集めて来ると、ムシメガネで、天日《てんぴ》を枯れ草に取って、流れ木に燃やしつけて、焼いて喰べました。

そのうちに島の東に在る岬と磐《いわ》の間から、キレイな泉が潮の引いた時だけ湧《わ》いているのを見付けましたから、その近くの砂浜の岩の間に、壊れたボートで小舎《こや》を作って、柔らかい枯れ草を集めて、アヤ子と二人で寝られるようにしました。それから小舎《こや》のすぐ横の岩の横腹を、ボートの古釘《ふるくぎ》で四角に掘って、小さな倉庫《くら》みたようなものを作りました。しまいには、外衣《うわぎ》も裏衣《したぎ》も、雨や、風や、岩角に破られてしまって、二人ともホントのヤバン人のように裸体《はだか》になってしまいましたが、それでも朝と晩には、キット二人で、あの神様の足発《あしだい》の崖に登って、聖書《バイブル》を読んで、お父様やお母様のためにお祈りをしました。

私たちは、それから、お父様とお母様にお手紙を書いて大切なビール瓶の中の一本に入れて、シッカリと樹脂《やに》で封じて、二人で何遍も何遍も接吻《くちづけ》をしてから海の中に投げ込みました。そのビール瓶は、この島のまわりを環《めぐ》る、潮《うしお》の流れに連れられて、ズンズンと海中《わだなか》遠く出て行って、二度とこの島に帰って来ませんでした。私たちはそれから、誰かが助けに来て下さる目標《めじるし》になるように、神様の足発《あしだい》の一番高い処《ところ》へ、長い棒切れを樹《た》てて、いつも何かしら、青い木の葉を吊《つる》しておくようにしました。

私たちは時々争論《いさかい》をしました。けれどもすぐに和平《なかなおり》をして、学校ゴッコや何かをするのでした。私はよくアヤ子を生徒にして、聖書の言葉や、字の書き方を教えてやりました。そうして二人とも、聖書を、神様とも、お父様とも、お母様とも、先生とも思って、ムシメガネや、ビール瓶よりもズット大切にして、岩の穴の一番高い棚の上に上げておきました。私たちは、ホントに幸福《しあわせ》で、平安《やすらか》でした。この島は天国のようでした。

　＊

かような離れ島の中の、たった二人切りの幸福《しあわせ》の中に、恐ろしい悪魔が忍び込んで来ようと、どうして思われましょう。

けれども、それは、ホントウに忍び込んで来たに違いないのでした。

それはいつからとも、わかりませんが、月日の経《た》つのにつれて、アヤ子の肉体が、奇蹟《きせき》のように美しく、麗沢《つややか》に長《そだ》って行くのが、アリアリと私の眼に見えて来ました。ある時は花の精のようにまぶしく、又、ある時は悪魔のようになやましく……そうして私はそれを見ていると、何故《なぜ》かわからずに思念《おもい》が曚昧《くら》く、哀しくなって来るのでした。

「お兄さま………」

とアヤ子が叫びながら、何の罪穢《けが》れもない瞳《め》を輝かして、私の肩へ飛び付いて来るたんびに、私の胸が今までとはまるで違った気もちでワクワクするのが、わかって来ました。そうして、その一度一度毎《ごと》に、私の心は沈淪《ほろび》の患難《なやみ》に付《わた》されるかのように、畏《お》懼《そ》れ、慄《ふる》えるのでした。

けれども、そのうちにアヤ子の方も、いつとなく態度《ようす》がかわって来ました。やはり私と同じように、今までとはまるで違った………もっともっとなつかしい、涙にうるんだ眼で私を見るようになりました。そうして、それにつれて何となく、私の身体《からだ》に触《さわ》るのが恥かしいような、悲しいような気もちがするらしく見えて来ました。二人はちっとも争論《いさかい》をしなくなりました。その代り、何となく憂容《うれいがお》をして、時々ソッと嘆息《ためいき》をするようになりました。それは、二人切りでこの離れ島に居るのが、何ともいいようのないくらい、なやましく、嬉《うれ》しく、淋《さび》しくなって来たからでした。それぱかりでなく、お互いに顔を見合っているうちに、眼の前が見る見る死蔭《かげ》のように暗くなって来ます。そうして神様のお啓示《しめし》か、悪魔の戯弄《からかい》かわからないままに、ドキンと、胸が轟《とどろ》くと一緒にハッと吾《われ》に帰るような事が、一日のうち何度となくあるようになりました。

二人は互いに、こうした二人の心をハッキリと知り合っていながら、神様の責罰《いましめ》を恐れて、口に出し得ずにいるのでした。万一《もし》、そんな事をし出かしたアトで、救いの舟が来たらどうしよう………という心配に打たれていることが、何にも云《い》わないままに、二人同志の心によくわかっているのでした。

けれども、或る静かに晴れ渡った午後の事、ウミガメの卵を焼いて食べたあとで、二人が砂原に足を投げ出して、はるかの海の上を辷《すべ》って行く白い雲を見つめているうちにアヤ子はフイと、こんな事を云い出しました。

「ネエ。お兄様。あたし達二人のうち一人が、もし病気になって死んだら、あとは、どうしたらいいでしょうネエ」

そう云ううちアヤ子は、面《かお》を真赤にしてうつむきまして、涙をホロホロと焼け砂の上に落しながら、何ともいえない、悲しい笑い顔をして見せました。

＊

その時に私が、どんな顔をしたか、私は知りませぬ。ただ死ぬ程息苦しくなって、張り裂けるほど胸が轟《とどろ》いて、唖《おし》のように何の返事もし得ないまま立ち上りますと、ソロソロとアヤ子から離れて行きました。そうしてあの神様の足発《あしだい》の上に来て、頭を掻《か》き挘《むし》り掻き挘りひれ伏しました。

「ああ。天にまします神様よ。

アヤ子は何も知りませぬ。ですから、あんな事を私に云ったのです。どうぞ、あの処女《むすめ》を罰しないで下さい。そうして、いつまでもいつまでも清浄《きよらか》にお守り下さいませ。

そうして私も……………。

ああ。けれども……けれども………………。

ああ神様よ。私はどうしたら、いいのでしょう。どうしたらこの患難《なやみ》から救われるのでしょう。私が生きておりますのはアヤ子のためにこの上もない罪悪《つみ》です。けれども私が死にましたならば、尚更《なおさら》深い、悲しみと、苦しみをアヤ子に与えることになります、ああ、どうしたらいいでしょう私は…………。

おお神様よ…………。

私の髪毛《かみのけ》は砂にまみれ、私の腹は岩に押しつけられております。もし私の死にたいお願いが聖意《みこころ》にかないましたならば、只今《ただいま》すぐに私の生命《いのち》を、燃ゆる閃電《いなずま》にお付《わた》し下さいませ。

ああ。隠微《かくれ》たるに鑒《み》給《た》まう神様よ。どうぞどうぞ聖名《みな》を崇《あが》めさせ給え。み休徴《しるし》を地上にあらわし給え…………」

けれども神様は、何のお示しも、なさいませんでした。藍色《あいいろ》の空には、白く光る雲が、糸のように流れているばかり…………崖の下には、真青《まつさお》く、真白く渦捲《うずま》きどよめく波の間を、遊び戯《たわむ》れているフカの尻尾《しっぽ》やヒレが、時々ヒラヒラと見えているだけです。

その青澄《あおず》んだ、底無しの深淵《ふち》を、いつまでもいつまでも見つめているうちに、私の目は、いつとなくグルグルと、眩暈《くる》めき初めました。思わずヨロヨロとよろめいて、漂い砕くる波の泡の中に落ち込みそうになりましたが、やっとの思いで崖の端に踏み止まりました。………と思う間もなく私は崖の上の一番高い処まで一跳びに引き返しました。その絶頂に立っておりました棒切れと、その尖端《さき》に結びつけてあるヤシの枯れ葉を、一思《ひとおも》いに引きたおして、眼の下はるかの淵に投げ込んでしまいました。

「もう大丈夫だ。こうしておけば、救いの船が来ても通り過ぎて行くだろう」

こう考えて、何かしらゲラゲラと嘲《あざけ》り笑いながら、残狼《おおかみ》のように崖を駆《か》け降りて、小舎《こや》の中へ馳け込みますと、詩篇の処を開いてあった聖書を取り上げて、ウミガメの卵を焼いた火の残りの上に載せ、上から枯れ草を投げかけて焰《ほのお》を吹き立てました。そうして声のある限り、アヤ子の名を呼びながら、砂浜の方へ馳け出して、そこいらを見まわしました…………が…………。

見るとアヤ子は、はるかに海の中に突き出ている岬の大磐《おおいわ》の上に跪《ひざまず》いて、大空を仰ぎながらお祈りをしているようです。

＊

私は二足三足うしろへ、よろめきました。荒浪に取り捲かれた紫色の大磐《おおいわ》の上に、夕日を受けて血のように輝いている処女《おとめ》の背中の神々《こうごう》しさ………。

ズンズンと潮《うしお》が高まって来て、膝《ひざ》の下の海藻《かいそう》を洗い漂わしているのも心付かずに、黄金色《こがねいろ》の滝浪《たきなみ》を浴びながら一心に祈っている、その姿の崇高《けだか》さ……まぶしさ……。

私は身体《からだ》を石のように固《こわ》ばらせながら、暫《しばら》くの間、ボンヤリと眼をみはっておりました。けれども、そのうちにフイッと、そうしているアヤ子の決心がわかりますと、私はハッとして飛び上がりました。夢中になって馳け出して、貝殻《かいがら》ばかりの岩の上を、傷だらけになって辷《すべ》りながら、岬の大磐《おおいわ》の上に這い上りました。キチガイのように暴《あ》れ狂い、哭《な》き喚《さけ》ぶアヤ子を、両腕にシッカリと抱き抱《だ》えて、身体《からだ》中血だらけになって、やっとの思いで、小舎《こや》の処へ帰って来ました。

けれども私たちの小舎《こや》は、もうそこにはありませんでした。聖書や枯れ草と一緒に、白い煙となって、青空のはるか向うに消え失《う》せてしまっているのでした。

＊

それから後《のち》の私たち二人は、肉体《からだ》も霊魂《たましい》も、ホントウの幽暗《くらやみ》に逐《お》い出されて、夜となく、昼となく哀哭《かなし》み、切歯《はがみ》しなければならなくなりました。そうしてお互い相抱き、慰さめ、励まし、祈り、悲しみ合うことは愚か、同じ処に寝る事さえも出来ない気もちになってしまったのでした。

それは、おおかた、私が聖書を焼いた罰なのでしょう。

夜になると星の光りや、浪の音や、虫の声や、風の葉ずれや、木の実の落ちる音が、一ツ一ツに聖書の言葉を囁《ささ》やきながら、私たち二人を取り巻いて、一歩一歩と近づいて来るように思われるのでした。そうして身動き一つ出来ず、微睡《まどろ》むことも出来ないままに、離れ離れになって悶《もだ》えている私たち二人の心を、窺視《うかがい》に来るかのように物怖ろしいのでした。

こうして長い長い夜が明けますと、今度は同じように長い長い昼が来ます。そうするとこの島の中に照る太陽も、唄《うた》う鸚鵡《おうむ》も、舞う極楽鳥も、玉虫も、蛾《が》も、ヤシも、パイナプルも、花の色も、草の芳香《かおり》も、海も、雲も、風も、虹《にじ》も、みんなアヤ子の、まぶしい姿や、息苦しい肌の香《か》とゴッチャになって、グルグルグルグルと渦巻き輝やきながら、四方八方から私を包み殺そうとして、襲いかかって来るように思われるのです。その中から、私とおんなじ苦しみに囚《とら》われているアヤ子の、なやましい瞳《め》が、神様のような悲しみと悪魔のようなホホエミとを別々に籠《こ》めて、いつまでもいつまでも私を、ジイッと見つめているのです。

＊

鉛筆が無くなりかけていますから、もうあまり長く書かれません。

私は、これだけの虐遇《なやみ》と迫害《くるしみ》に会いながら、なおも神様の禁責《いましめ》を恐れている私たちのまごころを、この瓶に封じこめて、海に投げ込もうと思っているのです。明日《あした》にも悪魔の誘惑《いざない》に負けるような事がありませぬうちに…………。

せめて二人の肉体《からだ》だけでも清浄《きよらか》でおりますうちに……。

＊

ああ神様…………私たち二人は、こんな苛責《くるしみ》に会いながら、病気一つせずに、日に増《ま》し丸々と肥《ふと》って、康強《すこやか》に、美しく長《そだ》って行くのです、この島の清らかな風と、水と、豊穣《ゆたか》な食物《かて》と、美しい、楽しい、花と鳥とに護《まも》られて…………。

ああ。何という恐ろしい責め苦でしょう。この美しい、楽しい島はもうスッカリ地獄です。

神様。神様。あなたはなぜ私たち二人を、一思いに屠殺《ころ》して下さらないのですか…………。


——太郎記す…………

◇第三の瓶の内容

オ父サマ。オ母サマ。ボクタチ兄ダイハ、ナカヨク、タッシャニ、コノシマニ、クラシテイマス。ハヤク、タスケニ、キテクダサイ。

市川太郎
イチカワ　アヤコ

悪魔祈《き》禱《とう》書《しょ》

いらっしゃいまし。お珍らしい雨で御座いますナアどうも……こうダシヌケに降り出されちゃ敵《かな》いません。

いつも御贔屓《ひいき》になりまして……ま……おかけ下さいまし。一服お付けなすって……ハハア。傘をお持ちにならなかった。へへ、どうぞ御ゆっくり……そのうち明るくなりましょう。

どうもコンナにお涼しくなりましてから雷鳴入《はやしかた》りの夕立なんて可笑《おか》しな時候で御座いますなあ。まったく……まだ五時だってえのに電燈《でんき》を灯《つ》けなくちゃ物が見えねえなんて……店ん中に妖怪《おばけ》でも出そうで……もっとも古本屋なんて商売は、あんまり明るくちゃ工合が悪う御座いますナ。西日が一パイに這入《はい》るような店だと背皮《クロス》がミンナ離れちゃいますからね。へへへ……。

失礼ですが旦那《だんな》は東京のお方で……ハハア。東京の大学からコチラへ御転任になった。○○科にお勤めになっていらっしゃる……成る程。コンナ時候のいい時は大してお忙がしく御座んせんで……へへ。恐れ入りやす。開業医だったら大損で……まったく大学って処《ところ》は有り難い処で御座いますなあ。

実は私《あつし》もコレで東京生れなんで。竜閑橋《りゅうかん》ってえ処の猫の額《ひたい》みたいなケチな横町で生れたもんでゲスが、へへへ。これでも若い時分は弁護士になろうてんで、神田の東洋法律学校へ通いまして六法全書なんかをヒネクリまわしていたもんですが、生れ付きのナマクラでね。小説を読んでゴロゴロしたり、女の尻《けつ》ばかり追いまわしたりして、さっぱりダラシが御座んせん。両親が亡《な》くなりますと一気に、親類には見離される。苦学する程の骨ッ節《ぶし》もなし。法界節《ほうかいぶし》の文句通りに仕方がないからネエエ――てんで、月琴《げっきん》を担《かつ》いで上海《シャンハイ》にでも渡って一旗上げようかテナ事で、御存じの美土代町《みとしろちょう》の銀行の石段にアセチレンを付けて、道楽半分に買集めていた探偵小説の本だの教科書の貰《もら》い集めだのを並べたのが病み付きで、とうとう古本屋《ほんもの》になっちまいましてね。へへへ。その中《うち》に嬶《かかあ》が出来たり餓鬼《がき》が出来たり何かしてマゴマゴしている中にコンナに頭が禿《は》げちゃっちゃあモウ取返《とりけえ》しが付きやせん。まあまあナマクラ者にゃ似合い相当のところでげしょう。文句はありませんや。

へエへエ。それあ、この××クンダリへ流れて来るまでにゃガラ相当の苦労も致しやしたよ。途中で古本屋《しょうばい》がイヤンなっちゃって、見よう見真似《みまね》の落語家《はなしか》になったり、幇間《たいこもち》になったりしましたが、やっぱり皮切りの商売がよろしいようで、人間迷っちゃ損で御座いますナ。だんだん呼吸をおぼえて来ると面白い事もチョイチョイ御座いますナ。ヘエ……粗茶で御座いますが一服いかが様で……ドウゾごゆっくり……。コンナに降りますと、お客様もお見えになりませんな。いつ来て見ても、お客様が一人立っておいでになる古本屋なら、大丈夫立って行くものです。ですから一人もお客様がお見えにならないと手前が自分でサクラになってノソノソ降りて行きまして、本棚なぞを整理致しておりますんで……これがマア商売のコツで御座いますナ。つまりその一人立っている人間が店の囮《おとり》になるんで……通りかかりの方が店を覗《のぞ》いて御覧になった時に、誰か一人本棚の前に突立って本を読むか何か致しておりますとツイ釣り込まれてふらふらと這入ってお出でになる。群衆心理というもので御座いますかな……そのアトから又一人フラフラっと……てな訳で……。イヤどう致しまして……先生にお茶を差上げて囮に使っている訳じゃ御座いません。ハハハ。コンナ大降りの時にはイクラ囮を使ったって利《き》き目は御座いません。へへへへ。恐れ入ります。どうぞお構いなく御ゆっくりと……。

ヘエヘエ。それは面白いお話も御座いますよ。ツイこの間の事……高等学校の生徒さんがゲーテの詩集を売りに見えましてね。ほかの参考書や何かと一緒に十冊ばかりを三円で頂戴《ちょうだい》いたしましたが、その中でも、ゲーテの詩集が特別に古いようですから、あとでよく調べてみますとドウです。千七百八十年に独逸《ドイツ》で出版されたヤツの第一版なんで、おまけにその見返しの処にぬたくっている持主署名《オーナシグネチャ》をよく見ますと、どうしてもシルレルとしか読めません。それからコチラの法文科で古書を集めておいでになる中江学長《せんせい》さんのお宅へ持って参りましたらドウデス。七十円でお買上げになりましたよ。……何でもそのゲーテの詩集が出ました千七百八十年の夏でしたか秋でしたかに、詩聖のシルレルが、その第一版を買って読んでいる中《うち》に、

「コンナ下らない詩集なんかモウ読んでやらないぞ」

てんで地面《じびた》にタタキ付けた。それから又拾い上げて先の方を読んで行くうちに、今度は三拝九拝して涙を流しながら、

「ゲーテ様。あなたは詩の神様です。私は貴方《あなた》のおみ足の泥を嘗《な》めるにも足りない哀れな者です」

とか何とか云《い》ってオデコの上に詩集を押付けたってえ話が残っている。それがこの本に違いない。独逸人に持たせたら十万マークでも手放さないだろうテンデ、アトから中江先生が説明して下さいましたがね。お人が悪うがすよ中江先生は……ハハハ。もっとも私《あっし》もこの本は東京へ持って行けあ汽車賃ぐらいの事じゃなさそうだ……ぐらいの事はカン付いていましたがね。慾《よく》をかいたって仕様が御座んせん。

へエへエ。今度ソンナのが出ましたらイの一番に先生の処へ持ってまいります。大学の○○科で……へエ。助教授室……へエへエ。何卒《どうぞ》よろしく御願い致します。へエへエ。法文科の中江先生ですか。よく手前どもの処へお見えになりますよ。古い本をお探しになるのが何よりのお楽しみだそうですね。いいお道楽ですよマッタク……古本屋てものは元来、眼の見えない者が多いんだが、お前は割合によくわかる商売人《しょうばいにん》から、話相手になると仰言《おっしゃ》ってね……へへへ。手前味噌《てまえみそ》で恐れ入ります。いつも御指導を願っております。

御覧の通り手前共では、学生さんが御相手でげすから、横文字の書物なら全部、大きく原書と書いた貼札《はりふだ》をして同じ棚に並べておきますので……ところがこの間ウッカリ、

CHOHMEY KAMO'S HOJOKY

って書いた奴《やつ》を、何だかよく判《わか》らないでパラパラッと見たまんまに原書って書いた札をデカデカと貼って二円の符牒《ふちょう》を付けておきましたら、中江先生がソイツを棚の中から引っこ抜いてお出《い》でになって、私の鼻の先に突付けて、お叱《しか》りになったものです。

「しっかりしてくれなくちゃ困る」

てえ御立腹なんで……成る程、よく読んでみますと鴨《かも》の長明《ちょうめい》の方丈記の英訳なんで。

ハッハッハッ。ドッチが原書なんだか訳《わけ》がわかりませんや。まったく恐れ入りましたよ。方丈記の英訳の中でも一番古いものだからと仰言って二十円で買って頂きましたよ。ゲーテの詩集の埋合わせをして頂いたようなもので。へへへへ……。

まったくで御座いますよ。そのまま二円で買って行かれたって文句は御座いません。中江先生みたいなお方ばっかりだったら、苦労は御座んせんが、タチの悪いお客もずいぶん御座いますよ。ソレア……一冊丸ごと立読みなんて図々《ずうずう》しいのはショッチュウの事なんで、その又読み方の早いのには驚きますよ。店の本の上に腰をかけて、足の下を吸殻《すいがら》だらけにしいしい一冊読んじゃってから、私の処へ持って来て、

「オイ君。この本一円きり負からないのかい。大して面白い本でもないぜ」

なんて顔負けしちゃいます。大きなお世話でサア……文科の生徒さんなんかは、試験前にチョイチョイ来て、アノ棚の上の大きなウエブスターの辞書だの大英百科全書《エンサイクロペデア》を抱え下して、入り用な字を引いちゃってから、そのまま置きっ放しぐらいは構いませんが、ノートに控えるのが面倒臭いんでしょう。その一頁《ページ》をソッと破って持って行くんですから非道《ひど》うがすよ。よく聞いてみると大学校には修身てえ学科が無《ね》えんだそうで……呆《あき》れて物が云えませんや。

もっと非道いのがありますよ。丸ごと本を持って行ってしまうんです。つまり万引

ですね。しかもその万引の手段てえのが、トリック付きなんですから感心しちゃいまさあ。

自分で一冊か二冊、つまらない別の本を裸で抱えて、如何《いか》にも有閑学生か、有閑インテリらしい気分と面構《つらがま》えで飄然《ひょうぜん》と往来から這入《はい》って来るんですね。最初から狙《ねら》っている本はチャントきまっているんですが、直《す》ぐにその本の処へ行くようなヘマは決してやりません。そこが手なんだろうと思うんですが、依然として風来坊を気取りながらアチコチと棚を見上げ見下して行く中《うち》に、如何にも自然に狙った本へ近付いて行く。そこで不承不承のイヤイヤながらの事の序《ついで》だといった恰好《かっこう》で、その本の包装を引抜いて、気永く内容を読んでいるふりをしているんです。そうなるとこっちだってデパートの刑事さんじゃなし、最初から疑っているんじゃありませんから、ツイ眼を外《そ》らしてしまいますと、そこを狙っているんですね。つまらなさそうな顔をしてその本を棚に返す……と思ったら大間違いの豈計《あにはか》らんやでげす。返すと見えたのは包装のボール箱だけ……又は用意して来た、ほかの下らない本を詰めたりしてモトの隙間《すきま》へ突込んで、入用な本は奴《やっ》チャント脇《わき》の下に挟みながら……チェッ。碌《ろく》な本は在りやがらねえ……といったような恰好で悠々とバットの煙を輪に吹きながら出て行くんだから大した度胸でげす。考えたもんですなあ。

ええ……それあ一時の出来心もありましょうが、ズット前からの出来心も御座いましょうよ。何しろ修身の無え学校の生徒さんでゲスから油断も隙もあれあしません。コンナ手を矢鱈《やたら》に使われちゃやり切れませんや。

しかもソレが脛《すね》っ嚙《かじ》りの学生さんばっかりじゃ御座んせん。相当の月給を取っておいでになる修身の本家本元みたいな立派な紳士の方が、時々この手をお出しになるんですから驚きますよ。へへへ。大学の先生方もチョイチョイお見えになります。こっちの達人の方もおいでにならないじゃ御座んせんが、なかなか鮮やかなお手附のようです。へへへ。まさかお修身の代りに講義《レクチユア》で生徒さんに御伝授になる訳でも御座いますまいがね。どうもお手際《てぎわ》が生徒さん達よりも水際立っているようです。第一御風采《ふうさい》がお立派ですからマサカと思ってツイ油断しちまいまさア。

もっともソンナのは大抵御本好きの方に限るようですね。珍しい本だと思えば高価《たか》そうだし、欲しさは欲しし……店番のオヤジの面《つら》ア間抜けに見えるし……てんで、相当お立派な御人格の方がツイ、フラフラとお遣《や》りになるのが病み付きになってダンダン面白くなって来る。そこんとこだけは良心が磨《す》り切れちゃってトテモ人間業《わざ》とは思えないくらい大胆巧妙になっておいでになるんですから、お相手を仰付《おおせつ》けられた本屋は叶《かな》いませんや。……しかし有難いもので……何度もその手を喰って慣れて参りますと大抵わかりますよ。どうもあの人が臭いってね。丁稚《でっち》が云うものですから、気を附けておりますと手口から何からスッカリわかっちまいます。しまいには入口からノッソリ這入ってお出でになる態度を見ただけでもアラカタ見当が附いて来ます。……サテはオヤリ遊ばすな……とか遊ばさないナ……とかね。へへへ。

面白いのはその万引した本を、持って帰って読んでしまってから、ソッと返しに来る人があるのです。御承知の通りこの頃の小説本と来たら、昔のエライ連中が書いたのと違って、一度読んじゃったら二度と読む気になれないものが多いらしいんです。又は持って帰って読んでみると大した本でも珍らしい本でもなかったらしいんですね。ですから何も良心に背反《そむ》いてまで泥棒して来るほどのシロモノじゃなかった……と思って返しにお出でになるんだか……それとも最初からチョット借りて、中味の減らないようにソーッと読んで、返して下さるおつもりだったのかどうだか、ソノ辺のところがコチラでは何とも見当が附きかねますがね。良心があるんだかないんだか、紳士的なんだか、超特級の泥棒根性なんだか……無賃乗車で行って用を足して引返して来て、乗らない顔をしているみたいなもので、ややこしい心理状態もあればあるものですね。

へエへエそれあ、まったく返って来ないのも随分ありますよ。そんなお顔はコチラでチャント存じておりますがね。そこが商売冥利《みょうり》って奴で、黙って知らん顔をしてりますがね。元値を考えたら大したもんじゃ御座んせんしね。ショッチュウ気を付けてケースの中味が在るか無いか調べなくちゃならないのが面倒臭い位のもんでさ。そうして中味が変っているか、抜けているかしている本の前に立っておられた方を、あの方、この方と思い出しているうちに、だんだんお人柄がわかって参りますから不思議なもンで……この間コンナのがありましたよ。これは又物スゴイ、素敵な本でしたが……。××医専の生徒さんが夏休みに持込んで御座った本だったと思いますがね。御本人は××の××の方で、先祖代々から伝わって来た聖書だと仰言ってね。一冊三円で頂戴いたしましたが、例の通り店番の片手間にここに座ってよく調べてみますと驚きましたね。チョット見ると活字みたいですが、一六二六年に英国で出来た筆写本なんです。紙が又大した紙でね。日本の百円札みたいなネットリした紙にミッチリと書詰《かきつ》めたもので、黒い線に青と赤の絵具を使った挿絵まで這入っているんですから、それだけでも大層な珍本でげしょう。

ところがソレだけの事なら私《あっし》も格別驚きません。金さえ出せば日本内地でも、相当にお眼にかかれるシロモノなんですが、肝を潰《つぶ》したのは、その聖書の文句でげす。あれが悪魔の聖書とでもいったものでしょうか……これこそ世界中にタッタ一冊しかないと噂《うわさ》に聞いたシュレーカーのBOOK OF DEVIL PRAYER（外道祈禱書）かと思うと私《あつし》は気が遠くなって、真夏の日中にガタガタ震え出したものでげす。

ヘエ……先生はソンナ書物《ほん》の事をお聞きにならない。ヘエ。そうですか。著者の名前はたしかデュッコ・シュレーカーと読むんだろうと思いましたがね。むずかしい綴《つづ》りの名前でしたっけが……何でも百年ばかり前の事だそうですがね。有名な英国のロスチャイルドってえ億万長者の二男でしたか三男でしたかが十万ポンドの懸賞付きで探したことがあるってえ仲間の無駄話を、東京に居る時分に小耳に挟んでいるにはおりましたがね。マサカその実物《ほんもの》に、お眼にかかろうたあ思いませんでしたよ。

ヘエ。表紙はズット大型の黒い皮表紙なんで……HOLY・BIBLEと金文字の刻印が打込んであって、牛だか馬だかわかりませんが、頑丈な生皮の包箱《ケース》に突込んであります。その包箱《ケース》の見返しの中央にMICHAEL・SHIROと読める朱墨と、黒い墨の細かい組合わせ文字の紋章みたいなものが、消え消えに残っているところを見ますと、私《あつし》のカンでは多分天草一揆《いっき》頃日本に渡って来て、ミカエル四郎と名乗る日本人が秘蔵してたものじゃないか知らんと……ヘエヘエ。その四郎が天草四郎だったらイヨイヨ大変ですがね。

ヘエヘエむろんそうですとも。その学生さんは何も知らずに普通の聖書と思って売りに見えたに相違御座んせん。聖書なんてものは信心でもしない限り滅多に読んでみる気がしないものですし、その本を持ち伝えた先祖代々の人も、それがソンナ本だって事を云い伝える事も出来ずに、土蔵《おくら》の奥に仕舞い込んで御座ったんでげしょう。そいつをあの学生さんがホジクリ出して……何だコンナ物、売っチャエ。バアへでも行っちゃえテンで、私《あっし》の処を聞いて持込んでいらっしたものでしょう。聖書なんてものは、今の学生さんにはオヨソ苦手なもんですからね。中味をどこかの一行でも読んでたら持って来る気づかいありませんや。今頃はスッカリ悪魔になり切っちゃって学校なんか止《よ》しちゃって、桃色ギャングか何かでブタ箱にでもブチ込まれているでしょうよ。へへへ……その学生さんの名前とお処はチャント控えておりますから、その中に××のお宅へお伺いしたらキットまだまだ面白い掘出し物があるに違いないと思ってこの二三日ウズウズしているんですがね。へへへ。

中味の読出しは、みんな細かい唐草模様の花文字で、途中のチャプタの切り工合から中みだしなんかスッカリ真物《ほんもの》の聖書の通りですし、創世記のブッ付けの四五行ぐらいはヤッパリ本物の聖書の文句通りですから、誰でも一パイ喰わされるのですが、その四五行目からの有り難い文句が、イキナリ区切りも何もなしに、トテモ恐ろしい文句に変って来るのです。つまり悪魔の聖書と申しますか。外道祈禱書と申しますか。

ソイツを作り出したシュレーカーっていう英国の僧侶《ぼう》さんが、自分の信仰する悪魔の道を世界中に宣伝する文句になっているんですね。昔風な英語ですからチョット読み辛《づ》ろうがしたよ。チョット生意気に訳しかけてみた事もあるんですが、ザットこんな風です。

「われ聖徒となりて父の業を継ぎ、神学を学ぶ中《うち》に、聖書の内容に疑《うたがい》を抱き、医薬化学の研究に転向してより、宇宙万有は物質の集団浮動に過ぎず。人間の精神なるものも亦《また》、諸原素の化学作用に外ならざるを知り、従って宗教、もしくは信仰なるものが、その出発点よりして甚だしく卑怯《ひきょう》なる智者《ちしゃ》の、愚者に対する瞞着《まんちゃく》、詐欺《さぎ》取財手段なるを認め、地上に於《お》いて最真実なるものは唯《ただ》一つ、血も涙も、良心も、信仰もなき科学の精神を精神とする所謂《いわゆる》、悪魔精神なる事を信じて疑わざるに到《いた》れり。わが生まれいでし心は親兄弟、もしくは羅馬《ローマ》法皇が自分のために都合よく作り出せる所謂『神の心』には非《あら》ず。生前の神罰、死後の地獄また在ることなし。何をかか恐れ、何をか憚《はばか》らんや。

歴代の羅馬法皇、その他の覇者は皆この悪魔道の礼讃《らいさん》実行者なり。万人の翹望《ぎょうぼう》する上流階級の特権なるものは皆この悪魔道に関する特権に外ならず。人類の日常祈るところの核心《もの》は皆、この外道精神の満足に他ならず。強者は聖書を以《もっ》て弱者を瞞着し、科学の教うるところの悪魔の力を恣《ほしいまま》にして恥じざらむとす。

全世界の人類よ。皆、虚偽の聖書を棄《す》てて、この真実の外道祈禱書を抱け。われは悪魔道のキリストなり。弱き者。貧しき者。悲しむ者は皆吾《われ》に従え」

といったような熱烈な調子で、人類全般に、あらゆる悪事をすすめる文句がノベタラに書いて御座います。私《あつし》はそれを読んで行くうちに、自分の首を絞《し》められるような気持になってしまいましたよ。西洋《あちら》には血も涙もない悪党が多い。生胆《いきぎも》取りだの死人《しびと》使い、奴隷《どれい》売買、人殺し請負いナンテものは西洋人でなくちゃ出来ない仕事だと聞いておりましたがマッタクその通りだと思いましたナ。

その耶蘇教《やそきょう》の僧侶《ぼう》さんは多分、精神異状者か何かだったのでしょう。そんなつもりで、世界中を悪党だらけにするつもりで、一生懸命に書いたらしく、この世界が「悪」ばっかりで固まっている世界だ……神様なんてものは唯、悪魔の手伝いに出て来た位のもんだっていう事を、出来るだけ念入りに説明しているんです。

「神は弱者のためにのみ存在し、弱者は強者のためにのみ汗水を流し、強者は又、悪魔のためにのみ生存せるもの也」

「世界の最初には物質あり。物質以外には何物もなし。物質は慾望と共に在り。慾望は又、悪魔と共に在り。慾望、物質は悪魔の生れ代り也。故《ゆえ》に物質と慾望に最忠実なるものは強者となり悪魔となりて栄え、物質と慾望とを最も軽蔑《けいべつ》する者は弱者となり、神となりて亡《ほろ》ぶ。故に神と良心を無視し、黄金と肉慾を崇拝する者は地上の強者也。支配者也」

「強者、支配者は地上の錬金術師也。彼等の手を触るる者は悉《ことごと》く黄金となり、黄金となす能《あた》わざるものは悉く灰となる」

「黄金を作る者は地上の悪魔也。彼等の触るる異性は悉く肉慾の奴隷と化し、肉慾の奴隷と化し能わざる異性は悉く血泥と化《な》る」

というようなアンバイです。

ですからこの悪魔の聖書では、旧約の処が「人類悪」の発達史みたいになっておりましてね。アダムとイブが、神様を信心し過ぎて肉慾を軽蔑している間は、子供が生まれなかった。それから蛇によって象徴《あらわ》された執念深い肉慾に二人が囚《とら》われて、信仰をなくしちゃって、エデンの花園を逐《お》われてから、お互いの裸体《はだか》が恥かしくなったお蔭《かげ》で、子供がドンドン生まれ初めてこの地上に繁殖し初めたんだから、トドのつまりこの地上で栄えるものはエホバの神の御心《みこころ》じゃない。悪魔の心でなくちゃならん……といったような理窟《りくつ》で、人類の罪悪史みたような事が、それからジャンジャン書立ててあるのです。

……エジプトの王様は代々、自分の妻を一晩毎《ごと》に取換えて、飽きた女を火焙《ひあぶ》りにして太陽神に捧《ささ》げたり、又は生きたままナイル河の水神様の鰐《わに》に喰わせたりするのを無上の栄華として楽しんでいた。

……ペルシャ王ダリオスの戦争の目的は領土でもなければ名誉でもない。捕虜にして来た敵国の女に対する淫虐《いんぎやく》と、敵国の男性に対する虐殺の楽しみ以外の何ものでもなかった。彼は戦争に勝つ毎《ごと》に、宮殿の壁や廊下を数万の敵兵の新しい虐殺屍体《したい》で飾りその中で敵国の妃《きさき》や王女を初め、数千の女性の悲鳴を聞いて楽しんだ。そこにダリオスは世界最高の悪魔的文明を感じたのであった。

……亜歴山《アレキサンドル》大王はアラビヤ人を亡ぼすために、黒死病患者の屍体を荷《かつ》いだ人夫を連れて行って、メッカの町の辻々《つじつじ》でその人夫を一人ずつ斬倒《きりた》おさせた。これはその極端な悪魔的な精神に於て、近代の戦争のやり口をリードしているのみならず、遥《はる》かにソンナものを超越した偉いところがあった。流石《さすが》は大王というよりほかなかったものである。

……露西亜《ロシア》の彼得《ペートル》大帝は、和蘭《オランダ》に行って造船術を習ったと歴史に書いてあるが、これは真赤な偽りで、実際は堕胎術と、毒薬の製法を研究に行ったのだ。彼得《ペートル》大帝は、そうして得た魔力でもって露西亜の宮廷を支配して、あれだけの勢力を得たもので、大帝の属するスラブ人種が、六十幾つの人種を統一して、大露西亜帝国を作ったのも、こうした大帝から魔力を授かったスラブ族の科学智識のお蔭でしかないのだ。……こんな調子で世界を支配するものは神様でなくてイツモ悪魔であった。一切の科学の初まりは神様の存在を否定し、人間をその良心から解放するのが目的で、同時に一切の化学の初まりは錬金術であり、一切の医術の初まりは堕胎術と毒薬の研究でしかなかったのである。

……吾々《われわれ》は歴史に欺《あざ》むかれてはならない。常に悪魔的な正しい目で歴史を読んで行かないと飛んでもない間違いに陥ることがある。元来ユダヤ人というものは人類の全部をナマケモノにしてコッソリと亡ぼしてしまって、ユダヤ人だけで世界を占領してしまおうと思って、昔から心掛けて来た人種だ。骰子《さいころ》だのルーレットだのトランプだの将棋だのドミノだのいうものは、そんな目的のために猶太人《ユダヤ》が考え出して世界中に教え拡《ひろ》めたものである。しかもその猶太人が、そんな目的のために発明して世界中に宣伝しようとこころみた最後のものがこの基督《キリスト》教なのだから、呆れてモノが云えないではないか。

……「この世の中の事は何もかも神様の思召《おぼしめし》ばかりだ。神様に祈ってさえいれば、欲しいものは何でも下さるのだから、人間はチットモ働かなくていいのだ。神様を信ずれば盲目《めくら》が見え、唖《おし》が物を云い、躄《いざり》が駈《か》け出すのだ。天を飛ぶ鳥を見よ。地を走る狐《きつね》を見よ。明日の事なんか考えなくともチャンと生きて行けるじゃないか」といったアンバイ式に宣伝して世界中をみんな懶《なま》け者にしちまおうと思って発明したのがこの基督教なんだ。

……そこでその当時ユダヤでも一番の名優であったヨハネという爺《じい》さんを雇って来て、この基督教のチンドン屋をやらせてみたがドウモうまいこと行かない。そこでその次に出て来たユダヤでも第一等の美男子のイエスという男優と、ユダヤ第一の美しい女優のマリアというのを取組ませて、この宣伝を街頭でやらせてみたらコイツが大々的に大当りを取ることになった。

……といったような調子で旧約聖書の文句が済みますと今度は新約でゲス。

（三十行削除）

……つまりそのデュッコっていう僧侶が聖書の中で基督に成り代って云うのです。「吾は悪魔の救世主なり。皆吾に従え」ってんで自分が先祖代々から受け伝えて来た悪魔の血すじを、系図みたいに書並べたのがソノ新約の書出しなんで、それから自分が虫も殺さぬ宣教師となって明暮れ神の道を説きながら、内心では悪魔の道を信仰して、女を殺したり、金を捲上《まきあ》げたりして来た恐ろしい悪事の数々を各章に分けてサモサモ勿体《もったい》らしく書立ててあるのです。人間は神様と良心を蹴《け》飛《と》ばしちまえばドンナ幸福でも得られる。自分の師と仰ぐものはイエス・クリストじゃない、悪魔に魂を売った独逸の魔法使いファウストだってんで、ありとあらゆる科学的な悪事のやり方が、自分の体験と一緒に、それ相当の悪魔式のお説教を添えて書いてあります。

（四十七行削除）

それから一番おしまいの詩篇のところへ来ると、極端な恋歌ばっかりですね。それもマトモな恋の歌なんか一つもないので、邪道の恋、外道の恋みたいなものを讃美した歌ばっかりなんで呆れ返ったワイ本なんですがね……ヘエ……。ナ……何ですか……その本がどこに在るかって仰言るんですか……へへへ。それが又面白いんです。

今も申します通り、その聖書は、ちょっと見たところ、古い木版みたいな字の恰好ですからね。蔵《しま》っておいたって仕様がないし、そうかといってウッカリ気心の知れないところに持って行ってお勧めする訳にも行きませんからね。困っちゃって、ボクスか何かの古い皮革《かわ》のケースに入れたまんま向うの棚の片隅に置いといたんです。それを見つけたお客様のお顔色次第で千円ぐらいは吹っかけてもアンマリ罰は当るめえ……と思っていた訳ですが……普通の聖書にしてもソレ位のねうちはあるんですからね。

ところがこの三月ばかり前のことです。驚きましたよ。いつの間にシテヤラレたものですか、その聖書の中味がスッポ抜かれちゃって、箱《ケース》だけがあそこの棚の隅に残っているのを発見しちゃったんです。

あそこは店の中でも一番暗い処で、私《あつし》が珍本と思った本だけをソーッと固めて置いとく処ですからね。あそこに来てジイッと突立っておいでになる方はイッモ大抵きまっているんですからね。持ってお出でになった方もアラカタ見当が……。

オヤッ……先生のお顔色はドウなすったんです。御気分でもお悪いんですか……ヘエ。ヘエッ……これは三百円のお金……今月のお月給の全部……私《あつし》に下さるんで……ヘエッ……あの聖書のお手附け……千円の内金と仰言るんで……これはどうも恐れ入りましたナ。あの本は先生がお持ちになったんで……ヘエ。それはドウモ何ともハヤ……ヘエヘエ……何と仰言る……。

ヘエエ……今年の春から先生の奥様にピアノを教えにお出でになっている音楽学校出の若いピアニストの方が、あの本を偶然に御覧になって、大変に珍しがって借りておいでになった。先生もその時までは普通の聖書と思って何の気もなくお貸しになった。ヘエヘエッ……ド……ドッ……どうぞお落付きになって……お落付きになって……お静かに……お静かに……御ゆっくりお話し下さいまし……ナナ……なる程。へエヘエ。

それから一週間ばかり経って、奥様が流産をなすった……妊娠三箇月で……成る程。お医者様の御診察ではその前にお二人で××にドライブをなすったのが悪かった……ナル程。あの国道はこの頃悪くなりましたな。無理は御座んせんよ。自動車が矢鱈《やたら》に殖《ふ》えましたからナ。県の土木費はモトの通りなのに……まだある。ヘエ……。

タッタお一人のお坊ちゃんが、牛乳ばっかりで育てておいでになったのが、四五日前に急にお亡《な》くなりになった。食餌《しょくじ》中毒という診断だが、怪しいと仰言るんで……ヘエ。ドウ怪しいんで……ヘエ。あの本を借りて行かれたピアノの教師《せんせい》が、あの本の中の毒薬を使っているに違いない。この頃、貴方様も胃のお工合が宜《よろ》しくない。胃がシクシクお痛みになる。××××、×××かも知れない。ヘエ。つまり貴方様はズット前からそのピアノの教師《せんせい》を疑っておいでになったんですね。成る程。そのピアノの教師は芸術家気取のノッペリした青年……奥様は二度目の奥様で、大阪新聞の美人投票で一等賞……アッ……。

ワ――ッ……先生ッ。チョチョチョチョチョットお待ち下さい。チョットチョット。いえ放しませせぬ。チョットお待ち下さい。血相をお変えになってどこへお出でになるんで……ナ何ですって……。そのピアノ教師《せんせい》をお訴えになる。あの本を取返して使った毒薬を発見してやる……ま……ま……待って下さい。……ト……飛んでもない事です。まあお聴き下さい。落ち付いて……とにかくここへ今一度おかけ下さい。私《あっし》のお話をお聞き下さい。御事情は私《あっし》が見貫《みぬ》いております。事件の真相は私《あっし》がチャンと存じておりますから、残らずお話し致しましょう。急《せ》いてはいけません。短気は損気です……ああビックリした……。

飛んでもない事ですよ先生、ソレは……。もし先生がソンナ事をなされますとあの本をどこから手に入れたという事が、警察でキット問題になりますよ。その時に私《あっし》が警察へ呼ばれまして正直のところを申立てましたら、先生の御身分は一体どうなるんですか。

ハハハ。それ御覧なさい。まあまあモウ一度ここへお掛け下さい。このお茶の熱いところを一服めし上って下さい。私《あっし》が何もかもネタを割ってお話し致します。モトを申しますと何もかも私《あっし》が悪いのです。

ソ……ソンナにビックリなさることは御座いません。コレ……この通りお詫《わ》びを申上げます。何もかも私《あっし》が悪いので御座います。ヘエヘエ。この通りアヤマリます。どうぞ御勘弁を……。

何をお隠し申しましょう……只今《ただいま》まで私《あっし》がお話致しました事は、みんなヨタなんです。出鱈目《でたらめ》なんです。根も葉もない作り話なんでゲス。ハハハ。吃驚《びっくり》なさいましたか。ハハハ……。

あの御本はヤッパリ普通の聖書なんです。もちろん一六八〇年度の英国の筆写本なんでゲスから相当の珍本には間違い御座んせん。三百両ぐらいの価値《ねうち》は確かで御座いますがトテモ千両なんて踏めるシロモノじゃ御座んせん。御自身に読んで御覧になれあ、おわかりになります。初めからおしまいまで普通の聖書の通りの文句で、一字一字毎《ごと》に狂いのないところを見ますと、よっぽど信仰の深い僧侶《ぼう》さんが三拝九拝しながら写したもんですね。とにかく滅多に出て来っこない珍本ですからドウゾお大切にお仕舞いおき願いますよ。こうしてお代金を頂戴いたしましたからには、惜しゅうは御座いますが、お譲り致します。

実は先生が、大学でも有名な御本集めの名人でおいでになる事を、法文科の中江先生からズット以前に伺っておりました。今度、〇〇科へ本集めの名人が来たぜ。あの男は東京に居る時分から俺の好敵手で、どうして集めるんだか判らないが、俺の狙っている本を片端《かたはし》から浚《さら》って行ってしまいやがる。あの男が来ると俺の道楽は上ったりだ……ってね。よくソウ仰言っておられましたよ。

……ですから実はソノ……へへへ。先生があの本をお持ちになった時も私《あっし》はよく存じておりましたからね。その中《うち》に奥様にでもお代を頂戴に行こうかと思っておりますところへ、今日ヒョックリ先生がお見えになる……トタンに今の夕立で御座いましょう。店には格別お珍しいものも御座んせんし、先生も雨上りをお待ちになっておいでになる御様子ですし、私《あっし》も朝から店に座っていてすこし頭がボンヤリして来たようですから、ツイ退屈凌《しの》ぎに根も葉もないヨタ話を一席伺いました訳で……若い中《うち》にナマジッカな学問をしたり寄席《よせ》へ出たり致しました者は、ツイ余計なお喋《しゃべ》舌りが出て参りますようで……ヤクザな学問ほど溢《あふ》れ出したがるようでへへへ。……へエへエやっぱりコウして書物の中に埋まっておりましても探偵小説が一番面白いようで……まったくで御座います。どうかするとツイ探偵小説を地で行ってみたいような気にフラフラッとなりますから妙なもんで……へエ。思いもかけませぬお代を頂戴致しまして恐れ入りました。全く根も葉もない作り事を申上げまして、御心配をおかけ申しました段は、幾重にも御勘弁を……。

へエ。モウ降り止んだようで御座います。だいぶ明るくなって参りました。明日はお天気になりましょう。

ヘイ。御退屈様。毎度ありがとう存じます。ドウゾ奥様をお大事に……。

人の顔

一

チエ子は奇妙な児《こ》であった。

孤児院に居るうちは、ただむやみと可愛《かわ》いらしい、あどけない一方の児であったが、五ツの年の春に、麴町《こうじまち》の番町に住んでいる、或《あ》る船の機関長の家庭《うち》に貰《もら》われて来てから一年ばかり経《た》つと、何となく、あたりまえの児と違って来た。

背丈けがあまり伸びない上に、子供のもちまえの頰の赤味が、いつからともなく消えうせて、透きとおるほど色が白くなるにつれて、フタカイ瞼《まぶた》の眼ばかりが大きく大きくなって行った。それと一緒に口数が少くなって、ちょっと見ると啞児《おし》ではないかと思われるほど、静かな児になった。そうして時たま口を利《き》く時には、その大きな眼を一パイに見開いて、マジマジと相手の顔を見る。それから、その小さな下唇を、いく度もいく度も吸い込んだり出したりしているうちに、不意に、ハッキリした言葉つきで、飛んでもないマセた事を云《い》い出したりするのであったが、それが又チエ子を、たまらない程イジラシイ悧潑《りはつ》な児に見せたので、両親は大自慢で可愛がるのであった。

チエ子が一番わるい癖の朝寝坊でも、叱《しか》るどころでなく、かえって手数のかからない児だと云って、自慢の一ツにする位であった。

しかしチエ子にはもう一ツ奇妙な……しかしあまり人の目につかない特徴があった。それは何の影もない大空と屋根との境い目だの、木の幹の一部分だの、室《へや》の隅ッコだのを、ジイッと、いつまでもいつまでも見つめる癖で、すぐ近くから呼ばれているのに気がつかないで、空のまん中に浮いている雲だの、汚れた白壁の途中だのを一心に見上げていたりするのであった。

母親はこの癖に気付いているにはいたが、温柔《おとな》しい児にはあり勝ちのことなので、さほど気にかけていなかった。いくら呼んでも来ない時に、

「チエ子さん……何を見ているのです……」

なぞと叱ることもあったが、本当に何を見ているのか、きいてみた事は一度もなかった。

ところが、チエ子が六ツになった年の秋の末のこと、外国航路についている父親から、真赤な鳥の羽根の外套《がいとう》を送って来た。それは和服にも着せられる、鐘型《つりがねがた》の風変りなもので、その深紅の色が何ともいえず上品に見えた。

母親は早速それをチエ子に着せて、自分も貴婦人みたようにケバケバしく着飾って、

四谷へ活動を見に連れて行った。母親は、どちらかといえば痩《や》せギスで、背丈が普通《なみ》の女以上にスラリとしているので、チエ子の手を引いて行くのはいくらか自烈度《じれった》いらしかったが、それでも、二人とも新しいフェルトの草履《ぞうり》を穿《は》いて、イソイソとしていたので、誰が見てもホントウの親子に見えた。

二

活動が済むころから、風がヒュウヒュウ吹き出したので、かなり寒い、星だらけの夜になった。

その中を二人は手を引き合って帰って来たが、嫩葉《わかば》女学校の横の人通りの絶えた狭い通りへ這入《はい》ると、チエ子が不意に立ち止まって母親を引き止めた。そうして、いつもよりもずっとハッキリした声を、建物と建物の間のくら暗《やみ》に反響さした。

「……おかあさん……」

「何ですか……チエ子さん……」

母親はビックリしたようにふり返った。

「あそこに……お父さまのお顔があってよ」

と云いつつチエ子は、小さな指をさし上げて、高い高い女学校の屋根の上を指《ゆび》さした。

母親はゾッとしたらしく、思わず引いている手に力を入れて叱りつけた。

「何です。そんな馬鹿《ばか》らしいこと……」

「イイエ……おかあさん……あれはおとうさまのお顔よ。ネ……ホラ……お眼々があって、お鼻があって……お口も……ネ……ネ……ソウシテお帽子も……」

「……マア……気味のわるい……。お父様はお船に乗って西洋へ行っていらっしゃるのです。サ……早く行きましょう」

「デモ……アレ……あんなによく肖《に》ててよ……ホラ……お眼々のところの星が一番よく光っててよ」

母親はだまって、チエ子の手をグングン引いてあるき出した。チエ子も一緒にチョコチョコ駈《か》け出したが、暫《しばら》くすると又、不意に口を利き出した。

「おかあさま……」

「……何ですか……」

「アノネ……おうちのお茶の間の壁が、こないだの地震の時に割れているでショ……ネ……ギザギザになって……あそこにどこかのオジサマやオバサマの顔があってよ。大きいのや小さいのや、いくつも並んで……ソウシテネ……ソウシテネ……また方々にいくつも人の顔があってよ。お隣りのお土蔵《くら》の壁だの、おうちの台所の天井だの、お向家《むかい》の御門の板だの、梅の木の枝だの、木の葉の影法師だのをヨ――ク見ていると、いろんな人の顔に見えて来てよ。きょうお母様に見せていただいた活動のわるい王様でも、綺麗《きれい》なお姉さまの顔でも、キットどこかにあってよ。明日《あした》になったら、あたしキット……アラ……お母さまチョット……あそこに……」

と云いさしてチエ子は又急に母親の手を引き止めた。

「……ホラ……あの電信柱の上に、小さな星がいくつも……ネ……ネ……いつもよくうちにいらっしゃる保険会社のオジサマの顔よ……お母様と仲よしの……ネ……」

母親はギックリしたように立ち竦《すく》んだ。下唇をジイと噛《か》んでチエ子の顔を見下した。わなわなとふるえる白い指先で、鬢《びん》のほつれを撫《な》で上げながら、おそろしそうにソロソロと、そこいらを見まわしていたが、何と思ったか突然《だしぬけ》に、邪慳《じやけん》にチエ子の手を振り離して小走りに駈け出した。

「アレ……おかあさまア……待って……」

とチエ子も駈け出したが、石ころに躓《つまず》いてバッタリと倒おれた。その間《ま》に母親は大急ぎで横町へ外《そ》れてしまった。

チエ子はヒイヒイ泣きながら、起き上ってあとを追いかけた。泣いては立ち止まり、走り出しては泣きしながら、辻々《つじつじ》の風に吹き散らされて行くかのように、いくつもいくつも街角を曲って、長いことかかってやっと、見おぼえのある横町の角まで来ると、お向家《むかい》の御門の暗い軒燈《けんとう》の陰から、真白な、怖い顔をさし出して、こちらを見ている母親の顔が見つかった。

チエ子はそのまま立ち止まって、声高く泣き出した。

三

それから後《のち》、母親はあまりチエ子を可愛がらなくなった。

「……もうチエ子さんは、じき学校に行くのですから、独りでねんねし習わなくてはいけません」

と云って、茶の間に別の床を取って寝かして自分は一人で座敷の方に寝るようにした。活動なぞにも、それから一度も連れて行かないで、自分ばかり朝早くからお化粧をして出かけると、夜遅くまで帰って来ない日が続くようになった。帰りがけにチエ子の大好きな、絵本を買って来るようなこともなくなった。

けれどもチエ子は、別に淋《さび》しがるような様子はなかった。それかといって女中と遊ぶでもなく、今までの通り古い絵本を繰り返して拡《ひろ》げたり、いろんなものをジッと見つめたり、人の顔らしいものを地べたに描《か》いては消したりして遊んだ。それから日が暮れて、女中と一緒にお茶の間で、御飯をたべてしまうと間もなく片隅に敷いてある寝床の中に、湯タンポを入れてもらって、小さな身体《からだ》をもぐり込ませる。それでも朝寝坊は今までの通りにしたので、どうかすると二三日も母親の顔を見ないことがあった。

「どうしてあなたは、そんなに朝寝をするのですか」

或る朝、珍らしく出て行かなかった母親がこう尋ねると、チエ子はいつもの通り母親の顔を見つめながら、下唇をムツムツさしていたが、やがてオズオズとこう答えた。

「あのね……あたし、お母さまとおネンネしなくなってから、夜中にきっと眼がさめるの。ソウスルトネ……電燈《でんき》が消えて真っ暗になっているの。ソウシテネ……上の方をジイ――と見ていると、お向家《むかい》だの、お隣家《となり》だの、おうちのお庭にあるゴミクタだの、石ころだのが、いろんな人の顔になって、いくつもいくつも見えて来るの……ソウシテネ……それをヤッパシじいっと見ていると、そんな人の顔がみんな一緒になって、いつの間にかお父さまの顔になって来るのよ……ソウシテネ……それをモットモットト、いつまでもいつまでも見ていると、おしまいにはキットあたしを見てニコニコお笑いになるの……ソウスルトネ……そのお父様と、いろんな事をして遊んでいる夢を見るの……大きな大きなお船に乗ってネ……綺麗な綺麗なところへ行ったり……ソレカラ……」

「いけないわねえ子供の癖に……夜中に睡《ね》られないなんて……困るわね……どうかしなくちゃ」

と云い云い母親は、こころもち青褪《あおざ》めた顔をして、チエ子の大きな眼をイイマしそうに見つめていたが、やがて、急にわざとらしくニッコリして手を打った。

「……アッ……いいことがあるわよチエ子さん。お母さんがネ……おいしいお薬を買って来て上げましょうネ。ソレをのむとキッとよく睡られて、朝早く起きられますよ……ネ……晩によくオネンネをして、朝早く起きる癖をつけとかないと、今に学校に行くようになってから困りますからね……ネ……ネ……」

チエ子は不思議そうな顔をしいしい温柔《おとな》しくうなずいた。そうしてその晩から、母親に丸薬をのまされて寝ることになったが、そのお蔭《かげ》かして、あくる朝は割り合いに早く眼をさましたのであった。

それ以来母親はまた、不思議に家《うち》に居つくようになった。朝のお化粧もやめてしまったが、その代りに夕方になると急にソワソワし出して、お湯に行ったり、おめかしをしたりして、まだ明るいうちに夕飯を仕舞うと、女中とチエ子を追い立てるようにして寝かした。そうして、チエ子が一度でも朝寝をすると、その晩から丸薬を一粒宛《ずつ》殖《ふ》やしたので、一と月と経たないうちに、粒の数が最初の時の倍程になった。チエ子は一日一日と瘠《や》せ細って、顔色がわるくなって来た。

四

そのうちに、あくる年の二月の末になって、チエ子の父親が、長い航海から帰って来たが、玄関に駈け出して来たチエ子を見ると、ビックリして眼を瞭《みは》った。

「どうしてこんなになったのか」

と、短気らしく大きな腕を組んで、あとから出て来た母親にきいた。しかし母親がまじめな顔をして、何か二言《ふたこと》三言《みこと》云いわけをすると、間もなく納得したらしく、組んでいた腕をほどいて元気よくうなずきながら、靴をスポンスポンと脱いだ。

それから縕袍《どてら》に着かえて、チエ子と並んで夕飯のお膳《ぜん》について、何本もお銚子《ちょうし》を傾けた父親は、赤鬼のようになりながら大きな声で、今度初めて行った露西亜《ロシア》の話をした。そのあいまあいまにチエ子がこの頃は特別に温柔《おとな》しくなった話をきかされたり、久し振りに結《ゆ》ったという母親の丸髷《まるまげ》を賞《ほ》めて、高笑いをしたりしていたが、そのあげく、思い出したように柱時計をふり返ってみると、飯茶碗《めしぢゃわん》をつき出して怒鳴った。

「オイ飯だ飯だ。貴様も早く仕舞って支度をしろ。これから三人で活動を見に行くんだ」

「エ…………」

「活動を見にゆくんだ……四谷に……」

お給仕盆をさし出しかけていた母親の顔がみるみる暗くなった。魘《おび》えたような眼つきで、チエ子と、父親の顔を見比べた。

「何だ……活動嫌いにでもなったのか」

と父親は箸《はし》を握ったまま妙な顔をした。母親は、泣き笑いみたような表情にかわりながら、うつむいて御飯をよそった。

「そうじゃありませんけど……あたし今夜何だか……頭が痛いようですの……」

父親は平手で顔を撫でまわした。

「フ――ン。そらあいかんぞ。半年ぶりに亭主が帰って来たのに、頭痛がするちう法があるか……アハハハまあええわ、それじゃ去年送った、あの外套《がいとう》を出しとけ。チエ子の赤い羽根のやつを……。あれは俺が倫敦《ロンドン》で買ったのじゃが、日本に持って来ると五十両以上するシロモノだ。ここいらの家《うち》の児であんなのを着とるのはなかろう……ウンないじゃろう。ない筈《はず》だ。ウン……。あれを着せて二人で行って来るからナ……貴様は頭痛がするんなら先に寝とれ……座敷に瓦斯《ガス》ストーブを入れてナ……ハハ久し振りに川の字か。ハハン……しかし要心せんといかん……」

「それほどでもないんですけれど、永いこと丸髷に結わなかったせいかもしれません」

と母親は、お茶をさしながら甘えるような、悄気《しょげ》た声で云った。

「イヤ……いかんいかん。そんな事を云って無理をしちゃいかん。今年は上海《シャンハイ》のチブスがひどいからな。……ナニ俺か。俺は大丈夫だ。この上からマントを着てゆく。帽子は鳥打《とりうち》がええ。ウン。それからトランクの隅にポケットウイスキーがあるから、マントのポケットに入れとけ……日本は寒いからナ……ハハハハハ」

五

活動を見ながらウイスキーをチビリチビリやっていた父親は、いよいよいい機嫌になって帰りかけた。

四谷見付《よつやみつけ》で電車を降りると、太い濁った声で、何か鼻唄《はなうた》を歌い歌い、チエ子と後になり先になりして来たが、やがて嫩葉《わかば》女学校の横の暗いところに這入ると、ちょうど去年の秋に、母親と立ち止まったあたりで、チエ子は又ピッタリと立ち止まった。

「オイ。早く来んか。怖いのか……アアン……サ……お父さんが手を引いてやろ……」

と、二三間先へ行きかけた父親が、よろめきながら引返してみると、チエ子は暗い道のまん中に立ち止まって、一心に大空を見上げている。

「何だ……何を見とるのか」

「……あそこにお母さまの顔が……」

「フ――ン……どれどれ……どこに……」

と父親は腰を低くして、チエ子の指の先を透かしてみた。

「ハハア……あれか……ハハハハ……あれは星じゃないか。星霧《せいむ》ちうもんじゃよあれは……」

「……デモ……デモ……お母様のお顔にソックリよ……」

「ウ――ム。そう見えるかナア」

「……ネ……お父さま……あの小さな星がいくつもいくつもあるのがお母さまのお髪《つむ》よ……いつも結っていらっしゃる……ネ……それから二つピカピカ光っているのがお口よ……ネ……」

「……ウーム。わからんな。ハハハハハ……ウンウンそれから……」

「それから白いモジャモジャしたお鼻があって、ソレカラ……アラ……アラ……あのオジサマの顔が……あんなところでお母さまのお顔とキッスをして……」

「アハハハハハハ……冗談じゃないぞチエ子……何だそのオジサマというのは……」

「……あたし、知らないの……デモネ……ずっと前から毎晩うちにいらっしてネ……お母様と一緒にお座敷でおねんねなさるのよ。あんなにニコニコしてキッスをしたり、お口をポカンとあいたり……」

と云いさしてチエ子は口を噤《つぐ》んだ。ビックリしたように眼を丸くして、父親の顔を見た。

しゃがんでいた父親は、いつの間にか闇《やみ》の中に仁王立《におうだ》ちになっていた。両手をふところに突込んだまま、チエ子の顔を穴のあくほど睨《にら》みつけていた。

チエ子はそれを見上げながら、今にも泣き出しそうに眼をパチパチさした。そうして、云いわけをするかのようにモジモジと、小さな指をさし上げた。

「……こないだは……アソコに……お父さまのお顔があったのよ……」

支《し》那《な》米《まい》の袋

ああ……すっかり酔っちゃったわ。……でも、もう一杯カニャックを飲ましてちょうだいね……。

あんたもお飲みなさいよ。今夜は特別だからサア……ええ。妾《わたし》の気持ちが特別なのよ。今夜は……。

……そのわけは今話すわよ。話すから一パイお飲みなさいったら……それあトテモ恐ろしい話なのよ。……ダメダメ。いくらあんたが日本の軍人だって、妾の話をおしまいまで聞いたら屹度《きっと》ビックリして逃げ出すにきまっているわよ。

……ああ美味《おい》しい。妾もう一パイ飲むわ。へべれけになるわよ今夜は……ニチエウオ！……レストラン・オブラーコのワーニャさんを知らないか……ってね。管《くだ》を巻くわよ今夜は……オホホホホホ。……でも、あんたはその話を聞く前に、妾にいくらでもお酒を飲ましていい理由《わけ》があるのよ。何故《なぜ》って妾はこの間から何度も何度もあんたを殺したくなった事があるんですもの……マア。あんな顔をして……ホホホホホ。まあそんなに怖い顔をしないでもいいから一杯お飲みなさいったら、シャンパンを抜いたからサ……。

……アラ……何故いけないの。おかしな人ねあんたは……まあ憎らしい。妾、そんな薄情物じゃないわよ。あんたを殺してお金を奪《と》ったって、いくらも持ってやしないじゃないの。亜米利加《アメリカ》の水兵の十分の一も持っていないこと妾チャンと知っているわよ。ホラ御覧なさい。ホホホホホ。だからそんな余計な心配をしないで一パイお飲みなさいったら……飲まなけああんたを殺したいわけを話さないからいい……寝てる間《ま》に黙って殺しちゃうから……さあ……グッと……そうよ。サアも一つ……これは妾を侮辱した罰よ。ホホホホホホ。

今夜もそうなのよ。チョット電燈《でんき》を消すから、その窓から向家《むこう》の屋根を覗《のぞ》いて御覧なさい……ホラ、あんなに雪が斑《まだら》になって凍り付いているでしょ。妾はあの屋根の雪の斑を見るたんびにあんたを殺したくてたまらなくなるのよ。……だからそのたんびにお酒を飲むの。ウオツカでも、ウイノーでも、ピーヴォでも何でもいいの。そうすると忘れちゃってね。あんたを殺すのを忘れちゃって寝てしまうから……ああ美味《おい》しい。妾もう一杯飲むわ。

……イイエ真剣なの。ホントウに真剣なのよ。そうして今夜こそイヨイヨ本気になってあんたを殺そうと思っているのよ。だから今夜は特別なのよ……だってあんたはちょうどこんな晩に、妾《わたし》を生命《いのち》がけの旅行に連れ出して行った男にソックリなんですもの……背《せ》の高さと色が違うだけで、真正面《まとも》から見ているとホントに兄弟かと思う位よ。だからコンナに惚《ほ》れちゃったのよ。……イイエ……ちっともトンチンカンな話じゃないの。妾、そんなに酔ってやしないわよ。カニャックなんかイクラ飲んだって管なんか巻きやしないから……その訳はこうなのよ。まあお聞きなさいったら……トンチンカンでもいいからサア……。

あんたはツイこの頃来たんだから知らないでしょうけども、この間、此浦《こ》塩《こ》を引き上げて行った亜米利加《アメリカ》の軍艦ね。あの軍艦《ふね》の司令官の息子でヤングっていうのが、その男なのよ。……ええ……司令官と同じにヤングっていってね。名前だか苗字《みょうじ》だかわからないけど、只《ただ》そういっていたの……そうネエ。年は三十だって云《い》っていたけど、あんたと同じ位に若く見えたわ。六尺位の背丈けの巨男《おおおとこ》でね。まじめな、澄まアした顔をしていたわ。あの軍艦《ふね》の中でも一等のお金持ちで、一番の学者だって、取り巻きの士官や水兵さん達がそう云っていたから本当でしょうよ。もっとも学者だっていうけど、あんたと違って歌も知っているし、音楽も出来るし、お酒はいくら飲んでも平気だし、ダンスでも賭博《ばくち》でも、あんたよりズット巧《うま》かったわ……それからもう一つ……お話がトテモ上手だったの。イイエ。そんな六箇敷《むずかし》い話じゃないの。それあステキに面白い……トテモ恐ろしい恋愛の話よ。ヤングはその方の学者だって、自分でそう云っていた位だわ。

……ええ……そのヤングは軍艦が浦塩《うらじお》に着くと間もなく、このオブラーコの舞踏場へ遣《や》って来て、一番最初に妾を捉《つか》まえて踊り出したの。そうしたら妾の身体《からだ》が、ヤングの半分位しかなかったもんだから、一緒に来た士官や水兵さん達が、みんなでワイワイ冷やかして、ピューピュー口笛を吹いたりしたの。……そうしたらヤングも一緒になって笑いながら、妾をお人形さんのように抱き上げて、この室《へや》へ逃げ込んだと思うと、妾の内ポケットから鍵《かぎ》を取り上げて扉《ドア》をピッタリと掛けてしまったの。……その素早かった事……でもその時は、妾が店に突き出されてから、まだやっと二日目位だったし、男ってどんなものか知らない位だったもんだから、ホントウにビックリしてしまって、一生懸命ヤングの軍服の胸に獅噛《しが》み付いていたわ。だけどヤングは、この室《へや》で二人切りになると、トテモ親切に妾を慰めてくれたのよ。落魄男爵《おちぶれだんしゃく》の娘から、こんなレストランの踊り子にかわった妾の身の上話を、シンカラ同情して聞いてくれたり、お料理やお菓子を色々取ったり、お酒をいくらでも飲んでくれたり、お金を持っているだけ、みんな置いて行ってくれたりしたので、妾ホントウに嬉《うれ》しかったわ。それはみんな亜米利加《アメリカ》の貨幣《おかね》だったけど、主人は大ニコニコで私の頭を撫《な》で、

「大手柄大手柄……あのお客人を一生懸命で大切《だいじ》にしろ……」

って云ってくれたわ。

それからヤングは毎晩のように妾の処へ遣って来たの。そうして妾とだんだん仲よしになって来ると、いろんな事を妾に教え初めたの。亜米利加の言葉だの、ＡＢＣの読み方だの、キッスの送り方だの……誕生石の話だの……花言葉だの……だけど、その中でも一等面白くて怖かったのは、やっぱり、そのステキな恋愛のお話だったわ。妾ホントに感心しちゃったのよ。ヤングが何でもよく知っているのに……。

それは亜米利加のお金持ち仲間で流行《はや》る男と女の遊び方で、お金持ちになればなる程、そんな遊びの方法《しかた》が乱暴なんですってさあ。……ええ……それはトテモ贅沢《ぜいたく》な室《へや》の仕掛けや、高価《たか》いお薬や、お金のかかる器械や、お化粧の道具などが、いくらでも要《い》るので、貧乏人にはトテモ出来ない遊びなんですってさあ。そうして亜米利加の若い男や女は、そんな遊びがしたいばっかりに、一生懸命になって働らいて、お金を貯《た》めているんですってさあ。

その遊び方《かた》っていったら、それあ沢山あるわよ。みんなお話しするのは大変だけど、一寸《ちよつと》云って見ればね……紅《べに》で作ったチューインガムや薬みたようなものを使って、相手を血まみれの姿にし合いながらダンスをしたり……天井も、床も、壁も、窓掛けも、何もかも緋色《ひいろ》ずくめにした部屋の中に大きな蠟燭《ろうそく》をたった一本灯《とも》して、そのまわりを、身体《からだ》中にお化粧して、その上から香油《においあぶら》をベトベトに塗った素《す》っ裸体《ぱだか》の男と女とが、髪毛《かみのけ》を振り乱したまま踊りめぐったりするんですとさあ。そうするとその蠟燭の光りの赤い色が、壁や、天井の色に吸い取られて、まるで燐火《おにび》のように生白く見えて来るにつれて、踊っている人達の身体の色がちょうど、地獄に堕《お》ちた亡者《もうじゃ》を見るように、赤や、緑色や、紫色に光って見えて来るんですって。それと一緒に身体じゅうの皮膚がポッポと火熱《ほて》り出して、燃え上るような気持ちになって来るもんだから、その苦し紛れに相手をシッカリと摑《つか》まえようとすると……ホラ、油でヌラヌラしていてチットモ力が這入《はい》らないでしょう。そのうちに、死ぬ程苦しくなって、ヘトヘトに疲れて倒れてしまうんですってさあ……ねえ。ずいぶんステキじゃないの。……だけどまだ恐ろしい話があるのよ。

……エ……もう解《わか》ったっていうの……。嘘《うそ》ばっかり……わかるもんですか。ズットおしまいまで聞いてしまわなくちゃ、解りやしないわよ。妾があんたを殺したがっている訳は……まあ黙って聞いてらっしゃいったら……上等の葉巻を一本上げるから……。

そうしてね……そんな恐ろしい楽しみを続けて行くとそのうちには、とうとう、どんなに滅茶苦茶《めちゃくちゃ》な遊びをしても直《じ》きに飽きるようになってしまうんですって。そうして最後《おしまい》には自分が可愛《かわい》いと思っている相手を、自分の手にかけて嬲《なぶ》り殺しか何かにして終《しま》わなくちゃ、気が済まないようになるんですってさあ。……つまり自分の相手をまだ可愛がり飽きないうちに殺しては又、新しい相手を探し探しして行くのが、亜米《アメ》利加《リカ》で流行《はや》る一番贅沢な遊びなんですってさあ……ホホホホホ。ビックリしたでしょう。ねえあんた。誰だってそんな話ホントにしやしないわねえ。妾もそん時には嘘だって笑い出した位よ。だってそれあ男だったらそんな事が出来るかも知れないけど、女がそんな乱暴な遊びをしようなんて思えやしないわ。ねえ。何ぼ何でも……。だけど、妾それから温柔《おとな》しくしてヤングの話を聞いていたら、それがだんだん本当らしくなって来たから不思議なのよ。亜米利加の女ってものはそんな遊びにかけちゃ男よりもズット気が強いんですってさあ。亜米利加の男や女に独身生活者《ひとりもの》が多いのは、そんな遊びのステキな気持ちよさを知っているからで、そんな人達に、方々から誘拐《かどわか》して来た、美しい男や女を当てがって、いろんなステキな遊びをさせる倶楽部《くらぶ》だの、ホテルだのいうものが、大きな街に行くとキットどこかに在るんですってさあ……つまりお金さえあれば、ドンナ事でも出来るのが亜米利加の風《ふう》だっていうのよ。だから恋愛の天国っていえば、今の世界中で亜米利加よりほかに無いってヤングは自慢していたわ。

……でもね……その中でたった一つ、ドンナお金持ちでも滅多に出来ない、一番ステキな、一番贅沢な、取っときの遊びがあるっていうのよ。ねえ……面白いでしょう……それはねえ。今云ったようにお金ずくで出来るいろんな素敵な遊びにも飽きてしまって、どうにもこうにも仕様《しよう》がなくなった人の中の一人か二人かがやって見たくなるステキなステキな、この上もない無鉄砲な遊びで、それこそホントにお金ずくでは出来ない生命《いのち》がけの愉快な遊びなんですってさあ……そう云ったらあんたはわかるでしょう。その遊び方が……え……わからないって……まあ。……

……だってその遊びの本家本元は日本だってヤングはそう云ったのよ。世界中のどこにも無くて日本にだけ昔から流行《はや》っているのを、この頃亜米利加の学者たちが大騒ぎをして研究を始めているので、トテモ有名な遊びなんですとさあ……そう云ってもわからない？……まあ……じゃもっと云って見ましょうか。

ヤングはそう云ったのよ。日本の芸術ってものは何でもかんでも世界中の芸術の一番いいとこばかりを一粒選《え》りにして集めたものなんですってさあ……イイエ、オベッカじゃないのよ。ヤングがそう云っていたんだから……妾なんかは解らないけど……だから日本では恋愛の遊びだって、ほかの色んな遊びの仕方は、もうすっかり流行《はや》り廃《すた》っている代りに、その一番ステキなのがタッタ一つだけ、今でも残っているんですって。一つは日本人はお金をそんなに持たないから、ほかのお金のかかるのはみんな諦《あき》らめてしまって、その一番ステキなのだけで満足しているのかも知れないって云うのよ。それをこの頃になって亜米利加の学者たちが八釜《やかま》しくいって研究しているけども、それはただ学問の研究だけで、本当にやって見ようなんていう度胸のある人間は、まだ一人も亜米利加に出て来ないんですってさあ……そんなステキな遊びが日本に在るのをあんた知らない……マア……そんな筈《はず》はないわ。ヤングは学者だから嘘なんか吐《つ》きやしないわよ。あんたは知っているけど気が付かないでいるのよ。日本ではそんなに珍らしくないから……。

……エ?……その遊びの名前ですって……それを妾スッカリ忘れちゃったのよ。イイエ本当よ……今に思い出すかも知れないけど……おぼえているのはその遊びの仕方だけよ。それあトテモ素敵な気持ちのいい遊び方で、聞いただけでも胸がドキドキする位よ。何でも亜米利加の言葉で云うと「恋愛遊びの行き詰まり」っていったような意味だったわよ。日本の言葉で云うと、もっと短かい名前だったようだけど……え?……その遊びの仕方を云ってみろって?……厭々《いやいや》。……それは妾わざっと話さないでおくわ。あんたが思い出さなければ丁度いいからね。おしまいの楽しみに取っとくわよ。……ええ……今夜は妾はトテモ意地悪よ。ホホホホホ。

……でも、そんな話を初めて聞いた時には、妾《わたし》もうビックリしちゃって髪毛《かみのけ》をシッカリと摑《つか》みながらブルブル慄《ふる》えて聞いていたようよ。その頃の妾は今よりもズッと初心《うぶ》だったもんですからね……そんな話を平気でしいしい、青い顔をしてお酒を飲んでいるヤングの軍服姿が、だんだん恐ろしいものに見えて来て、今にも妾を殺すのじゃないか知らんと思い思い、その高い薄っペラな鼻や、その両脇《わき》に凹《くぼ》んでいる空色の眼や、綺麗《きれい》に真中《まんなか》から分けた栗色《くりいろ》の髪《かみ》毛を見つめていたようよ。何だか悪魔と話しているような気がしてね……。

だけど、そのうちにヤングから、そんな遊びの仕方を、一番やさしいのから先にして一つ一つに教《おそ》わって行くうちに、妾はもう怖くも何ともなくなってしまったのよ。……え……それあ本当の事はどうせ亜米利加《アメリカ》の本場に行って、色んな薬や器械を使わなくちゃ出来ないのが多かったし、一番ステキな日本式の遊びや、そのほかの生命《いのち》がけの遊びは相手が無いから、只真似《まね》方《かた》と話だけですましたの。妾の身体《からだ》に傷が残るようなのも店の主人に見つかると大変だから、ヤングと一緒に亜米利加に行って結婚式を挙げてからの楽しみに取っといたけど、ほかのは大抵卒業しちゃったのよ。……それも初めのうちは、妾がヤングからいじめられる役で、首をもうすこしで死ぬとこまで絞《し》められたり、縛って宙釣りにされたり、髪毛《かみのけ》だけで吊《つ》るされたりして、とても我慢出来ない位、苦しかったり痛かったりしたのよ。だけどそのうちにだんだん慣れて来たら、その痛いのや苦しいのが眼のまわるほどよくなって来てね……妾があんまり嬉しそうにして涙をポロポロ流したりするもんだから、おしまいにはヤングの方が羨《うらや》ましがって、いつも持っている小さな鞭《むち》を妾に持たして、それで自分の背中を思い切り打《ぶ》ってくれって云い出した位よ。

ええ……妾思い切り打ってやったわ。ヤングなら背中に鞭の痕《きず》が付いていても誰も気付かないでしょうし、妾も自分でいじめられる気持ちよさを知っていたんですからね……イイエ、音なんかいくら聞こえたって大丈夫よ。妾ヤングから教《おそ》わった通りに呑気《のんき》そうに流行歌《はやりうた》を唄《うた》いながら、その調子に合わせて打《ぶ》っていたから、外から聞いたって何かほかのものをたたいているとしか思えなかった筈よ。……でも、そうして寝台の上に長くなっているヤングの脂切《あぶらぎ》った大きな背中を、小さな革《かわ》の鞭で、力一パイにたたいている間の気持ちのよかったこと……打てば打つほどヤングが可愛いくなって来てね……そうしてもう、ヤングと一緒に亜米利加《アメリカ》へ行ったら、そんな遊びが本式に大ピラで出来ると思うと、楽しみで楽しみでたまらなくなっちゃったの。だから……妾は毎晩そんな遊びをする時間をすこしずつ裂《さ》いて、ヤングを先生にして一生懸命に亜米利加の言葉を勉強し続けたのよ。

妾は言葉を覚えるのが名人なんですってさあ。ヤングがビックリしていた位よ。ヤングとこんな話が出来るようになる迄《まで》には一と月とかからなかったし、水兵さん達と悪態のつきっこをする位の事なら、初めっから訳なかったわ。おしまいにはヤングがよくポケットに入れて持って来る英字新聞《アングリウスクユガゼド》が、すこうしずつ読めるようになったから豪《えら》いでしょう。自分の国の字だと聖書もロクに読めないのによ。ホホホホホホホ。だって妾の両親はトテモ貧乏で、妾を学校に遣《や》る事が出来なかったんですもの……お化粧の道具なんかも、両親から買ってもらった事は一度も無かったのよ。だけどこの時ばかりは学者の奥さんになるのだからと思って、ずっと前から欲しくてたまらなかった型の小さい、上品なのを別に買って、バスケットの底に仕舞《しま》っておいたわ。ええ。それあ嬉しかったわよ。だってどうせ両親に売り飛ばされて、こんな酒場《レストラン》の踊り子になっている身の上ですもの……おまけに生れて初めて妾を可愛がってくれて、色んな楽しみを教えてくれたのが、そのヤングなんですもの……その頃の妾は今みたいな、オシャベリの女じゃなかってよ。どんな男を見ても怖《おそ》ろしくて気味がわるくて、思うように口も利《き》けない中に、たった一人そのヤングだけが怖くなかったんですもの……アラ……御免なさいね。泪《なみだ》なんか出して……妾……男の方の前で、こんな事を云って泣くのは今夜が初めてよ。ネ……笑わないでね。

そうしたら……そうしたらね、ちょうどあと月《げつ》だから十月の末の事よ。ヤングがいつになく悄気《しょげ》た顔をして這入《はい》って来て、この室《へや》で妾と差し向いになると、何杯も何杯もお酒を飲んだあげくにショボショボした眼付きをしながら、こんな事を云い出したの……。

「可愛い可愛いワーニャさん。私はいよいよあなたとお別れしなければならぬ時が来ました。あなたを亜米利加へ連れて行く事も思い切らなければならぬ時が来ました。私は明日《あす》の朝早く、船と一緒に浦塩《うらじお》を引き上げて布哇《ハワイ》の方へ行かなければなりませぬ。そうして日本と戦争を始めなければなりませぬ。そうなったら私は戦死をするかも知れないし、あなたを連れて行く訳にも行かなくなりました。昨夜不意打ちに本国からの秘密の命令が来たので、どうする事も出来ないのです。……しかしもしも戦争が済むまで私が死なないでいたらキット貴女《あなた》を連れに来ます。ですから何卒《どうぞ》今度ばかりは諦めて下さい」

……って……そう云っているうちに、ポケットからお金をドッサリ詰めた革袋を出して、妾の手に握らせたの。

妾、その革袋を床の上にたたき付けて泣いちゃったわ。

「そんな事は嘘だ」

って云ってね。それあ日本が亜米利加と戦争を初めそうだっていう事は、ズット前から聞いているにはいたけれども、ヤングの話はあんまりダシヌケ過ぎて、どうしても本当とは思えなかったんですもの。だから、

「あんたは妾を捨てて行こうとするのだ。何でもいいから妾はあんたを離れない。一緒に軍艦に乗って行く」

……って云って死ぬ程泣いて泣いて泣いて泣いて何と云っても聴かなかったの。しまいには首ッ玉に獅嚙《しが》み付いて、片手で軍服のポケットをシッカリ摑んで離さなかったの……。

ヤングは本当に困っていたようよ。軍服の肩の処《ところ》に顔を当ててヒイヒイ泣きじゃくっている妾を膝《ひざ》の上に抱き上げたまま、暫《しば》らアくジッとしていたようよ。けれどもそのうちにフイッと何か思出《おもいだ》したように私の顔を押し離すと、私の眼をキット睨《にら》まえながら、今までと丸で違った低い声で、

「ワーニャさん。いい事がある」

って云ったの。妾はその時、何だかわからないままドキンとして泣き止《や》みながらヤングの顔を見上げたら、ヤングは青白――イ、気味の悪い顔になって、私の眼をジ――イと覗き込みながらソロソロと口を利き出したのよ。前とおんなじ低い声でね……。

「ワーニャさん。いい事がある。貴女《あなた》がそれ程までに私の事を思ってくれるのなら、一つ思い切った事を遣《や》っつけてくれませんか。私が今から海岸の倉庫へ行って大きな麻の袋を取って来ますから、その中へ這入ってくれませんか。毛布を身体《からだ》に巻きつけておけば、人間だか荷物だかわからないし、寒くもないだろうと思いますから、そうして私の荷物に化けて軍艦に来て物置の中に転がっていてくれませんか。そうすれば、そのうちに私がうまく父親の司令官に話して、貴女を士官候補生の姿にして、私の化粧室に住まわせて上げますから……その話が出来るまで三度三度の喰べ物は、私が自分で持って行って上げます。随分窮屈で辛《つら》いでしょうけれども、暫くの間と思いますから辛棒《しんぼう》してくれませんか」

……って……ネエあんたどう思って……トテモ、ステキな思い付きじゃないの……イイエ、ヤングは本気で、そう云っていたのよ。妾を欺《だま》していたんじゃないの。もうすこし先までお話するとわかるわ……ええ今話すわよ。話すからもう一杯飲んで頂戴《ちょうだい》……曹達《そうだ》を割って上げるからね……。

妾《わたし》、この話を聞くと手をタタイて喜んじゃったわ。だって今までに活動や何かで見たり聞いたりした「恋の冒険」の中《うち》のどれよりもズット素敵じゃないの。女の児《こ》が支那米《なまい》の袋に這入って、軍艦に乗って戦争を見物に行くなんて……ねえ……妾あんまり嬉しかったもんだから、思い切りヤングに飛び付いてやったわ。そうして無茶苦茶にキスしてやったわ。

ヤングも嬉しそうだったわよ。今までになく大きな声を出して歌を唄ったりしてね。そうして妾に、

「……それではドッサリお酒を飲みながら待っていて下さい。今夜は特別に寒いようだから、袋の中で風邪を引かないようにね。私はこれから袋を取りに行って来ますから」

って、そう云ううちに帽子を冠《かぶ》って外套《がいとう》を着て、どこかへ出て行ってしまったの。

妾、そん時に一寸《ちょっと》心配しちゃったわ。ヤングがそのまんま逃げて行ったのじゃないかと思ってね……だけど、それは余計な心配だったのよ。ヤングは間もなくニコニコ笑いながら帰って来て妾の顔を見ると、

「……お寒い寒い……一寸《ちよつと》、その呼鈴《ベル》を押して主人を呼んでくれませんか」

って云ったの。妾、ヤングの足があんまり早いのでビックリしちゃってね。

「まあ……今の間《ま》にもう海岸まで行って来たの……そうして袋はどこに持って来たの……」

って聞いたらヤングは唇に指を当てて青い眼をグルグルまわしながら妙な笑い方をしたの。

「シッ……黙っていらっしゃい……近所の支那人に頼んで外に隠しておいたのです。今にわかりますから……」

ってね……そう云ううちに主人が這入って来たら、ヤングはいつもの通りその晩妾を買い切りにして、お料理やお酒をドンドン運び込ませて、妾に思い切り詰め込ましたのよ。……途中でお腹《なか》が空《す》かないようにね……そうして主人にはドッサリチップを呉《く》れて、面喰《めんくら》ってピョコピョコしている禿頭《はげあたま》を扉《ドア》の外へ閉《し》め出すとピッタリと鍵をかけながら、

「明日《あす》の朝十時に起してくれエッ」

……て大きな声で怒鳴《どな》ったの。そうしておいて妾の手をシッカリと握ったヤングは、あの窓を指さしながらニヤニヤ笑い出したのよ……。

妾ヤングの怜悧《りこう》なのに感心しちゃったわ。あの窓はその時まで、もっと大きな二重硝子《ガラス》になっていて、その向うには、あんな鉄網《かなあみ》の代りに鉄の棒が五本ばかり並んでいたんだけど、その硝子《ガラス》窓を外《はず》して、鉄の棒のまん中へ寝台《ベッド》のシーツを輪にして引っかけて、その輪の中へ突込んだ椅子《いす》の脚を壁のふちへ引っかけながら、二人がかりでグイグイと引っぱると一本一本にみんな抜けちゃったの。……ええ……電燈を消していたんだから外から見たってわかりやしないわ。……その穴からヤングが先に脱《ぬ》け出して、あとから這い出した私を抱え卸《おろ》してくれたの。

それは浦塩《ここいら》附近に初めて雪の降った晩で、あの屋根の白い斑雪《まだらゆき》もその時に積んだまんまなのよ。風は無かったようだけど星がギラギラしていてね……その横路地に白い舞踏服姿の妾が、寝台《ベッド》から取って来た白い毛布にくるまってガタガタに寒くなりながら立っていると、ヤングは大急ぎで、向《む》家《こう》の横路地の間から、隠しておいた支那米の袋を持って来て妾の頭の上からスポリと冠せてくれたの。そうしてそのまんま地びたの上にソッと寝かして、足の処をシッカリとハンカチで結《ゆわ》えるとヤットコサと荷《かつ》ぎ上げながら、低い声でこんな事を云って聞かせたのよ。

「さあ……ワーニャさんいいですか。暫くの間辛いでしょうけども辛棒して下さい。私がもう宜《よろ》しいって云うまでは、決して口を利いたり声を立てたりしてはいけませんよ」

ってね……。だけど妾は、その袋があんまり小さくて窮屈なのでビックリしちゃったわ。妾の身体《からだ》は随分小さいんだけど、それでも足を出来るだけグッと縮めなければ袋の口が結ばらないのですもの。おまけにその臭かったこと……停車場のはばかりみたいな臭《にお》いがしてね。ホコリ臭くて息が詰りそうで、何遍《なんべん》も何遍も咳《せき》が出そうになるのをジッと我慢しているのがホントに苦しかったわ。

それからどこを通って行ったのか、よくわからないけど、何でもこのスウェツランスカヤから横路地伝いに公園の横へ出て、公使館の近くを抜けながら海岸通りへ出たようなの。途中で下腹や腰のところがヤングの肩で押えられて痛くてしようがなかったけど、やっとの思いで我慢していたわ。ええ。それあ怖かったわ。ヤングが時々立ち止まるたんびに誰か来たのじゃないかと思ってね……。

海岸に来るとヤングは、そこに繋《つな》いであった小さい舟に乗り込んで、妾をソッと底の方へ寝かして、その上に跨《また》がって自分で櫂《かい》を動かし始めたようなの……そこいらは、まだ暗くて、波の音がタラリタラリとして、粗《あら》い袋の目から山の手の燈火《あかり》がチラリチラリと見えてね……妾は息が苦しいのも、背中が痛いのも、それから足を伸ばしたくてたまらないのも忘れて、時々聞える汽笛の音に耳を澄ましながら胸をドキドキさせていたわ。これが故郷のお別れと思ってね……そうかと思うと亜米利加《アメリカ》の町をヤングと連れ立って散歩している自分の姿を考えたり……ヤングと妾の幸福のために、イーコン様にお祈りを捧《ささ》げながら、ソッと小さな十字架を切ったりしていたわ。

そうすると間もなく、今までと丸で違った波の音が聞え出して、小舟が軍艦に横付けになったようなの。その時に妾は又ドキンとして荷物のつもりで小さくなっていると、こっちからまだ何も云わないのに、上の方から男の足音が二人ほど、待っていたようにゴトゴトと音を立てて降りて来たの。そうしてその中《うち》の一人が低い声で、

「へへへへへ。今までお楽しみで……」

って云いかけたら、ヤングが同じように低い声で、

「シッ。相手は通じるんだぞ……英語が」

って叱《しか》ったようよ。そうすると二人ともクツクツ笑いながら黙り込んで、妾の袋をドッコイショと小舟の中から抱え上げたの。

その時に妾はチョット変に思わないじゃなかったわ。何だか解らないけど、その二人の男の抱え方が、袋の中に生きた人間が居るって事をチャンと知っているとしか思えなかったんですもの。一人は妾の肩の処を……それから、もう一人は腰の処を痛くないようにソーッとネ……だけどこれは大方ヤングが今の間《ま》に手真似《てまね》か何かで打ち合

わせたのかも知れないと思っているうちに、一度階段を降り切った二人の足音は又、別の段々を降り始めて、今度は波の音も何も聞えない、処々に電燈のついた急な階段を二ツばかり降りて行ったの。

その時にヤングは、もうどこかへ行っていたようよ。……いいえ船の中はシンとしていたけど、いつヤングが消えてしまったのか解らなかったわ……まあそう……出帆前ってそんなに忙がしいものなの……じゃ矢っ張《やっぱ》りあんたの云うように、あの軍艦はずっと前から出発の準備をして命令が来るのを待っていたんだわ。ね……そうでしょう……ヤングが出帆の日を知らなかったのは無理もないわ。そうして本当に日本と戦争をする気で出て行ったんだけど、途中で日本が怖くなったから止《よ》しちゃったんでしょう。……アラ……どうしてそんなに失笑《ふきだ》すの。

イイエ、あんたがいくら笑ったってそうに違いないわよ。だってヤングはおしまいまで一度も嘘を吐《つ》いた事なんぞ無かったんですもの。妾がヤングに欺《だま》されているように思うのはソレアあんたの嫉妬《やきもち》よ……まあいいから黙ってお酒を飲みながら聞いていらっしゃい。あんたの気もちはよくわかっているんだから。もっとおしまいまで聞いて行くうちには、ヤングが云った事が本当か嘘かわかるから……ね……。

……そうしたらね……。

　そうしたら、あとに残って妾を抱えている二人の足音が又一つ、急な段々を降りて行くと、どこか遠い処に黄色い電燈がたった一つ点《とも》っている、暗い、板張りらしい処に来たの。それと一緒に二人の男は、イキナリ妾を固い床の上にドシンと放り出したもんだから妾は思わず声を立てるところだったわ。だけど又それと一緒に、これはどこか近い処に人間が居るからで、妾を荷物と見せかけるために、わざとコンナ乱暴な真似をしたのに違いないと気が付いたの。それでやっと我慢して、放り出されたなりにジッとしていたら、そのうちに誰も居なくなったのでしょう。二人の男は大きな声で話をしいしいユックリユックリと室《へや》を出て行ったの。

「アハハハハ。もう大丈夫だ。泣こうが喚《わめ》こうが」

「ハハハハハハ。しかしヤングの智恵《ちえ》には驚いちゃったナ。露西亜《ロシア》の娘っ子なんて、コンナに正直なもんたあ思わなかったよ」

「ウーム。こんな素晴らしい思い付きは、彼奴《あいつ》の頭でなくちゃ出て来っこねえ。何しろ革命から後《のち》ってものあ、どこの店でも摺《す》れっ枯《か》らしを追い出して、いいとこのお嬢さんばかりを仕入れたっていうからな……そこを睨《にら》んだのがヤングの智恵よ」

「成る程ナア……ところでそのヤングはどこへ行きやがったんだろう」

「おやじん処《とこ》へ談判に行ったんだろう。生きたオモチャをチットばかし持込んでいいかってよ」

「……ウーム。しかしなア……おやじがうまくウンと云《い》えあ良いが……」

「それあ大丈夫よ。それ位の智恵なら俺だって持っている。つまり時間が来るまでは、他の話で釣っといて、艦《ふね》の中を見まわらせねえようにしとくんだ。そうしてイヨイヨ動き出してから談判を始めせえすれあ、十が十までこっちのもんじゃねえか。……まさか引っ返す訳にも行くめえしさ」

「ウーム。ナアルホド。下手を間誤付《まごつ》けあ、良い恥晒《はじさら》しになるってえ訳だな」

「ウン……それにおやじだって万更《まんざら》じゃねえんだかんナ……ヤングはそこを睨んでいるんだよ」

「アハハハハ違《ちげ》えねえ。豪《えれ》えもんだなヤングって奴《やつ》は……」

「アハハハハハハハ」

「イヒヒヒヒヒヒヒ」

……妾こんな話をきいているうちにハッキリと意味はわからないまま、もうスッカリ大丈夫なような気になって、グーグー睡《ねむ》ってしまったのよ。

ええ……それあ大胆といえば大胆なようなもんよ。だけど、その時の妾はもう大胆にも何にも仕様《しよう》のない位ヘトヘトに疲れていたんですもの。最前からオブラーコで飲んだお酒の酔いと、今まで苦しいのを我慢していた疲労《つかれ》が一時《いちどき》に出ちゃって、いつ軍艦が出帆の笛を吹いたか知らないまんまに睡っていたわ。

だけど、そうして眼が醒《さ》めてからの苦しくて情なかった事……軍艦の器械のゴットンゴットンという響きが身体《からだ》に伝わるたんびに、毛布ごしに床板に押しつけられている背中と、腰骨と、曲ったまんまの膝っ節《ぶし》とが、まるで火が付いたように痛むじゃないの。妾はもう……早くヤングが来てくれればいい。そうしたら水か何か一パイ飲ましてもらわなくちゃ、咽喉《のど》がかわいて死ぬかも知れない。そうしてモット大きな袋に入れてもらわなくちゃ……と、そればっかり考えていたわ。そうして人にわからないように少しずつ寝がえりをしかけていると、不意に頭の上で誰かが口を利き出したので、妾は又ハッとして亀《かめ》の子のように小さくなってしまったの……それは何でも三四人の男の声で、妾のすぐ傍に突立《つった》って、先刻《さっき》から何か話していたらしいの……。

「まだルスキー島はまわらねえかな」

「ナニもう外海《そとうみ》よ」

「……ワン。ツー。スリー。フォーア……サアテン。フォテン……おやア……一つ足りねえぞこりゃア……フォテン。フィフテン。シックステン……と……あっ。足下《あしもと》に在《あ》りやがった。締めて十七か……ヤレヤレ……」

「……様《さま》と一緒なら天国までも……って連中ばかりだ」

「惜しいもんだなあ……ホントニ……おやじせえウンと云えあ、布哇《ハワイ》へ着くまで散々《さんざっ》ぱら蹴《け》たおせるのになア」

「馬鹿野郎。布哇《ハワイ》クンダリまで持って行けるか。万一見つかって世界中の新聞に出たらどうする」

「ナアニ。頭を切らして候補生の風《ふう》をさせとけあ大丈夫だって、ヤングがそう云ってたじゃねえか」

「駄目だよ。浦塩《うらじお》の一粒選《え》りを十七人も並べれあ、どんな盲目《めくら》だって看破《みやぶ》っちまわア」

「それにしても惜しいもんだナ。せめて比律賓《ヒリッピン》まででも許してくれるとなア」

「ハハハハまだあんな事を云ってやがる。……そんなに惜しけあ、みんな袋ごと呉《く》れてやるから手前《てめえ》一人で片づけろ。割り前は遣らねえから」

「ブルブル御免だ御免だ」

「ハハハ見やがれ……すけべえ野郎……」

そんな事を云い合っているうちに一人がマッチを擦《す》って葉巻に火を点《つ》けたようなの。間もなく美《い》い匂いがプンプンして来たから……。

だけど妾はそのにおいを嗅《か》ぐと一緒に頭の中がシイーンとしちゃったの。身体《からだ》が石みたように固くなって息も吐《つ》けない位になっちゃったの。……だって妾みたようにしてこの軍艦に連れ込まれた者は、妾一人じゃないことが、その時にやっとわかりかけて来たんですもの……。妾のまわりにはまだ、いくつもいくつも支那米の袋が転がっているらしいんですもの……。おまけに、それをどうかしに来たらしい荒くれ男が三四人、平気で冗談を云い合いながら葉巻を吹かしているじゃないの……あんまり恐ろしい、不思議な事なので、妾は、あと先を考える事も何も出来やしなかったわ。ただ眼をまん丸に見開いて鼻っ先に被《かぶ》さっている袋の粗《あら》い目を凝視《みつめ》ながら、両方のお乳を痛いほどギュッと摑んでいたわ……夢じゃないかしらと思って……。

でも、それは夢じゃなかったの……そうして歯を喰い締めて、一心に耳を澄ましていると、ゴットンゴットンという器械の音の切れ目切れ目に、ドドー――ンドドー――ンっていう浪《なみ》の音が、どこからか響いて来るじゃないの。……ええ……おおかた外《ほか》の女《ひと》達も妾とおんなじにビックリして小さくなっていたんでしょう。呼吸《いき》をする音も聞えない位シンとしていたようよ。

そうしたら又その中《うち》に、その葉巻を持っているらしい男が、一としきりスパスパと音を立てて吸い立てながら、こんな事を云い出したの。

「待て待て。片づける前に一ツ宣告をしてやろうじゃねえか。あんまり勿体《もつてえ》ねえから」

「バカ……止せったら……一文にもならねえ事を……」

「インニャ。このまま片づけるのも芸のねえ話だかんナ……エヘン」

「止せったらヂック……そんな事をしたら化けて出るぞ」

「ハハハハ……化けて出たら抱いて寝てやらあ……何も話の種だ……エヘンエヘン」

「止せったら止せ……馬鹿だなあ貴様は……云ったってわかるもんか」

「まあいいから見てろって事よ……これあ余興だかンナ……俺の云う事が通じるか通じないか……」

って云ううちに、そのヂックって男は、又一つ咳払いをしながらハッキリした露西《ロシ》亜《ア》語で演説みたいに喋《しやべ》舌り出したの。

「エヘン……袋の中の別嬪《べつぴん》さんたち。よく耳の垢《あか》をほじくって聞いておくんなハイよ。いいかね。……お前さん達はみんな情人《いいひと》と一緒になりたさに、こんな姿に化けてここへ担《かつ》ぎ込まれて来たんだろう。又……お前さん達の情人《いいひと》も、おんなじ料簡《りようけん》で、お前さん達をここまで連れて来たんで、決して悪気じゃなかったんだろうが、残念な事には、それが出来なくなっちゃったんだ。いいかい……だからね。……エヘン……だから怨《うら》むならばだ……いいかい……怨むならば、お前さん達の情人《いいひと》にこんなステキな智恵を授けた、ヤングという豪《えら》い人を怨まなくちゃいけないんだよ。……それからもう一人……この艦《ふね》に乗っている俺たちの司令官《たいしょう》を怨みたけあ怨むがいいってんだ。……イヤ……事によると、その司令官《たいしょう》だけを怨むのが本筋かも知れないがね……どっちにしても、お前さん達のいい人や、そんな連中に頼まれた俺達を怨んじゃいけないよ。いいかい……という訳はこうなんだ。先刻《さつき》ヤングさんが司令官《たいしょう》に、お前さん達を亜米利加《アメリカ》まで連れてっていいかって伺いを立ててみたら、亜米利加の軍艦の中には、食料品《たべもの》より以外《ほか》に肉類《にく》を一切置いちゃイケナイってえ規則になっているんだッてさあ……だからね……折角《せっかく》ここまで来ているのをホントにお気の毒でしようがないけど、ちょうど風も追い手のようだから、お前さん達はその袋のまんま、海を泳いで浦塩《うらじお》の方へ……」

ここまでその男が饒舌《しゃべ》って来たら、あとは聞えなくなっちゃったの。だって妾のまわりに転がっている十いくつの袋の中から、千切《ちぎ》れるような金切声が一どきに飛び出して、ドタンバタンとノタ打ちまわる音がし始めたんですもの。中には聞いたような声がいくつもあったようだけど、そんな時に誰が誰だかわかりやしないわ。ただ耳が潰《つぶ》れるほどキーキーピーピー云うだけですもの。

だけど私は黙っていたの。声を出すより先にどうかして、袋を破いてやろうと思って、一生懸命に藻掻《もが》いていたの。だけど袋が小さい上にトテモ丈夫に出来ているので、噛み付こうにも噛み付けないし、力一パイ足を踏ん張ると首の骨が折れそうになるし、その苦しさったらなかったわ。だけど、それでも生命《いのち》がけの思いで、力のありったけ出して藻掻いているうちに、妾のまわりの叫び声が一ツ一ツに担ぎ上げられて、四ツか五ツ宛《ずつ》行列を立てながら階段を昇りはじめたの。その時にはチョットの間《ま》みんなの叫び声は止んだようだけど、その階段の音が聞えなくなると、又前よりも非道《ひど》い泣き声や金切声がゴチャゴチャに聞え始めたの。めいめいに男の名を呼んでヒイヒイ泣いていたようよ。

だけど妾それでも泣かなかったの。そうして死に物狂いになって、両手で頭をシッカリと抱えながら、足の処の結び目を何度も何度も蹴ったり踏んだりしていたら、身体《からだ》中が汗みどろになって、髪毛《かみのけ》が顔中に粘り付いて、眼も口も開けられなくなってしまったの。その中《うち》に袋の中は湯気が一パイ詰まったように息苦しくなって来るし、髪の毛は顔から二の腕まで絡《から》まって、動くたんびにチクチク抜けて行くし、おまけに着物と毛布が胸の上の処でゴチャゴチャになって、袋の中一パイにコダワリながら、お乳を上へ上へと押し上げるので、その苦しさったら……もう死ぬかもう死ぬかと思った位よ。そうしてそのうちに……御覧なさい。この臂《ひじ》の処が両方ともこんなに肉が出てピカピカ光っているでしょう。この臂はヤングが「猫の臂《キャッエルボウ》」って名をつけて、紐育《ニューヨーク》婦人の臂くらべに出すって云っていたくらい柔らかくてスンナリしていたのが、知らないうちに擦《す》り破れてしまって、動くたんびにヒリヒリと痛み出して来たんですもの。……それに気が付くと妾はもう、スッカリ力が抜けてしまって、意地にも張りにも動けなくなったようよ……両方の臂を抱えてグッタリとなったまま、呼吸《いき》ばかりセイセイ切らしていたようよ。

そのうちに又、上の方から四五人の足音が聞えて来ると、みんなの叫び声がまた、ピッタリとなっちゃったの。それに連れて降りて来る男たちの話声がよく聞えたのよ。器械の音とゴッチャになったまま……。

「アハハハハ。非道《ひで》え眼に会っちゃったナ。あとでいくらかヤングに増してもらえ」

「ヂックの野郎が余計な宣告を饒舌《しゃべ》るもんだから見ろ……こんなに血が出て来た」

「ハハハハ恐ろしいもんだナ。袋の中から耳朶《みみたぼ》を喰い切るなんて……」

「喰い切ったんじゃねえ。引き千切《ちぎ》りかけやがったんだ。だしぬけに……」

「俺あ小便を引っかけられた。コレ……」

「ウワ――。あれあスチューワードが持ち込んだ肥《ふと》っちょの娘だろう。彼奴《あいつ》の鞭で結《ゆわ》えてあったから……」

「ウン。あのパン屋のソニーさんよ。おかげで高価《たけ》え銭《ぜに》を払ったルパシカが台なしだ。とても五弗《ドル》じゃ合わねえ」

「まあそうコボスなよ。女の小便なら縁起《えんぎ》が宜《い》いかも知れねえ」

「人をつけ……ウラハラだあ……」

「ワハハハハハ」

……だってさあ……こんな事を云い合って呑気《のんき》そうに笑いながら、その男たちは又四ツばかり叫び声を担ぎ上げたの。

「サア温柔《おとな》しく温柔しく。あばれると高い処から取り落しますよ。落ちたら眼の玉が飛び出しますよ」

「小便なんぞ引っかけないように願いますよだ。ハハハハハ」

「ドッコイドッコイ……どうでえこの腹部《ポッポ》のヤワヤワふっくりとした事は……トテモ千金《せんきん》こてえられねえや」

「アイテッ。そこは耳朶《みみたぼ》じゃねえったら……アチチチ……コン畜生……」

「ハハハハ。そこへ脳天を打《ぶ》っ付けねえ。その方が早《はえ》えや」

「アイテテ……又やりやがったな……畜生ッ……こうだぞ……」

って云ううちに、……ギャーッて云う声が室中《へやじゅう》にビリビリする位響いて来たの。

その声を聞くと妾《わたし》は又夢中になってしまって、身体《からだ》中にありたけの力を出しながら、床の上を転がり始めたの。そうして出来るだけ電燈の光りの見えない方へ盲目探《めくらさぐ》りに転がって行って、何かの陰を探して隠れよう隠れようとしていたの。そうすると今度は男たちの靴の音が離れ離れになって、一人か二人宛《ずつ》あとになったり先になったりしながら――次から次に担ぎ上げて行くうちに、とうとう、室《へや》の中の叫び声が一ッも聞こえなくなってしまったのよ。ただ軍艦の動く響きと、微《かす》かな波の音ばっかり……人間の居るらしい音は全く無くなってしまってね……。

その時に妾はやっと、すこしばかり溜息《ためいき》をして気を落ちつけたようよ。妾の袋はキット何かの陰になって、見えなくなっているのに違いないと思い思い、顔中にまつわっている髪の毛を掻き除《の》けながら、なおも、ジッと耳を澄ましていたようよ。

そうすると、それから暫く経って、もうみんなどこかへ行って終《しま》ったと思う頃、今度はたった一人の、重たい、釘《くぎ》だらけの靴の音が……ゴトーン、ゴトーンと階段を降りて来たの。そうして室《へや》のまん中に立ち止まって、そこいらをジーイと見まわしながら突立《つった》っているようなの。

……その時の怖かったこと……今までの怖さの何層倍だったか知れないわ……妾の

寿命はキットあの時に十年位縮まったに違いないわよ。……もう思い切り小さくなって、いつまでもいつまでも息を殺していると、そこいら中があんまり静かなのと、気味がわるいのとで頭がキンキン痛み出して、胸がムカムカして吐きそうになって来たの。それを我慢しよう我慢しようと藻掻《もが》いていたために身体《からだ》じゅうが又、冷汗でビッショリになってしまったの。

そうすると、もうどこかへ行ったのか知らんと思っていたその男が馬鹿みたいにノロノロした、変テコな胴間声《どうまごえ》で口を利き出したの。

「……どうしても一ツ足りねえと思うんだがナア……みんなは、おらが三人担いだというけんど、おらあ二遍しけあ階子段《はしごだん》を昇らねえんだがなあ……」

その声と言葉付きを聞いた時に、妾は又、髪の毛が一本一本馳《か》け出したように思ったわ。歯の根がガクガク鳴り出して、手足がブルブル動き出すのをどうする事も出来なかったわ……だってその声っていうのは、ずっと前に一度オブラーコの酒場《レストラン》へ遊びに来て、散々《さんざっ》パラ水兵たちにオモチャにされて外に突き出された、大きな嫌《いや》らしい黒ん坊の声だったんですもの。……その時にその黒ん坊が恨《うら》めしそうな、もの凄《すご》い眼付きで妾たちをふり返った顔を、袋の中でハッキリと思い出したんですもの……怖いにも何にも、妾は生きた空がなくなって、もうすこしで気絶しそうになった位よ。今にもゲーッと吐きそうになってね。そうするとその黒ん坊は、「どうしても無いんだナア……可笑《おか》しいナア……」って云いながらマッチを擦って煙草《たばこ》を吸い付け吸い付け出て行きそうに歩き出したの。……そん時の嬉しかったこと……妾は思わず手の甲に爪《つめ》が喰い入る程力を籠《こ》めてイーコン様を拝んじゃったわ。……だけど矢っ張り駄目だったの……階段の方へノロノロと歩いて行った黒ん坊は間もなく奇妙な声を立てながらバッタリと立ち止まったの。

「イヨーッ。あんな処に隠れてら。フヘ、フヒ、フホ、フム……畜生畜生」

と云うなり、ツカツカと近づいて来て、妾の袋へシッカリと抱き付いちゃったの。それと一緒に黄臭《きなくさ》い煙草のにおいと、何ともいえない黒ん坊のアノ甘ったるい体臭《におい》とがムウーと袋の中へ流れ込んで来たようなの。

妾、その時に、どんな風に暴れまわったか、ちっとも記憶《おぼ》えていないのよ。……ただ、ちっとも声を立てなかった事を記憶《おぼ》えているだけよ。誰か加勢に来たら大変と思ってね。……だけどその黒ん坊も、ウンともスンとも云わなかったようよ。おおかた一人で妾をどこかへ担いで行って、どうかしようと思ったのでしょう。暴れまわる妾を何遍も何遍も抱え上げかけては、床の上に取り落し取り落ししたので、そのたんびに妾は気が遠くなりかけたようよ。

だけど、それでも妾は声を立てなかったの。そうしてヤッサモッサやっているうちに、どうした拍子か袋の口が解けて、両足が腰の処までスッポンと外へ脱《ぬ》け出した事がわかったの。……

それに気が付いた時に妾がどんなに勢よく暴れ出したか……アラ又……笑っちゃ嫌《いや》って云うのに……ソレどころじゃなかったわよ、ソン時の妾は……何でもいいから……足が折れても構わないからこの黒ん坊を蹴《け》殺して、その間に袋から脱け出してやろうと思って、頭でも、顔でも、胸でもどこでも構わずに蹴って蹴って蹴飛ばしてやったわ。……ええ……黒ん坊も一生懸命だったようよ。袋の上からシッカリと組み付いて来て、片っ方の手で妾の両足を押えようとするのだけども、妾の両足を一緒に掴まえる事はなかなか出来ないし、片っ方だけ捉《つか》まえても妾が死に物狂いで蹴飛ばしてやったもんだから、しまいにはセイセイ息を弾《はず》ませて、妾の足と掴み合い掴み合いしながらあっちへ転がり、こっちへ蹴飛ばされしていたようよ。……だけど、そのうちに妾の着物と毛布が両手と一緒に、だんだん上の方へ上って来て、息が出来ない位に切なくなって来ると、黒ん坊はとうとう妾の両足を捉まえて、足首の処を両手でギューと握り締めちゃったの。

そん時に妾は、初めて、大きな声を振り絞ったわ。両手を顔に当てて力一パイ反《そ》りかえりながら、

「助けて助けて助けて。ヤングヤングヤングヤング」

ってね。ええ……それあ大きな声だったわよ。咽喉《のど》が破れる位呶鳴《どな》ってやったんですもの。そうして両足を押えられたまま、起き上っては反《そ》りかえり反りかえりして、固い床板の上に頭をブッ付け始めたの。死んだ方がいいと思ってね。

そうしたら黒ん坊もその勢いに驚いて、諦める気になったんでしょう。

「……ウウウウ……そんなに死にてえのかナア……」

って喘《あえ》ぎ喘ぎ云いながら、妾の両足を摑んで、床の上をズルズルと、片隅に引っぱって行くと思ったら、そこに置いてあったらしい細い針金《はりがね》で、足首の処から先にグルグルグルグルと巻き立てて、胸の処まで袋ごしに締め付けてしまったの……。

その時の苦しさったら、それあ、とてもお話ししたって解かりやしないわよ。だってチョットでも太い息をするか、動くかすると、すぐに長い細い針金が刃物みたいに喰い込んで、そこいら中の肉が切れて落ちそうになるんですもの……それでいて、いくら喘《あえ》いでも喘いでも喘ぎ切れない位息が切れているんですもの……妾はそのまま直《す》ぐに気が遠くなっちゃった位なの。だけども又すぐに苦しまぎれに息を吹きかえすと、

又もや火の付いたように針金が喰い込むでしょう。地獄の責め苦ってほんとうにあの事よ。そうして息も絶え絶えにヒイヒイ云っているうちに今度は本当に気絶してしまったらしいの。

それから何分経ったか、何時間経ったのかわからないけど、又自然と息を吹き返した時には、妾はもう半分死んだようになっていたようよ。手や足の痛さがわからなくなってしまってね。……そうして眼だけを大きく見開いてどこかを凝視《みつ》めていたようよ。だからその時に聞いた話も、夢みたように切れ切れにしか記憶《おぼ》えていないの。

「……どうでえ。綺麗な足じゃねえか」

「ウーム。黒人《ニガ》の野郎、こいつをせしめようなんて職過《しょくす》ぎらあ」

「面《つら》が歪《ゆが》んだくれえ安いもんだ。ハハン」

「しかし、よっぽど手酷《てひど》く暴れたんだな。あの好色野郎《すけべえ》が、こんなにまで手古摺《てこず》ったところを見ると……」

「フフン、勿体《もったい》なくもオブラーコのワーニャさんだかんな」

「ウーム。十九だってえのに惜しいもんだナア……コンナに暴れちゃっちゃ、ヤングだって隠しとく訳に行くめえが……」

「……シーッ……来やがった来やがった……」

って云ううちに、又一人、スパリスパリと煙草を吹かしながら、軽い、気取った足取りで階段を降りて来て、悠《ゆ》っくり悠っくりと妾の傍に近づいた者が居るの……。その足音を聞くと妾は気もちが一ペンにシャンとなっちゃったわ。飛び上りたい位嬉しくなって……ヤング……って叫ぼうとしたのよ……。だけど妾が起き上ろうとすると、手や足が、胸の処まで氷みたいようになって、動かなくなっていることがわかったの。それと一緒に、声がピッタリと咽喉《のど》に閊《つか》えてしまって、名前を呼べる位ならまだしも、声を立てる事すら出来なくなっているじゃないの。何だかそんな夢でも見ているように胸の処が固《こわ》ばってしまってね。もしかすると、あんまり怖い眼に会い続けたので気が変になっていたのかも知れないけど……。そうするとヤングは、長い長い大きな溜め息を一つしてから、静かな、猫撫で声かと思うくらい優しい口調で、こんなお説教を妾にして聞かせたの。上品な露西亜《ロシア》語でね……。

「ワーニャさん。温柔《おとな》しくしていて頂戴……。私は貴女《あなた》が憎いから、こんな事をするのじゃありません。よござんすか。よく気を落ち着けて聞いて頂戴……ね。私は貴女が可愛いくて可愛いくてたまらない余りにコンナ事をするのです。私は貴女が、あんまり綺麗で可愛いから、亜米利加《アメリカ》の貴婦人と同じようにして殺してみたくなったのです。ね。いつぞやお話して上げた恋愛ごっこの事を、まだ記憶《おぼ》えていらっしゃるでしょう、ね、ね、わかったでしょう。……私は最早《もう》近いうちに日本と戦争をして戦死をするのです。ですからもう、貴女以外の女の人と結婚する事は出来ないのです。貴女と一緒に天国に行くよりほかに楽しみは無くなったのです。ですから満足して、私の云う事をきいて頂戴。ね、ね、温柔《おとな》しく私の云う通りになって死んで頂戴。ね、ね……わかったでしょう。ね、ね……」

そう云ううちにヤングは妾の足に捲かった針金を解き始めたの。そうして胸の上までユックリユックリ解《ほど》いてしまうと、

「サアサア。寒かったでしょうね」

って云いながら、又、もとの通りに袋を冠《かぶ》せて口をシッカリ括《くく》ってしまったの。

ええ……妾はちっとも手向いなぞしなかったわ。死人のようにグッタリとなって、ヤングのする通りになっていたわよ。

その時のヤングの声の静かで悲しかったこと——ほんの一寸《ちょっと》の間《ま》だったけど、妾の胸にシミジミと融《と》け込んで、妾に何もかも忘れさしてしまったのよ。……何だか甘い、なつかしい夢でも見ているような気もちになってね……ネンネコ歌にあやされて眠っ

て行く赤ん坊みたように、涙が止め度なく出て来たもんだから、妾はとうとう声を出してオイオイ泣き出しちゃったの。

「……ヤング……ヤング……」

って云ってね……そうするとヤングは一々丁寧に返事をしいしい妾を袋に入れてしまってから、今一度妾の頭の処を、袋の上から撫でてくれたわ。

「……ね……ね……わかったでしょう、ワーニャさん。温柔《おとな》しくするんですよ。サアサア。もう泣かないで泣かないで。いいですか。ハイハイ。私がヤングですよ。いいですか。サ……泣かないで泣かないで」

そう云って妾をピッタリと泣き止まして終《しま》うと、静かに立ち上って、這入って来た時と同じように気取った足音を立てながら、悠々と階段を昇ってどこかへ行ってしまったの。

だけど妾は、やっぱり夢を見ているような気持ちになって、シャクリ上げシャクリ上げしながらグッタリとなっていたようよ。そうすると、あとに残った三人の男たちは手《て》ん手《で》に妾の頭と、胴と、足を抱えて、上の方へ担ぎ上げながら、黙りこくって階段を昇りはじめたの。そのゆっくりゆっくりした足音が、静かな室《へや》の中にゴトーンゴトーンと響くのを聞きながら、妾は何だか、教会の入口を這入って行くような気持ちになっていたようよ。

だけど第一の階段を昇ってしまうと間もなく、一番先に立って、妾の足を抱えていた男が、変な声でヒョックリと唸《うな》り出したの。そうして何を云うのかと思っていると、

「ウーム。ウメエもんだナア。ヤングの畜生、あの手で引っかけやがるんだナア。どこへ行っても……」

って、サモサモ感心したように云うの。そうすると妾の腰を担いでいた男も真似をするように唸り出したの。

「ウーム。まるで催眠術だな。一ペンで温順《おとな》しくしちまやがった」

そうすると又、妾の頭を担いでいた男が、老人《としより》みたような咳をゴホンゴホンとしながら、こんな事を云ったの。

「十七人の娘の中《うち》で、ワーニャさんだけだんべ……天国へ行けるのはナア」

「アーメンか……ハハハハハ」

こんな事を云っているうちに、又二つばかりの階段を昇ると、ザーザーという波の音がして甲板へ出たらしく、袋の外から冷たい風がスースーと這入って来て、擦《す》り剝《む》けた臂《ひじ》の処が急にピリピリ痛み出したの。それと一緒に明るい太陽の光りが袋の目からキラキラとさし込んで来て、眼が眩《くら》むくらいマブシクなったので、妾は両手で顔を

シッカリと押えていたようよ。そうしたら足を抱えていた男が、

「サア……天国へ来た……」

「ウフフフフ。ワーニャさんハイチャイだ。ちっとハア寒かんべえけれど」

「ソレ。ワン……ツー……スリイッ……」

と云ううちに、妾をゆすぶっていた六ツの手が一時《いちどき》に離れると、妾はフワリと宙に浮いたようになったの。

その時に妾は何かしら大きな声を出したようよ。……やっと夢から醒めたようにドキンとしてね……だけど、そう思う間もなく、妾の頭が、船の外側のどこかへ打《ぶ》つかると一処《いっしょ》にガーンとなってしまって、いつ海の中へ落ち込んだかわからなかったの……。

それから又、妾が気が付いて眼を開《あ》いたのは、一分か二分ぐらい後《のち》のようにしか思えないのよ……何だか知らないけれど身体《からだ》中に痺《しび》れが切れて、腰から下が痒《かゆ》くて痒くてしようがないように思っているうちに、フイッと眼を開《あ》いてみたら、そこは忘れもしないこのレストランの地下室でね。いつぞや肺病で死んだニーナさんが寝かされていたその寝台《ベッド》の上に、湯タンポと襤褸《ぼろ》っ布片《きれ》で包まれながら、素っ裸体《すばだか》で放り出され

ているじゃないの。おまけに寝台《ベッド》の横でトロトロ燃えているペーチカの明《あか》りでよく見ると、妾の手や足は凍傷で赤ぶくれになっていて、針金の痕《あと》が蛇みたいにビクビクと這いまわっている上から、黒茶色の油膏薬《あぶらぐすり》がベトベトダラダラ塗りまわしてあるじゃないの。その汚ならしくて気味の悪かったこと……妾何だかわからないままビックリして泣き出しちゃった位よ。

……だけど、それから間もなく料理番の支那人が持って来てくれた魚汁《ウハー》の美味《おい》しかったこと……その支那人のチーっていうのに聞いてみたら、その時は妾が死んでからちょうど二日目だったそうよ。……妾の袋は、ルスキー島から二海里ばかりの沖へ投げ込まれると間もなく、軍艦と擦れちがったジャンクに拾われたので、その船頭の女房の介抱で息を吹き返したんですってさあ。十七番のナターシャさんも同じジャンクで拾われていたし、パン屋のソニーさんも鯨捕り船だったかに拾われて来たのを、白軍の巡邏船《じゅんらせん》が見付け出して警察に引き渡したんですって。だけど、みんな水をドッサリ飲んでいたんで駄目だったんですとさあ。そのほかの袋は十日ばかし経ってから、タッタ二個だけ、外海《そとうみ》の岸に流れ付いたそうよ。妾怖いから見に行かなかったけど……ホントに可哀《かわい》そうでしようがないの……。

妾……この話をするのはあんたが初めてよ。いいえ……誰も知らないの……みんな死んでいるから……。

それあ浦塩《ここ》ではかなり評判になっているらしいのよ。……ええ……あんたが知らないのは無理もないわよ。あんたはまだ浦塩《ここ》に来ていなかったんですからね。おまけに警察でもこの家《うち》でも、まだ秘密にしているから、新聞にも何も書いてないそうよ。おおかた亜米利加《アメリカ》を怖がっているのでしょう。あの軍艦がしたらしい事は、みんな感づいているんですからね。

ええ……それあ何遍も何遍も訊《き》かれたのよ。一体どうしてこんな眼に会わされたのかってね。妾が気が付いてから後《のち》の一週間ばかりというもの、警察の人や、うちの主人や、そのほかにも役人らしいエラそうな人が何人も何人も、毎日のように妾の枕元《まくらもと》に遣って来ちゃ、威《おど》したり、賺《すか》したりしながら、ずいぶん執拗《しっこ》く事情《わけ》を尋ねたのよ。

……おしまいには先方《むこう》から色んな事を話して聞かせてね……あのヤングっていう士官はトテモ悪い奴で、今年の夏に浦塩《うらじお》に着いた時に、軍艦の荷物が税関にかからないのをいい事にして、阿片《あへん》をドッサリ浦塩《うらじお》に持ち込んで、方々に売り付けてお金を儲《もう》けた事がチャンとわかってるんだ……だけども遣り方がナカナカ上手でハッキリした証拠が上らないために、どうすることも出来ないでいたんだ。……そうしたらヤングの畜生めスッカリ浦塩《うらじお》の警察を舐《な》めてしまったらしく、今度は配下《てした》の水兵にお金を遣るかどうかして、めいめいの色女を十何人も軍艦に担《かつ》ぎ込んで、上海《シャンハイ》かどこかの市場《ころしば》に売りに行こうとしやがった。……けれども軍艦が沖へ出ると、それが上官に見つかるかどうかしたもんだから、一つ残らず海の中へ放り込ましてしまったのが、やっぱりあのヤングって奴なんだ。……しかもその中で生き残っているのはお前一人なんだからトテモ大切な証人なのだ。俺達は、お前の仲間十何人の讐《かた》きを取ってやろうと思っているのだから、早く気をシッカリさして返事をしてくれなければ困る。御褒美《ごほうび》の金《かね》はいくらでも遣るから本当の事を云ってくれ……一体お前は何と云ってヤングに欺されたのか。どうして船の中に連れ込まれたのか。そうしてドンナ間違いから海の中に放り込まれるような事になったのか……ナンテいろんなトンチンカンな事を真剣になって訊《き》くの……。

だけど妾どうしても、それに返事する事が出来なかったのよ。……お前さんたちが云っているのはみんな嘘だ。ヤングはそんなに悪い人間じゃない。悪い奴はあの船の司令官一人だって云ってやろうと思っても、どうしてもその訳を話す事が出来なかったの。……何故っていうと、妾、正気に帰ってからちょうど一週間ばかりというもの、口を利くのが怖くて怖くてしようがなかったんですもの。どうしてもその時の恐ろしさが忘れられなくって「ハイ」とか「イイエ」とかいう短かい返事をするのさえ怖くて怖くてたまらない気がしてね。それを無理に口を利こうとすると、歯の根がガタガタ云い出して、すぐに吐きそうになって来るんですもの……仕方がないから丸で唖者《おし》みたようになって、眼ばかりパチパチさせていたら、警察の人達もとうとう諦らめてしまって、来なくなったようよ。

……だけども、そうして妾が一人ボッチになってから、ウトウトしようとすると、すぐに、あの時の気持が夢になって見えて来て、寝床の中で汗ビッショリになりながら、一生懸命に藻掻《もが》かせられるの。夢うつつに敷布を嚙み破ったり湯タンポを蹴り落したりしてね。その恐ろしさったらなかったわよ。そうして、そんな夢のおしまいがけにはキットあのヤングの悲しい、静かな声が、どこからともなくハッキリと聞えて来て、妾をサメザメと泣き出させたの。眼が醒めてから後《あと》までも、妾は、そんな言葉の意味を繰り返し繰り返し考えながら眼をまん丸く見開いて、いつまでも暗い天井を見詰めていたわよ。

そのうちに十日ばかりも経つと、凍傷《しもやけ》の方が思ったよりも軽く済んだし、針金の痕《あと》も切れ切れになってお化粧で隠れる位に薄れて来たの。それにつれて身体《からだ》がもとの通りに元気付くし、口もどうにか利けるようになって来たので、寝ているわけにも行かなくなって、思い切って舞踏場へ出て見たら、間もなく、あんたが遊びに来たでしょう。

それあ不思議といえばホントに不思議でしょうがないのよ。妾はあんたに会ったのが、神様の引き合せとしか思えないのよ。だって初めてあんたに会ったあの晩ね、あの晩から妾はピッタリと、そんな怖い夢を見なくなったのよ。おまけに前と比べると丸で生れかわったように饒舌《おしゃべり》娘になってしまってね……そうしてそのうちに、あんたがたまらない程可愛《かわ》いくなって来るにつれて、あのヤングが云っていた色んな言葉の本当の意味が、一つ一つに新しく、シミジミとわかって来たように思うの。そうしてヤングから教《おそ》わった色んな遊びをあんたに教えて見たくてしようがなくなって来たの。それも、当り前の打《ぶ》ったり絞《し》めたりする遊びなんかじゃ我慢出来ないの……一と思いにあんたを殺すかどうかして終《しま》わなくちゃトテモやり切れないと思うくらい、あんたが可愛いくて可愛いくてたまらなくなったのよ。

……妾、それをやっとの思いで今日まで我慢していたのよ。何故《なぜ》って、万が一にも妾からそんな話を切り出したら、あんたがビックリして逃げ出すかも知れないと思ったからよ。……だけど、それがもう今夜という今夜になったらトテモ我慢がし切れなくなっちゃったのよ。

妾はきょうも、いつものように日暮れ前からこの室《へや》に這入《はい》って、お掃除を済まして、ペーチカに火を入れたの。そうしてスッカリお化粧を済ましてから、あんたを待ち待ち昨夜《ゆうべ》の飲み残しのお酒を飲んでいたら、そのうちに室の中が静かァに暗くなってね。向家《むこう》の屋根の雪の斑《まだら》と、その上にギラギラ光っている星だけがハッキリと見えるようになって来たじゃないの……妾もうスッカリあの晩と同じ気もちになってしまってね……たまらなく息苦しくて息苦しくて……。アラ……睡っちゃ嫌《いや》よ。……睡らないで聞いて頂戴ってばさあ……まあ嫌だ。本当に酔っちゃったのね……人が一生懸命に話しているのに……。

……ね……わかったでしょう……あんたにもわかったでしょう。妾のそうした気持ちが……ね……妾、お酒に酔って云っているのじゃないのよ……いいこと……ね。ね。だから妾は今夜こそイヨイヨ本当にあんたを殺そうと思って、ワザワザこの短剣を買って来たのよ。英国出来《でき》の飛び切りっていうのをサア。一寸《ちよつと》御覧なさいってば……このよく斬《き》れること……妾の腕の毛がホラ……ヒイヤリとして……ね。ステキでしょう。いいこと。……この切《き》っ尖《さき》であんたの心臓をヒイヤリと刺しとおして、その血のついた刃先《はさき》を、すぐにズブズブと妾の心臓に突き刺して死んで終《しま》おうと思っているのよ……トテモ気持ちのいい心臓と心臓のキッスよ。ヤングが教えてくれた世界一の贅沢《ぜいたく》な……一生に一度っきりの……。

アラッ……妾今やっと思い出したわ。日本の言葉で、こんな遊びの事をシンジュウっていうんでしょう、ね、ね。……サア。本気で返事して頂戴よ。睡らないでサア。サアってばサア。……いいわ。妾あんたが睡ってたって構わないから……そのまんま突き刺しちゃうから……いいこと……？　ねッ……死んでくれるでしょう。ね……いいこと……殺しても……嬉しい……じゃ……お別れの乾杯よ……ね……そうして寝床へ行くのよ……サア……。

白菊

脱獄囚の虎蔵《とらぞう》は、深夜の街道の中央《まんなか》に立ち悚《すく》んだ。黒血だらけの引っ掻《か》き傷と、泥と、ホコリに塗《ま》みれた素跣足《すはだし》の上に、背縫《せぬい》の開いた囚人服を引っかけて、太い、新しい荒縄をグルグルと胸の上まで巻き立てている彼の姿を見たら、大抵の者が震え上がったであろう。毬栗頭《いがぐりあたま》を包んだ破れ手拭《てぬぐい》の上には、冴《さ》え返った晩秋の星座が、ゆるやかに廻転していた。

虎蔵はそのまま身動き一つしないで、遥《はる》か向うの山蔭《やまかげ》に光っている赤いものを凝視していた。その真白く剝《む》き出した両眼と、ガックリ開《あ》いた鬚《ひげ》だらけの下顎《したあご》に、云《い》い知れぬ驚愕《きようがく》と恐怖を凝固させたまま……。

それは虎蔵が生れて初めて見るような美しい、赤い光りであった。それは彼が永いこと飢え、憧憬《あこが》れて来たチャブ屋の赤い光りとは全然違った赤さであった。又、彼が時々刻々に警戒して来た駐在所や、鉄道線路の赤ランプの色とも違っていた。ネオンサインの赤よりもズット上品に、花火の赤玉よりもズットなごやかな、綺麗《きれい》なものであった。……といって閨房《けいぼう》の灯《あかり》らしい艶媚《なまめか》しさも、ほのめいていない……夢のように淡い、処女のように人なつかしげな、桃色のマン丸い光明《こうみょう》が、巨大《おおき》な山脈の一端《はな》らしい黒い山影の中腹に、ほのぼのと匂《にお》っているのであった……ほほえみかけるように……吸い寄せるように……。

虎蔵はブルッと一つ身震いをした。口の中でつぶやいた。

……まさか……手がまわっている合図じゃあんめえが……ハアテ……。

虎蔵は一箇月ばかり前に、網走《あばしり》の監獄を破った五人組の一人であった。その中でも、ほかの四人は、それから一週間も経《た》たないうちにバタバタと捕まってしまったので、今では全国の新聞の注意と、北海道の全当局の努力を、彼一人に集中させているのであった。

そればかりでない。

虎蔵の強盗時代の仕事ぶりは「ハヤテの虎」とか「カン虎」とかいう綽名《あだな》と一緒に、ズット以前から、世間の評判になっていた。

綽名の通りカンの強い彼は、脅迫《おどし》のために人を傷《きずつ》ける場合でも、決して生命《いのち》を取るようなヘマをやらないのを一つの誇りにしていた。……のみならず彼は仕事をした界《かい》隈《わい》で、決して女にかからなかった。遥かの遠い地方に飛んで、絶対安全の見込みが付いた上でなければ、ドンナ事があっても酒と女を近付けなかった。そうして蓄積した不眠不休の精力とすばらしい溜め喰《たぐ》いと、無敵の健脚を利用した逃走力でもって、到《いた》る処《ところ》の警戒線を嘲弄《ちょうろう》し、面喰らわせるのを、一本槍《やり》の逃走戦術にして来たものであった。

だからその虎蔵が、久し振りにその筋の手にあがると間もなく、網走の監獄を破って逃走したという一事は、全国のセンセーションを捲《ま》き起すのに十分であった。況《いわ》んや、それが一箇月もの永い間、縛《ばく》に就《つ》かない事が一般に知れ渡ってしまった今日、結局……「虎蔵が北海道を出ないうちに捕まるか、捕まらないか」という問題が、全国の紙面に戦慄《せんりつ》的な興味を渦巻かせているのは当然であった。

それればかりでない。

今度の脱獄後の彼は、どこまでも囚人服を着換えなかった。到る処で彼自身に相違ない事を名乗り上げながら仕事をして来た。そうした方が脅喝《きょうかつ》に有利であったばかりでなく、そこを目星にして集中して来るその筋の手配りを、引外《ひきはず》し引外し仕事をした方が、遥かに安全である事を幾度となく、事実上に証拠立てて来たものであった。

……俺は普通《ただ》の強盗とは違うんだぞ。そのうちにタッタ一つ大きな仕事をして、大威張りで北海道を脱け出すまでは、ケチな金や、ハシタ女《め》には眼もくれないんだぞ……。

といったような彼一流のプライドを、そうした仕事ぶりの到る処に閃《ひら》めかして来たことは云うまでもない。

……とはいえ……虎蔵のこうした精力の鬱積《うっせき》が、今度の脱獄後に限って、異常な影響を彼の仕事振りに及ぼして来た事実だけは、流石《さすが》の虎蔵も自覚していなかった。それはその脱獄当時に、一人の老看守の頭を、彼自身の手でタタキ割った一刹那《せつな》から来た、心境の変化であったかも知れない。又は四十を越した彼の体質から来た性格上の変化であったかも知れないが、いずれにしても今度の脱獄後の彼の手口は、まるで今までとは別人のように残虐《ざんぎゃく》な、無鉄砲なものに変形していた。

彼は人跡絶えた北海道の原始林や処女林の中を、殆《ほと》んど人間業《わざ》とは思えない超速度で飛びまわりながら、時々、思いもかけぬ方向に姿を現わして、彼独特の奇怪な犯行を逞《たくま》しくして来た。……酔い臥《ふ》しているアイヌの酋長《しゅうちょう》を、その家族たちの眼の前で絞殺して、秘蔵のマキリ（アイヌが熊《くま》狩りに用いる鋭利な短刀）一挺《ちょう》と、数本の干魚《ほしうお》を奪い去った。……かと思うと、それから二三日のうちに、三十里も距《へだ》たった新開農場の一軒家に押入って、ちょうど泣き出した嬰児《あかんぼ》の両足を摑《つか》むと、面白そうに笑いながら土壁にタタキ付けた。そうして若夫婦を威嚇《いかく》しいしい、悠々と大飯を平らげて立去った。……かと思うと、その兇行《きようこう》がまだ新聞に出ない翌日の白昼に、今度は十数里を飛んだ山越えの街道に現われて、二人の行商人に襲いかかった。若い二人の男が、仲よく笑い話をして行く背後《うしろ》から突然に躍りかかって一人を刺殺《さしころ》すと、残った一人を威嚇しながら、やはり二人の弁当の包みだけを奪って、又も悠々と山林に姿を消した。北海道のような深い山々では、内地のような山狩りが絶対に行われない事を、知って知り抜いているかのように悠々と……。

……虎蔵が人を殺した……しかも連続的に……そうしてまだ捕まらずにいる……という事実に対して、毎日毎日の新聞紙面が、如何《いか》に最大級の驚愕《きようがく》と戦慄を続けて来たか。全北海道の住民が、そうした脱獄囚の姿に毎夜毎夜どれほど魘《うな》されて来たか、そうして全道の警察の神経と血管が、連日連夜、どれ程の努力に疲れ果てて来たことか……。

その中を脱《ぬ》けつ潜《くぐ》りつ虎蔵は、寒い寒い北海道の山の中を馳《か》けまわる事一箇月あまり……とうとうどこがどうやら解《わ》からなくなったまま、人を殺しては飯を喰い、食料品《くいもの》を奪っては兇器を振廻わして来た。そうして真冬にならない内に、是が非でも何か一つの大仕事にぶつかるべく、突詰められた餓え狼《おおかみ》のような気持ちで山又山を越えて来るうちに、タッタ今ヒョッコリと、どこかわからない大きな街道に出たと思う間もなく、思いがけない真向うの山蔭に、今まで見た事もない美しい、赤い光りを発見したのであった。何となく神秘的な……不可思議な……たまらなくなつかしいような……。

虎蔵は面喰らった上にもめんくらった。幾度も幾度も眼を擦《こす》った。何故《なにゆえ》ともなく胸の躍るのを感じながら、左右に白々と横たわっている闇夜《やみよ》の街道を見まわした。自分で自分に云い聞かせるようにつぶやいた。

「……まさか……俺を威《おど》かすつもりじゃあんめえが……ハアテナ……」

虎蔵はやがて両腕を組んだまま、その光りに吸い寄せられるようにスタスタと歩き出していた。深夜の草山を押し分けて、一直線に赤い光りの方向へ近付いて行くと、そのうちに虎蔵の眼の前の闇の中に、要塞《ようさい》のように仄《ほの》黄色い、西洋館造りの大邸宅が浮かみ現われて来た。

赤い光りは、その大邸宅の右の端にタッタ一つ建っている、屋根の尖《と》んがった、奇妙な恰好《かっこう》の二階の窓から洩《も》れて来るのであった。そのほかに燈光《あかり》の洩れている部屋は一つもないらしく、さしもの大邸宅が隅から隅まで死んだように寝静まっている事が、間もなく彼の第六感にシミジミと感じられて来た。

虎蔵はモウ一度、前後左右を見まわした。

「……フフン……コイツは案外、大仕事かも知れんぞ……」

とつぶやきながら微《ひそ》かに胸を躍らした。本能的に用心深い足取りで、高い混凝土塀《コンクリートべい》を半まわりして、裏手の突角《とっかく》の処まで来た。そうして矢張り本能的に懐中のマキリを鞘《さや》から抜き出して、歯の間にガッチリと啣《くわ》えた。その突角を両手と両膝《ひざ》の間に挟んでジリジリと上の方へ登り初めた。気が遠くなる程の空腹を感じながら……。

一丈《じょう》ばかりの高い混凝土塀を越えると、内部《なか》は広い花壇になっているらしい。何だかわからない秋の草花が闇の中に行儀よく列を作って、一パイに露を含んでいる中を、マキリを啣えた囚人姿の虎蔵が、ヒソヒソと匐《は》い進んで行くのであったが、そのうちに闇夜の草花の水っぽい、清新な芳香《におい》が、生娘《きむすめ》の体臭のように、彼の空腹に沁《し》み透って来た。白々とした女の首や、手足や、唇や、腹部の幻像を、真暗な彼の眼の前に、千切れ千切れに渦巻かせながら、全身が粟立《あわだ》って、クラクラと発狂しそうになるまで、彼の盲情をソソリ立てるのであった。

彼は暫《しばら》くの間、唇を噛んで、ベコニヤの鉢の間にヒレ伏していた。

……助けてくれ……。

と叫び出したいような気持ちを、ジッと我慢しながら……そうしてヤットの思いで気分を取り直すと、虎蔵はイヨイヨ静かにベコニヤの鉢の間を抜けて、綺麗に刈り込んだ芝生の上に匐い上った。

眼ざす二階家は直《す》ぐ眼の前に在った。

彼は極度に冷静になった。同時にたまらない程、残忍になった。容易ならぬ荒療治に引っかかりそうな予感と、世にも不思議な赤い光りに対する緊張が、彼の全身を空気のように軽くした。

彼の眼の前には、白っぽい石の外廊下の支柱が並んでいて、その行き止まりが、やはり白い石の外階段になっている。その中央に続きに敷かれた棕梠《しゅろ》のマットの上を、猫のように緊張しながら匐い登って行くと、すぐに一つの頑丈な扉《と》に行き当った。

その扉を見上げ、見下しているうちに虎蔵は又も、ドキンドキンとさせられた。

それは虎蔵が今日《こんにち》まで幾度となく、あこがれ望んでいながら、一度も行当《ぶつか》った記憶《おぼえ》のない種類の扉であった。その内側に巨万の富を蔵《しま》い込んでいるらしい……黒い……重たい……マン丸く光る黄金色の鋲《びょう》を縦横に打ち並べた……ただその扉が普通と違うところは、その把手《ハンドル》が少し低目に取付けてある事と、鍵穴《かぎあな》らしいものがどこにも見当らない事であった。

……ハテナ……内側から堅固《じようぶ》な閂《かんぬき》が突支《つつか》ってあるのかな……。

そう気が付くと同時に虎蔵は、全身がシインとなるほど失望した。この扉《とびら》を破るのは容易でない……と考えたからであった。そうしてここまで、無意味に釣り寄せられて来た自分の冒険慾を、心の片隅で後悔し初めた。

……この扉《と》に触ると、直ぐに電気仕掛か何かで、ほかへ知らせるようになっているに違いない……。

と思い思い虎蔵は、仄《ほの》かな赤い光りに照らし出された花壇の片隅を、暫くの間、見下していた……が……それでも僅《わず》かに残った糸のような未練と、万一の場合の逃走力を空頼みにした彼は、彼の生涯の運命を賭《か》ける気持で、扉の把手《ノッブ》を確《しっか》りと摑んだ。ソーッと右へ捻《ね》じってみた……。

……アッ……と声を挙げるところであった。電気に打たれたように階段を二三段飛び降りた。

扉は何の締りもしてなかった。僅かな力で把手《ノッブ》を捻じられた扉が、音もなく開くと、思いもかけぬ赤い光りの隙間《すきま》が、彼の鼻の先に、縦に一直線に出来たのであった。

虎蔵はジリジリと首を縮めた。背中を丸くして膝を曲げた。息を殺して背後《うしろ》を見廻わした。どこからか怪しい物音が近付いて来はしまいかと、耳を澄まし、眼を凝《こ》らしながら身構えていたが、そのうちに薄黒いダンダラを作った花壇の向う側の暗黒を、白々と横切っている混凝土塀《コンクリート》に眼を止めると、彼は思わずニンガリと冷笑して首肯《うなず》いた。ゆるゆると背中を伸ばしながら、眼の前の赤い光りの隙間をかえりみた。

……ハハン……あの高土塀が在ると思って、安心してケツカルんだな……。

そう思い付くと同時に、虎蔵の全血管の中に新しい勇気が蘇《よみがえ》って来た。深刻な空腹と、極度に緊張した冷血さが、彼の全身数百の筋肉に疼《うず》きみちみちて来た。それにつれて、

……これこそ俺の最後の大仕事かも知れないぞ……。

という強烈な職業意識が、スキ透るほどギリギリと、彼の奥歯に嚙《か》み締められて来た。

恐ろしいものが一つ一つに彼の周囲から消え失《う》せて行った。

彼は生皮革《なまがわ》で巻いたマキリの欛《つか》をシッカリと握り直した。谷川の石で荒磨《あらとぎ》を掛けた反《そり》の強い白刃《しらは》を、自分の背中に押し廻しながら、左手で静かに扉を押した。

それは天井の高い、五間《けん》四方ぐらいの部屋であった。幽雅な近代風のゴチック様式で、ゴブラン織の深紅《しんく》の窓掛を絞った高い窓が、四方の壁にシンカンと並んでいた。

その窓と窓の間の壁面《かべ》に、天井近くまで畳み上げられている夥《おびただ》しい棚という棚には、一面に、子供の人形が重なり合っているようである。和洋、男女、大小を問わず、裸体、半裸体、軽装、盛装の種類をつくして、世界中のあらゆる風俗を現わしているらしい抱き人形の一つ一つが皆、その大きく開いた眼で、あらぬ空間を眺めながら、この上もなく可愛《かわい》らしい微笑を含んでいるようである。永遠に変らぬ空虚のイジラシサを競い合っているようである。

虎蔵は眼をパチパチさせた。瞼《まぶた》をゴシゴシとこすって瞳《ひとみ》を定めた。

部屋の中央には土耳古更紗《トルコさらさ》を蔽《おお》うた、巨大な丸卓子《テーブル》が置いてある。その上には、さながらに、それ等の人形たちが遊び戯《たわむ》れた遺跡であるかのように、色々な食器、豆のような玩具《がんぐ》、花籠《はなかご》、小さな犬、猫、鼠《ねずみ》、猿、小鼠のたぐいが、殆んど数限りなく、行儀のいい円陣や、方陣を作って並んでいる。その間に静止している巨大な甲虫《かぶとむし》、華麗な蝶々《ちょうちょう》、実物大の鳩《はと》、雛子《ひよっこ》、木兎《みみずく》……。

又、その丸卓子《テーブル》の周囲には、路易《ルイ》王朝好みのお乳母《うば》車、華奢《きゃしゃ》な籐椅子《とういす》、花で飾った揺籠《クレードル》、カンガルー型のロッキングなぞが、メリー・ゴー・ラウンド式に排列されている……そんなもの一つ一つにも、それぞれ様々の微笑を含んだ人形が、ピエロ姿の行列を作ってブラ下がったり、振袖《ふりそで》姿で枕《まくら》を並べたり、海水着のまま、魚のようにビックリした瞳《め》をして重なり合ったりしている。

その中央の高い、暗い、円《まる》天井から、淡紅色《うすべに》の絹布《きぬぎれ》に包まれた海月《くらげ》型のシャンデリヤが酸漿《ほおずき》のように吊《つ》り下っていたが、その絹地に柔らげられた、まぼろしのような光線が、部屋中の人形を、さながらに生きたお伽話《とぎばなし》のようにホノボノと、神秘めかしく照し出しているのであった。

虎蔵は、その光りを浴びたまま棒立ちになってしまった。鼻息さえもし得ないまま、そうした不可思議な光景を見まわしていた。

それは彼が夢にも予期していなかった光景であった。……否《いや》……彼が生れて初めて見る不可解な部屋であった。彼の頭脳《あたま》では到底、理解出来そうにない人形ばかりの小宇宙……この上もなく美しい桃色の微笑の世界……その神秘と、平和にみちみちた永遠の空虚の中に、偶然に……真に偶然に迷い込んでいる彼自身の野獣ソックリの姿……。

彼は気もちが変テコになって来た。頭がガランドウになって、今にも眼がまわりそうに胸が悪くなって来た。

彼はヨロヨロと背後《うしろ》によろめいた……が……又も、ひとりでに立止った。そうして彼自身の浅猿《あさま》しい姿を今更のように見まわしながら、何故《なにゆえ》ともわからない、長い長いふるえた溜息をしかけた。同時に、全身にビッショリと生汗《なまあせ》を搔いているのに気が付いたが、そのうちに又、フト気が付いて、見るともなく丸卓子《テーブル》の向う側を見るとハッとした。頭の毛がザワザワと駈《か》け出しかけて又止《や》んだ。

丸卓子《テーブル》の向うの仄《ほの》暗い右側には、黝《くろ》ずんだ古代雛《びな》……又、左側には近代式の綺羅《きら》びやかな現代式のお姫様が、それぞれに赤い段々を作って飾り付けてある。その中央の特別に大きな、高い窓に近く、こればかりは本式らしい金モールと緋房《ひぶさ》を飾った紫《むらさき》緞子《どんす》の寝台が置いてあって、女王様のお寝間《ねま》じみた黄絹《きぎぬ》の帷帳《とばり》が、やはり金モールと緋房ずくめの四角い天蓋《てんがい》から、滝の水のように流れ落ちている。その蔭に仄見えている白絹らしい掛布団《かけぶとん》から、半分ほど握り締めた左手の手首が覗《のぞ》いている。……それが、どうやら七八ツばかりの、生きた女の児《こ》の手首に見えるのであった。

その無心な可愛らしい手首を見ているうちに虎蔵はやっと吾《われ》に帰った。同時に、生汗に冷え切った全身がゾクゾクとして来た。……この部屋の全体が含んでいる不可思議な意味と、この部屋の主人公の正体が、同時にわかって来たような気がしたので……。

虎蔵は自分でも気付かないうちに身を屈《かが》めていた。床の上の華麗《はなやか》な露西亜《ロシア》絨氈《じゆうたん》の上に腹匍《はらば》いになって、ソロソロとその寝台の脚下《あしもと》に忍び寄って行った。何故《なぜ》ともわからない焦燥を感じながら……。

……それはこの部屋の女主人公《ヒロイン》と思われる緞子《どんす》の寝台の主《ぬし》が、果して自分の推量通りに生きた女の児に相違ないか……それとも、やはり、ほかの人形と同様の飾り物に過ぎないかどうかを、是非とも一度たしかめてみたい……というような彼一流の無智《むち》な、盲目的な好奇心に、彼自身が囚《とら》われていたせいかも知れない。又は現在、極度に鋭敏になっている彼の嗅覚《きゅうかく》が、その寝台の方向からほのめいて来るチョコレートのような、牛乳のような、甘い甘い芳香《ほうこう》に誘われたせいであったかも知れないが……。

彼は丸卓子《テーブル》の蔭を、寝台の一間《けん》ばかり手前まで匍って来ると、ソ——ッと顔を上げてみた。思ったよりも薄暗い、寝台の中に瞳を凝らした。

彼は今更のように固唾《かたず》を嚥《の》んだ。

それは夥しい、美しい黄金色《こがねいろ》の渦巻毛《カール》を、大きな白麻《しろあさ》の西洋枕の上に横たえている西洋人の女の児であった。年頃はよくわからないが、恐らくこの部屋中のどの人形よりも端麗な、神々《こうごう》しい眼鼻立ちであったろう。額《ひたい》と鼻筋のすきとおった……眉《まゆ》の長い、睫《まつげ》の濃い、花びらのように頬を紅《あか》くした寝顔が、あどけなく開《あ》いた小さな唇から、キレイな乳歯をあらわしながら、こころもちこっち向きに傾いているのであった。

その枕元には萎《しお》れた秋草の花束と、二三冊の絵本と、明日《あす》のおめざらしい西洋菓子が二つ、白紙に包んで置いてあった。そうしてその寝台の裾《すそ》の床の上には、少女よりも心持ち大きいかと思われる棕梠《しゅろ》の毛製の熊が一匹、少女の眠りを守護《まも》るかのように、黒い、ビックリした瞳《め》を見開きながら、寝台に倚《よ》りかかって坐《すわ》っているのであった。

……人形じゃねえぞ……これは……。

彼は息を殺して固くなった。

彼は脚下の熊とおなじように、両眼をマン丸く見開きながら、なおも一心に寝台の中を覗き込んだ。今にも眼の前の少女が大きな寝息をしそうに思われたので……そうしてパッチリと青い眼を見開いて、彼を見上げそうな気がしたので……。

部屋の中の何もかもが、彼の耳の中でシンカンと静まり返った。

少女の寝息とも……牛乳の香気《におい》とも……萎れた花の吐息《といき》ともつかぬ、なつかしい、甘ったるい匂いが、又もホノボノと黄絹の帷帳の中から迷い出して来た。

……突然……彼はブルブルと身震いをした。

この一箇月の間じゅう、彼の全身に渦巻き、みちみちて来たアラユル戦慄的なものが、その甘ったるい芳香《におい》の中で、一斉に喚《よ》び醒《さ》まされたのであった。その中からモウ一つ更に、極度の惨烈さにまで尖鋭化《せんえいか》され、変態化され、猟奇化されて来た或るものが、トテモ抵抗出来そうにない、最後的の威力をもってモリモリと爆発しかけて来たのであった。

……コンナ機会《やま》は二度とねえんだぞ……しかも相手は毛唐《けとう》の娘じゃないか……構う事はねえ……やっつけろ……やっつけろ……。

と絶叫しながら……。

彼は今一度ブルブルと身震いをした。鮮やかな空色と、血紅色と、黒色の稜角《りょうかく》を、花型に織り出した露西亜絨氈の一角に、泥足のままスックリと立ち上った。右手に持ったマキリを赤い光線に透かしてみると、眼と口を真白く見開いて、声のない高笑いを笑いながら、おもむろに仄暗い丸天井を仰ぎ見た。

それはさながらに鉄の檻《おり》を出た狂人の表情であった。

彼は何の躊躇《ちゅうちょ》もなく悠々と寝台に近寄って、薄い黄絹を引き捲《め》くった。白いレエスに包まれている少女の、透きとおった首筋の向う側に、イキナリ右手のマキリを差し廻わしながら、左手でソロソロと緞子の羽根布団をめくった。同時にモウ一度、彼独特の物凄《ものすご》い笑いを、顔面に痙攣《ひきつ》らせた。

「……エヘ……エヘ……声を立てる間《ま》はねえんだよ。ええかねお嬢さん。温柔《おとな》しく夢を見ているんだよ……ウフウフ……」

それから返り血を避けるべく、羽根布団を引き上げながら、すこしばかり身を背向けた。……すると……そうした気持ちにふさわしくそこいら中がモウ一度、彼の耳の中でシンカンとなった。

……その一刹那であった。

少女の枕元に当る大きな硝子《ガラス》窓の向うを、何かしら青白いものが、一直線にスウーと横切《よぎ》って行った。

彼はハッとしてその方向を見た。少女の首筋からマキリを遠ざけながら首を伸ばした。

……今まで気が付かなかったが、薄い黄絹の帷《とばり》越しによく見ると、窓の外は一パイの星空であった。今の青白い直線は、その星の中の一つが飛び失せたものに相違なかった。それに連れて……やはり今まで気が付かなかった事であるが、どこか遠く遠くの海岸に打ち寄せるらしい深夜の潮の音が、微《かす》かに微かに硝子窓越しに聞えて来るのであった。それは、おおかた彼自身が、知らず知らずのうちに高い処へ来ていたせいであったろう……。

彼は緊張し切った態度のまま、その音に耳を澄ました。それから、やはりシッカリした身構えのうちに少女の寝顔と、右手のマキリを見比べた。

部屋の中に漾《ただよ》うている桃色の光りを白眼《にら》みまわした。

その光りが淀《よど》ませている薄赤い暗がりの四方八方から、彼に微笑《ほほえ》みかけている、あらゆる愛くるしい瞳《め》と、唇の一つ一つを念入りに眺めまわしているうちに、又もギックリと振り返って、窓の外の暗黒を凝視した。

……その時に又一つ……。

……ハッキリと星が飛んだ……。

……銀色の尾を細長く引いて……。

彼は愕然《がくぜん》となった。魘《おび》えたゴリラのように身構えをし直して、少女の顔を振り返った。

……この深夜に……開放《あけはな》された部屋の中で……タッタ一人眠っている西洋人の娘……。

……物騒な北海道の山の中で、可愛い娘にコンナ事をさせている毛唐の大富豪《おおがねもち》……。

……これは人間の心か……。

……神様の心か……。

そんなような超常識的な常識……犯罪者特有の低能な、ヒネクレた理智が、一時に彼の中に蘇ったのであった。白熱化した彼の慾情《よくじょう》をみるみる氷点下に冷却し初めたのであった。云い知れぬ恐怖の旋風となって、彼の足の下から襲いかかったのであった。……俺は……俺は現在《いま》、何かしらスバラシイ陥穽《おとしあな》の中に誘い込まれているのじゃないか……。

……コンナ大邸宅の中にタッタ一つ灯《とも》されている赤い灯《ひ》……。

……締りのない扉《と》……。

……数限りない人形の部屋……。

……その中にタッタ一人眠っている生きた人形のような美しい少女……。

……思いも付かない、おそろしい西洋人の係蹄《わな》……???……。

彼の膝頭《ひざがしら》が我れ知らずガクガクと動いた。歯の根がカチカチと鳴り出した。ジリジリと後退《あとずさ》りをしながら、薄い黄絹のカアテンを、腫《は》れ物に触るようにして潜《もぐ》り出た。一足飛びに大卓子《テーブル》をめぐって部屋の外へ飛び出した。ハヤテのように石の階段を馳け降りて、外廊下から芝生の上に飛び出した。と、思った瞬間に、何かしら人間らしいものから片足を抄《すく》い上げられたと思うと、モンドリ打って芝生の上にタタキ付けられた。

……息が詰まったかと思う腰の痛さを、頭の中心まで泌《し》み渡らせながら彼は、咄嗟《とっさ》に半身を起してマキリを構えた。眼の前、一間《けん》ばかり向うの闇の中に踞《うずく》まっている白い物体に対《むか》って身構えた。

……破滅……？？？……。

と心の中で魘えながら……。

しかし白いものは動かなかった。依然として外廊下の石柱の根元に踞《かが》まっているばかりでなく、その白い、フックリした固まりの各部分が、すこしずつユラユラと揺れ合っているのが、星明りに透かして見えるようである。それに連れて何ともいえない品のいい菊の花の芳香《におい》がスッキリと闇を透して、彼の周囲に慕い寄って来た。

彼はマキリを取落した。……三度《みたび》、呆然《ぼうぜん》となった。

何から何まで馬鹿《ばか》にされ、オモチャにされつくしたまま、ミジメに投げ出されている彼自身を、ヒイヤリとした芝生の上に発見して、泣く事も、笑う事も出来ない気持ちになってしまった。極度にタタキ付けられた選手のように、スッカリ混乱してしまったまま……両脚を投げ出して、後手《うしろで》を突いたまま……腹立たしい菊の花の芳香《におい》を、いつまでもいつまでも呼吸していた。

しかし、そのうちに彼はヤットの思いで立ち上った。手も力もなく蹌踉《よろめ》きながら、はだかった胸を掻き合わせて、露深い草の上に落ちたマキリを探し当てて、懐中《ふところ》の鞘《さや》に納めながら、花壇の方向へスタスタと立ち去ろうとした……が……又もピッタリと立佇《たちど》まって振り返った。石柱の下に静まり返っている白菊の鉢を見返りながら腕を組んで考え込んだ。混乱した頭を鎮《しず》めよう鎮めようと努力した。

……俺はここへ何をしに来たんだ。……そうして……このまま帰ったら俺は一体どうなるんか……。

やがて彼は闇の中でガックリとうなずいた。

忽《たちま》ちツカツカと石柱の根元に歩み寄って、盛り上った白菊の鉢に両手をかけた。

「……エエ糞《くそ》……このまま帰ったら俺あ型なしになるんだぞ……畜生。どうするか見よれ」

とイキミ声を出しながらジワジワと鉢を持ち上げかけた。

「俺が来た証拠だ……畜生……」

それは疲れ切った、空腹の彼にとっては、実に容易ならぬ大事業であった。大の男が二人がかりでもどうかと思われる巨大な白菊の満開の鉢を、ヤットの思いで胸の上まで抱え上げるうちに、彼の全身は、新しい汗で水を浴びたようになった。その夜露と泥とで辷《すべ》り易《やす》くなった鉢の底を、生命《いのち》カラガラ肩の上に押し上げて、よろめく足を踏み締めながら、外廊下のマットの上を一歩一歩と階段に近づいて行った時に彼は、幾度も幾度も今度こそ……今度こそ気が遠くなって、引っくり返るのじゃないかと危ぶんだ。

彼はそれから一歩一歩と、無限の地獄に陥《お》ち込むような怖《おそ》ろしい思いを繰り返しながら、石の階段を登って行った。それから開け放されたままの扉《と》の中へ、中腰のままジリジリと歩み入って、向うの窓際《まどぎわ》まで一歩一歩と近づいて来ると、両足を力一パイ踏み締めて立ち佇《どま》った。

彼は肩の上に喰い込んでいる菊の鉢を、そのまま、眠っている少女の頭部《あたま》めがけて投げ付けたい衝動を、ジット我慢しながらモウ一度、寝台の中を白眼《にら》み付けた。

……畜生……ブチ殺した方が面黒《おもくれ》えかも知れねえんだが……それじゃ俺の意地が通らねえ。タタキ付けて逃げ出したと思われちゃ詰まらねえかんな……畜生……。

と唇を噛み締めながら考えた。

彼は、それから更に、今までの苦しみに何層倍した、新しい苦しみに直面させられた。彼が、四十年の生涯のうちに一度も体験した事のない……髪の毛が一本一本に白《しら》髪《が》になってしまいそうな、危険極まる刹那刹那を、刻一刻に新しく新しく感じながら、死ぬ程重たい花と土の塊《かた》まりを、肩から胸へ……胸から床の上へソーッと抱え下した。アザヤカな淡紅色を帯びて、噎《む》せかえるほど深刻に匂う白い花ビラの大群を、静かに少女の枕元に置き直すと、ポキンポキンと音を立てる腰骨を一生懸命に伸ばしながら、長い長いふるえた溜め息を吐《つ》いた。そのまま、暫くの間、眼を閉じ、唇を噛んで、荒い鼻息を落ち付けていたが、そのうちに彼は思い出したように眼を見開いて、泥塗《どろま》みれになった両掌《りょうて》を、腰の荒縄の上にコスリ付けた。その掌《てのひら》で、鬚《ひげ》だらけの顔を撫《な》で上げて汗を拭《ふ》こうとした。

しかし彼はモウ汗も出ないほど青褪《あおざ》め切っていた。

その薄黒い、落ち窪《くぼ》んだ両眼は、老人のように白々と弱り込んで、唇が紙のように干乾《ひから》びていた。その額と頬は、僅かの間に生命《いのち》を削り取られたかのように蒼白《あおじろ》く骨張って、力ない皺《しわ》の波が、彫刻のようにコビリ付いていた。……が……そうした死人じみた片頬に、弱々しい、泣き笑いじみた表情をビクビクさせると、彼は仁王《にお》立《うだ》ちに突立ったまま、鼻の先の空間に眼を据えた。

咽喉《のど》の奥をゼイゼイと鳴らした。

「……オレは……オレは……ちっとも怖くないんだぞ……畜生。コレ位の事は平気なんだぞ……エヘ……エヘ……」

そう云ううちに彼は力が尽きたらしくガックリと低頭《うなだ》れた。タッタ今、自分が成し遂げた最大、最高の仕事を、振り返り振り返り、懐中《ふところ》のマキリを押えながら、ヒョロヒョロと出て行った。

彼の背後《うしろ》から静かに静かに閉まって行った重たい扉《とびら》が、忽ち、轟然《ごうぜん》たる大音響を立てて、深夜の大邸宅にどよめき渡りつつ消え失せた。

……あくる朝……。

晴れ渡った晩秋の旭光《きよつこう》がウラウラと山懐《やまぶところ》の大邸宅を照し出すと、黄色い支柱を並べた外廊下に、白い人影が二つほど歩みあらわれた。

それは白絹のパジャマを着流した、若い、洋髪の日本婦人と、やはり純白のタオル寝巻を纏《まと》うた四ツか五ツ位の、お合羽《かっぱ》さんの女の児《こ》が並んで、むつまじそうに手を引き合った姿であった。

若い洋髪の女性は、片手で寝乱れた髪を撫で上げながらも、こうした大邸宅にふさわしい気品のうちにユックリユックリと白羅紗《らしゃ》のスリッパを運んで来たが、やがて棕《しゅ》欄《ろ》のマットの中央まで来ると、すこし寒くなったらしく、襟元《えりもと》を引き合わせて立ち止まった。

すると、その時に、お合羽さんの女の児が、つながり合った手を無邪気に引離しながらチョコチョコ走りに廊下を伝わって、真綿《まわた》の白靴をひるがえしひるがえし石の段々を一つ一つに登って行った。そうしてサモサモ嬉しそうに扉《ドア》の把手《ノッブ》を押しながら、内側へ消え込んで行ったが、やがて間もなく、眼をマン丸にして重たい扉《と》を引き開くと、一散に階段を馳け降りて来た。

若い女性は、それを見迎えながら微笑した。

「……まあ……あぶない……ゆっくりオンリしていらっしゃい」

しかし女の児は聴かなかった。

可愛いお合羽さんを左右に振りながら、若い女性のパジャマの裾《すそ》に縋《すが》り付いた。

「……いいえ……お母チャマ大変よ……アノネ……アノネ……アタチ……アノお人形のお姫《ひい》チャマのおめざを、いただきに行ったのよ……ソウチタラネ……」

と云いさして女の児は息を切らした。

「ホホホ……チュウチュが引いていたのですか」

女の児は一層眼を丸くして頭を振った。

「……イイエ。お母チャマ……ソウチタラネ……お部屋の中が泥ダラケなのよ……」

「……エ……」

若い女性は顔の色をなくした。女の児の顔をシゲシゲと見下した。

「……ソウチタラネ……アノお人形のお姫《ひい》チャマのお枕元に、大きい、白《ちろ》い菊の花が置いてあったのよ」

「……まあ……」

というちに若い女性は唇の色までなくしてしまった。その唇の近くで白い指先をわななかしながらすぐ傍の芝生の上に残っている輪形の鉢の痕跡《あと》を見まわしていたが、やがてオドオドした魘《おび》えたような眼付きで、階段の上を見上げた。

「……マア……昨夜《ゆうべ》まで……ここに在ったのに……誰がまあ……」

「イーエ……お母チャマ……アタチ知っててよ。ゆうべね。アタチ達が帰ってからね。アノお人形のお姫《ひい》チャマが、菊の花を見たいって仰言《おっしゃ》ったのよ」

女性はすこしばかり血色を取り返した。

「……まあ……オホホ……」

「それでね……アノ御家来の熊さんが、持って行って上げたのよ……キット……」

「……ネ……ソウデチョ……お母チャマ……」

「…………」

いなか、の、じけん

大きな手がかり

村長さんの処《ところ》の米倉から、白米を四俵《ひょう》盗んで行ったものがある。あくる朝早く駐在の巡査《おまわり》さんが来て調べたら、俵《たわら》を積んで行ったらしい車の輪のあとが、雨あがりの土にハッキリついていた。そのあとをつけて行くと、町へ出る途中の、とある村外《はず》れの一軒屋の軒下に、その米俵を積んだ車が置いてあって、その横の縁台の上に、頬冠《ほおかぶ》りをした男が大の字になって、グウグウとイビキをかいていた。引っ捕えてみるとそれは、その界隈《かいわい》で持てあまし者の博奕打《ばくちう》ちであった。

博奕打ちは盗んだ米を町へ売りに行く途中、久し振りに身体《からだ》を使ってクタビレたので、チョットのつもりで休んだのが、思わず寝過ごしたのであった。

腰縄を打たれたまま車を引っぱってゆく男の、うしろ姿を見送った人々は、ため息して云った。

「わるい事は出来んなあ」

按摩《あんま》の昼火事

五十ばかりになって一人住居《ずまい》をしている後家《ごけ》さんが、ひる過ぎに近所まで用足しに行って帰って来ると、開け放しにしておいた自分の家《うち》の座敷のまん中に、知り合いの按摩《あんま》がラムプの石油を撒《ま》いて火を放《つ》けながら、煙に噎《む》せて逃げ迷っている……と思う間もなく床柱に行き当って引っくり返ってしまった。

後家さんは、めんくらった。

「按摩さんが火事火事」

と大声をあげて村中を走りまわったので、忽《たちま》ち人が寄って来て、大事に到《いた》らずに火を消し止めた。気絶した按摩は担《かつ》ぎ出されて、水をぶっかけられるとすぐに蘇生《そせい》したので、あとから駈《か》けつけた駐在巡査に引渡された。

大勢に取り捲《ま》かれて、巡査の前の地べたに坐《すわ》った按摩は、水洟《みずばな》をこすりこすりこう申し立てた。

「まったくの出来心で御座います。声をかけてみたところが留守だとわかりましたので……」

「それからどうしたか」

と巡査は鉛筆を嘗《な》めながら尋ねた。皆はシンとなった。

「それで台所から忍び込みますと、ラムプを探り当てましたので、その石油を撒いて火をつけましたが、思いがけなく、うしろの方からも火が燃え出して熱くなりましたので、うろたえまして……雨戸は閉まっておりますし、出口の方角はわからず……」

きいていた連中がゲラゲラ笑い出したので、按摩は不平らしく白い眼を剥《む》いて睨《にら》みまわした。巡査も吹き出しそうになりながら、ヤケに鉛筆を舐《な》めまわした。

「よしよし。わかっとるわかっとる。ところで、どういうわけで火を放《つ》けたんか」

「ヘエ。それはあの後家めが」

と按摩は又、そこいらを睨みまわしつつ、土の上で一膝《ひざ》進めた。

「あの後家めが、私に肩を揉《も》ませるたんびに、変なことを云いかけるので御座います。そうしてイザとなると手ひどく振りますので、その返報に……」

「イイエ、違います。まるでウラハラです……」

と群集のうしろから後家さんが叫び出した。

みんなドッと吹き出した。巡査も思わず吹き出した。しまいには按摩までが一緒に腹を抱えた。

その時にやっと後家さんは、云い損ないに気が付いたらしく、生娘《きむすめ》のように真赤になったが、やがて袖《そで》に顔を当てるとワーッと泣き出した。

夫婦の虚空蔵《こくうぞう》

「あの夫婦は虚空蔵さまの生れがわり……」

という子守娘の話を、新任の若い駐在巡査がきいて、

「それは何という意味か」

と問い訊《ただ》してみたら、

「生んだ子をみんな売りこかして、うまいものを喰うて酒を飲まっしゃるから、コクウゾウサマ……」

と答えた。巡査はその通り手帳につけた。それからその百姓の家《うち》に行って取り調べると、五十ばかりの夫婦が二人とも口を揃《そろ》えて、

「ハイ。みんな美しい着物を着せてくれる人の処へ行きたいと申しますので……」

と済まし返っている。

「フーム。それならば売った時の子供の年齢は……」

「ハイ。姉が十四の年で、妹が九つの年。それから男の子を見世物師に売ったのが五つの年で……。ヘエ。証文がどこぞに御座いましたが……間違いは御座いません。ついこの間のことで御座いますから。ヘエ……」

巡査はこの夫婦が馬鹿《ばか》ではないかと疑い初めた。しかも、なおよく気をつけてみると、今一人の子供が女房の腹の中に居るようす……。

巡査は変な気持ちになって帳面を仕舞《しま》いながら、

「フーム。まだほかに子供は無いか」

と尋ねると、夫婦は忽ち真青になってひれ俯《ふ》した。

「実は四人ほど堕胎《おろ》しましたので……喰うに困りまして……どうぞ御勘弁を——」

巡査は驚いて又帳面を引き出した。

「ウーム不都合じゃないか。何故《なぜ》そんな勿体《もったい》ないことをする」

というと、青くなっていた亭主が、今度はニタニタ笑い出した。

「へへへへへ。それほどでも御座いません。酒さえ飲めばいくらでも出来ますので……」

巡査は気味がわるくなって逃げるようにこの家《うち》を飛び出した。

「この事を本署に報告しましたら古参の巡査から笑われましたヨ。何でも堕胎罪で二度ほど処刑されている評判の夫婦だそうです。二人とも揃って低能らしいので、誰も相手にしなくなっていたのだそうです」

と、その巡査の話。

汽車の実力試験

「この石を線路に置いたら、汽車が引っくり返るか返らないか」

「馬鹿な……それ位の石はハネ飛ばして行くにきまっとる」

「インニャ……引き割って行くじゃろうて……」

「論より証拠やってみい」

「よし来た」

間もなく来かかった列車は、轟然《ごうぜん》たる音響と共に、その石を粉砕して停車した。見物していた三人の青年は驚いて逃げ出した。

あくる朝三人が、村の床屋で落ち合ってこんな話をした。

「昨日《きのう》は恐ろしかったな。あんまり大きな音がしたもんで、おらあ引っくり返ったかと思うたぞ」

「ナアニ。機関車は全部鉄造りじゃけにな。あんげな石ぐらい屁《へ》でもなかろ」

「しかし、引き砕いてから停まったのは何故じゃろか。車の歯でも欠けたと思ったんかな」

「ナアニ。人を轢《ひ》いたと思ったんじゃろ」

こうした話を、頭を刈らせながらきいていた一人の男は、列車妨害の犯人捜索に来ていた刑事だったので、すぐに三人を本署へ引っぱって行った。

その中の一人は署長の前でふるえながらこう白状した。

「三人の中で石を置いたのは私で御座います。けれどもはね飛ばしてゆくとばかり思うておりましたので……罪は一番軽いので……」

と云い終らぬうちに巡査から横面《よこつら》を喰《くら》わせられた。

三人は同罪になった。

スットントン

漁師の一人娘で生れつきの盲目《めくら》が居た。色白の丸ポチャで、三味線なら何でも弾《ひ》くのが自慢だったので、方々の寄り合い事に、芸者代りに雇われて重宝がられていた。

ある時、近くの村の青年の寄り合いに雇われたが、案内に来た青年は馬方《うまかた》で、馬力《ばりき》の荷物のうしろの方に空所《あき》を作って、そこに座布団《ざぶとん》を敷いて、三味線と、下駄を抱えた女を乗せると、最新流行のスットントン節を唄《うた》いながら、白昼の国道を引いて行った。

ところがその馬力が、正午《ひる》過ぎに村へ帰りつくと、荷物のうしろには座布団だけしか残っていないことが発見されたので、忽ち大騒ぎになった。

「途中の松原で畜生が小便した時までは、たしかに女が坐っておった」

という馬方の言葉をたよりに、村中総出でそこいらの沿道を探しまわったが、それらしい影も無い。村長や、区長や、校長先生や巡査が青年会場に集まって、いろいろに首をひねったけれども、第一、居なくなった原因からしてわからなかった。

結局、娘の親たちへ知らせなければなるまい……というので、とりあえず青年会員が二人、娘のうちへ自転車を乗りつけると、晴れ着をホコリダラケにしたその娘が、おやじに引き据えられて、泣きながら打《ぶ》たれている。

二人の青年は顔を見合わせたが、ともかくも飛び込んで押し止《とど》めて、

「これはどうした訳ですか」

と尋ねると、おやじは面目なさそうに頭を掻《か》いた。

「ナアニ。こいつがこの頃流行《はや》るスットントンという歌を知らんちうて逃げて帰って来たもんですけに……どうも申訳ありませんで……」

二人の青年はいよいよ訳がわからなくなった。そこで、なおよく事情をきいてみると、最前女を馬力に乗せて引いて行った青年が、途中でスットントン節をくり返しくり返し唄った。それは娘に初耳であったので、先方《さき》で弾かせられては大変と思って、一生懸命に耳を澄ましたが、あいにくその青年が調子外れ（音痴）だったので、歌の節が一々変テコに脱線して、本当の事がよくわからない。これではとても記憶《おぼ》えられぬと思うと、女心のせつなさに、下駄と三味線を両手に持って、死ぬる思いで馬力から飛び降りて逃げ帰ったものと知れた。

青年の一人はこの話をきくと非常に感心したらしく、勢い込んで云った。

「実に立派な心がけです。しかし心配することはない。私たちと一緒に来なさい。これから夜通しがかりで青年会をやり直します。歌は途中で私が唄ってきかせます」

花嫁の舌喰い

一部落挙《こぞ》って、不動様を信心していた。

その中で、夫婦と子供三人の一家が夕食の最中に、主人が箸《はし》をガラリと投げ出して、

「タッタ今おれに不動様が乗り移った」

と云いつつ凄《すご》い顔をして坐り直した。お神《かみ》さんは慌《あわ》てて畳の上にひれ伏した。ビックリして泣き出した三人の子供も、叱《しか》りつけて拝ました。

この噂《うわさ》が伝わると、そこいらじゅうの信心家が、あとからあとから押しかけて来て「お不動様」の御利益《ごりやく》にあずかろうとしたので、家の中は夜通し寝ることも出来ないようになった。

そのまん中に、木綿の紋付き羽織を引っかけた不動様が坐って、恐ろしい顔で睨みまわしていたが、やがて、うしろの方に坐っている、紅化粧した別嬪《べっぴん》をさし招いた。その女は二三日前近所へ嫁入って来たものであった。

「もそっと前へ出ろ。出て来ぬと金縛りに合わせるぞ。ズッと私の前に来い。怖がる事はない。罪を浄《きよ》めてやるのだ。サアよいか。お前は前の生《しょう》に恐ろしい罪を重ねている。その罪を浄めてやるから舌を出せ。もそっと出せ。出さぬと金縛りだぞ……そうだそうだ……」

こう云いつつその舌に顔をさし寄せて、ジッと睨んでいた不動様は、不意にパクリとその舌を頬張ると、ズルリズルリとシャブリ初めた。

女は衆人環視の中で舌をさし出したまま、眼を閉じてブルブルふるえていた。すると不動様は何と思ったか突然に、その舌を根元からプッツリと噛《か》み切って、グルグルと嚥《の》み込んでしまった。

女は悶絶《もんぜつ》したまま息が絶えた。

あとで町から医者や役人が来て取調べた結果、不動様の脳髄がずっと前から梅毒に犯されていることがわかった。

この事実がわかると、その村の不動様信心がその後パッタリと止《や》んだ。不動様を信仰すると梅毒になるというので……。

感違いの感違い

駐在巡査が夜ふけて線路の下の国道を通りかかると、頬冠《ほおかぶ》りをした大男が、ガードの上をスタスタと渡って行く。何者だろう……とフト立ち停まると、その男が一生懸命に逃げ出したので、巡査も一生懸命に追跡を初めた。

やがてその男が村の中の、とある物置へ逃げ込んだので、すぐに踏み込んで引きずり出してみると、それは村一番の正直者で、自分の家の物置に逃げ込んだものであることがわかった。

巡査はガッカリして汗を拭《ふ》き拭き、

「馬鹿めが。何もしないのに何でおれの姿を見て逃げた」

と怒鳴りつけると、その男も汗を拭き拭き、

「ハイ。泥棒と間違えられては大変と思いましたので……どうぞ御勘弁を……」

スウィートポテトー

心中のし損ねが村の駐在所に連れ込まれた……というのでみんな見に行った。

十燭《しょく》の電燈《でんとう》に照らされた板張りの上の小さな火鉢に、消し炭が一パイに盛られている傍に、男と女が寄り添うようにして蹲《うずく》まって、濡《ぬ》れくたれた着物の袖《そで》を焙《あぶ》っている。どちらも都の者らしく、男は学生式のオールバックで、女は下町風の桃割れに結っていた。

硝子《ガラス》戸の外からのぞき込む人間の顔がふえて来るにつれて、二人はいよいよくっつき合って頭を下げた。

やがて四十四五に見える駐在巡査が、ドテラがけで悠然と出て来た。一パイ飲んだ

らしく、赤い顔をピカピカ光らして、二人の前の椅子《いす》にドッカリと腰をかけると、酔眼朦朧《もうろう》とした身体《からだ》をグラグラさせながら、いろんな事を尋ねては帳面につけた。そのあげくにこう云った。

「つまりお前達二人はスウィートポテトーであったのじゃナ」

硝子戸の外の暗《やみ》の中で二三人クスクスと笑った。するとうつむいていた若い男が、濡れた髪毛《かみのけ》を右手でパッとうしろへはね返しながら、キッと顔をあげて巡査を仰いだ。異状に興奮したらしく、白い唇をわなわなかしてキッパリと云った。

「……違います……スウィートハートです……」

「フフ――ウム」

と巡査は冷やかに笑いながらヒゲをひねった。

「フ――ム。ハートとポテトーとはどう違うかナ」

「ハートは心臓で、ポテトーは芋《いも》です」

と若い男はタタキつけるように云ったが、硝子戸の外でゲラゲラ笑い出した顔をチラリと見まわすと、又グッタリとうなだれた。

巡査はいよいよ上機嫌らしくヒゲを撫《な》でまわした。

「フフフフ。そうかな。しかしドッチにしても似たもんじゃないかナ」

若い男は怪訝《けげん》な顔をあげた。硝子戸の外の笑い声も同時に止んだ。巡査は得意らしく反《そ》り身《み》になった。

「ドッチもいらざるところで芽を吹いたり、くっつき合うて腐れ合うたりするではないか……アーン」

人が居なくなったかと思う静かさ……と思う間もなく、硝子戸の外でドッと笑いの爆発……。

若い男はハッと両手を顔にあてて、ブルブルと身をふるわした。初めから嘲弄《ちょうろう》されていたことがわかったので……同時に、横に居た桃割れも、ワッとばかり男の膝に泣き伏した。

硝子戸の外の笑い声が止め度もなく高まった。

巡査も腕を組んだまま天井をあおいだ。

「アアハアハアハア。馬鹿なやつどもじゃ。アアハアアアハア……」

空屋《あきや》の傀儡踊《あやつり》

みんな田の草を取りに行っていたし、留守番の女子供も午睡《ひるね》の真最中であったので、只《ただ》さえ寂《さ》びれた田舎町の全体が空ッポのようにヒッソリしていた。その出外れの裏表二間《ふたま》をあけ放した百姓家の土間に、一人の眼のわるい乞食爺《こじきじじい》が突立って、見る人も無く、聞く人も無いのにアヤツリ人形を踊らせている。

人形は鼻の欠けた振《ふ》り袖《そで》姿で、色のさめた赤い鹿《か》の子《こ》を頭からブラ下げていた。

「観音シャマを、かこイつウけエて――。会いに――来たンやンら。みンなンみンやンら。……振りイ――の――たンもンとンにイ――北ンしよぐウれエ。晴れン間《ま》も――。さンら――にイ……。な――かア……」

歯の抜けた爺さんの義太夫はすこぶる怪しかったが、それでもかなり得意らしく、時々霞《かす》んだ眼を天井に向けては、人形と入れ違いに首をふり立てた。

「へ――イ。このたびは二の替りといたしまして朝顔日記大井川の段……テテテテ天道《てんどう》シャマア……きこえまシェぬきこえまシェぬきこえまシェぬ……チン……きこえまシェぬわいニョ――チッチッチッチッ」

「妻ア――ウワア。なンみンだンにイ――。か――き――くンるえ――テへへへ。ショレみたんよ……光《みつ》ウ秀《ひで》エどンの……」

振り袖の人形が何の外題《げだい》でも自由自在に次から次へ踊って行くにつれて、爺さんのチョボもだんだんとぎれとぎれに怪しくなって行った。

しかし爺さんは、どうしたものかナカナカ止めなかった。ヒッソリした家の中で汗を拭き拭きシャ嗄《が》れた声を絞りつづけたので、人通りのすくない時刻ではあったが、一人立ち止まり二人引っ返ししているうちに、近所界隈の女子供や、近まわりの田に出ていた連中で、表口が一パイになって来た。

「狂人《きちがい》だろう」

と小声で云うものもあった。

そのうちに誰かが知らせたものと見えて、この家《や》の若い主人が帰って来た。手足を泥だらけにした野良着《のらぎ》のままであったが、肩を聳《そび》やかして土間に這入《はい》るとイキナリ、人形をさし上げている爺さんの襟首《えりくび》に手をかけてグイと引いた。振袖人形がハッと仰天した。そうして次の瞬間にはガックリと死んでしまった。

見物は固唾《かたず》をのんだ。どうなることか……と眼を瞠《みは》りながら……。

「……ヤイ。キ……貴様は誰にことわって俺の家《うち》へ這入った……こんな人寄せをした

「……」

爺さんは白い眼を一パイに見開いた。口をアングリとあけて呆然《ぼうぜん》となったが、やがて震える手で傍《かたわら》の大きな信玄袋の口を拡《ひろ》げて、生命《いのち》よりも大切《だいじ》そうに人形を抱え上げて落し込んだ。それから両手をさしのべて、破れた麦稈《むぎわら》帽子と竹の杖《つえ》を探りまわし初めた。

これを見ていた若い主人は、表に立っている人々をふり返ってニヤリと笑った。人形を入れた信玄袋をソッと取り上げて、うしろ手に隠しながらわざと声を大きくして怒鳴った。

「サア云え。何でこんな事をした。云わないと人形を返さないぞ」

何かボソボソ云いかけていた見物人が又ヒッソリとなった。

麦稈帽を阿弥陀《あみだ》に冠《かぶ》った爺さんは、竹の杖を持ったままガタガタとふるえ出した。ペッタリと土間に坐りながら片手をあげて拝む真似《まね》をした。

「……ど……どうぞお助け……御勘弁を……」

「助けてやる。勘弁してやるから申し上げろ。何がためにこの家に這入ったか。何の必要があれば……最前からアヤツリを使ってコンナに大勢の人を寄せたのか。ここを公会堂とばし思ってしたことか」

爺さんは見えぬ眼で次の間《ま》をふり返って指《さ》した。

「……サ……最前……私が……このお家に這入りまして……人形を使い初めますと……ア……あそこに居られたどこかの旦那様《だんな》が……イ……一円……ク下さいまして……ヘイ……おれが飯を喰っている間《ま》に……貴様が知っているだけ踊らせてみよ……トト、……おっしゃいましたので……ヘイ……オタスケを……」

「ナニ……飯を喰ったア……一円くれたア……」

若い主人はメンクラッたらしく眼を白黒さしていたが、忽ち青くなって信玄袋を投げ出すと、次の間《ま》の上《あが》り框《かまち》に駈け寄った。そこにひろげられた枕屏風《まくらびょうぶ》の蔭《かげ》に、空っぽの飯櫃《めしびつ》がころがって、無残に喰い荒された漬物の鉢と、土瓶《どびん》と、箸《はし》とが、飯粒《めしつぶ》にまみれたまま散らばっている。そんなものをチラリと見た若い主人の眼は、すぐに仏壇の下に移ったが、泥足のままかけ上って、半分開いたまんまの小抽出《こひきだ》しを両手でかきまわした。

「ヤラレタ……」

と云ううちに見る見る青くなってドッカリと尻餅《しりもち》を突いた。頭を抱えて縮み込んだ。

表の見物人はまん丸にした眼を見交《みかわ》した。

「……マア……可哀相《かわいそう》に……留守番役のおふくろが死んだもんじゃけん」

「キット流れ渡りの坑夫のワルサじゃろ……」

その囁《ささや》きを押しわけてこの家《や》の若い妻君が帰って来た。やはり野良行きの姿であったが、信玄袋を探し当てて出て行く乞食爺の姿を見かえりもせずに、泥足のままツカツカと畳の上にあがると、若い主人の前にベッタリと坐り込んだ。頭の手拭を取って鬢《びん》のほつれを掻き上げた。無理に押しつけたような声で云った。

「お前さんは……お前さんは……この小抽出しに何を入れておんなさったのかえ……妾《わたし》に隠して……一口も云わないで……」

若い主人はアグラを掻いて、頭を抱えたまま、返事をしなかった。やがて濡れた筒ッポウの袖口で涙を拭いた。

下唇を嚙んだまま、ジッとこの様子をながめていた妻君の血相がみるみる変って来た。不意に主人の胸倉《むなぐら》を取ると、猛烈に小突きまわし初めた。

「……えエッ。口惜しいッ。おおかた大浜（白首街《しらくびまち》）のアンチキショウの処へ持って行く金じゃったろ。畜生畜生……二人で夜《よ》の眼を寝ずに働いた養蚕《ようさん》の売り上げをば……いつまでも渡らぬと思うておったれば……エエッ……クヤシイ、クヤシイ」

しかしいくら小突かれても若い主人はアヤツリのようにうなだれて、首をグラグラさせるばかりであった。

二三人見かねて止めに這入って来たが、一番うしろの男は表の人だかりをふり返って、ペロリと赤い舌を出した。

「これがホンマのアヤツリ芝居じゃ」

みんなゲラゲラ笑い出した。

妻君が主人の胸倉を取ったままワーッと泣き出した。

一ぷく三杯

お安さんという独身者《ひとりもの》で、村一番の吝《けち》ン坊《ぼう》の六十婆《ばあ》さんが、鎮守様のお祭りの晩に不思議な死にようをした。

……たった一人で寝起きをしている村外れの茶屋の竈《かまど》の前で、痩《や》せ枯《かれ》た小さな身体《からだ》が虚空《こくう》を摑《つか》んで悶絶していた。平生《ふだん》腰帯にしていた絹のボロボロの打ち紐《ひも》が、皺《しわ》だらけの首に三廻《みまわ》りほど捲かれて、ノドボトケの処で唐結《からむす》びになったままシッカリと肉に喰い込んでいたが、その結び目の近まわりが血だらけになるほど搔き挘《むし》られている。

しかし何も盗まれたもようは無く、外から人の這入った形跡も無い。法印さんの処から貰《もら》って帰ったお重詰めは、箸をつけないまま煎餅布団《せんべいぶとん》の枕元に置いてあった。貯金の通《かよ》い帳《ちょう》は方々探しまわったあげく、竈の灰の下の落し穴から発見された。その遺産を受け継ぐべき婆さんのたった一人の娘と、その婿《むこ》になっている電工夫は、目下東京に居るが、急報によって帰郷の途中である。婆さんの屍体《したい》は大学で解剖することになった……近来の怪事件……というので新聞に大きく出た。

お安婆さんの茶店は、鉄道の交叉点《こうさてん》のガードの横から、海を見晴らしたところにあった。古ぼけた葭簀《よしず》張りの下に、すこしばかりの駄菓子とラムネ。渋茶を煮出した真黒な土瓶。剝《は》げた八寸膳《ぜん》の上に薄汚ない茶碗《ちゃわん》が七ツ八ツ……それでも夏は海から吹き通しだし、冬の日向きがよかったので、街道通いの行商人なぞがスッカリ狃染《なじみ》になっていた。

主人公の婆さんは三十いくつかの年に罹《かか》った熱病以来、腰が抜けて立《た》ち居《い》が不自由になると、生れて間もない娘を置き去りにして亭主が逃げてしまったので、田畠を売り払ってここで茶店を開いた。その娘がまたなかなかの別嬪《べっぴん》の利発もので、十九の春に、村一番の働き者の電工夫を婿養子に取ったが、今は夫婦とも東京の会社につとめて月給を貰っているとか。

「その娘夫婦が東京に孫を見に来い見に来いと云いますけれども、まあなるたけ若い者の足手まといになるまいと思うて、この通りどうやらこうやらしております。自分の身のまわりの事ぐらいは足腰が立ちますので……娘夫婦もこの頃はワタシに負けて、その中《うち》に孫を見せに帰って来ると云うておりますが……」

と云いながら婆さんは、青白い頬をヒクツカせて、さも得意そうにニヤリとするのであった。

「……フフン。それでも独りで淋《さび》しかろ……」

と聞き役になったお客が云うと、婆さんは又、オキマリのようにこう答えた。

「ヘエあなた。二度ばかり泥棒が這入りましてなあ。貴様は金を溜《た》めているに違いないと申しましたけれどもなあ。ワタシは働いたお金をみんな東京の娘の処に送っております。それでも、あると思うならワタシを殺すなりどうなりしてユックリと探しなさいと云いましたので、茶を飲んで帰りました」

しかしこの婆さんが千円の通い帳を二ツ持っているという噂を、本当にしないものは村中に一人も居なかった。それ位にこの婆さんの吝ン坊は有名で、殆《ほと》んど喰うものも喰わずに溜めていると云ってもいい位であった。そんな評判がいろいろある中《うち》にも小学校の生徒まで知っているのは「お安さん婆さんの一服三杯」という話で……。

「フフン。その一服三杯というのは飯のことかね……」

と村の者の云うことをきいていた巡査は手帳から眼を離した。

「ヘエ。それはソノ……とても旦那方にお話し致しましても本当になさらないお話で……しかしあの婆さんが死にましたのは、確かにソノ一服三杯のおかげに違いないと皆申しておりますが……」

「フフン。まあ話してみろ。参考になるかもしれん」

「ヘエ。それじゃアまアお話ししてみますが、あの婆さんは毎月一度宛《ずつ》、駅の前の郵便局へ金を預けに行く時のほかは滅多に家《うち》を出ません。いつもたった一人で、あの茶店に居るので御座いますが、それでも村の寄り合いとか何とかいう御馳走《ごちそう》ごとにはキット出てまいります。それも前の晩あたりから飯を食わずに、腹をペコペコにしておいて、あくる日は早くから店を閉めて、松葉杖を突張って出て来るので御座いますが、いよいよ酒の座となりますと、先ず猪口《ちょこ》で一パイ飲んで、あの青い顔を真赤にしてしまいます。それから飯ばっかりを喰い初めて、時々お汁《したじ》をチュッチュッと吸います。漬け物もすこしは喰べますが、大抵六七八杯は請け合いのようで……それからいよいよ喰えぬとなりますと、煙草《たばこ》を二三服吸うて、一息入れてから又初めますので、アラカタ二三杯位は詰めこみます。それからあとのお平《ひら》や煮つけなぞを、飯と一緒に重箱に一パイ詰めて帰って、その日は何もせずに、あくる日の夕方近くまで寝ます。それからポツポツ起きて重箱の中のものを突《つ》ついて夕飯にする。御承知の通り、この辺の御馳走ごとの寄り合いは、大抵時候のよい頃に多いので、どうかすると重箱の中のものが、その又あくる日の夕方までありますそうで……つまるところ一度の御馳走が十ペン位の飯にかけ合うことに……」

「ウ――ム。しかしよく食傷して死なぬものだな」

「まったくで御座います旦那様。あの瘦せこけた小さな身体《からだ》に、どうして這入るかと思うくらいで……」

「ウ――ム。しかしよく考えてみるとそれは理窟《りくつ》に合わんじゃないか。そんなにして二日も三日も店を閉めたら、つまるところ損が行きはせんかな」

「ヘエ。それがです旦那様。最前お話し申上げましたその娘夫婦も、それを恥かしがって東京へ逃げたのだそうでございますが、お安さん婆さんに云わせますと……『自分で作ったものは腹一パイ喰べられぬ』というのだそうで……ちょうどあの婆さんが死にました日が、ここいらのお祭りで御座いましたが、法印さんの処で振舞いがありましたので、あの婆さんが又『一服三杯』をやらかしました。それが夜中になって口から出そうになったので勿体なさに、紐《ひも》でノド首を縛《しば》ったものに違いない。そうして息が詰まって狂い死にをしたのだろう……とみんな申しておりますが……」

「アハハハハハ。そんな馬鹿な……いくら吝《けち》ン坊《ぼう》でも……アッハッハッハッ……」

巡査は笑い笑い手帳と鉛筆を仕舞って帰った。

しかしお安さん婆さんの屍体解剖の結果はこの話とピッタリ一致したのであった。

蟻《あり》と蠅《はえ》

山の麓《ふもと》に村一番の金持ちのお邸《やしき》があって、そのまわりを十軒ばかりの小作人の家が取り巻いて一部落を作っていた。

お邸の裏手から、山へ這入るところに柿《かき》の樹《き》と、桑の畑があったが、梅雨《つゆ》があけてから小作人の一人が山へ行きかかると、そこの一番大きい柿の樹の根方から、赤ん坊の足が一本洗い出されて、蟻と蠅が一パイにたかっているのを発見したので真青になって飛んで帰った。

やがて駐在所から、新しい自転車に乗った若い巡査がやって来て掘り出してみると、六ヶ月位の胎児で、死後一週間を経過していると推定されたので、いくらもないその部落の中の女が一人一人に取り調べられたが、怪しい者は一人も居なかった。結局残るところの嫌疑者は、この頃、都の高等女学校から帰省して御座る、お邸のお嬢さん只一人……しかもすこぶるつきのハイカラサンで、大旦那が遠方行きの留守中を幸いに、ゴロゴロ寝てばかり御座る様子がどうも怪しいということになった。

若い巡査は或《あ》る朝サアベルをガチャガチャいわせてそのお邸の門を潜《くぐ》った。

「ソラ御座った。イヨイヨお嬢さんが調べられさっしゃる」

と家中《うちじゅう》のものが鳴りを静めた。野良《のら》からこの様子を見て走って来るものもあった。

玄関に巡査を出迎えて、来意をきいた娘の母親が、血の気の無くなった顔をして隠居部屋に来てみると、細帯一つで寝そべって雑誌を読んでいた娘は、白粉《おしろい》の残った顔を撫でまわしながら蓬々《ほうほう》たる頭を擡《もた》げた。

「何ですって……妾《わたし》が堕胎《だたい》したかどうか巡査が調べに来ているんですって……ホホホホホ生意気な巡査だわネエ。アリバイも知らないで……」

玄関に近いので母親はハラハラした。眼顔で制しながら恐る恐る問うた。

「……ナ……何だえ。その蟻とか……蠅とかいうのは……アノ胎児《はらみご》の足にたかっていた虫のことかえ……」

「ホホホホホそんなものじゃないわよ。何でもいいから巡査さんにそう云って頂戴《ちょうだい》……妾にはチャンとしたアリバイがありますから、心配しないでお帰んなさいッテ……」

母親はオロオロしながら玄関に引返した。

しかし巡査は娘の声をきいていたらしかった。少々興奮の体《てい》で仁王立ちになって、ポケットから手帳を出しかけていたが、母親の顔を見るとまだ何も云わぬ先にグッと睨みつけた。

「そのアリバイとは何ですか」

母親はふるえ上った。よろめきたおれむばかりに娘のところへ駈け込むと、雑誌の続きを読みかけていた娘は眉根《まゆね》を寄せてふり返った。

「ウルサイわねえ。ホントニ。そんなに妾が疑わしいのなら、妾の処女膜を調べて御覧なさいッて……ソウおっしゃい……失礼な……」

母親はヘタヘタと坐り込んだ。巡査も真赤になって自転車に飛び乗りながら、逃げるように立ち去った。

それ以来この部落ではアリバイという言葉が全く別の意味で流行している。

赤い松原

海岸沿いの国有防風林の松原の中に、托鉢坊主《たくはつぼうず》とチョンガレ夫婦とが、向い合わせの蒲鉾小舎《かまぼこごや》を作って住んでいた。

三人は極めて仲がいいらしく、毎朝一緒に松原を出て、一里ばかり離れた都会に貰いに行く。そうして帰りには又どこかで落ち合って、何かしら機嫌よく語り合いながら帰って来るのであった。月のいい晩なぞは、よくその松原から浮き上るような面白い音がきこえるので、村の若い者が物好きに覗《のぞ》いてみると蒲鉾小舎の横の空地で、チョンガレ夫婦のペコペコ三味線と四つ竹（肉の厚い竹片《たけべら》を、二枚宛《ずつ》両手に持って、打ち合わせながら囃《はや》すもの）の拍子に合わせて、向う鉢巻の坊主が踊っていたりした。横には焚火《たきび》と一升徳利《どくり》なぞがあった。

そのうちに世間が不景気になるにつれて、坊主の方には格別の影響も無い様子であるが、チョンガレ夫婦の貰いが、非常に減った模様で、松原へ帰る途中でも、そんな事かららしく、夫婦で口論《いさかい》をしていることが珍らしくなくなった。或る時なぞは村外れで摑み合いかけているのを、坊主が止めていたという。

ところがそのうちに三人の連れ立った姿が街道に見られなくなって、その代りに頭を青々と丸めて、法衣《ころも》を着たチョンガレの托鉢姿だけが、村の人の眼につくようになった。

……コレは可怪《おか》しい。和尚《おしょう》の方は一体何をしているのか……と例によってオセッカイな若い者が覗きに行ってみると、坊主はチョンガレの女房を、自分の蒲鉾小屋に引きずり込んで、魚なぞを釣って納まり返っている。夕方にチョンガレが帰って来ても、女房は平気で坊主のところにくっ付いているし、チョンガレも独りで煮タキして独りで寝る……おおかた法衣《ころも》と女房の取り換えっこをしたのだろう……というのが村の者の解釈であった。

ところが又その後《のち》になるとチョンガレの托鉢姿が、いつからともなく松原の中に見えなくなった。しかし蒲鉾小舎は以前のままで、チョンガレの古巣は物置みたように、枯れ松葉や、古材木が詰め込まれていた。そうして坊主がもとの木阿弥《もくあみ》の托鉢姿に帰って、松原から出て行くと、女房は女房で、坊主と別々にペコペコ三味線を抱えて都の方へ出かける。夜は一緒に寝ているのであった。

「坊主も遊んでいられなくなったらしい」

と村の者は笑った。

そのうちに冬になった。

或る夜ケタタマシク村の半鐘が鳴り出したので、人々が起きてみると、その松原が大火焔《だいかえん》を噴き出している。アレヨアレヨといううちに西北の烈風に煽《あお》られて、見る間に数十町歩を烏有《うゆう》に帰したので、都の消防が残らず駈けつけるなぞ、一時は大変な騒ぎであったが、幸いに人畜に被害も無く、夜明け方に鎮火した。火元は無論その蒲鉾小舎で、二軒とも引き崩して積み重ねて焼いたらしい灰の下から、半焼けの女房の絞殺屍体と、その下の土饅頭《どまんじゆう》みたようなものの中から、半分骸骨《がいこつ》になったチョンガレの屍体があらわれた。しかもそのチョンガレの頭蓋骨《ずがいこつ》が掘り出されると、噛み締めた白い歯が自然と開《あ》いて、中から使いさしの猫イラズのチューブがコロガリ出たので皆ゾッとさせられた。

郵便局

鎮守の森の入口に、村の共同浴場と、青年会の道場が並んで建っていた。夏になるとその辺で、撃剣の稽古《けいこ》を済ました青年たちが、歌を唄ったり、湯の中で騒ぎまわったりする声が、毎晩のように田圃《たんぼ》越《ご》しの本村《ほんむら》まで聞こえた。

ところが或る晩の十時過の事。お面《めん》お籠手《こて》の声が止むと間もなく、道場の電燈がフッと消えて人声一つしなくなった。……と思うとそれから暫《しばら》くして、提灯《ちょうちん》の光りが一つ森の奥からあらわれて、共同浴場の方に近づいて来た。

「来たぞ来たぞ」「シッシッ聞こえるぞ」「ナアニ大丈夫だ。相手は耳が遠いから……」

といったような囁きが浴場の周囲の物蔭から聞こえた。ピシャリと蚊をたたく音だの、ヒッヒッと忍び笑いをする声だのが続いて起って、又消えた。

提灯の主は元五郎といって、この道場と浴場の番人と、それから役場の使い番という三ツの役目を村から受け持たせられて、森の奥の廃屋《あばらや》に住んでいる親爺《おやじ》で、年の頃はもう六十四五であったろうか。それが天にも地にもたった一人の身よりである、お八重《やえ》という白痴の娘を連れて、仕舞湯《しまいゆ》に入りに来たのであった。

親爺は湯殿に這入ると、天井からブラ下がっている針金を探って、今日買って来たばかりの五分心《ぶしん》の石油ランプを吊《つる》して火を灯《つ》けた。それから提灯を消して傍の壁にかけて、ボロボロ浴衣《ゆかた》を脱ぐと、くの字なりに歪《ゆが》んだ右足に、黒い膏薬《こうやく》をベタベタと貼《は》りつけたのを、さも痛そうにランプの下に突き出して撫でまわした。

その横で今年十八になったばかりのお八重も着物を脱いだが、村一等の別嬪《べっぴん》という評判だけに美しいには美しかった。しかし、どうしたわけか、その下腹が、奇妙な恰好《かっこう》にムックリと膨らんでいるために、親爺の曲りくねった足と並んで、一種異様な対照を作っているのであった。

「ホントウダホントウダ」「ふくれとるふくれとる」「ドレドレ俺にも見せろよ」「フーン誰の子だろう」「わかるものか」「俺ア知らんぞ」「嘘吐《うそこ》け……お前の女だろうが」

「馬鹿云えコン畜生」「シッシッ」

というようなボソボソ話が、又も浴場のまわりで起った。しかし親爺は耳が遠いので気がつかないらしく、黙って曲った右足を湯の中に突込んだ。お八重もそのあとから真似をするように右足をあげて這入りかけたが、フイと思い出したようにその足を引っこめると、流し湯へ踞《かが》んでシャーシャーと小便を初めた。

元五郎親爺はその姿を、霞《かす》んだ眼で見下したまま、妙な顔をしていたが、やがてノッソリと湯から出て来て、小便を仕舞《しま》ったばかりの娘の首すじを摑むと、その膨れた腹をグッと押えつけた。

「これは何じゃえ」

「あたしの腹じゃがな」

と娘は顔を上げてニコニコと笑った。クスクスという笑い声が又、そこここから起った。

「それはわかっとる……けんどナ……この膨れとるのは何じゃエ……これは……」

「知らんがな……あたしは……」

「知らんちうことがあるものか……いつから膨れたのじゃエこの腹はコンゲニ……今夜初めて気が付いたが……」

と親爺は物凄い顔をしてラムプをふりかえった。

「知らんがナ……」

「知らんちうて……お前だれかと寝やせんかな。おれが用達《ようた》しに行っとる留守の間《ま》に……エエコレ……」

「知らんがナ……」

と云《い》い云いふり仰ぐお八重の笑顔は、女神のように美しく無邪気であった。親爺は困惑した顔になった。そこいらをオドオド見まわしては新らしいラムプの光りと、娘の膨れた腹とを、さも恨めしげに何遍《なんべん》も何遍も見比べた。

「オラ知っとる……」「ヒッヒッヒッヒッ」

という小さな笑い声がその時に入口の方から聞えた。

その声が耳に這入ったかして、元五郎親爺はサッと血相をかえた。素裸体《すっぱだか》のまま曲った足を突張って、一足飛《いっそく》びに入口の近くまで来た。それと同時に、

「ワ——ッ」「逃げろッ」

という声が一時に浴場のまわりから起って、ガヤガヤと笑いながら、八方に散った。そのあとから薪割《まきわり》用の古鉈《ふるなた》を提《ひっさ》げた元五郎親爺が、跛《びっこ》引き引き駆け出したが、これも森の中の闇《やみ》に吸い込まれて、足音一つ聞こえなくなった。

その翌《あく》る朝の事。元五郎親爺は素裸体に、銃をしっかりと摑んだままの死体になって、鎮守さまのうしろの井戸から引き上げられた。又娘のお八重は、そんな騒ぎをちっとも知らずに廃屋《あばらや》の台所の板張りの上でグーグー睡《ねむ》っていたが、親爺の死体が担《かつ》ぎ込まれても起き上る力も無いようす……そのうちにそこいらが変に臭いので、よく調べてみると、お八重は叱《しか》るものが居なくなったせいか、昨夜《ゆうべ》の残りの冷飯《ひやめし》の全部と、糠味噌《ぬかみそ》の中の大根や菜《な》っ葉《ぱ》を、糠《ぬか》だらけのまま残らず平らげたために、烈《はげ》しい下痢を起して、腰を抜かしていることがわかった。

そのうちに警察から人が来て色々と取調べの結果、昨夜《ゆうべ》からの事が判明したので、元五郎親爺の死因は過失から来た急劇脳震盪《のうしんとう》ということに決定したが、一方にお八重の胎児の父はどうしてもわからなかった。

初めはみんな、撃剣を使いに行く青年たちのイタズラであろうと疑っていたが、八《や》釜《かま》し屋《や》の区長さんが主任みたようになって、一々青年を呼びつけて手厳しく調べてみると、この村の青年ばかりでなく、近所の村々からもお八重をヒヤカシに来ていた者があるらしい。それでお八重には郵便局という綽名《あだな》がついていることまで判明したので、区長さんは開いた口が塞《ふさ》がらなくなった。

すると、その区長さんの長男で医科大学に行っている駒吉というのが、ちょうどその時に帰省していて、この話をきくと恐ろしく同情してしまった。実地経験にもなるというので、すぐに学生服を着て、お八重の居る廃屋へやって来て、新しい聴診器をふりまわしながら親切に世話をし初めた。母親に頼んで三度三度お粥《かゆ》を運ばせたり、自身に下痢止めの薬を買って来て飲ませたりしたので「サテは駒吉さんの種であったか」という噂がパッと立った。しかし駒吉はそんな事を耳にもかけずに、休暇中毎日のようにやって来て診察していると、今度はその駒吉が、お八重の裸体の写真を何枚も撮って、机の曳出《ひきだ》しに入れていることが、誰云うとなく評判になったので、流石《さすが》の駒吉も閉口したらしく、休暇もそこそこに大学に逃げ返った。そうすると又、あとからこの事をきいた区長さんがカンカンに怒り出して、母親がお八重の処《ところ》へ出入りするのを厳重にさし止めてしまった。

「お八重が子供を生みかけて死んでいる」という通知が、村長と、区長と、駐在巡査の家《うち》へ同時に来たのは、それから二三日経《た》っての事であった。それは鎮守の森一パイに蟬《せみ》の声の大波が打ち初めた朝の間《ま》の事であったが、その森蔭の廃屋へ馳《か》けつけた人は皆、お八重の姿が別人のように変っていたのに驚いた。誰も喰い物を与えなかったせいか、美しかった肉付きがスッカリ落ちこけて、骸骨のようになって仰臥《ぎょうが》していたが、死んだ赤子の片足を半分ばかり生み出したまま、苦悶しいしい絶息したらしく、両手の爪《つめ》をボロ畳に掘り立てて、全身を反《そ》り橋のように硬直させていた。その中《うち》でも取りわけて恐ろしかったのは、蓬々《ぼうぼう》と乱れかかった髪毛《かみのけ》の中から、真白くクワッと見開いていた両眼であったという。

「お八重の婿どん誰かいナア
阿呆鴉《あほうがらす》か梟《ふくろ》かア
お宮の森のくら闇で
ホ――イホ――イと啼《な》いている。
ホイ、ホイ、ホ――イヨ――」

という子守唄が今でもそこいらの村々で唄われている。

赤　玉

「ナニ……兼吉《かねきち》が貴様を毒殺しようとした?……」

と巡査部長が眼を光らすと、その前に突立った坑夫《こうふ》体《てい》の男が、両手を縛られたまま、うなだれていた顔をキッと擡《もた》げた。

「ヘエ……そんで……兼吉をやっつけましたので……」

と吐き出すように云って、眼の前の机の上に、新聞紙を敷いて横たえてある鶴嘴《つるはし》を睨《にら》みつけた。その尖端《せんたん》の一方に、まだ生々しい血の塊《かた》まりが粘りついている。

巡査部長は意外という面《おも》もちで、威儀を正すかのように坐《すわ》り直した。

「フーム。それはどうして……何で毒殺しようとしたんか……」

「ヘエそれはこうなので……」

と坑夫体の男は唾《つば》を呑《の》み込みながら、入口のタタキの上に、筵《むしろ》を着せて横たえてある被害者の死骸をかえりみた。

「私が一昨日《おとつい》から風邪を引きまして、納屋《なや》に寝残っておりますと、昨日《きのう》の晩方の事です。あの兼《かね》の野郎が仕事を早仕舞《はやじま》いにして帰って来て『工合はどうだ』と訊《き》きました」

「……ふうん……そんなら兼と貴様は、モトから仲が悪かったという訳じゃないな」

「……ヘエ……そうなんで……ところで旦那……これはもう破れカブレでぶちまけますが、大体あの兼の野郎と私との間には六百ケンで十両ばかりのイキサツがありますので……尤《もっと》も私が彼奴《あいつ》に十両貸したのか……向うから私が十両借りたのか……そこんところが、あんまり古い話なので忘れてしまいまして……チッポケナ金ですから、どうでも構わんと思っていても、兼の顔さえ見ると、奇妙にその事が気にかかってしようがなくなりますので……けんどそのうちに兼が何とか云って来たらどっちが借りたか、わかるだろうと思って黙っていたんですが……そんで……私は見舞いを云いに来た兼の顔を見ると又、その事を思い出しました。そうして……どうも熱が出たようで苦しくて仕様がない。こんな事は生れて初めてだから、事に依《よ》ると俺は死ぬんかもしれない……と云いますと兼の野郎が……そんだら俺が医者を呼んで来てやろうと云って出て行きましたが、待っても待っても帰って来ません。私は兼の野郎が唾を引っかけて行きおったに違いないと思ってムカムカしておりましたが、そのうちに十二時の汽笛が鳴りますと、どこかで喰らって真赤になった兼が、雨にズブ濡《ぬ》れになって帰って来て私の枕元にドンと坐ると、大声でわめきました。何でも……事務所の医者（炭坑医）は二三日前から女郎買いに失《う》せおって、事務所を開けてケツカル……今度出会ったら向う脛《ずね》をぶち折ってくれる……というので……」

「……フム……不都合だなそれは……」

「……ネエ旦那……あいつらア矢っ張り洋服を着たケダモノなんで……」

「ウムウム。それから兼はどうした」

「それから山の向うの村の医者ン所へ行ったら、此奴《こいつ》も朝から鰻《うなぎ》取りに出かけて

……」

「ナニ鰻取り……」

「ヘエ。そうなんで……この頃は毎日毎日鰻取りにかかり切りで、家《うち》には滅多にうせおらんそうで……よくきいてみるとその医者は、本職よりも鰻取りの方が名人なんで……」

「ブッ……馬鹿《ばか》な……余計な事を喋舌《しゃべ》るな」

「ヘエ……でも兼の野郎がそう吐《ぬ》かしましたので……」

「フーム。ナルホド。それからどうした」

「それから兼は、その村の荒物屋を探し出して、風邪引きの妙薬はないかちうて聞きますと……この頃風邪引きが大バヤリで売り切れてしまったが、馬の熱さましで赤玉《あかだま》ちうのならある。馬の熱が取れる位なら人間の熱にも利《き》くだろうが……とその荒物屋の親仁《おやじ》が云うので買って来た……しかし畜生は薬がよく利くから、分量が少くてよいという事を俺はきいている。だから人間は余計に服《の》まなければ利くまいと思って、その赤玉ちうのを二つ買って来た。これを一時《いちどき》に服んだら大抵利くだろう。金は要らぬから、とにかく服んで見イ……と云ううちに兼は白湯《さゆ》を汲《く》んで来て、薬の袋と一緒に私の枕元へ並べました。私は兼の親切に涙がこぼれました。このアンバイでは俺が兼に十円借りていたに違いないと思い思い薬の袋を破ってみますと、赤玉だというのに青い黴《かび》が一パイに生えておりまして、さし渡しが一寸近くもありましたろうか……それを一ツ宛《ずつ》、白湯で丸呑みにしたんですがトテも骨が折れて、息が詰まりそうで、汗をビッショリかいてしまいました」

「……フーム。それで風邪は治ったか」

「ヘエ……今朝《けさ》になりますと、まだ些《すこ》しフラフラしますが、熱は取れたようですから、景気づけに一パイやっておりますと、おりますところへ、昨日《きのう》、兼からの言伝《ことづて》をきいたと云って、鰻取りの医者が自転車でやって来ました。五十位の汚いオヤジでしたが、そいつを見ると私は無性に腹が立ちましたので……この泥掘り野郎……貴様みたいな藪《やぶ》医者に用は無い。憚《はばか》りながら俺の腹の中には、赤玉が二つ納まっているんだぞ……と怒鳴りつけてやりましたら、その医者は青くなって逃げ出すかと思いの外《ほか》……ジーッと私の顔を見て動こうとしません」

「フーム。それは又何故《なぜ》か」

「その爺《じじい》は暫く私の顔を見ておりましたが……それじゃあお前は、その二ツの赤玉を、いつ飲んだんか……と云ううちにブルブル震え出した様子なので、私も気味が悪くなりまして……ナニ赤玉には違いないが、青い黴の生えた奴を、昨夜《ゆんべ》十二時過に白湯で呑んだんだ。そのおかげで今朝はこの通り熱がとれたんだが、それがどうしたんか……ときますと医者の爺《じじい》はホッとしたようすで……それは運が強かった。青い黴が生えていたんで、薬の利き目が弱っていたに違いない。あの赤玉の一粒に使ってある熱さましは、人間に使う分量の何層倍にも当るのだから、もし本当に利いたら心臓がシビレて死んで終《しま》う筈《はず》だ……どっちにしても今酒を呑むのはケンノンだから止《や》めろと云って、私の手を押えました」

「フーム。そんなもんかな」

「この話をきくと私は、すぐに納屋を出まして坑《まぶ》へ降りて、仕事をしている兼を探し出して、うしろから脳天を喰らわしてやりました。そうして旦那の処へ御厄介を願いに来ましたので……逃げも隠れも致しません。へエ……」

「フーム。しかしわからんナ。どうも……その兼をやっつけた理由が……」

「わかりませんか旦那……兼の野郎は私が病気しているのにつけ込んで、私を毒殺して、十両ゴマ化そうとしたに違いないのですぜ。あいつはもとから物識《ものし》りなのですからね。ネエ旦那そうでしょう、一ツ考えておくんなさい」

「ウップ……たったそれだけの理由か」

「それだけって旦那……これだけでも沢山じゃありませんか」

「……バ……馬鹿だナア貴様は……それじゃ貴様が、兼に十両貸したのは、間違いない事実だと云うんだナ」

「ヘエ。ソレに違いないと思うので……そればっかりではありません。兼の野郎が私を馬と間違えたと思うと矢鱈《やたら》に腹が立ちましたので……」

「アハハハ……イヨイヨ馬鹿だナ貴様は……」

「ヘエ……でも私は恥を掻《か》かされると承知出来ない性分で……」

「ウーン。それはそうかも知れんが……しかし、それにしても貴様の云うことは、ちっとも訳が解《わか》らんじゃないか」

「何故ですか……旦那……」

「何故というて考えてみろ。兼のそぶりで金の貸し借りを判断するちう事からして間違っているし……」

「間違っておりません……あいつは……ワ……私を毒殺しようとしたんです……旦那の方が無理です」

「黙れッ……」

と巡査部長は不意に眼を怒らして大喝した。坑夫の云い草が機嫌に触《さわ》ったらしく、真赤になって青筋を立てた。

「黙れ……不埒《ふらち》な奴だ。第一貴様はその証拠に、その薬で風邪が治っとるじゃないか」

「ヘエ……」

と坑夫は毒気を抜かれたように口をポカンと開《あ》いた。そこいらを見まわしながら眼を白黒さしていたが、やがてグッタリとうなだれると床の上にペタリと坐り込んだ。涙をポトポト落してひれ伏した。

「……兼……済まない事をした……旦那……私を死刑にして下さい」

古《ふる》鍋《なべ》

「金貸し後家《ごけ》」と言えば界隈《かいわい》で知らぬ者は無い……五十前後の筋骨逞《たく》ましい、二夕目《ふ》と見られぬ黒アバタで……腕っ節なら男よりも強い強慾者《ごうよくもの》で……三味線が上手《じょうず》で声が美しいという……それが一人娘のお加代というのと、たった二人切りで、家倉《いえくら》の立ち並んだ大きな家に住んでいた。しかし娘のお加代というのは死んだ親爺《おやじ》似かして、母親とは正反対の優しい物ごしで、色が幽霊のように白くて、縫物が上手という評判であった。

そのお加代のところへ、隣り村の畳屋の次男坊で、中学まで行った勇作というのが、この頃毎晩のように通って来るというので、兼ねてからお加代に思いをかけていた村の青年たちが非常に憤慨して、寄り寄り相談を初めた。そのあげく五月雨《さみだれ》の降る或る夕方のこと、手に手に棒千切《ぼうちぎり》を持った十四五人が「金貸し後家」の家《うち》のまわりを取り囲むと、強がりの青年が三人代表となって中に這入《はい》って、後家さんに直接談判を開始した。

「今夜この家に、隣り村の勇作が這入ったのを慥《たし》かに見届けた。尋常に引渡せばよし、あいまいな事を云うなら踏み込んで家探しをするぞ……」

という風に……。

奥から出て来た後家さんは、浴衣《ゆかた》を両方の肩へまくり上げて、黒光りする右の手でランプを……左手に団扇《うちわ》を持っていたが、上《あが》り框《かまち》に仁王立ちに突立ったまま、平気の平左で三人の青年を見下した。

「アイヨ……来ていることは間違いないよ……だけんど……それを引渡せばどうなるんだえ」

「半殺しにして仕舞うのだ。この村の娘には、ほかの村の奴の指一本指《さ》させないのが、昔からの仕来《しきた》りだ。お前さんも知っているだろう」

「アイヨ……知っているよ。それ位の事は……ホホホホホ。けれどそれはホントにお生憎《あいにく》だったネエ。そんな用なら黙ってお帰り！」

「ナニッ……何だと……」

「何でもないよ、勇作さんは私の娘の処へ通っているのじゃないよ」

「嘘を吐《つ》け。それでなくて何で毎晩この家《うち》に……」

「へへへへへ。妾《わたし》が用があるから呼びつけているのさ……」

「エッ……お前さんが……」

「そうだよ。へへへへへ。大事な用があってね……」

「……そ……その用事というのは……」

「それは云うに云われぬ用事だよ……けんど……いずれそのうちにはわかる事だよ……へッへッへッへッ」

青年たちは顔を見合わせた。白い歯を剝《む》き出してニタニタ笑っているアバタ面《づら》を見ているうちに、皆気味がわるくなったらしかったが、やがてその中の一人が勿体《もったい》らしく、咳払《せきばら》いをした。

「……ようし……わかった……そんなら今夜は勘弁してやる。しかし約束を違《たが》えると承知しないぞ」

という、変梃《へんてこ》な捨科白《すてぜりふ》を残しながら三人は、無理に肩を聳《そびや》かして出て行った。

勇作はそれから後《のち》、公々然とこの家に入浸りになった。

ところが、やがて五六ヶ月経って秋の収穫期《とりいれどき》になると、後家さんの下ッ腹が約束の通りにムクムクとセリ出して来たのでドエライ評判になった。どこの稲扱き場《いねこば》でもこの噂《うわさ》で持ち切った。しかもその評判が最高度《ぜっちょう》に達した頃に村役場へ「勇作を娘の婿養子にする」という正式の届出《とどけで》が後家さんの手で差し出されたので、その評判は一層、輪に輪をかけることになった。

「これはどうもこの村の風儀上面白くない」と小学校の校長さんが抗議を申込んだために、村長さんがその届を握り潰《つぶ》している……とか……村の青年が近いうちに暴れ込む手筈になっている……とか……町の警察でも内々で事実を調べにかかっている……とかいう穿《うが》った噂まで立ったが、そのせいか「金持ち後家」の一家三人は、裏表の戸をピッタリと閉め切って、醤油《しょうゆ》買いにも油買いにも出なくなった。いつもだと後家さんは、収穫後《とりいれご》の金取り立てで忙しいのであったが、今年はそんなもようがないので、借りのある連中は皆喜んだ。

ところが又そのうちに、収穫《とりいれ》が一通り済んで、村中がお祭り気分になると、後家さんの家《うち》がいつまでも閉め込んだ切り、煙一つ立てない事にみんな気が付き初めた。初めのうちは「後家さんが、どこかへ子供を生みに行ったんだろう」なぞと暢気《のんき》なことを云っていたが、あんまり様子が変なので、とうとう駐在所の旦那《だんな》がやって来て、区長さんと立ち合いの上で、裏口の南京錠《ナンキンじょう》をコジ離して這入ってみると、中には人ッ子一人居ない。そうして家具家財はチャンとしているようであるが、その中で唯《ただ》一つ金庫の蓋《ふた》が開《あ》いて、現金と通い帳が無くなっているようす……その前に男文字の手紙が一通、読みさしのまま放り出してあるのを取り上げて読んでみると、あらかたこんな意味の事が書いてあった。

「お母さん。あなたがあの時に、勇作さんを助けて下すった御恩は忘れません。けれども、それから後《のち》の、あなたの勇作さんに対する、恩着せがましい横暴な仕うちは、イクラ恨んでも恨み切れません。妾《わたし》はもう我慢出来なくなりましたから、勇作さんと一緒に、どこか遠い所へ行ってスウィートホームを作ります。私たちは当然私たちのものになっている財産の一部を持って行きます。さようなら。どうぞ幸福に暮して下さい。

月　日

勇作

妻加代

母上様

それでは後家さんはどこへ行ったのだろうと、家中を探しまわると、物置の梁《はり》から、半腐りの縊死体《いしたい》となってブラ下っているのが発見された。その足下にはボロ切れに包んだ古鍋が投げ棄《す》ててあった。

模範兵士

御維新後、煉瓦《れんが》焼きが流行《はや》った際に、村から半道ばかり上《かみ》の川添いの赤土山を、村の名主どんが半分ばかり切り取って売ってしまった。そのあとの雑木林の中から清水が湧《わ》くのを中心にして、いつからともなく乞食《こじき》の部落が出来ているのを、村の者は単に川上川上と呼んでいた。

部落といっても、見すぼらしい蒲鉾小舎《かまぼこごや》が、四ツ五ツ固まっているきりであったが、それでも郵便や為替《かわせ》も来るし、越中富山の薬売りも立ち寄る。それに又この頃は、日ごとに軍服厳《いか》めしい兵隊さんが帰省して来るというので、急に村の注意を惹《ひ》き出した。何でも立派な身分の人の成《な》れの果《はて》が隠れているらしいという噂であった。

その兵隊さんというのは、郵便局員の話によると西村さんというので、眼鼻立ちのパッチリした、活動役者のように優しい青年であるが、この部落の仲間では新米らしく、すこし離れた処に蒲鉾小舎を作って、その中に床に就いたままの女を一人匿《かく》まっている。その女の顔はよくわからないが年の頃は四十ばかりで、気味の悪いほど色の白い上品な顔で、西村さんがお土産《みやげ》をさし出すと、両手を合わせて泣きながら受け取っているのを見た……と……これは村の子守《こもり》たちの話であった。

それから後《のち》西村さんの評判は、だんだん高くなるばかりであった。その女は西村さんの何であろうか……と噂が取り取りであったが、そのうちに、村でたった一軒だけ荒物屋に配達されている新聞に、西村さんの事が大きく写真入りで出た。

――西村二等卒は元来、東北の財産家の一人息子であったが、十三の年に父親が死ぬと間もなく一家が分散したので、母親に連れられて長崎の親類の処へ行くうちに、あわれや乞食にまで零落して終《しま》った。それから七年の間、方々を流浪《るろう》していると、昨年の春から母親が癆症《ろうしょう》で、腰が抜けたので、とうとうこの川上の部落に落ちつく事になったが、丁度その時が適齢だったので、呼び出されて検査を受けると、美事に甲種で合格した。しかし西村二等卒は入営しても決して贅沢《ぜいたく》をしなかった。給料を一文も費《つか》わないばかりか、営庭の掃除の時に見付けた尾錠《びじょう》や釦《ボタン》を拾い溜めては、そんなものをなくして困っている同僚に一個一銭宛《ずつ》で売りつけて貯金をする。そうして日曜日を待ちかねて、母親を慰めに行くことが聯隊《れんたい》中の評判になったので、遂《つい》に聯隊長から表彰された。性質は極めて柔順温良で、勤務勉励、品行方正、成績優等……曰《いわ》く何……曰く何……。

西村さんの評判はそれ以来絶頂に達した。日曜になると村の子守女が、吾《われ》も吾もと出かけて、川上の部落を取り巻いて、西村さんの親孝行振りを見物した。西村さんが病人の汚れものと、自分のシャツを一緒にして、朝霜の大川で洗濯するのを眺めながら「あたし西村さんの処へお嫁に行って上げたい」「ホンニナア」と涙ぐむ者さえあった。

そのうちに新聞社や、聯隊へ宛《あ》ててドシドシ同情金が送りつけて来たが、中には女の名前で、大枚「金五十円也」を寄贈するものが出来たりしたので、西村さんは急に金持ちになったらしく、同じ部落の者の世話で、母親の寝ている蒲鉾小舎を、家らしい形の亜鉛板《トタン》張りに建て換えたりした。

「親孝行チウはすべきもんやナア」

と村の人々は歎息《たんそく》し合った。

ところが間もなく大変な事が起った。

ちょうど桜がチラチラし初めて、麦畑を雲雀《ひばり》がチョロチョロして、トテモいい日曜の朝のこと。カーキー色の軍服を、平生《いつも》よりシャンと着た西村さんが、それこそ本当に活動女優ソックリの、ステキなハイカラ美人《さん》と一緒に自動車に乗って、川上の部落へやって来たのであった。

尤《もつと》もこの日に限って西村さんは、何となく気が進まぬらしい態度《ようす》で、自動車から降りると、泣き出しそうな青い顔をして尻込《しりご》みをしているのを、ハイカラ美人《さん》が無理に手を引っぱって、亜鉛《トタン》張りの家《うち》に這入ったが、母親はまだ睡っていたらしく、二人とも直《す》ぐに外へ出て来た。

それから西村さんは直ぐに帰ろうとして自動車の方へ行きかけたけれども、ハイカラサンが無理やりに引き止めた。そうして自動車の中から赤い毛布を一枚と、美味《うま》そうなものを一パイ詰めた籠《かご》を出して、雑木林の中の空地に敷き並べると、部落に残っている片輪《かたわ》連中を五六人呼び集めて、奇妙キテレツな酒宴《さかもり》を初めた。

まず、最初は三々九度の真似事《まねごと》らしく、顔を真赤にして羞恥《はにか》んでいる西村さんと、キャアキャア笑っているハイカラ美人《さん》が、呆気《あつけ》に取られている片輪たちの前で、赤い盃《さかずき》を遣《や》ったり取ったり、押し戴《いただ》いたりしていたが、間もなく外《ほか》の連中も、白い盃や茶呑茶碗《ぢやわん》でガブガブとお酒を呑み初めた。その御馳走の中には、ネジパンや、西洋のお酒らしい細長い瓶や、ネーブル蜜柑《みかん》などがあったが、その他は誰一人見たことも聞いたこともない鑵詰《かんづめ》みたようなものばかりを、寄ってたかってお美味《いし》そうにパクついていた。

西村さんもハイカラ美人《さん》にお酌をされて恥かしそうに飲んでいたが、その中《うち》にハイカラ美人《さん》はスッカリ酔っ払ってしまったらしく、毛布の上に立ち上って何かしらペラペラと、演説みたような事を饒舌《しゃべ》り初めた。それから赤い湯もじをお臍《へそ》の上までマクリ上げると、大きな真白いお尻《しり》を振り立てて、妙テケレンな踊りをおどり出した。それを片輪連中が手をたたいて賞《ほ》めていた……。

……までは、よっぽど面白かったが、間もなく横のトタン葺《ぶ》きの小舎から、幽霊のように痩《や》せ細った西村さんのお母さんが、白い湯もじ一貫のまま、ヒョロヒョロと出て来た姿を見ると、みんな震え上がってしまった。

青白い糸のような身体《からだ》に、髪毛《かみのけ》をバラバラとふり乱して、眼の玉を真白に剝《む》き出して、歯をギリギリと嚙《か》んで、まるで般若《はんにゃ》のようにスゴイ顔つきであったが、慌《あわ》てて抱き止めようとする西村さんを突き飛ばすと、踊りを止めてボンヤリ突立っているハイカラ美人《さん》に、ヨロヨロとよろめきかかった。そのままシッカリと抱き付いて、眼の玉をギョロギョロさせながら、口を耳までアーンと開《あ》いて喰い付こうとした。それを西村さんが一生懸命に引き離して、ハイカラ美人《さん》の手を取りながら、自動車に乗ってドンドン逃げて行った。あとにはお母《つか》さんが片息になって倒れているのを、皆《みんな》で介抱しているようであったが、離れた処から見ていた上に、言葉が普通《あたりまえ》と違っているので、どんな経緯《いきさつ》なのかサッパリわからなかった……という子守女《こもり》たちの報告であった。

「フーン。それは、わかり切っとるじゃないか」

と、聞いていた荒物屋の隠居は、新聞片手に子守女《こもり》たちを見まわした。

「西村さんのお母《つか》さんが、そんな女は嫁にすることはならんと云うて、止めたまでの事じゃがナ」

子守女《こもり》たちは、みんな妙な顔をした。何だかわかったような、わからぬようなアンバイで、張り合い抜けがしたように、荒物屋の店先から散って行った。

ところが又、その翌《あく》る日の正午《ひる》頃になると、村の駐在巡査と、部長さんらしい金モールを巻いた人を先に立てて、村の村医《せんせい》と腰にピストルをつけた憲兵との四人が、めいめいに自転車のベルの音をケタタマシク立てながら村を通り抜けて、川上の方へ行ったので、通り筋の者は皆、何事かと思って、表へ飛び出して見送った。その中から一人行き、二人駈《か》け出しして行ったので、川上の部落のまわりは黒山のような人だかりになったが、そんな連中が帰って来てからの話によると、事件というのは西村のお母《つか》さんが昨夜《ゆうべ》のうちに首を縊《くく》ったので、昨日《きのう》のハイカラ美人《さん》が殺したのじゃないかと、疑いがかかっているらしい……というのであった。

しかし、それにしても様子がおかしいというので、評議が区々《まちまち》になっていたが、あくる朝を待ちかねて人々が、荒物屋に集まってみると、果して、事件の真相が詳しく新聞に出ていた。「模範兵士の化けの皮」という大きな標題《みだし》で……

……西村二等卒の性行を調査の結果、表面温順に見える一種の白痴で、且《か》つ、甚だしい変態性慾の耽溺者《たんできしや》であることがわかった。すなわち、その母親として仕えていたのは、実は子供の時から可愛《かわい》がられていた情婦に過ぎないのであったが、最近に至って有名な箱師《はこし》のお玉という、これも変態的な素質を持った毒婦が、模範兵士の新聞記事を見て、大胆にも原籍本名を明記した封筒に、長々しい感激の手紙と、五拾円也の為替を入れて聯隊長宛に送って来た。これを本紙の記事によって知った警察当局では、極秘裡《り》に彼女の所在を厳探中《げんたんちゆう》であったが、あくまでも大胆不敵なお玉は、その中を潜って西村と関係を結んだらしく、すっかり西村を丸め込んでしまった揚句《あげく》、二人で自動車に同乗して、贋《にせ》の母親を嘲弄《ちようろう》しに行ったのが一昨日曜の午前中の事であったという。ところが西村はそのまま、隊へは帰らずに、駅前の旅館で服装を改めて、お玉と一緒に逃亡した模様である。一方に西村の贋《にせ》母親は、憤慨の余り縊死《いし》していることが昨朝に至って発見されたので、早速係官が出張して取調《とりしらべ》の結果、他殺の疑いは無いことになった。しかし、同時に、附近の乞食連中の言に依って、この種の変態的関係は、彼等仲間の通有的茶飯事で、決して珍らしい事ではないと判明したので、係官も苦笑に堪えず……云々《うんぬん》……。

「……ところでこの、ヘンタイ、セイヨクの、何とかチウのは、何じゃろか……」

「おらにもわからんがナ」

と荒物屋の隠居は、大勢に取り巻かれながら、投げ出すように云った。

「近頃の新聞はチットでも訳のわからんことがあると、すぐに、ヘンタイ何とかチウて書きおるでナ。おらが思うに西村さんは、やっぱり親孝行者じゃったのよ。それが性《しょう》の悪い女に欺《だま》されて、大病人の母親を見すてたので、義理も恩もしらぬ近所隣りの乞食めらが、あとの世話を面倒がって、何とかかとかケチをつけて、無理往生に首を縊らせたのじゃないかと思うがナ……ドウジャエ……」

皆一時にシンとなった。

兄貴の骨

「お前の家の、一番西に当る軒先から、三尺離れた処を、誰にも知らせぬようにして掘って見よ。何尺下かわからぬが、石が一個埋《ひとつうず》もっている筈じゃ。その石を大切に祭れば、お前の女房の血の道は一《ひ》と月経たぬうちに癒《なお》る。一年のうちには子供も出来る。二人ともまだ若いのじゃから……エーカナ……」

「ヘーッ」

と若い文作はひれ伏した。その向うには何でも適中《あた》るという評判の足萎《な》え和尚《おしよう》さんが、丸々と肥《ふと》った身体《からだ》に、浴衣がけの大胡座《おおあぐら》で筮竹《ぜいちく》を斜《しや》に構えて、大きな眼玉を剝《む》いていた。

その座布団《ざぶとん》の前に文作は、五十銭玉を一つ入れた状袋を、恐る恐る差し出して又ひれ伏した。するとその頭の上から、和尚の胴間声《どうまごえ》が雷のように響いて来た。

「しかし、早うせんと、病人の生命《いのち》が無いぞ……」

「ヘーッ……」

と文作は今一度畳の上に額をすりつけると、フラフラになったような気もちで方丈《ほうじよう》を出た。途中で寒さ凌《しの》ぎに一パイ飲んで、夕方になって、やっと自宅《うち》へ帰りついた文作は着のみ着のまま、物も云わずに、蒲団《ふとん》を冠《かぶ》って寝てしまった。難産のあとの血の道で、お医者に見放されてブラブラしている女房が心配して、どうしたのかと、いろいろに聞いても返事もせずにグーグー鼾《いびき》をかいていたが、やがて夜中過ぎになると文作は、女房の寝息を窺《うかが》いながらソーッと起き上って、裏口から、西側の軒下にまわった。そこに積んであった薪を片づけて、分捕りスコップ（日露戦役戦利払下品《はらいさげひん》）を取り上げると、氷のような満月の光りを便りに、物音を忍ばせてセッセと掘り初めたが、鍬《くわ》と違って骨が折れるばかりでなく、土が馬鹿に固くて、三尺ばかり掘り下げるうちに二の腕がシビレて来たので、文作はホッと一息して腰を伸ばした。

するとその時に、今まで気がつかなかったが、最初に掘り返した下積みの土の端っこに、何やら白いものが二ツ三ツコロコロと混っているのが見えた。文作はそれを、何の気もなく月あかりに抓《つま》み出しながら、泥を払い落してみると、それは魚よりすこし大きい位の背骨の一部だったので、文作は身体《からだ》中の血が一時に凍ったようにドキンとした。ワナワナと慄《ふる》え出しながら、切れるように冷たい土を両手で掻き拡《ひろ》げて、丹念に探しまわってみると、泥まみれになってはいるが、脊椎骨《せぼね》らしいものが七八ツと、手足の骨かと思われるものが二三本と、わけのわからない平べったい、三角形の骨が二枚と、一番おしまいに、黒い粘《ねば》っこい泥が一パイに詰まった、頭蓋骨《ずがいこつ》らしいものが一個《ひとつ》出た。

文作は、もうすこしで大声をあげるところであったが、女房が寝ていることを思い出してやっと我慢した。身体中がガタガタと慄《ふる》えて、頭が物に取り憑《つ》かれたようにガンガンと痛み出した。横路地から這うようにして往来に出ると、一目散に馳け出した。

文作が足萎え和尚の寝ている方丈の雨戸をたたいた時には、もう夜が明けはなれていたが、和尚が躄《いざ》りながら雨戸を開けて「何事か」と声をかけると、文作は「ウーン」と云うなり霜の降ったお庭へ引っくり返ってしまった。

それをやがて起きて来た梵妻《だいこく》や寺男が介抱をしてやると、やっと正気づいたので、手足の泥を洗わせて方丈へ連れ込んだのであったが、熱い湯を飲ませて落ちつかせながら、詳しく事情を聞き取るうちに、和尚はニヤリニヤリと笑い出して、何度も何度も首肯《うなず》いた。

「ウーム。そうじゃろう……そうじゃろうと思うた。実はナ……埋《うず》まっているのが人間の骨じゃと云うと、臆病者《おくびょうもの》のお前が、よう掘るまいと思うたから石じゃと云うておいたのじゃが、その骨というのはナ……エエか……ほかならぬ、お前の兄貴の骨じゃぞ……」

「ゲーッ。私の兄貴の……」

「……と云うてもわかるまいが……これには深い仔細《わけ》があるのじゃ」

「ヘエッ。どんな仔細で……」

「まあ急《せ》き込まずとよう聞け。……ところでまず、その前に聞くが、お前は昨日《きのう》来た時に両親はもう居《お》らんと云うたノ」

「ヘエ。一昨年《おととし》の大虎列剌《コレラ》の時に死にましたので……」

「ウンウン。それじゃから云うて聞かすが、お前の母親《かかさん》というのは、ああ見えても若いうちはナカナカ男好きじゃったのでナ。ちょうどお前の処に嫁入る半年ばかり前に、拙僧《わし》の処へコッソリと相談に来おってナ……こう云うのじゃ。わたしはこの間の盆踊りの晩に、誰とも知れぬ男の胤《たね》を宿したが、まだ誰にも云わずにいるうちに、文太郎さんが養子に来ることになりました。わたしも文太郎さんなら固い人じゃけに、一緒になってもええと思うけれど、お腹《なか》の子があってはどうにもならぬ故《ゆえ》、どうか一ッ御《ご》祈禱《きとう》をして下さらんかという是非ない頼みじゃ。そこで拙僧《わし》は望み通りに、真言秘密の御祈禱をしてやって、出て来た孩児《ややこ》はこれこれの処に埋めなさい……とまで指図をしておいたが……それがソレ……その骨じゃ。エエカナ……ところが、それから二十年余り経った昨日の事、お前がやって来てからの頼みで、卦《け》を立ててみると……どうじゃ……その盆踊りの晩に、お前の母親《かかさん》の腹に宿ったタネというのは、お前の父親《てておや》……すなわち文太郎のタネに相違ないという本文《ほんもん》が出たのじゃ。つまりその、堕胎《おろ》された孩児《ややこ》というのは、取りも直さずお前の兄さんで、お前の代りに家倉《いえくら》を貰《もら》う身柄であったのを、闇から闇に落されたわけで、多分この事はお前の両親も知っていたろうと思われる証拠には……ソレ……その孩児《やゃこ》を埋めた土の上がわざっと薪置場《たきぎ》にしてあったじゃろう。けれども、その兄貴の怨《うら》みはきょうまでも消えず、お前の家の跡を絶やすつもりで、お前の女房に祟《たた》っているのですナ……出て来たものを丁寧に祭れと云うたのはここの事ジャ……エーカナ。本当を云うと、これはお前の母親の過失《あやまち》で、お前や、お前の女房が祟られる筋合いの無いのじゃが、そこが人間凡夫の浅ましさでナ……」

という風に和尚は、引き続いて長々とした説教を始めた。

文作は青くなったり、赤くなったりして、首肯首肯《うなずきうなずき》聞いていたが、そのうちに立っても居てもいられぬようにソワソワし始めた。和尚の志の茶づけを二三杯、大急ぎで掻き込むとそのまま、霜解《ど》けの道を走って帰った。

ところが帰って来て見ると、文作が心配していた以上の大騒ぎになっていた。

文作が昨日のうちに、軒下から孩児《やゃこ》の骨を掘り出したまま、どこかへ逃げてしまっている。女房はそれを聞くと一ペンに血が上がって、医師《せんせい》が間に合わぬうちに歯を喰い締めて息を引き取った……というので文作の家《うち》の中には、村の女房達がワイワイと詰めかけている。家《うち》の外には老人や青年が真黒に集まって、泥だらけの白骨を中心に、大評議をしている……というわけで……そこへ文作が帰って来たのであったが、女房の死骸を一眼見ると、文作は青い顔をしたまま物をも云わず外へ飛び出して、村の人々を押しわけて、白骨の置いてある土盛りの処へ来た。ジイッと泥だらけの白骨を見ていたがイキナリその上に突伏して、

「兄貴……ヒドイ事をしてくれたなア……」

と大声をあげて泣き出した。

人々は文作が発狂したのかと思った。けれども、そのうちに、駐在所の旦那や区長さんが来て、顔中泥だらけにして泣いている文作を引きずり起こすと、文作は土の上に坐ったまま、シャクリ上げシャクリ上げして一伍一什《いちぶしじゅう》を話し出した。聞いていた人々は皆眼を丸くして呆《あき》れた。顔を見交して震え上った。うしろから取り巻いて耳を立てていた女たちの中《うち》には、気持ちがわるくなったと云って水を飲みに行ったものもあった。

それから間もなく件《くだん》の白骨は、キレイに洗い浄《きよ》められて、古綿を詰めたボールの菓子箱に納まって、文作の家《うち》の仏壇に、女房の位牌《いはい》と並べて飾られた。評判に釣られて見に来る人が多いので、文作の女房の葬式は近頃にない大勢の見送りであった。

ところが事件はこれで済まなかった。どうも話がおかしいというので、駐在所の旦那が色々と取調べたあげく、一週間ばかりしてから郡の医師会長の学士さんに来てもらって、件《くだん》の白骨を見てもらうと、犬の骨に間違いない……という鑑定だったので又も大評判になった。その結果、あくまでも人間の胎児の骨だと云い張った足萎《あしな》え和尚は、拘留処分を受けることになったが、しかし村の者の大部分は学士さんの鑑定を信じなかった。文作の話をどこまでも本当にして、云い伝え聞き伝えしたので、足萎え和尚を信仰するものが、前よりもズッと殖《ふ》えるようになった。

文作もその後久しく独身でいるが、誰も恐ろしがって嫁に来るものが無い。

X光線

電車会社の大きなベースボールグラウンドが、村外《むらはず》れの松原を切り開いて出来た。その開場式を兼ねた第一回の野球試合の入場券が村中に配られた。おまけにその救護班の主任が、その村の村医で、郡医師会の中《うち》でも一番古参の人格者と呼ばれている、松浦先生に当ったというので、村中の評判は大したものであった。本物のベースボールというものは、戦争みたように恐ろしいもので時々怪我《けが》人が出来る。救護班というのは、その怪我人を介抱する赤十字みたようなものだ……なぞと真顔になって説明するものさえあった。

当の本人の松浦先生も、むろんステキに意気込んでいた。当日の朝になると、まだ暗いうちに一帳羅《いっちょうら》のフロックコートを着て、金鎖《きんぐさり》を胸高《むなだか》にかけて、玄関口に寄せかけた新調の自転車をながめながら、ニコニコ然と朝飯の膳《ぜん》に坐ったが、奥さんの心づくしの鯛《たい》の潮煮《うしおに》を美味《うま》そうに突ついているうちに、フト、二三度眼を白黒さした。それから汁椀《しるわん》をソッと置いて、大きな飯の固まりを二ツ三ツ、頬張っては呑み込み呑み込みしたと思うと、真青になってガラリと箸《はし》を投げ出してしまった。奥さんが仔細《わけ》を尋ねる間《ま》もなく立ち上って、帽子を冠って、新しい靴下の上から、古い庭穿《にわば》きを突かけると、自転車に跨《また》がりながらドンドン都の方へ走り出した。

一時間ばかり走って、やっと都の中央の、目貫《めぬ》きの処《ところ》に開業している、遠藤という耳鼻咽喉《いんこう》科病院の玄関に乗りつけた松浦先生は、滝のように流るる汗を拭《ふ》き拭き、通りかかった看護婦に名刺を出して診察を頼んだ。

「鯛の骨が咽喉《のど》へかかりましたので……どうかすぐに先生へ……」

間もなく真暗な室《へや》に通された松浦先生は、白い診察服を着けた堂々たる遠藤博士と、さし向いに坐りながら、禿頭《はげあたま》をペコペコ下げて汗を拭き続けた。

「そんな訳で、気が急《せ》いておりましたせいか、ここの処に鯛の骨が刺さりまして、痛くてたまりませんので……実は先年、講習会へ参りました時に、先生のお話を承りまして……ある老人が食道に刺さった鯛の骨を放任しておいたら、その骨が肉の中をめぐりめぐって、心臓に突き刺さったために死亡した……という、あのお話を思い出しましたので……」

「ハハハハハ……イヤ。あの話ですか」

と遠藤博士は、肥った身体《からだ》を反《そ》り気味にして苦笑した。

「あんな例は、滅多にありませんので……さほど御心配には及ぶまいと思いますが」

「ハイ……でも……実は、悴《せがれ》が、来年大学を卒業致しますので、それまでに万一《もしも》の事がありましては申訳ありませんから、念のために是非一ツ……」

「イヤ……御尤《ごもっと》もで……」

と遠藤博士は苦笑しいしい金ぶち眼鏡をかけ直して、ピカピカ光る凹面鏡《おうめんきょう》を取り上げた。松浦先生の口をあけさせて、とりあえず喉頭鏡を突込んでみたが、そこいらに骨は見当らなかった。けれども痛いのは相変らず痛いというので、それでは食道鏡を入れてみようという事になった。

松浦先生は食道鏡というものを初めて見たらしかったが、奇妙な恐ろしい恰好《かっこう》の椅《い》子《す》に坐らせられて、二名の看護婦に両手を押えられたまま食道鏡の筒をさしつけられると、フト又青い顔になって遠藤博士を見上げた。

「これが……胃袋を突き通した器械で……」

と云いかけて口籠《くちご》もった。遠藤博士は噴《ふ》き出した。

「アハハハハ、あの話を御記憶でしたか。あれはソノ何ですよ。あれは西洋で初めて食道鏡を使った時の失敗談で、手先の器用な日本人だったら、あんなヘマな事をする気遣《きづか》いはありませんよ。サア、御心配なく口を開いて……もっと上を向いて……そうそう……」

食道鏡が突き込まれると、松浦先生は天井を仰いだまま、開口器を噛み砕くかと思うほど苦悶《くもん》し初めた。大粒の涙をポトポト落しながら、青くなり、又赤くなったが、そんなにして残りなく調べてもらっても、骨らしいものはどこにも見つからなかった。しかし、それでも唾を飲み込んでみると、痛いのは相変らず痛いというので、思い切って今一度診《み》てもらいたいと云い出した。遠藤博士も苦笑しいしい、今一度食道鏡を突込んだ。

こうして、三度までくり返したけれども、骨は依然として見付からない。しかし痛い処はやはり痛いというので、流石《さすが》の遠藤博士も持て余したらしく、懇意なX光線の専門家に紹介してやるから、そこで探してもらったらよかろう……と云って名刺を一枚渡した。

X光線によって照し出された鯛の骨の在所《ありか》を、正面と、横からと、二枚の図に写してもらった松浦先生は、又も遠藤博士の処に引返して来たが、博士はたった今急患を往診に出かけたというので、今度は町外れに在る大学の耳鼻科に駈け込んだ。

そこには若い医員が一パイに並んで診察をしていたが、その中の一人が、松浦先生の話をきくと、X光線の図には一瞥《いちべつ》だも与えないで冷笑した。

「……馬鹿《ばか》な……そんな小さな骨がX光線《レントゲン》に感じた例はまだ聞きません。こちらへお出《い》でなさい。とにかく診《み》てあげますから」

といううちに松浦先生を別室に連れて行って、又も奇妙な、恐ろしい形の椅子に腰をかけさせた。しかしその時には松浦先生の食道が、一面に腫《は》れ爛《ただ》れて、食道鏡が一寸触《ちょっとさわ》っても悲鳴をあげる位になっていたので、若い医員はスコポラミンの注射をしてから食道鏡を入れた。

けれども、ここで又三回ほど食道鏡を出したり入れたりされているうちに、松浦先生はもうフラフラになってしまった。

「もう結構です。骨が取れましたせいか、痛みがわからなくなりましたようで……その代り何だか眼がまわりますようで……」

「それじゃ、このベッドの上で暫《しばら》く休んでからお帰りなさい。注射が利《き》いているうちは眼がまわりますから」

と云い棄てて、若い医員は立ち去った。

松浦先生は……しかしベースボールの方が気にかかっていたかして、そのまま自転車に乗って大学を出たらしかった。そうして途中で注射がホントウに利き出して、眼が眩《くら》んだものらしく、国道沿いの海岸の高い崖《がけ》の上から、自転車もろともころげ落ちて死んでいるのが、間もなく通りかかりの者に発見された。

その右の手には、X光線の図を二枚とも、固く握り締めていたという。

赤い鳥

村外れの網干場《あみほしば》に近い松原を二三百坪切り開いて大きな別荘風の家が建った。海岸の岩の上には見事なモーターボートを納めた倉庫まで出来た。そうして村一番のオシャベリで、嫌われ者のお吉という婆《ばあ》さんが雇われて、留守番をする事になった。それまでの噂や、その婆さんの話を綜合《そうごう》すると、その別荘を建てた人は有名な相場師であるが、その若大将の奥さんが身体《からだ》が弱いので、時々保養に来るために、わざわざ建てたものだという事である。

村の者は皆その贅沢《ぜいたく》さに眼を丸くした。誰もかれもその若大将の奥さんを見たがった。

「この界隈《かいわい》で家を建てて、棟上げの祝いを配らずに済ます家は、あの別荘だけじゃろ」

などと蔭口《かげぐち》を利くものもあった。しかしその別荘は出来上ってから三箇月ばかりというもの閉め切ったまんまで、若い奥さんは影も形も見せなかった。

ところが真夏の八月に入った或《あ》る日の事、鯛網《たいあみ》引きの留守で、村中が午睡《ひるね》をしている正午下《ひるさが》り時分に、ケタタマシイ自動車の音が二三台、地響《じひびき》を打たして別荘の方へ走って行った。何しろ道幅が狭いので、家毎《ごと》にユラユラと震動して、子供などは悲鳴をあげながら怯《おび》えた位であった。眼を醒《さ》ました女房達の中には、火の付くように泣く子供を背中に摑《つか》み上げて、別荘の方へ駈け出した者もあったが、そんな連中はすぐあとから来た四五台の自動車に追っ払われて、逃げ迷わなければならなかった。

「別荘の中は殿様の御殿のように、立派な家具家財で飾ってあるよ」

「女中みたような若い女が二人と、運転手か下男みたような男衆が六七人とで、そんな家具家財を片付けながら、キャッキャとフザケ合っていたよ」

「六七台の自動車は日暮れ方にみんな帰ってしまって、後《あと》には若い女中二人と、お吉婆さんと、青い綺麗《きれい》な籠に這入った赤い鳥が一羽残っているんだよ」

「その赤い鳥は奇妙な声で……バカタレ……馬鹿タレエッて云っていたよ」

というような事実が、その夕方、沖から帰って来た村中の男達に、大袈裟《おおげさ》な口調で報告された。それを聞いた男たちは皆眼を瞠《みは》った。

「ウーム。そんならその奥さんチウのはヨッポド別嬪《べっぴん》さんじゃろ」

「いつ来るんじゃろ。その別嬪さんは……」

「あたしゃ初めあの女中さんを奥さんかと思うたよ。あんまり様子が立派じゃけん」

「あたしもそう思うたよ。……けんど二人御座るのも可笑《おか》しいと思うてナア」

「お妾《めかけ》さんチウもんかも知れんテヤ」

「ナアニ……その赤い鳥が奥さんよ」

「……どうしてナ……」

「……どうしてちうて……ウチの赤い鳥でも、毎日のように俺の事を、バカタレバカタレ云うてケツカルじゃないか」

そんな事を云い合ってドッと笑いこけながら、海岸に咲き並ぶ月見草を押しわけて帰る連中もあった。

そのあくる日のやはり夕方近くの事……本物の若い奥さんは、若大将と一緒に自動車で別荘に乗りつけた。そうして着物を着かえると直《す》ぐに、夫婦づれで海岸から村の中を散歩してまわった。

奥さんは村の者の予期に反して別嬪でも何でもなかった。赤い毒々しい色の日傘の中に一パイになるくらい大きなハイカラ髪に結って、派手な浴衣《ゆかた》に紫色の博多帯をグルグルと捲《ま》き附けたまま、反《そ》り身《み》になって村中を歩いて行った。青白く瘦せこけた上にコテコテとお化粧をした……鼻の頭がツンと上を向いた……眼の球のギョロギョロと大きい……年はいくつかわからない西洋人のようにヒョロ長い女であった。又、若大将の方は三十前後であろうか、奥さんよりもズット背の低いデブデブの小男であった。派手な格子縞《こうしじま》の浴衣に兵児帯《へこおび》を捲きつけて、麦稈帽《むぎわらぼう》を阿弥陀《あみだ》にしながら、細いステッキを振り振りチョコチョコと奥さんの尻を逐《お》うて行くところは、如何《いか》にも好人物らしかった。中には奥さんのお伴《とも》をしに来た書生さんと思った者もあるらしかったが、その二人が広くもない村の中を一通りあるきまわると、夕あかりの残った網干場を別荘の方へ通り抜ける時に、こんな話をした。

「ねえあなた。いい景色じゃないの……明日《あした》は早く起きてモーターボートで島めぐりをしてみない」

「……ウウン……凪《な》いでいたら行ってみよう」

「……だけどコンナ村に住んでいる人間は可愛想《かわいそう》なものね。年中太陽に晒《さら》されて、豚小屋みたいな処に寝ころんで……」

「ウーン。女でも男でもずいぶん黒いね。トテモ人間とは思えない」

「男はみんなゴリラで、女はみんな熊みたいに見えるわよ」

「ハハハハ、ゴリラかハハハ」

「ホホホホヒヒヒヒヒ」

するど、ちょうど網干場のまん中の渋小屋《しぶごや》（網に渋を染める小屋）の蔭で遊んでいた子守女《こもり》が二三人、鳴りを鎮《しず》めて二人の会話に耳を傾けていたのであったが、こうした言葉をきくと流石《さすが》に憤慨したものと見えて、子供を背負《しょ》い上げながら大急ぎで村へ帰って来た。そうして村の連中が夏祭りの相談をしながら、一杯飲んでいる処へやって来て、口々に忠実めかして報告した。

只《ただ》さえ気の荒い外海《そとうみ》育ちの上に、もういい加減酔払っていた若い連中は、これを聞くと一時に殺気立ってしまった。中にも赤褌一貫《あかふんどしいっかん》で、腕へ桃の刺青《いれずみ》をした村一番の逞《たく》ましいのが、真先に上《あが》り框《かまち》に立って来て呶鳴《どな》った。

「……何コン畜生……ごりらタア何の事だ……」

「……知らんがナ……」

と子守女《こもり》たちは見幕に恐れて後退《あとじさ》りをした。

「……ナニイ知らん……知らんタア何じゃい……」

「何でもええがッ……畜生メラ。この村を軽蔑《けいべつ》してケツカルんだッ」

「第一この村の地内《じない》に家《うち》を建てながら、まだ挨拶《あいさつ》にも失《う》せおらんじゃないか」

「……よしッ……みんな来いッ。これから行って談判喰らわしてくれる」

「……よし来た……喧嘩《けんか》なら俺が引き受けた。モノと返事じゃ只はおかせんぞ」

と云ううちに四五人バラバラと立ちかけた。その時であった。

「……マア待て待て……待て云うたら……」

シャガレた声で上座《かみざ》から、こう叫んだ向う鉢巻の禿頭《はげあたま》は、悠々と杯を置いて手をあげると、真っ先きに立った桃の刺青を制し止めた。

「何だいトッツァン……又止めるんか」

「ウン。止めやせんがマア坐《すわ》っとれい。俺は俺で考えとる事があるから……」

「フーン……そんなら聞こう」

と桃の刺青が引返して坐った。ほかの連中もドタドタと自分の盃の前に尻を据えた。

「……ドンナ考えかえ……トッツァン……」

「考えチウてほかでもない。今度の夏祭りナア……ええか……今度の夏祭り時にナア……ええか……」

禿頭はニヤニヤ笑いながら桃の刺青の耳に口を寄せた。子守《こもり》女たちに聞こえぬようにささやいた。

「……ナ……ナ……そうしてナ……もしそれを、それだけ出さんと吐《ぬ》かしおったら構う事アない。あの座敷にお獅子《しし》様を担《かつ》ぎ込むんよ。例の魚血《なまぐさ》を手足に塗りこくって暴れ込むんよ……久し振りにナ……」

「……ウム……ナルホド……ウーム……」

「……ナ……高が守《もり》ッ子《こ》の云う事を聞いて、云いがかりをつけるよりも、その方が洒落《しゃれ》とらせんかい」

「ウン。ヨシッ。ワカッタッ。みんなであの座敷をブチ毀《こわ》してくれよう」

「シイッ。聞こえるでないか……外へ……」

「ウン。……第一あの嬶《かか》あ面《づら》が俺ア気に喰わん。鼻ッペシを天つう向けやがって

「……」

「アハハハ。あんなヒョロッコイ嬶《かか》が何じゃい。俺に抱かして見ろ。一ト晩でヘシ折って見せるがナ」

「イヨーッ豪《えら》いゾッ。トッツァン。そこで一杯行こうぜ……アハハハハハハ」

「ワハハハハハ」

そんな事でその時は済んだが、サテそのあくる日の正午近い頃であった。

七ツと六ツぐらいの村の子供が二人連れで、素裸《すはだか》のまま、浜へテングサを拾いに来ていたが、いい加減に拾って帰りがけに、炎天の下の焼け砂の上を、開け放された別荘の裏木戸の前まで来ると、キョロキョロと中をのぞきながら、赤煉瓦《あかれんが》塀《べい》の中へ這入《はい》り込んだ……、家中《うちじゅう》の者がモーターボートで島巡りに出て行くところを今朝《けさ》から見ていたので……そうして縁側の小松の蔭に吊《つる》してある、赤い鳥の籠に近付きながら恐る恐るのぞきこんだ。

その顔を見ると人なつこいらしい赤い鳥は、突然頭を下げて叫び出した。

「モシモシ。モシモシイ。コンチワ……コンチワコンチワ……」

二人の子供はビックリして砂だらけの顔を見合わせた。

それを見ると赤い鳥はイヨイヨ得意になったらしく、一心に子供の顔を見下しながら、低い声で歌を唄《うた》い出した。

「……ジャン、チェーコン、リウコン……コンリウ、コンジャン、チェーコンチェー……チェーリウコンコンジャンコンチェー……じゃんすいじゃんすい、ほうすいほう……すいすいじゃんすい、ほうすいほう……」

子供は又も黒い顔を見合わせた。

「何て云いよるのじゃろか」

「……お前たちの事をバカタレって云っているんだよ……ホホホホ」

という声が不意に背後《うしろ》の方から聞こえたので、二人は又もビックリして振り向いた。見るとそれはこの別荘の若大将夫婦で、たった今ボート乗りから帰って来たものらしく、二人とも眩《まぶ》しいほど白い洋服を着て、濡《ぬ》れ草履《ぞうり》を穿《は》いて、ニコニコしながら突立っていた。

二人の子供はホッと安心したように溜《た》め息《いき》を吐《つ》いた。そうして又も不思議そうに赤い鳥の方を振りかえった。

「……エー皆さん……エー皆さん……私は……私は……すなわち……すなわち……」

と赤い鳥は又別の事を云い出した。それにつれて奥さんは、日の照りかかる小鼻に皺《しわ》を寄せながら笑い出した。

「ホーラネ……ホホホホホ……お前さん達の顔を見て馬鹿タレって云っているでしょう……ネーホラ……バカタレーッて……」

「……ちがう……」

と大きい方の児《こ》が眼をパチパチさせながら云い放った。イクラカ憤慨したらしく黒い頬を染めながら……しかし若い奥さんは凹《へこ》まなかった。イヨイヨ面白そうに金歯を出して笑った。

「イイエ……よく聞いて御覧……ホーラ……ネ……バカタレーッ……バカタレーッ……てね……ホッホッホッホッ」

この笑い声を聞くと赤い鳥は、一寸《ちょっと》頭を傾けているようであったが、忽《たちま》ち思い出したようにパタパタと羽ばたきをした。籠の格子《こうし》に摑まって、子供の顔を睨《にら》み下しながら、一際《ひときわ》高く叫び出した。

「……バカタレーッ……バカタレーッ……バカタレバカタレバカタレバカタレバカタレエーッ……」

そう云う赤い鳥の顔を、眼をまん丸にして見上げていた大きい方の児が、みるみる渋面を作り出した。眼に涙を一パイ溜めたと思うと、口惜しそうにワーッと泣き出して、テングサの束を投げ出したまま裏木戸の方へ駈け出した。小さい方の児もテングサの雫《しずく》を引きずり引きずりあとから跟《つ》いて出て行った。笑いころげる夫婦の声をあとに残して……。

大きい方の児は、すぐに網干場に駈け込んで、そこに突立っている赤褌の、桃の刺青をした男に縋《すが》り付いた。そうして一層泣き声を高めながら別荘の方を指《ゆびさ》して、切れ切れに訴えはじめた。

桃の刺青はウンウンうなずきながら聞いていたが、そのうちに二三度鉢巻を締め直した。青筋を立てて怒鳴った。

「……エエわからん……まっとハッキリ云え……ナニイ……あの別荘の奴等《やつら》がか……ウンウン……あの赤い鳥にバカタレと云わせたんか……ウンウン……それに違いないナ」

横に立っていた小さい児も、指を啣《くわ》えたまま、大きい児と一緒にうなずいた。

「……ヨシッ……わかった……泣くな泣くな……畜生めら……そんな了簡《りょうけん》で、あの赤い鳥を連れて来腐《きくさ》ったんだナ……ヨシッ……二人とも一緒に来い……」

と云うより早く網を押しわけて別荘の方へ駈け出した。

しかし裏口から赤煉瓦の中へ這入ってみると、別荘の中はガランとしていて、人の気はいもなかった。ただ表の植込みから蟬《せみ》の声が降るように聞こえて来るばかりなので、桃の刺青はチョッと張り合いが抜けた体《てい》であったが、そのうちに小松の蔭に吊してある、青塗りに金縁《きんぶち》の籠を見付けると、又急に元気附いた。

「コン畜生……ひねり殺してくれる」

と独言《ひとりごと》を云い云い籠の口を開けて、黒光りに光る手首をグッと突込んだ。

赤い鳥は驚いた。バタバタと羽根を散らして上の方へ飛び退《の》いたが、なおも真黒い手が摑みかかって来るのを見ると、その手の甲へ勇敢に逆襲して、死に物狂いに喰い附いた。

「アッ……テテッ……テテェテテェテテェッ……」

桃の刺青も一生懸命になった。深く刺さった鈎型《かぎがた》の嘴《くちばし》を一気に引き離すと、黒血のしたたる手首を無我夢中にふりまわしたが、そのはずみに籠の底が脱けてバッタリ落ちたので、赤い鳥は得たりとばかり外へ飛び出して、見る見るうちに遠い松原の中に逃げ込んでしまった。

「……君は一体何をするんだ……」

鳥のあとを逐《お》うて二三歩馳け出したまま、ボンヤリと焼け砂の上に突立っていた桃の刺青は、突然にうしろから怒鳴り付けられたのでビックリして振り返った。見ると浴衣《ゆかた》がけの若大将が湯上りの身体《からだ》をテラテラ光らせながら、小さな眼を光らして縁側に突立っていた。そのうしろから寝巻をしどけなく着た奥さんが、咽喉《のど》をピクピクさして泣きじゃくりながら、帯を捲き付け捲き付け出て来る模様であった。

「……二百円もする鳥を何で逃がした……うちの家内が吾《わ》が児《こ》のようにしていたものを……」

若奥さんは帯を半分捲き付けたままベタリと縁側に坐った。ワーッ……と泣き出しながら板張りへ突伏した。

桃の刺青はこれを見ると肩を一つゆすり上げた。又も勢い付けられながら血だらけの手で鉢巻を締め直した。

「……ナ……何をするたア……ナ何だ。貴様等ア……あの赤い鳥を使って、俺の弟を泣かせたろう……村中の人間をバカタレと……イ……云わせたろう……」

「……そんなオボエはないぞ……」

「……何オッ。この豚野郎……証拠があるぞッ……」

「……証拠がある筈《はず》はないぞ……鳥が勝手に云ったんだから……」

「……ウヌッ……」

「……アレーッ……」

桃の刺青はイキナリ土足で縁側に飛び上ろうとしたが、グイと若旦那に突き落された。その力が案外強かったので、桃の刺青はチョット驚いたらしかったが、喧嘩自慢の彼はなおも屈せずに、庭下駄《にわげた》穿《ば》きで降りて来た若旦那を眼がけて摑みかかった。けれども柔道を心得ているらしい若旦那の腕力には敵《かな》わなかった。砂の上に息詰まるほどタタキ投げられた上に、尻ペタをイヤという程下駄で蹴付《けつ》けられてしまった。しかも、それをヤット我慢しながらようように頭を上げてみると、若旦那はいつの間にか縁側に上って、女たちと並んで見ているのであった。

桃の刺青は真青になって、唇を噛んだ。起き上るや否《いな》や、

「覚えていろッ」

と云い棄《す》てて裏口から飛び出した。村中を駈けずって仲間を呼び出してまわったが、その仲間の四五人が、冷酒《ひやざけ》の勢いに乗じて別荘に押しかけた時分には、若旦那夫婦と女中二人を乗せたモーターボートが、大凪《おおなぎ》の沖合はるかに、音も聞こえない処に辷《すべ》っていたのであった。

桃の刺青の仲間はいよいよ腹を立てた。炎天を走って来たお蔭で、一時に上《あが》った冷

酒の悪酔いと一緒に、別荘の中へあばれ込んで、戸障子や器物を片っ端からタタキ毀《こわ》し初めた。それを押し止《とど》めに出て来たお吉婆さんまでも序《ついで》にタタキ倒おしてしまったが、その婆さんの報告で駐在巡査が駈け付けると、すぐに桃の刺青を取り押えて、ほかの四五人と一緒に裸体《はだか》のまま本署へ引っぱって行った。

村中は忽《たちま》ち大騒ぎになってしまった。この塩梅《あんばい》では四五日のうちに迫っている夏祭りがトテモ出来まいというので、年寄達が寄り合ったり、村長と区長が夕方から警察に陳情に行ったりしたが、そのうちに別荘の持ち主の方で、告訴しないように取計らった事が、町から電話で知らせて来たとかで、間もなく若い者たちは放免されることがわかったので、やっと村中が落ち付いた。

一方に別荘はこの騒動のあった日から、門も雨戸もスッカリ閉め切って、空屋同然の姿になってしまったが、そのあくる日のこと……村の女房や守《もり》っ娘《こ》が四五人づれで、恐る恐る様子を見に行ってみると……雨戸の外の小松の蔭にブラ下がった底無しの籠の中に、いつの間にか赤い鳥が帰っていた。そうして昨日《きのう》の残りの餌《えさ》をつつきながら一生懸命で叫んでいた。

「馬鹿タレ……バカタレエ……バカタレバカタレバカタレバカタレバカタレエッ……」

八幡《はちまん》まいり

収穫《とりいれ》が済んだあとの事であった。亭主の金作が朝早くから山芋掘りに行った留守に、あんまりお天気がいいので、女房のお米《よね》は家《うち》を閉め切って、子守女《こもり》のお千代に当歳の女の児《こ》を負わせた三人連れで、村から一里ばかりあるH町の八幡宮に参詣《さんけい》した。

帰りかけたのは午後の一時頃であったが、お宮の裏の近道に新しく出来たお湯屋を見かけると、お米はチョット這入《はい》ってみたくなったので、誰も居ない番台の上に十銭玉を一つ投げ出して板の間に上った。眼を醒《さ》ましかけた子供に乳を飲まして寝かしつけて、ネンネコ袢纏《ばんてん》に包んで、隅ッ子の衣類《きもの》棚の下に置いて、活動のビラを見まわったりしながら、お千代と一所《いっしょ》に湯に這入ったが、ちょうど人の来ない時分で、お湯が生温《なまぬる》かったので、二人はいい気持になって、お湯の中でコクリコクリと居ねむりを初めた。

そのうちに一かたげ眠ったお米はクサメを二ツ三ツして眼を醒ましたが、高い天窓越しに、薄暗く曇って来た空を見ると、慌《あわ》てて子守のお千代を揺り起した。

「チョット。妾《あたし》は洗濯物をば取り込まにゃならぬ。一足先に帰るけに、お前はあとから帰って来なさいよ。湯銭《ゆせん》は払うてあるけに……」

お千代は濡れた手で眼をコスリながらうなずいた。お米はソソクサと身体《からだ》を拭いて着物を着て、濡れた髪を掻《か》き上げ掻き上げ出て行った。

それからお千代は又コクリコクリと居ねむりを初めたが、そのうちに鼻から湯を吸い込んで噎《む》せ返っているうちにスッカリ眼が醒めてしまったので、ヤット湯から上って、まだねむい眼をコスリコスリ身体を拭いた。赤い帯を色気なく結んで表に出ると、長い田圃《たんぼ》道《みち》をブラブラと、物を忘れたような気もちで歩いて帰った。

帰り着いてみるとお神《かみ》さんは、又も西日がテラテラし出した裏口で、石の手臼《てうす》をまわしながら、居ねむり片手に黄《き》な粉《こ》を挽《ひ》いていた。それでお千代も石臼につらまって、一所にウツラウツラしいしい加勢をしていたが、そのうちに四時頃になって夕蔭がさして来ると、山芋をドッサリ荷《かつ》いだ亭主の金作が、思いがけなく早く、裏口から帰って来た。

金作は界隈でも評判の子煩悩《こぼんのう》であったが、山芋を土間に投げ出して、いつも子供を寝かしておく表の神棚の下まで来ると、そこいらをキョロキョロと見まわしながら、大きな声で怒鳴った。

「オイ。子供はどうしたんか」

お米は妙な顔をしてお千代を見た。お千代も同じような顔をしてお米の顔を見上げた。

「オイ。どうしたんか……子供は……」

と亭主の金作は眼を丸くして裏口へ引っ返して来た。

お米はまだお千代の顔を見ていた。

「お前……背負うて来たんやないかい」

お千代もお米の顔をポカンと見上げていた。

「……イイエ……お神さんが負うて帰らっしゃったかと思うて……妾《わた》しゃ……」

二人は同時に青くなった。聞いていた金作も、何かわからないまま真青になった。

「……どうしたんか一体……」

「あたし……きょう……八幡様にまいって……」

「……ナニ……八幡様に参って……」

「……お宮の前のお湯に這入って……」

「……ナニイ……お湯に這入っタア……何《なん》しに這入ったんか……」

「…………」

「それからドウしたんか」

「…………泣いてもわからん……云わんかい」

「……落《おと》いて来たア……」

「……ワア――ア……」

金作は二人を庭へタタキ倒した。黄な粉を引っくり返したまま、大砲のような音を立てて表口から飛び出した。

お米も面喰《めんくら》ったまま起き上って、裏の田圃へ駈《か》け出した。田を鋤《す》いている百姓を見付けると、金切声を振り絞った。

「大変だよ。ウチの人と一所に行っておくれよ。子供が……子供が居なくなったんだよッ……」

一方に八幡裏のお湯屋では、亭主と、巡査と、近所の人が二三人、番台の前で評議をしていた。その中で巡査は帳面を開いたまま、何かしら当惑しているらしかったが、やがて髭《ひげ》をひねりひねり亭主をかえりみた。

「子供を棄てる奴が湯に這入って帰るチウは可笑《おか》しいじゃないか。アーーン」

「ヘエ。……でも十銭置いてありますので……」

「フーーン。釣銭は遣《や》らなかっタンカ」

「へエ。いつ頃這入ったやら気が付きませんじゃったので……」

「迂闊《うかつ》じゃナアお前は……。罰を喰うぞ気を付けんと……」

「へエ。どうも……これから心掛けます」

「つまり湯に這入るふりをして棄てたんじゃナ」

「へエ……じゃけんど、ヒョットしたら落《おと》いて行ったもんじゃ御座いませんでしょか」

「馬鹿な……吾《わ》が児《こ》を落す奴があるか」

その時に男湯の入口がガラリと開《あ》いて、百姓姿の男が一人駈け込んで来た。そうして何か戸惑いでもしたように、誰も居ない男湯の板の間を見まわしながらキョロキョロしていたが、そのうちにヤット気付いたらしく、女湯の入口にまわると、泥足のまま巡査を突き退《の》けて、ハヤテのように板の間に駈け上った。……と思うと、そのあとから又二三人、野良《のら》姿の男がドカドカと這入って来た。

「居ったカッ」

「居ったッ」

怪夢

工場

厳《おごそ》かに明るくなって行く鉄工場の霜朝《しもあさ》である。

二三日前からコークスを焚《た》き続けた大坩堝《おおるつぼ》が、鋳物《いもの》工場の薄暗がりの中で、夕日のように熟し切っている時刻である。

黄色い電燈《でんとう》の下で、汽鑵《ボイラー》の圧力計指針《はり》が、二百封度《ポンド》を突破すべく、無言の戦慄《せんりつ》を続けている数分間である。

真黒く煤《すす》けた工場の全体に、地下千尺《しゃく》の静けさが感じられる一刹那《せつな》である。

……そのシンカンとした一刹那が暗示する、測り知れない、ある不吉な予感……この工場が破裂してしまいそうな……。

私は悠々と腕を組み直した。そんな途方もない、想像の及ばない出来事に対する予感を、心の奥底で冷笑しつつ、高い天井のアカリ取り窓を仰いだ。

そこから斜めに、青空はるかに黒煙を吐き出す煙突を見上げた。その斜《なな》めに傾いた煙突の半面が、旭《あさひ》のオリーブ色をクッキリと輝かしながら、今にも頭の上に倒れかかって来るような錯覚の眩暈《めまい》を感じつつ、頭を強く左右に振った。

私は、私の父親が頓死《とんし》をしたために、まだ学士になったばかりの無経験のまま、この工場を受け継がせられた……そうしてタッタ今、生れて初めての実地作業を指揮すべく、引っぱり出されたのである。若い、新米《しんまい》の主人に対する職工たちの侮辱と、冷《れい》罵《ば》とを予期させられつつ……。

しかし私の負けじ魂は、そんな不吉な予感のすべてを、腹の底の底の方へ押し隠してしまった。誇りかな気軽い態度で、バットを横啣《よこぐわ》えにしいしい、持場持場についている職工たちの白い呼吸を見まわした。

私の眼の前には巨大なフライホイールが、黒い虹《にじ》のようにピカピカと微笑している。その向うに消え残っている昨夜からの暗黒の中には、大小の歯車が幾個となく、無限の歯《は》嚙《が》みをし合っている。

ピストンロッドは灰色の腕をニューと突き出したまま……。

水圧打《だ》鋲機《びょうき》は天井裏の暗がりを睨《にら》み上げたまま……。

スチームハムマーは片足を持ち上げたまま……。

……すべてが超自然の巨大な馬力と、物理原則が生む確信とを百パーセントに身構えて、私の命令一下《いっか》を待つべく、飽くまでも静まりかえっている。

……シイ――イイ……という音がどこからともなく聞こえるのは、セーフチーバルブの唇を洩《も》るスチームの音であろう……それとも私の耳の底の鳴る音か……。私の背筋を或《あ》る力が伝わった。右手が自《おのずか》ら高く揚《あが》った。

職工長がうなずいて去った。

……極めて徐々に……徐々に……工場内に重なり合った一切の機械が眼醒《めざ》めはじめる。

工場の隅から隅まで、スチームが行き渡り初めたのだ。

そうして次第次第に早く……遂《つい》には眼にも止まらぬ鉄の眩覚が私の周囲から一時に渦巻き起る。……人間……狂人……超人……野獣……猛獣……怪獣……巨獣……それらの一切の力を物ともせぬ鉄の怒号……如何《いか》なる偉大なる精神をも一瞬の中《うち》に恐怖と死の錯覚の中に誘い込まねば措《お》かぬ真黒な、残忍冷酷な呻吟《しんぎん》が、到《いた》る処《ところ》に転がりまわる。

今までに幾人となく引き裂かれ、切り千切《ちぎ》られ、タタき付けられた女工や、幼年工の亡霊を嘲《あざけ》る響き……。

このあいだ打ち砕かれた老職工の頭蓋骨《ずがいこつ》を罵倒《ばとう》する声……。ずっと前にヘシ折られた大男の両足を愚弄《ぐろう》する音……。すべての生命を冷眼視し、度外視して、鉄と火との激闘に熱中させる地獄の騒音……。

はるかの木工場から咽《むせ》んで来る旋回円鋸機《せんかいえんきょき》の悲鳴は、首筋から耳の付け根を伝わって、頭髪の一本一本毎《ごと》に沁《し》み込んで震える。あの音も数本の指と、腕と、人の若者の前額《ぜんがく》を斬《き》り割いた。その血しぶきは今でも梁木《はりき》の胴腹に黒ずんで残っている。

私の父親は世間から狂人扱いにされていた。それは仕事にかかったが最後、昼夜ブッ通しに、血も涙もない鋼鉄色の瞳《ひとみ》をギラギラさせる、無学な、醜怪な老職工だからであった。それがこの工場の十字架であり、誇りであると同時に、数十の鉄工所に対する不断の脅威となっていたからであった。

だから人体の一部分、もしくは生命そのものを奪った経験を持たぬ機械は、この工場に一つもなかった。真黒い壁や、天井の隅々までも血の絶叫と、冷笑が染《し》み込んでいた。それ程左様《さよう》にこの工場の職工達は熱心であった。それ程左様にこの工場の機械等《ら》は真剣であった。

しかも、それ等の一切を支配して、鉄も、血も、肉も、霊魂も、残らず蔑視《べっし》して、木ッ葉の如《ごと》く相闘わせ、相呪《のろ》わせる……そうして更に新しく、偉大な鉄の冷笑を創造させる……それが私の父親の遺志であった。……と同時に私が微笑すべき満足ではなかったか……。

「ナアニ。やって見せる。児戯に類する仕事だ……」

私は腕を組んだまま悠々と歩き出した。まだまだこれからドレ位の生霊《いきりょう》を、鉄の餌食《えじき》に投げ出すか知れないと思いつつ……馬鹿馬鹿《ばかばか》しいくらい荘厳《そうごん》な全工場の、叫喚《きょうかん》、大叫喚を耳に慣れさせつつ……残虐《ざんぎゃく》を極めた空想を微笑させつつ運んで行く、私の得意の最高潮……。

「ウワッ。タタ大将オッ」

という悲鳴に近い絶叫が私の背後に起った。

「……又誰かやられたか……」

と私は瞬間に神経を冴《さ》えかえらせた。そうしておもむろに振り返った私の鼻の先へ、クレエンに釣られた太陽色の大坩堝が、白い火花を一面に鏤《ちりば》めながらキラキラとゆらめき迫っていた。触れるもののすべてを燃やすべく……。

私は眼が眩《くら》んだ。ポムプの鋳型を踏み砕いて飛び退《の》いた。全身の血を心臓に集中させたまま木工場の扉《ドア》に衝突して立ち止まった。

私の前に五六人の鋳物工が駆け寄って来た。ピョコピョコと頭を下げつつ不注意を詫《わ》びた。

その顔を見まわしながら私はポカンと口を開《あ》いていた。……額と、頰と、鼻の頭に受けた軽い火傷《やけど》に、冷たい空気がヒリヒリと沁みるのを感じていた……そうして工場全体の物音が一つ一つに嘲笑《ちょうしょう》しているのを聴いていた……。

「エヘヘヘヘヘヘヘ」

「オホホホホホホホ」

「イヒヒヒヒヒヒヒ」

「ハハハハハハハハ」

「フフフフフフフフ」

「ゲラゲラゲラゲラ」

「ガラガラガラガラ」

「ゴロゴロゴロゴロ」

「……ザマア見やがれ……」

空中

T11と番号を打った単葉の偵察機が、緑の野山を蹴落《けお》としつつスバラシイ急角度で上昇し始めた。

「……オイ……。Y中尉《ちゅうい》。あの11の単葉なら止《よ》せ。君は赴任匆々《そうそう》だから知るまいが、アイツは今までに二度も搭乗者が空中で行方不明になったんだ。おまけに二度とも機体だけが、不思議に無疵《むきず》のまま落ちていたという曰《いわ》く付きのシロモノなんだ。発動機も機体もまだシッカリしているんだが、みんな乗るのを厭《いや》がるもんだから、天井裏にくっ付けておいたんだ……止せ止せ……」

そう云《い》って忠告した司令官の言葉も、心配そうに見送った同僚の顔も、みるみるうちに旧世紀の出来事のように層雲の下に消え失《う》せて行った。そうして間もなく私の頭の上には朝の清新な太陽に濡《ぬ》れ輝いている夏の大空が、青く青く涯《は》てしもなく拡《ひろ》がって行った。

私は得意であった。

機体の全部に関する精確な検査能力と、天候に対する鋭敏な観察力と、あらゆる危険を突破した経験以外には、何者をも信用しない事にきめている私は、そうした司令官や同僚たちの、迷信じみた心配に対する単純な反感から、思い切ってこうした急角度の上げ舵《かじ》を取ったのであった。……そんな事で戦争に行けるか……という気になって……。

だが……ソンナような反感も、ヒイヤリと流れかかる層雲の一角を突破して行くうちに、あとかたもなく消え失せて行った。そうして、あとには二千五百米突《メートル》を示す高度計と、不思議なほど静かなプロペラの唸《うな》りと、何ともいえず好調子なスパークの霊感だけが残っていた。

……この11機はトテモ素敵だぞ……。

……もう三百キロを突破しているのにこの静かさはドウダ……。

……おまけにコンナ日にはエア・ポケツもない筈《はず》だからナ……。

……層雲が無ければここいらで一つ、高等飛行をやって驚かしてくれるんだがナア……。

……などと思い続けながら、軽い上げ舵を取って行くうちに、私はフト、私の脚下二三百米突の処に在る層雲の上を、11機の投影が高くなり、低くなりつつ相並んで辷《すべ》って行くのを発見した。

それを見ると流石《さすが》に飛行慣れた私も、何ともいえない嬉《うれ》しさを感じない訳に行かなかった。大空のただ中で、空の征服者のみが感じ得る、澄み切った満足をシミジミ味わずにはいられなかった。……真に子供らしい……胸のドキドキする……。

……二千五百の高度……。

……静かなプロペラのうなり……。

……好調子なスパークの霊感……。

私の眼に、何もかも忘れた熱い涙がニジミ出した。太陽と、蒼空《あおぞら》と、雲の間を、ヒトリポッチで飛んで行く感激の涙が……それを押し鎮《しず》めるべく私は、眼鏡《めがね》の中で二三度パチパチと瞬《また》きをした。

……その瞬間であった……。

ちょうどプロペラの真正面にピカピカ光っている、大きな鏡のような青空の中から、一台の小さな飛行機があらわれて、ズンズン形を大きくしはじめたのは……。

私は不思議に思った。あまりに突然の事なので眼の誤りかと思ったが、そう思ううちに向うの黒い影はグングン大きくなって、ハッキリした単葉の姿をあらわして来た。

私は心構えしながら舵機《だき》をシッカリと握り締めた。

……二千五百の高度……。

……静かなプロペラのうなり……。

……好調子なスパークの霊感……。

私は驚いた。固唾《かたず》を呑《の》んで眼を瞠《みは》った。向うから来るのは私の乗機と一分《ぶ》一厘《りん》違わぬ陸上の偵察機である。搭乗者も一人らしい。機のマークや番号はむろん見えないが……。

……二千五百の高度……。

……静かなプロペラ……。

……好調子なスパーク……。

……青空……。

……太陽……。

……層雲の海……。

私はアット声を立てた。

私が大きく左舵《かじ》を取って避けようとすると、同時に向うの機も薄暗い左の横腹を見せつつ大きく迂回《うかい》して私の真正面に向って来た。

私の全身に冷汗《ひやあせ》がニジミ出た。……コンナ馬鹿な事がと思いつつ慌《あわ》てて機体を右に向けると、向うの機も真似《まね》をするかのように右の横腹を眩《まぶ》しく光らせつつ、やはり真正面に向って来る。

……鏡面に映ずる影の通りに……。

私の全神経が強直した。歯の根がカチカチと鳴り出した。

その途端に私の機体が、軽いエア・ポケツに陥ったらしくユラユラと前に傾いた。……と同時に向うの機もユラユラと前に傾いたが、その一刹那《せつな》に見えた対機《むこう》のマークは紛れもなく……T11……と読まれたではないか……。

……と思う間もなくその両翼を、こっちと同時に立て直して向うの機は、真正面から一直線に衝突して来たではないか……。

……私はスイッチを切った。

……ベルトを解いた。

……座席から飛び出した。

……パラシュートを開かないまま百米突《メートル》ほど落ちて行った。私と同じ姿勢で、パラシュートを開かないまま、弾丸のように落下して行く私そっくりの相手の姿……私そっくりの顔を凝視しながら……。

……はてしもない青空……。

……眩しい太陽……。

……黄色く光る層雲の海……。

街　路

大東京の深夜……。

クラブで遊び疲れたあげく、タッタ一人で首垂《うなだ》れて、トボトボと歩きながら自宅の方へ帰りかけた私はフト顔を上げた。そこいら中がパアット明るくなったので……。

……そのトタン……飛び上るようなサイレンの音に、ハッと驚いて飛び退く間もなく、一台の自動車が疾風《はやて》のように私を追い抜いた。……続いて起る砂ほこり……ガソリンの臭《にお》い……４４４の番号と、赤いランプが見る見るうちに小さく小さく……。
……ハテナ……あの自動車の主《ぬし》は人形じゃなかったかしら……あんまり綺麗《きれい》過ぎる横顔であった。着物はよくわからなかったが、水の滴《したた》るような束髪《そくはつ》に結《ゆ》って、真白に白粉《おしろい》をつけて、緑色の光りの下にチンと澄まして……黒水晶のような眼をパッチリと開いて、こころ持ち微笑《ほほえ》みを含みながら、運転手と一緒に、一直線の真正面を見詰めて行った。あの反《そ》り身《み》になった澄まし加減がイカニモ人形らしかった……と思う中《うち》に又一台あとから自動車が来た。

私はすぐに振り返ってみた。

その自動車の主はパナマ帽を冠《かぶ》った紳士であった。赭《あか》ら顔の堂々と肥《ふと》った、富豪の典型のような……それが両手をチャンと膝《ひざ》に置いて、心持ち反り身になったまま、運転手と一緒に、一直線の真正面をニコニコと凝視しながら、私の前をスーッと通り過ぎた。自動車の番号は１１１１……。

……人形だ人形だ。今の紳士はたしかに人形だった……ハテナ……オカシイゾ……。

……と考えているうちに私は又、石のように固くなったまま向うから来かかった自動車の内部を凝視した。

……今度は金襴《きんらん》の法衣を着た坊さんであった。若い、品のいい宮様のように鼻筋のとおった人形……それが心持ち眼を伏せて、両手を拝み合わせたままスーッと辷って行った。

私はブルブルと身震いをした。あたりは森閑《しんかん》とした街路……大空は星で一パイ……。……深夜の東京の怪……私がタッタ一人で見た……。

私は、私の周囲に迫りつつある、何とも知れない、気味のわるい、巨大《おおき》な、恐ろしいものを感じた。一刻も早く家《うち》に帰るべくスタスタと歩き出した。

その時に私の前と背後《うしろ》から、二台の自動車が音もなく近付いて来た。

……私と……。

……私の夢の……。

……結婚式当日の姿……。

私は逃げ出した。クラブの玄関へ駈《か》け込んで、マットの上にぶッ倒れた。

「助けてくれ」

病　院

私はいつの間にか頑丈《がんじょう》な鉄の檻《おり》の中に入れられている。白い金巾《かなきん》の患者服を着せられて、ガーゼの帯を捲《ま》き付けられて、コンクリートの床のまん中に大の字型《なり》に投げ出されている。

……精神病院らしい……。

しかし私は驚かなかった。そのまま声も立てずにジット考えた。ここが精神病院だとわかれば、騒いでも無駄だからである。騒げば騒ぐほど非道《ひど》い目に合う事がわかり切っているからである。おまけに今は深夜である。かなり大きい病院らしいのにコットリとも物音がしない。……騒いではいけない、憤《おこ》ってはいけない。否々《いな》。泣いても笑ってもいけないのだ。いよいよキチガイと思われるばかりだから……。

私はそろそろとコンクリートの床のまん中に坐《すわ》り直した。両手を膝の上に並べて静《せい》坐《ざ》をして、眼を半眼に開いて、檻の鉄棒の並んだ根元を凝視した。神経を鎮《しず》めるつもりで……。

果して私の神経はズンズンと鎮静して行った。かなり広い病院の隅から隅までシンカンとなって……。

その時であった。私が正面している鉄の檻の向うから誰か一人ポッポッと歩いて来た。それは白い診察着を着た若い男らしく、私が坐っているコンクリートの床よりも一尺ばかり高くなっている板張りの廊下を、何か考えているらしい緩やかな歩度《ほど》でコトリコトリと近付いて来るのであったが、やがて私の檻の前まで来るとピッタリと立ち止まった。そうして両手をポケットに突込んだまま、ジット私を見下しているらしく、爪先《つまさき》を揃《そろ》えたスリッパ兼用の靴が、私の上瞼《うわまぶた》の下に並んだまま動かなくなった。

私はソロソロと顔を上げた。

その私の視界の中には、まず膝の突《と》んがった縞《しま》のズボンと、インキの汚染《しみ》のついた診察着が這入《はい》って来た……が……それはどこかで見た事のある縞ズボンと診察着であった……と思ってチョット眼を閉じて考えたが……間もなく私はハッと気付いた。眼をまん丸く剝《む》き出して、その顔を見上げた。

それは私が予想した通りの顔であった。……青白く痩《や》せこけて……髪毛《かみのけ》をクシャクシャに搔《か》き乱して……無精髪《ぶしょうがみ》を蓬々《ぼうぼう》と生《は》やして……憂鬱《ゆううつ》な黒い瞳《め》を伏せた……受難のキリストじみた……。

それは私であった……嘗《かっ》てこの病院の医務局で勉強していた私に相違なかった。

私の胸が一しきりドキドキドキドキと躍り出した。そうして又ドクドクドク……コツコツコツと静まって行った。

診察着の背後《うしろ》の巨大な建物の上を流れ漂う銀河が、思い出したようにギラギラと輝いた。

……と……同時に私は、一切の疑問が解決したように思った。私を精神病患者にして、この檻に入れたのは、たしかにこの鉄格子《てつごうし》の外に立っている診察着の私であった。この診察着の私は、あまりに自分の脳髄を研究し過ぎた結果、精神に異状を呈して、自分と間違えてこの私を、ここにブチ込んだものに相違なかった。この「診察着の私」さえ居なければ私は、こんなにキチガイ扱いされずとも済む私であったのだ。

そう気が付くと同時に私は思わずカッとなった。吾《われ》を忘れて、鉄檻の外の私の顔を睨《にら》み付けながら怒鳴った。

「……何しに来たんだ……貴様は……」

その声は病院中に大きな反響を作ってグルグルまわりながら消え失せて行った。しかし外の私は少しも表情を動かさなかった。診察着のポケットに両手を突込んだまま、依然として基督《キリスト》じみた憂鬱な眼付で見下しつつ、静かな、澄明《ちょうめい》な声で答えた。

「お前を見舞いに来たんだ」

私はイヨイヨカッとなった。

「……見舞いに来る必要はない。コノ馬鹿野郎……早く帰れ。そうして自分の仕事を勉強しろ……」

そういう私の荒っぽい声の反響を聞いているうちに私は、自分の眼がしらがズウーと熱くなって来るように思った……何故《なぜ》だかわからないまま……しかし外の私はイヨイヨ冷静になったらしく、その薄い唇の隅に微《かす》かな冷笑を浮かべたのであった。

「お前をこうやって監視するのが、俺の勉強なのだ。お前が完全に発狂すると同時に俺の研究も完成するのだ。……もうジキだと思うんだけれど……」

「おのれ……コノ人非人《にんぴにん》。キ……貴様はコノ俺を……オ……オモチャにして殺すのか……コ、コ、コノ冷血漢……」

「科学はいつも冷血だ……ハハ……」

相手は白い歯を出して笑った。突然に空を仰いで……嘯《うそぶ》くように……。

私は夢中になった。イキナリ立ち上って檻《おり》の中から両手を突き出した。相手の白い診察着の襟《えり》を摑《つか》んでコヅキ廻した。

「……サ……ここから出せ……出してくれ……この檻の中から……そうして一緒に研究を完成しようじゃないか……ね……ね……後生《ごしょう》だから……」

私は思わず熱い涙に咽《む》せんだ。その塩辛い幾流れかを咽喉《のど》の奥へ流し込んだ。けれども診察着の私は抵抗もしなければ、逃げもしなかった。そうして患者服の私に小突かれながら苦しそうに云った。

「……ダ……メ……ダ……お前は俺の……大切な研究材料だ……ここを出す事は出来

ない」

「ナ……ナ……何だと……」

「お前を……ここから出しちゃ……実験にならない……」

私は思わず手をゆるめた。その代りに相手の顔を、自分の鼻の先に引き付けて、穴の明く程覗《のぞ》き込んだ。

「……何だと！　モウ一ペン云って見ろ」

「何遍云ったっておんなじ事だよ。俺はお前をこの檻の中に封じ籠《こ》めて、完全に発狂させなければならないのだ。その経過報告が俺の学位論文になるんだ。国家社会のために有益な……」

「……エエッ……勝手に……しやがれ……」

と云いも終らぬうちに私は、相手のモシャモシャした頭の毛を引っ掴んだ。その眼と鼻の間へ、一撃を食らわした。そうして鼻血をポタポタと滴らしながらグッタリとなった身体《からだ》を、力一パイ向うの方へ突き飛ばすと、深夜の廊下に夥《おびただ》しい音を立てて……ドターン……と長くなった。そのまま、死んだように動かなくなった。

「……ハッハッハッ……ザマを見ろ……アハアハアハアハ」

七本の海藻

曇り空の下に横たわる陰鬱な、鉛色の海の底へ、静かに静かに私は沈んで行く。金貨を積んで沈んだオーラス丸の所在をたしかめよ……という官憲の命令を受けて……。

潜水着の中の気圧が次第次第に高まって、耳の底がイイ――ンンと鳴り出した。続いて心臓の動悸《どうき》がゴトンゴトン、ボコンボコンという雑音を含みながら頭蓋骨の内側へ響きはじめる。それにつれて、あたりの静けさが、いよいよ深まって行くような……。

……どこか遠くで、お寺の鐘が鳴るような……。

灰色の海藻の破片がスルスルと上の方へ昇って行く。つづいて、やはり灰色の小さい魚の群が、整然と行列を立てたまま上の方へ消え失せて行く。

眼の前がだんだん暗くなり初める。

……とうとう鼻を抓《つま》まれても解《わか》らない真の闇《やみ》になると、そのうちに重たい靴底がフンワリと、海底の泥の上に落付いたようである。

私は信号綱を引いて海面の仲間に知らせた。

私は潜水兜《かぶと》に取付けた電燈の光りをたよりに、ゆっくりゆっくりと歩き出した。まん丸い、ゆるやかな斜面を持った灰色の砂丘を、いくつもいくつも越えて行った。しかし行けども行けども同じような低い、丸い砂の丘ばかりで、見渡しても見渡しても船の影はおろか、貝殻一つ見当らなかった。……のみならず私は暫《しばら》く歩いて行くうちに、そこいら中がいつともなく薄明るくなって、青白い、燐《りん》のような光りに満ち満ちて来たことに気が付いた。……沙漠《さばく》の夕暮のような……冥府《あのよ》へ行く途中のような……たよりない……気味のわるい……。

私は静かに方向を転換しかけた。何となく不吉な出来事が、私の行く手に待っているような予感がしたので……。けれども、まだ半廻転もしないうちに、私はハッと全身を強直さした。

ツイ私の背後の鼻の先に、いつの間に立ち現われたものか、何ともいえない奇妙な恰好《かっこう》をした海藻の森が、涯《は》てしもない砂丘の起伏を背景にして迫り近付いている。

……海藻の森……その一本一本は、それぞれ五六尺から一丈《じょう》ぐらいある。頭のまん丸いホンダワラのような楕円《だえん》形をした……その根元の縊《くく》れたところから細い紐《ひも》で海底に繋《つな》がっている。並んだり重なり合ったりしながら、お墓のように垂直に突立っている。蒼白《あおじろ》い、燐光《りんこう》の中に、真黒く、ハッキリと……数えてみると合計七本あった。

私は唖然《あぜん》となった。取りあえずドキンドキンと心臓の鼓動を高めながら、二三歩ゆるゆると後《あと》じさりをした。

するとその巨大な海藻の一群《ひとむれ》の中でも、私に一番近い一本の中から人間の声が洩《も》れ聞えて来た。

低い、カスレた声であった。

「モシモシ……」

私は全身の骨が一つ一つ氷のように冷え固まるのを感じた。同時に、その声の正体はわからないまま、この上もなく恐ろしい妖怪《ようかい》に出遭ったような感じに囚《とら》われたので、そのままなおもジリジリと後じさりをして行った。すると又、右手に在る八尺位の海藻の中から、濁った、けだるそうな声が聞えて来た。

「……貴方《あなた》は……金貨を探しに来られたのでしょう」

私の胸の動悸が又、突然に高まった。そうして又、急に静かに、ピッタリと動かなくなった。……妖怪以上の何とも知れない恐ろしいものに睨《にら》まれていることを自覚して……。

すると又、一番向うの背の低い、すこし離れている一本の中から、悲しい、優しい女の声がユックリと聞えて来た。

「私たちは妖怪じゃないのですよ。貴方がお探しになっているオーラス丸の船長夫婦と……一人の女の児《こ》と……一人の運転手と……三人の水夫の死骸なのです。……今、貴方とお話したのは船長で、妾《わたし》はその妻なのです。おわかりになりまして……。それから一番最初に貴方をお呼び止めしたのは一等運転手なのです」

「……聞いてくんねえ。いいかい……おいらは三人ともオーラス丸の船長の味方だったのだ」

と別の錆《さ》び沈んだ声が云った。

「……だから人非人ばかりのオーラス丸の乗組員の奴等《やつら》に打ち殺されて、ズックの袋を引っかぶせられて、チャンやタールで塗り固められて、足に錘《おもり》を結《ゆ》わえ付けられて、水雑炊《みずぞうすい》にされちまったんだ」

「…………………」

「……それからなあ……ほかの奴らあ、船の破片を波の上にブチ撒《ま》いて、沈没したように見せかけながら、行衛《ゆくえ》を晦《くら》ましちまやがったんだ」

「…………………」

「……その中でも発頭人《ほっとうにん》になっていた野郎がワザと故郷の警察に嘘《うそ》を吐《つ》きに帰りやがったんだ。タッタ一人助かったような面《つら》をしやがって……ここで船が沈んだなんて云いふらしやがったんだ……」

「ホントウよ。オジサン……その人がお父さんとお母さんの前で、妾を絞め殺したのよ。オジサンはチャント知っていらっしゃるでしょ」

という可愛《かわい》らしい、悲しい女の児の声が一番最後にきこえて来た。七本のまん中にある一番丈《たけ》の低い袋の中から洩れ出したのであろう……。あとはピッタリと静かになって、スッスッという啜《すす》り泣きの声ばかりが、海の水に沁み渡って来た。

私は棒立ちになったまま動けなくなった。だんだんと気が遠くなって来た。信号綱を引く力もなくなったまま……。

私が、その張本人の水夫長だったのだ……。

……どこかで、お寺の鐘が鳴るような……。

硝子世界

世界の涯《はて》の涯まで硝子《ガラス》で出来ている。

河や海はむろんの事、町も、家も、橋も、街路樹も、森も、山も水晶のように透きとおっている。

スケート靴を穿《は》いた私は、そうした風景の中心を一直線に、水平線まで貫いている硝子の舗道をやはり一直線に辷《すべ》って行く……どこまでも……どこまでも……。私の背後のはるか彼方《かなた》に聳《そび》ゆるビルデングの一室が、真赤な血の色に染まっているのが、外からハッキリと透かして見える。何度振り返って見ても依然としてアリアリと見えている。家越し、橋越し、並木ごしに……すべてが硝子で出来ているのだから……。

私はその一室でタッタ今、一人の女を殺したのだ。ところが、そうした私の行動を、はるか向うの警察の塔上から透視していた一人の名探偵が、その室が私の兇行《きょうこう》で真赤になったと見るや否や、すぐに私とおんなじスケート靴を穿いて、警察の玄関から私の方向に向って辷り出して来た。スケートの秘術をつくして……弦《つる》を離れた矢のように一直線に……。

それと見るや否や私も一生懸命に逃げ出した。おんなじようにスケートの秘術をつくして……一直線に……矢のように……。

青い青い空の下……ピカピカ光る無限の硝子の道を、追う探偵も、逃げる私もどちらもお互同志に透かし合いつつ……ミジンも姿を隠すことの出来ない、息苦しい気持のままに……。

探偵はだんだんスピードを増して来た。だから私も死物狂いに爪先を蹴立てた。……一歩を先んじて辷り出した私の加速度が、グングンと二人の間の距離を引離して行くのを感じながら……。

私は、うしろ向きになって辷りつつ右手を拡げた。拇指《ぼし》を鼻の頭に当てがって、はるかに追いかけて来る探偵を指の先で嘲弄《ちょうろう》し、侮辱してやった。

探偵の顔色が見る見る真赤になったのが、遠くからハッキリとわかった。多分歯噛《はが》みをして口惜《くや》しがっているのであろう。溺《おぼ》れかけた人間のように両手を振りまわして、死物狂いに硝子の舗道を蹴立てて来る身振りがトテモ可笑《おか》しい……ザマを見やがれ……と思いながらも、ウッカリすると追い付かれるぞと思って、いい加減な処でクルリと方向を転換したが……私はハッとした。いつの間にか地平線の端まで来てしまった。……足の下は無限の空虚である。

私は慌てた。一生懸命で踏み止《とど》まろうとした。その拍子に足を踏み辷らして硝子の舗道の上に身体《からだ》をタタキ付けたので、そのまま血だらけの両手を突張って、自分の身体を支え止めようとしたが、しかし今まで辷って来た惰力が承知しなかった。私の身体はそのまま一直線に地平線の端から、辷り出して無限の空間に真逆様《まっさかさま》に落込んだ。

私は歯噛みをした。虚空《こくう》を摑んだ。手足を縦横ムジンに振りまわした。しかし私は何物も摑むことが出来なかった。

その時に一直線に切れた地平線の端から、探偵の顔がニュッと覗いた。落ちて行く私の顔を見下しながら、白い歯を一パイに剝《む》き出した。

「わかったか……貴様を硝子の世界から逐《お》い出すのが、俺の目的だったのだぞ」

「…………」

初めて計られた事を知った私は、無念さの余り両手を顔に当てた。大きな声でオイオイ泣き出しながら無限の空間を、どこまでもどこまでも落ちて行った……。

木^す

魂^{だま}

……俺はどうしてコンナ処《ところ》に立ち佇《ど》まっているのだろう……踏切線路の中央《まんなか》に突立って、自分の足下をボンヤリ見詰めているのだろう……汽車が来たら轢《ひ》き殺されるかも知れないのに……。

そう気が付くと同時に彼は、今にも汽車に轢かれそうな不吉な予感を、背中一面にゾクゾクと感じた。霜《しも》で真白になっている軌条の左右をキョロキョロと見まわした。それから度の強い近眼鏡の視線を今一度自分の足下に落すと、霜混《しもまじ》りの泥と、枯葉にまみれた兵隊靴で、半分腐りかかった踏切板をコツンコツンと蹴《け》ってみた。それから汗じみた教員の制帽を冠《かぶ》り直して、古ぼけた詰襟《つめえり》の上衣《うわぎ》の上から羊羹《ようかん》色の釣鐘マントを引っかけ直しながら、タッタ今通り抜けて来た枯木林の向うに透いて見える自分の家の亜鉛《トタン》屋根を振り返った。

……一体俺は、今の今まで何を考えていたのだろう……。

彼はこの頃、持病の不眠症が嵩《こう》じた結果、頭が非常に悪《わ》るくなっている事を自覚していた。殊《こと》に昨日は正午過ぎから寒さがグングン締まって来て、トテモ眠れそうにないと思われたので、飲めもしない酒を買って来て、ホンの五勺《しゃく》ばかり冷《ひや》のまま飲んで眠ったせいか、今朝《けさ》になってみると特別に頭がフラフラして、シクンシクンと痛むような重苦しさを脳髄の中心に感じているのであった。その頭を絞るように彼は、薄い眉《まゆ》をグット引寄せながら、爪先《つまさき》に粘《ねば》り付いている赤い泥を凝視《みつ》めた。

……おかしいぞ。今朝は俺の頭がヨッポドどうかしているらしいぞ……。

……俺は今朝、あの枯木林の中の亜鉛《トタン》葺《ぶき》の一軒屋の中で、いつもの通りに自炊の後始末をして、野良《のら》犬が這入《はい》らないようにチャント戸締りをして、ここまで出かけて来たことは来たに相違ないのだが、しかし、それから今までの間じゅう、俺は何を考えていたのだろう。……何か知らトテモ重大な問題を一生懸命に考え詰めながら、ここまで来たような気もするが……おかしいな。今となってみるとその重大な問題の内容を一つも思い出せなくなっている……。

……おかしい……おかしい……。何にしても今朝はアタマが変テコだ。こんな調子では又、午後の時間に居眠りをして、無邪気な生徒たちに笑われるかも知れないぞ……。

彼はそんな事を取越苦労しいしい上衣の内ポケットから大きな銀時計を出してみると、七時四十分キッカリになっていた。

彼はその８の処に固まり合っている二本の針と、チッチッチッチッチッと廻転している秒針とを無意識にジーッと見比《みくら》べていた……が……やがて如何《いか》にも淋《さび》しそうな……自分自身を嘲《あざけ》るような微苦笑を、度の強い近眼鏡の下に痙攣《けいれん》させた。

……ナーンだ。馬鹿馬鹿《ばかばか》しい。何でもないじゃないか。

……俺は今学校に出かける途中なんだ。……今朝は学課が初まる前に、調べ残しの教案を見ておかなければならないと思って、午後の時間の睡《ね》むいのを覚悟の前で、三十分ばかり早めに出て来たのだ。しかも学校まではまだ五基米《キロ》以上あるのだから、愚図愚図《ぐずぐず》すると時間の余裕が無くなるかも知れない……だから俺はここに立佇《たちど》まって考えていたのだ。国道へ出て本通りを行こうか、それとも近道の線路伝いにしようかと迷いながら突立っていたものではないか……。

……ナーンだ。何でもないじゃないか……。

……そうだ。とにかく鉄道線路を行こう。線路を行けば学校まで一直線で、せいぜい三基米《キロ》ぐらいしか無いのだから、こころもち急ぎさえすれば二十分ぐらいの節約は訳なく出来る……そうだ……鉄道線路を行こう……。

彼はそう思い思い今一度ニンマリと青黒い、髯《ひげ》だらけの微苦笑をした。三角形に膨《ふく》らんだボクスの古鞄《ふるかばん》を、左手にシッカリと抱き締めながら、白い踏切板の上から半身を傾けて、やはり霜を被《かぶ》っている線路の枕木《まくらぎ》の上へ、兵隊靴の片足を踏み出しかけた。

……が……又、ハッと気が付いて踏み留《とど》まった。

彼はそのまま右手をソット額《ひたい》に当てた。その掌《てのひら》で近眼鏡の上を蔽《おお》うて、何事かを祈るように、頭をガックリとうなだれた。

彼は、彼自身がタッタ今、鉄道踏切の中央に立佇まっていたホントの理由を、ヤット思い出したのであった。そうして彼を無意識のうちに踏切板の中央へ釘付《くぎづ》けにしていた、或《あ》る「不吉な予感」を今一度ハッキリと感じたのであった。

彼は今朝眼を醒《さ》まして、あたたかい夜具の中から、冷《つ》めたい空気の中へ頭を突き出すと同時に、二日酔らしいタマラナイ頭の痛みを感じながら起き上ったのであったが、又、それと同時に、その頭の片隅で……俺はきょうこそ間違いなく汽車に轢き殺されるのだぞ……といったようなハッキリした、気味の悪い予感を感じながら、冷たい筧《かけひ》の水でシミジミと顔を洗ったのであった。それから大急ぎで湯を沸《わ》かして、昨夜《ゆうべ》の残りの冷飯《ひやめし》を掻込《かきこ》んで、これも昨夜のままの泥靴をそのまま穿《は》いて、アルミの弁当箱を詰めた黒い鞄を抱え直し抱え直し、落葉まじりの霜の廃道を、この踏切板の上まで辿《たど》って来たのであったが、そこで真白い霜に包まれた踏切板の上に、自分の重たい泥靴がベタリと落ちた音を耳にすると、その一刹那《せつな》に今一度、そうした不吉な、ハッキリした予感と、その予感に脅《おび》やかされつつある彼の全生涯とを、非常な急速度で頭の中に廻転させたのであった。そうしてそのまま踏切を横切って、大急ぎで国道を廻《ま》わろうか。それとも思い切って鉄道線路を伝って行こうかと思い迷いながらも、なおも石像のように考え込んでいる自分自身の姿を眼の前に幻視しつつ、そうした気味の悪い予感に襲われるようになった、そのソモソモの不可思議な因縁《いんねん》を考え出そう考え出そうと努力しているのであった。

彼がこうした不可思議な心理現象に襲われ初めたのは昨日今日《きのうきょう》の事ではなかった。昨年の正月から二月へかけて彼は、最愛の妻と一人子を追い継ぎに亡《な》くしたのであったが、それからというものは彼は殆《ほと》んど毎朝のように……きょうこそ……今日こそ間違いなく汽車に轢《ひ》き殺される……といったような、奇妙にハッキリした予感を受け続けて来たものであった。しかし、それでもそのたんびに頭の単純な彼は、一種の宿命的な気持ちを含んだ真剣な不安に襲われながらも、踏切の線路を横切るたんびに、恐る恐る左右を見まわし見まわし、国道伝いに往復したせいであったろう。夕方になると、そんな不安な感じをケロリと忘れて、何事もなく山の中の一軒屋に帰って来るのであった。そうして無けなしの副食物《おかず》と鍋飯《なべめし》で、貧しい夕食を済ますと、心の底からホッとした、一日の労苦を忘れた気持ちになって、彼が生涯の楽しみにしている「小学算術教科書」の編纂《へんさん》に取りかかるのであった。

しかし彼は、そうした不思議な心理現象に襲われる原因を、彼自身の神経衰弱のせいとは決して思っていなかった。むしろ彼が子供の時分から持っている一種特別の心理的な敏感さが、こうした神秘的な予感の感受性にまで変化して来たものと思い込んでいた。

……という理由は、ほかでもなかった。

彼は、そうした意味で彼自身が、一種特別の奇妙な感受性の持主に相違ない……と信じ得る色々な不思議な体験を、十分……十二分に持っていたからであった。

彼は元来、年老いた両親の一人息子で、生れ付きの虚弱児童であったばかりでなく、一種の風変りな、孤独を好む性質《たち》であったので、学校に行っても他の生徒と遊び戯《たわむ》れた事なぞは殆《ほと》んど無かった。その代りに学校の成績はいつも優等で、腕白連中に憎まれたり、いじめられたりする場合が多かったので、学校が済んで級長の仕事が片付くと、逃げるように家に帰って、門口から一歩も外に出ないような状態であった。

けれども極く稀《まれ》にはタッタ一人で外に出ることも無いではなかった。それはいつでも極く天気のいい日に限られていて、行く先も山の中にきまり切っていた。……という理由は外《ほか》でもない。彼は生れつき山の中が性《しょう》に合っているらしいので、現在でもわざわざ学校から懸け離れた山の中の一軒屋に住んで、不自由な自炊生活をしている位であるが、こうした彼の孤独好きの性癖は既に既に、彼の少年時代から現われていたのであろう。青い空の下にクッキリと浮き立った山々の木立を、お縁側から眺めていると、子供心に呼びかけられるような気持になった。一方に彼の両親も亦《また》、引っこみ勝ちな彼の健康のために良いとでも思ったのであろう。そんな時には喜んで外出を許してくれたので、彼は中学校の算術教程とか、四則三千題とかいったようなものを一二冊ふところに入れて、近所の悪たれどもの眼を避けながら、程近い郊外を山の方へ出かけたものであった。

それは十や十一の子供としてはマセ過ぎた散歩であったが、それでも山好きの彼にとっては、この上もない楽しみに違いなかった。彼はそうした散歩のお蔭《かげ》で、そこいらの山の中の小径《こみち》という小径を一本残らず記憶《おぼ》え込んでしまっていた。どこにはアケビの蔓《つる》があって、どこには山の芋《いも》が埋まっている。人間の顔によく似た大岩がどこの藪《やぶ》の中に在って、二股《ふたまた》になった幹の間から桜の木を生やした大榎《えのき》はどこの池の縁に立っているという事まで一々知っていたのは恐らく村中で彼一人であったろう。ところで彼は、そんな山歩きの途中で、雑木林の中なんぞに、思いがけない空地を発見する事がよくあった。それは大抵、一反歩《たんぶ》か二反歩ぐらいの広さの四角い草原で、多分屋敷か、畠《はたけ》の跡だろうと思われる平地であったが、立木や何かに蔽《おお》われているために幾度も幾度も近まわりをウロ付きながら、永い事気付かずにいるような空地であった。そのまん中に立ちながら、そこいら中をキョロキョロ見まわしていると、山という山、丘という丘が、どこまでもシイーンと重なり合っていて、彼を取囲《とりかこ》む立木の一本一本が、彼をジイッと見守っているように思われて来る。足の下の枯葉がプチプチと微《かす》かな音を立てて、何となく薄気味が悪くなる位であった。

そんな処を見付けると彼は大喜びで、その空地の中央の枯草に寝ころんで、大好きな数学の本を拡《ひろ》げて、六《むず》ケしい問題の解き方を考えるのであった。むろん鉛筆もノートも無しに空間で考えるので、解き方がわかると、あとは暗算で答を出すだけであったが、両親から呼ばれる気づかいは無いし、隣近所の物音も聞こえないのだから、頭の中が硝子《がらす》のように澄み切って来る。それにつれて家《うち》ではどうしても解けなかった問題が、スラスラと他愛《たあい》もなく解けて行くので、彼はトテモ愉快な気持になって時間の経《た》つのを忘れていることが多かった。

ところが、そんな風に数学の問題に頭を突込んで一心になっている時に限って、思いもかけない背後《うしろ》の方から、ハッキリした声で……オイ……と呼びかける声が聞こえて、彼をビックリさせる事がよくあった。それは、むろん父親の声でもなければ先生の声でも、友達の声でもない。誰の声だか全くわからなかったが、しかし非常にハッキリしていた事だけは事実であった。ダシヌケに大きな声で……ウオイ……という風に……。だから彼はビックリして跳《は》ね起きながら振り返ってみると誰も居ない。雑木林がカーッと西日に輝いて、鳥の声一つ聞こえないのであった。

それは実に不思議な、神秘的な心理現象であった。最初のうち彼は、そんな声を聞くたんびに髪の毛がザワザワとしたものであったが、しかし、それは一時的の神経作用といったようなものではなかったらしく、その後も同じような……又は似たような体験を幾度となく繰返したので、彼はスッカリ慣れっこになってしまったのであった。

彼が、やはり数学の問題を考え考えしながら、山の中の細道をどこまでもどこまでも歩いて行くと、いつからともなく向うの方から五六人か七八人位の人数《にんず》でガヤガヤと話しながら、こっちの方へ来る声が聞こえ初める。むろんその道が一本道になっていることを彼は知っているし、遣《や》って来る連中は大人に違いないのだから、その連中に行遭《ゆきあ》ったら、道傍《みちばた》の羊歯《しだ》の中へでも避けてやる気で、やはり数学の問題を考え考え一本道を近付いて行くと、不思議なことにどこまで行ってもその話声の主人公の大人たちに行き遭わない。何だか可笑《おか》しい。変だな……と思ううちに、その細い一本道はおしまいになって、広い広い田圃《たんぼ》を見晴らした国道の途中か何かにヒョッコリ出てしまうのであった。ちょうど向うから来ていた大勢の人間が、途中で虚空《こくう》に消え失《う》せたような気持であった。

それは決して気のせいでもなければ神経作用とも思えなかった。たしかに、そんな声が聞こえるのであった。ちょうど一心に考え詰めているこちらの暗い気持と正反対の、明るいハッキリした声が聞こえて来るので、気にかけるともなく気にかけていると、そのうちに何かしらハッと気が付くと同時に、その声もフッツリと消え失せるような場合が非常に多いのであった。

しかし元来が風変りな子供であった彼は、そんな不可思議現象を、ソックリそのまま不可思議現象として受入れて、山に行くのを気味悪がったり、又は両親や他人に話して聞かせるような事は一度もしなかった。そのうちに大きくなったら解《わ》かる事と思って、自分一人の秘密にしたまま、忘れるともなく次から次に忘れていた。そうして彼は、それから後、中学から高等学校を経て、大学から大学院まで行ったのであるが、そのうちに彼の両親は死んでしまった。それから妻のキセ子を貰《もら》ったり、太郎という長男が生まれたり、又は学士から、小学教員になりたいというので、色々と面倒な手続きをして、ヤットの思いで現在の小学校に奉職する事が出来たりしたものであったが、それ迄《まで》の間というもの学校の図書館や、人通りの無い国道や、放課後の教室の中なぞでも、幾度となくソンナような知らない声から呼びかけられる経験を繰返したのであった。

しかし彼は、そんな体験を他人に話したことは依然として一度も無かった。ただそのうちにだんだんと年を取って来るにつれて、時々そんな事実にぶつかるたんびに、いくらかずつ気味が悪るくなって来たことは事実であった。……こんな体験を持っている人間は事に依《よ》ると俺ばかりじゃないかしらん。……他人がこんな不思議な体験をした話を、聞いたり読んだりした事が、今までに一度も無いのは何故《なぜ》だろう。……俺は小さい時から一種の精神異状者に生れ付いているのじゃないか知らん……なぞと内々《ないない》で気を付けるようになったものである。

ところが、そのうちに、ちょうど十二三年ばかり前の結婚当時の事、宿直の退屈凌《しの》ぎに、学校の図書室に這入《はい》り込んで、室の隅に積み重ねて在《あ》る「心霊界」という薄ッペラな雑誌を手に取りながら読むともなく読んでいると、思いがけもなく自分の体験にピッタリし過ぎる位ピッタリした学説を発見したので、彼はドキンとする程驚ろかされたものであった。

それは旧露西亜《ロシア》のモスコー大学に属する心霊学界の非売雑誌に発表された新学説の

抄訳紹介で「自分の魂に呼びかけられる実例」と題する論文であったが、それを読んでみると、正体の無い声に呼びかけられた者は決して彼一人でないことがわかった。

「……何にも雑音の聞こえない密室の中とか、風の無い、シンとした山の中なぞで、或る事を一心に考え詰めたり、何かに気を取られたりしている人間は、色々な不思議な声を聞くことが、よくあるものである。現にウラルの或る地方では「木魂《すだま》に呼びかけられると三年経《た》たぬうちに死ぬ」という伝説が固く信じられている位であるが、しかもその「スダマ」、もしくは「主《ぬし》の無い声」の正体を、心霊学の研究にかけてみると何でもない。それは自分の霊魂が、自分に呼びかける声に外《ほか》ならないのである。

すなわち一切の人間の性格は、ちょうど代数の因子分解と同様な方式で説明出来るものである。換言すれば一個の人間の性格というものは、その先祖代々から伝わった色々な根性……もしくは魂の相乗積に外ならないので、たとえば（A^2-B^2）という性格は（A＋B）という父親の性格と（A－B）という母親の性格が遺伝したものの相乗積に外ならない……と考えられるようなものである。ところでその（A^2-B^2）という全性格の中でも（A－B）という一因子《ワンファクター》……換言すれば母親から遺伝した、たとえば「数学好き」という魂が、その（A－B）的傾向……すなわち数学の研究慾《よく》に凝《こ》り固まって、どこまでも他の魂の存在を無視して、超越して行こうとするような事があると、アトに取り残された（A＋B）という魂が、一人ポッチで遊離したまま、徐々と、又は突然に一種の不安定的な心霊作用を起して（A－B）に呼びかける……つまり一時的に片寄った（A－B）的性格を（A＋B）の方向へ呼び戻して、以前の全性格（A^2-B^2）の飽和状態に立ち帰らせるべくモーションをかけるのだ。その魂の呼びかけが、そっくりそのまま声となって錯覚されるので、その声が普通の鼓膜から来た声よりズット深い意識にまで感じられて、人を驚ろかせ、怪しませるのは当然のことでなければならぬ」

といったような論法で、生物の外見の上に現われる遺伝が、組合式《くみあわせ》、一列式、並列式、又は等比、等差なぞいう数理的な配合によって行われているところから説き初めて、精神、もしくは性格、習慣なぞいう心霊関係の遺伝も同様に、数理的の原則によって行われている事実にまで、幾多の犯罪者の家系を実例に挙げて説き及ぼしている。それから天才と狂人、幽霊現象、千里眼、予言者なぞいう高等数学的な心理の分解現象の実例を、詳細に亘《わた》って数理的に説明して在ったが、その中でも特別に彼がタタキ付けられた一節は、普通人と、天才と、狂人の心理分解の状態を、それぞれ数理的に比較研究する前提として掲げてある、次のような解説であった。

「……天才とか狂人とかいうものは詰まるところ、そうした自分の性格の中の色々な因子の中の或る一つか二つかを、ハッキリと遊離させる力が意識的、もしくは無意識的（病的）に強い人間を指して云うので、天才が狂人に近いという俗説も、斯様《かよう》に観察して来ると、極めて合理的に説明されて来るのである。……太陽を描《か》いて発狂したゴホや、モナ・リザの肖像を見て気が変になった数名の画家なぞはその好適例である。すなわち自分の魂をその絵に傾注し過ぎて、モトの通りのシックリした性格に帰れなくなったので、その結果スッカリ分裂して遊離してしまった個々別々の自分の魂から、夜も昼も呼びかけられるようになってしまったのだ。

……又、ベクリンという画伯は、自分に呼びかける自分の魂の姿を、骸骨《がいこつ》がバイオリンを弾いている姿に描きあらわして不朽《ふきゅう》の名を残したものである。

……又、これを普通人の例に取って見ると、身体《からだ》が弱かったり、年を老《と》って死期が近付いたりした人間は、認識の帰納力とか意識の綜合力《そうごうりょく》とかいったような中心主力《ドミナント》が弱って来る結果、意識の自然分解作用がポツポツあらわれ初める。時々、どこからか自分の声に呼びかけられるようになる。だから身体が弱かった場合か、又は相当年を老った人間で、正体の無い声に呼びかけられるような事があったならば、自分の死期の近づいた事に就いて慎重なる考慮をめぐらすべきである」云々《うんぬん》……。

この論文の一節を読んだ時に彼は、思わずゾッとして首を縮めさせられた。生れ付き虚弱な上に、天才的な、極度に気の弱い性格を持っている彼が、そうした不可思議な現象に襲われる習慣を持っているのは、当然過ぎる位当然な事と思わせられた。そうしてそれ以来、普通人よりも天才とか狂人とかいう者の頭の方が合理的に動いているものではないか知らんと、衷心《ちゅうしん》から疑い出す一方に、時折り彼を呼びかけるその声が、果して自分の声だかどうだかを、的確に聞き分けてやろうと思って、ショッチュウ心掛けていたものであった。

ところが、ここに又一つの奇蹟《きせき》が現われた……というのは外でもない。その本を読んでからというもの、彼はどうしたものか、一度もそんな声にぶつからなくなってしまった事であった。ちょうど正体を看破された幽霊か何《なん》ぞのように、自分を呼びかける自分の声が、ピッタリと姿を見せなくなったので、この七八年というもの彼は忘れるともなしにソノ「自分を呼びかける自分の声」のことを忘れてしまっていた。もっともこの七八年というもの彼は、所帯を持ったり、子供は出来たりで、好きな数学の研究に没頭して、自分の魂を遊離させる機会が些《すく》なかったせいかも知れなかったが……。

ところが又、その後になって、彼の妻と子供が死んで、ホントウの一人ポッチになってしまうと、不思議にも今云ったような心理現象が又もやハッキリと現われ出して、彼を驚かし初めたのであった。のみならずその声が彼にとっては実にたまらない、身を切るような痛切な形式でもって襲いかかりはじめたので、彼はモウその声に徹底的にタタキ付けられてしまって、息も吐《つ》かれない眼に会わせられることになったのであるが、しかも、そんな事になったそのソモソモの因縁を彼自身によくよく考え廻わしてみると、それはどうやら彼の亡くなった妻の、異常な性格から発端《ほったん》して来ているらしく思われたのであった。

彼の亡くなった妻のキセ子というのは元来、彼の住んでいる村の村長の娘で、この界隈《かいわい》には珍らしい女学校卒業の才媛《さいえん》であったが、容貌《ようぼう》は勿論《もちろん》のこと、気質までもが尋《じん》常《じょう》一様の変り方ではなかった。彼が堂々たる銀時計の学士様でいながら、小学校の生徒に数学を教えたいのが一パイで、無理やりに自分の故郷の小学校に奉職しているのに、その横合いから又、無理やりに彼の意気組に共鳴して、一所《いっしょ》になる位の女だったので、ただ子供に対する愛情だけが普通と変っていないのが、寧《むし》ろ不思議な位のものであった。つまり極度にヒステリックな変態的女丈夫《じょじょうふ》とでも形容されそうな型《タイプ》の女であったが、それだけに又、自分の身体《からだ》が重い肺病に罹《かか》っても、亭主の彼に苦労をかけまいとして、無理に無理を押し通して立働《たちはた》らいていたばかりでなく、昨年の正月に血を喀《は》いてたおれた時にも、死ぬが死ぬまで意識の混濁《こんだく》を見せなかったものである。ちょうど十一になった太郎の頭を撫《な》でながら、弱々しい透きとおった声で、「……太郎や。お前はね。これからお父さんの云付《いいつ》けを、よく守らなくてはいけないよ。お前がお父さんの仰言《おつしや》る事を肯《き》かなかったりすると、お母さんがチャンとどこからか見て悲しんでおりますよ。お父さんが、いつもよく仰言る通りに、どんなに学校が遅くなっても鉄道線路なんぞを歩いてはいけませんよ」

なんかと冗談のような口調で云い聞かせながら、微笑しいしい息を引き取ったもので、それはシッカリした立派な臨終であった。

彼はだからその母親が死ぬと間もなく、お通夜《つや》の晩に、忘れ形見の太郎を引き寄せて、涙ながらに固い約束をしたものであった。

「……これから決して鉄道線路を歩かない事にしような。お前はよく友達に誘われると、イヤとも云いかねて、一所に線路伝いをしているようだが、あんな事は絶対に止《や》める事に仕様《しよう》じゃないか。いいかい。お父さんも決して鉄道線路に足を踏み入れないからナ……」

といったようなことをクドクドと云い聞かせたのであった。その時には太郎もシクシク泣いていたが、元来柔順《すなお》な児《こ》だったので、何のコダワリもなく彼の言葉を受け入れて、心からうなずいていたようであった。

それから後というものは彼は毎日、昔の通りに自炊をして、太郎を一足先に学校へ送り出した。それから自分自身は跡片付《あとかたづけ》を済ますと大急ぎで支度を整えて、吾児《わがこ》の跡を逐《お》うようにして学校へ出かけるのであったが、それがいつも遅れ勝ちだったので、よく線路伝いに学校へ駈《か》け付けたものであった。

けれども太郎は生れ付きの柔順《すなお》さで、正直に母親の遺言を守って、いくら友達に誘われても線路を歩かなかったらしく、毎日毎日国道の泥やホコリで、下駄《げた》や足袋《たび》を台なしにしていた。一方に彼は、いつもそうした太郎の正直さを見るにつけて……これは無論、俺が悪い。俺が悪いにきまっているのだ。だけど学校は遠いし、余計な仕事は持っているしで、モトモト自炊の経験はあったにしても、その上に母親の役目と、女房の仕事が二つ、新しく加わった訳だから、登校の時間が遅れるのは止《や》むを得ない。だから線路を通るのは万《ばん》止むを得ないのだ……。

なぞといったような云い訳を毎日毎日心の中で繰り返しているのであった。当てもない妻の霊に対して、おんなじような詫《わ》びごとを繰返し繰返し良心の呵責《かしやく》を胡麻化《ごまか》しているのであった。

ところが天罰覿面《てきめん》とはこの事であったろうか。こうした彼の不正直さが根こそげ曝《ばく》露《ろ》する時機が来た。しかし後から考えるとその時の出来事が、後に彼の愛児を惨死《ざんし》させた間接の……イヤ……直接の原因になっているとしか思われない、意外千万《せんばん》の出来事が起って、非常な打撃を彼に与えたのであった。

それはやはり去年の正月の大寒中で、妻の三七日が済んだ翌《あく》る日の事であったが……………………………………………………………………………。

……ここまで考え続けて来た彼は、チョット鞄を抱え直しながら、もう一度そこいらをキョロキョロと見まわした。

そこは線路が、この辺《へん》一帯を蔽《おお》うている涯《は》てしもない雑木林の間の空地に出てから間もない処に在る小川の暗渠《あんきよ》の上で、殆《ほと》んど干《ひ》上《あが》りかかった鉄気《かなけ》水《みず》の流れが、枯葦《かれあし》の間の処々《ところどころ》にトラホームの瞳《ひとみ》に似た微《かす》かな光りを放っていた。その暗渠の上を通り越すと彼は、いつの間にか線路の上に歩み出している彼自身を怪しみもせずに、今まで考え続けて来た彼自身の過去の記憶を今一度、シンシンと泌《し》み渡る頭の痛みと重ね合わせて、チラチラと思い出しつづけたのであった。

そのチラチラの中には純粋な彼自身の主観もあれば、彼の想像から来た彼自身に対する客観もあった。暖かい他人の同情の言葉もあれば、彼の行動を批判する彼自身の冷《つ》めたい正義観念も交《まざ》っていたが、要するにそんなような種々雑多な印象や記憶の断片や残滓《ざんさい》が、早くも考え疲れに疲れた彼の頭の中で、暈《ぼ》かしになったり、大うつしになったり、又は二重、絞り、切組《きりくみ》、逆戻り、トリック、モンタージュの千変万化《せんぺんばんか》をつくして、或《あるい》は構成派のような、未来派のような、又は印象派のような場面をゴチャゴチャに渦巻きめぐらしつつ、次から次へと変化し、進展し初めたのであった。そうして彼自身が意識し得なかった彼自身の手で、彼のタッタ一人の愛児を惨死に陥《おとし》いれて、彼をホントウの独《ひと》りポッチにしてしまうべく、不可抗的な運命を彼自身に編み出させて行った不可思議な或る力の作用を今一度、数学の解式のようにアリアリと展開し初めたのであった。

それは大寒中には珍らしく暖かい、お天気のいい午後のことであった。

彼は二三日前から風邪を引いていて、その日も朝から頭が重かったので、いつもの通り夕方近くまで居残って学校の仕事をする気がどうしても出なかった。だから放課後一時間ばかりも経《た》つと、やはり、何かの用事で居残っていた校長や同僚に挨拶《あいさつ》をしいしい、生徒の答案を一パイに詰めた黒い鞄を抱え直して、トボトボと校門を出たのであった。

ところで校門を出てポプラの並んだ広い道を左に曲ると、彼の住んでいる山懐《やまふところ》の傾斜の下まで、海岸伝いに大きな半円を描いた国道に出るのであったが、しかし、その国道を迂廻《うかい》して帰るのが、彼にとっては何よりも不愉快であった。……というのは距離が遠くなるばかりでなく、この頃《ごろ》著しく数を増した乗合《のりあい》自動車やトラック、又は海岸の別荘地に出這入《ではい》りする高級車の砂ホコリを後から後から浴びせられたり、又は彼を知っている教え子の親たちや何かに出会ってお辞儀をさせられるたんびに、彼の頭の中にフンダンに浮かんでいる数学的な瞑想《めいそう》を破られるのが、実にたまらない苦痛だからであった。

ところがこれに反して校門を出てから、草の間の狭い道をコッソリと右に曲ると、すぐに小さな杉森の中に這入って、その蔭に在る駅近くの踏切に出る事が出来た。そこから線路伝いに四五町ほど続いた高い堀割の間を通り抜けると、百分の一内外の傾斜線路《レベル》を殆《ほと》んど一直線に、自分の家の真下に在る枯木林の中の踏切まで行けるので、その途中の大部分は枯木林に蔽《おお》われてしまっていたから、誰にも見付かる気遣《きづか》いが無いのであった。

ところで又、彼はその校門の横の杉森を出て、線路の横の赤土道に足を踏み入れると同時に、はるか一里ばかり向うの山蔭に在る自分の家《うち》と、そこに待っているであろう妻子の事を思い出すのが習慣のようになっていた。その習慣は去年の正月に彼の妻が死んだ後までも、以前と同じように引続いていたのであったが、しかし彼は、その愚かな心の習慣を打消そうとは決してしなかった。むしろそれが自分だけに許された悲しい権利ででもあるかのように、ツイこの間《あいだ》まで立ち働らいていた妻の病み窶《やつ》れた姿や、現在、先に帰って待っているであろう吾児《わがこ》の元気のいい姿を、それからそれへと眼の前に彷彿《ほうふつ》させるのであった。山番小舎のトボトボと鳴る筧《かけひ》の前で、勝気な眼を光らして米を磨《と》いでいる妻の横顔や、自分の姿が枯木立の間から現われるのを待ちかねたように両手を差し上げて、

「オーイ。お父《と》さーン」

と呼びかける頰《ほっ》ペタの赤い太郎の顔や、その太郎が汲込《くみこ》んで燃やし付けた孫風呂の煙が、山の斜面を切れ切れに這《は》い上って行く形なぞを、過去と現在と重ね合わせて頭の中に描き出すのであった。もっとも時折は、黒い風のような列車の轟音《ごうおん》を遣《や》り過したあとで、枕木の上に立ち止まって、バットの半分に火を点《つ》けながら、

……又きょうも、おんなじ事を考えているな。イクラ考えたって、おんなじ事を……。

と自分で自分の心を冷笑した事もあった。そうして四十を越してから妻を亡くした見窄《みすぼ》らしい自分自身の姿が、こころもち前屈《まえかが》みになって歩いて行く姿を、二三十間《けん》向

うの線路の上に、幻覚的に描き出しながらも……。

……もっともだ。もっともだ。そうした儚《はか》ない追憶に耽《ふけ》るのは、お前のために取残《とりのこ》されているタッタ一つの悲しい特権なのだ。お前以外に、お前のそうした痛々しい追憶を冷笑し得《う》る者がどこに居るのだ……。

と云いたいような、一種の憤慨に似た誇りをさえ感じつつ、眼の中を熱くする事もあった。そうして全国の小学児童に代数や幾何《きか》の面白さを習得さすべく、彼自身の貴い経験によって、心血を傾けて編纂《へんさん》しつつある「小学算術教科書」が思い通りに全国の津々浦々《つづうらうら》にまで普及した嬉しさや、さては又、県視学の眼の前で、複雑な高次方程式に属する四則雑題を見事に解いた教え子の無邪気な笑い顔なぞを思い出しつつ……云い知れぬ喜びや悲しみに交《かわ》る交《がわ》る満たされつつ、口にしたバットの火が消えたのも忘れて行く事が多いのであった。

「……オトウサン……」

という声をツイ耳の傍で聞いたように思ったのはソンナ時であった……。

「…………………」

ハッと気が付いてみると彼は、その日もいつの間にか平生《へいぜい》の習慣通りに、線路伝いに来ていて、ちょうど長い長い堀割の真中《まんなか》あたりに近い枕木の上に立佇《たちど》まっているのであった。彼のすぐ横には白ペンキ塗《ぬり》の信号柱が、白地《しろじ》に黒線の這入《はい》った横木を傾けて、下り列車が近付いている事を暗示していたが、しかし人影らしいものはどこにも見当らなかった。ただ彼のみすぼらしい姿を左右から挟んだ、高い高い堀割の上半分に、傾いた冬の日がアカアカと照り映《は》えているその又上に、鋼鉄色の澄み切った空がズーッと線路の向うの、山の向う側まで傾き蔽《おお》うているばかりであった。

そんなような景色を見まわしているうちに彼は、ゆくりなくも彼の子供時代からの体験を思い出していた。

……もしや今のは自分の魂が、自分を呼んだのではあるまいか。……お父さん……と呼んだように思ったのは、自分の聞き違いではなかったろうか……。

といったような考えを一瞬間、頭の中に廻転させながら、キョロキョロとそこいらを見まわしていた。……が、やがてその視線がフッと左手の堀割の高い高い一角に止まると、彼は又もハッとばかり固くなってしまった。

彼の頭の上を遥《はる》かに圧して切り立っている堀割の西側には、更にモウ一段高く、国道沿いの堤《どて》があった。その堤の上に最前から突立って見下していたらしい小さな、黒い人影が見えたが、彼の顔がその方向に向き直ると間もなく、その小さい影はモウ一度、一生懸命の甲高《かんだか》い声で呼びかけた。

「……お父さアーん……」

その声の反響がまだ消えないうちに彼は、カンニングを発見された生徒のように真赤になってしまった。……線路を歩いてはいけないよ……と云い聞かせた自分の言葉を一瞬間に思い出しつつ、わななく指先でバットの吸いさしを抓《つま》み捨てた。そうして返事の声を咽喉《のど》に詰まらせつつ、辛《かろ》うじて顔だけ笑って見せていると、そのうちに、又も甲高い声が上から落ちて来た。

「お父さアン。きょうはねえ。残って先生のお手伝いして来たんですよオ――。書取りの点をつけてねえ……いたんですよオ――……」

彼はヤットの思いで少しばかりうなずいた。そうして吾児《わがこ》が入学以来ズット引続いて級長をしていることを、今更ながら気が付いた。同時にその太郎が時々担当の教師に残されて、採点の手伝いをさせられる事があるので……ソンナ時は成るたけ連れ立って帰ろうね……と約束していた事までも思い出した彼は、どうする事も出来ないタマラナイ面目なさに縛られつつ、辛《かろ》うじて阿弥陀《あみだ》になった帽子を引直しただけであった。

「……オトウサーアアーン……降りて行きましょうかアア……」

という中《うち》に太郎は堤の上をズンズンこちらの方へ引返《ひきかえ》して来た。

「イヤ……俺が登って行く……」

狼狽《ろうばい》した彼はシャガレた声でこう叫ぶと、一足飛びに線路の横の溝を飛び越えて、重たい鞄を抱え直した。四十五度以上の急斜面に植え付けられた芝草の上を、一生懸命に攀《よ》じ登り初めたのであった。

それは労働に慣れない彼にとっては実に死ぬ程の苦しい体験であった。振返るさえ恐しい三丈《じょう》あまりの急斜面を、足首の固い兵隊靴の爪先《つまさき》と、片手の力を便りにして匐《は》い登って行くうちに、彼は早くも膝頭《ひざがしら》がガクガクになる程疲れてしまった。崖《がけ》の中途に乱生した冷《つ》めたい草の株を摑《つか》むたんびに、右手の指先の感覚がズンズン消え失せて行くのを彼は自覚した。反対に彼の顔は流るる汗と水洟《みずばな》に汚れ噎《む》せて、呼吸《いき》が詰まりそうになるのを、どうする事も出来ないながらに、彼は子供の手前を考えて、大急ぎに斜面を登るべく、息も吐《つ》かれぬ努力を続けなければならなかった。

……これは子供に唾《つば》を吐いた罰《ばち》だ。子供に禁じた事を、親が犯した報いだ。だからコンナ責苦《せめく》に遭《あ》うのだ……。

といったような、切ない、情ない、息苦しい考えで一杯になりながら、上を見る暇もなく斜面に縋《すが》り付いて行くうちに、疲れ切ってブラブラになった足首が、兵隊靴を踏み返して、全身が草のようにブラ下がったままキリキリと廻転しかけた事が二三度あった。その瞬間に彼は、眼も遥かな下の線路に大の字形《なり》にタタキ付けられている彼自身の死骸を見下したかのように、魂のドン底までも縮み上らせられたのであったが、それでもなお死物狂《しにものぐる》いの努力で踏みこたえつつ大切な鞄を抱え直さなければならなかった。

「あぶない。お父さん……お父さアン……」

と叫ぶ太郎の声を、すぐ頭の上で聞きながら……。

……堤《どて》の上に登ったら、直ぐに太郎を抱き締めてやろう。気の済むまで謝罪《あやま》ってやろう……。そうして家《うち》に帰ったら、妻の位牌《いはい》の前でモウ一度あやまってやろう……。

そう思い詰め思い詰め急斜面の地獄を匐《は》い登って来た彼は……しかし……平たい、固い、砂利《ざり》だらけの国道の上に吾児《わがこ》と並んで立つと、もうソンナ元気は愚かなこと、口を利《き》く力さえ尽き果てていることに気が付いた。薄い西日を前にして大浪《おおなみ》を打つ動悸《どうき》と呼吸の嵐《あらし》の中にあらゆる意識力がバラバラになって、グルグルと渦巻いて吹き散らされて行くのをジイーッと凝視《みつ》めて佇《たたず》んでいるうちに、眼の前の薄黄色い光りの中で、無数の灰色の斑点《はんてん》がユラユラチラチラと明滅するのを感じていた。それからヤットの気を取り直して、太郎に鞄を渡しながら、幽霊のようにヒョロヒョロと歩き出した時の心細かったこと……。そのうちに全身を濡《ぬ》れ流れた汗が冷え切ってしまって、タマラナイ悪寒《おかん》がゾクゾクと背筋を這《は》いまわり初めた時の情なかったこと……。

　彼は山の中の一軒屋に帰ると、何もかも太郎に投げ任せたまま直《す》ぐに床を取って寝た。そうしてその晩から彼は四十度以上の高い熱を出して重態の肺炎に喘《あえ》ぎつつ、夢うつつの幾日かを送らなければならなかった。

　彼はその夢うつつの何日目かに、眼の色を変えて駈《か》け付けて来た同僚の橋本訓導の顔付を記憶していた。その後から駈け付けて来た巡査や、医者や、村長さんや、区長さんや、近い界隈《かいわい》の百姓たちの只事《ただごと》ならぬ緊張した表情を不思議なほどハッキリ記憶していた。のみならずそれが太郎の死を知らせに来た人々で……。

「コンナ大層な病人に、屍体《したい》を見せてええか悪いか」

「知らせたら病気に障《さわ》りはせんか」

　といったような事を、土間の暗い処でヒソヒソと相談している事実や何かまでも、慥《たし》かに察しているにはいた。けれども彼は別に驚きも悲しみもしなかった。おおかたそれは彼の意識が高熱のために朦朧《もうろう》状態に陥っていたせいであろう。ただ夢のように……。

　……そうかなあ……太郎は死んだのかなあ……俺も一所にあの世へ行くのかなあ……。

……。

と思いつつ、別に悲しいという気もしないまま、生ぬるい涙をあとからあとから流しているばかりであった。

それからもう一つその翌《あく》る日のこと……かどうかよくわからないが、ウッスリ眼を醒《さ》ました彼は囁《ささ》やくような声で話し合っている女の声をツイ枕元の近くで聞いた。ちょうどランプの芯《しん》が極度に小さくして在ったので、そこが自分の家であったかどうかすら判然《はっきり》しなかったが、多分介抱のために付添っていた、近くの部落のお神さん達か何かであったろう。

「……ホンニまあ。坊ちゃんは、ちょうどあの堀割のまん中の信号の下でなあ……」

「……マアなあ……お父さんの病気が気にかかったかしてなあ……先生に隠れて鉄道づたいに近道さっしゃったもんじゃろうて皆云い御座《ござ》るげなが……」

「……まあ。可愛《かあい》そうになあ……。あの雨風の中になあ……」

「それでなあ。とうとう坊ちゃんの顔はお父さんに見せずに火葬してしまうたて、なあ……」

「……何という、むごい事かいなあ……」

「そんでなあ……先生が寝付かっしゃってから、このかた毎日坊ちゃんに御飯をば喰べさせよった学校の小使いの婆《ばあ》さんがなあ。代られるもんなら代ろうがて云うてなあ。自分の孫が死んだばしのごと歎《なげ》いてなあ……」

あとはスッスッという啜《すす》り泣きの声が聞こえるばかりであったが、彼はそれでも別段に気に止めなかった。そうした言葉の意味を考える力も無いままに又もうとうとしかけたのであった。

「橋本先生も云うて御座ったけんどなあ。お父さんもモウこのまま死んで終《しま》わっしゃった方が幸福《じやわせ》かも知れんち云うてなあ……」

といったようなボソボソ話を聞くともなく耳に止めながら……自分が死んだ報《しら》せを聞いて、口をアングリと開いたまま、眼をパチパチさせている人々の顔と、向い合って微笑しながら……。

けれどもそのうちに、さしもの大熱が奇蹟的に引いてしまうと、彼は一時、放神状態に陥ってしまった。和尚《おしよう》さんがお経を読みに来ても知らん顔をして縁側に腰をかけていたり、妻の生家から見舞いのために配達させていた豆乳《とうにゆう》を一本も飲まなかったりしていたが、それでも学校に出る事だけは忘れなかったと見えて、体力が出て来ると間もなく、何の予告もしないまま、黒い鞄を抱え込んでコツコツと登校し初めたのであった。

教員室の連中は皆驚いた。見違えるほど窶《やつ》れ果てた顔に、著しく白髪《しらが》の殖《ふ》えた無精《ぶしょう》髯《ひげ》を蓬々《ぼうぼう》と生やした彼の相好《そうごう》を振り返りつつ、互いに眼と眼を見交《みかわ》した。その中にも同僚の橋本訓導は、真先《まっさき》に椅子《いす》から離れて駈け寄って来て、彼の肩に両手をかけながら声を潤《うる》ませた。

「……ど……どうしたんだ君は。……シシ……シッカリしてくれ給《たま》え……」

眼をしばたたきながら、椅子から立ち上った校長も、その横合いから彼に近付いて来た。

「……どうか充分に休んでくれ給《たま》え。吾々《われわれ》や父兄は勿論のこと、学務課でも皆、非常に同情しているのだから……」

と赤ん坊を諭《さと》すように背中を撫《な》でまわしたのであったが、しかし、そんな親切や同情が彼には、ちっとも通じないらしかった。ただ分厚い近眼鏡の下から、白い眼でジロリと教室の内部《なか》を見廻わしただけで、そのまま自分の椅子に腰を卸《おろ》すと、彼の補欠をしていた末席の教員を招き寄せて学科の引継《ひきつぎ》を受けた。そうして乞食《こじき》のように見窄《みすぼ》らしくなった先生の姿に驚いている生徒たちに向って、ポツポツと講義を初めたのであった。

それから午後になって教員室の連中から、

「無理もない」

というような眼付きで見送られながら校門を出るとそのまま右に曲って、生徒たちが見送っているのも構わずにサッサと線路を伝い初めたのであった。……又も以前の通りの思出《おもいで》を繰返しつつ、……自分の帰りを待っているであろう妻子の姿を、木の間《こま》隠れの一軒屋の中に描き出しつつ……。

彼はそれから後、来る日も来る日もそうした昔の習慣を判で捺《お》したように繰返し初めたのであったが、しかしその中にはタッタ一つ以前と違っている事があった。それは学校を出てから間もない堀割の中程に立っている白いシグナルの下まで来ると、おきまりのようにチョット立止まって見る事であった。

彼はそうしてそこいらをジロジロと見廻しながら、吾児《わがこ》の轢《ひ》かれた遺跡らしいものを探し出そうとするつもりらしかったが、既に幾度も幾度も雨風に洗い流された後なので、そんな形跡はどこにも発見される筈が無かった。

しかし、それでも彼は毎日毎日、そんな事を繰り返す器械か何ぞのように、おんなじ処《ところ》に立ち佇《ど》まって、くり返しくり返しおんなじ処を見まわしたので、そこいらに横たわっている数本の枕木の木目や節穴、砂利の一粒一粒の重なり合い、又はその近まわりに生えている芝草や、野茨《のいばら》の枝ぶりまでも、家に帰って寝る時に、夜具の中でアリアリと思い出し得るほど明確に記憶してしまった。そうして彼はドンナニ外《ほか》の考えで夢中になっている時でも、シグナルの下のそのあたりへ来ると、殆《ほと》んど無意識に立《たち》佇《ど》まって、そこいらを一渡り見まわした後でなければ、一歩も先へ進めないようにスッカリ癖づけられてしまったのであった……何故《なぜ》そこに立佇まっているのか、自分自身でも解らないままに、暗い暗い、淋《さび》しい淋しい気持ちになって、狃染《なじ》みの深い石ころの形や、枕木の切口の恰好《かっこう》や、軌条の継目の間隔を、一つ一つにジーッと見守らなければ気が済まないのであった……………。

「お父さん」

というハッキリした声が聞こえたのは、ちょうど彼がそうしている時であった。

彼はその声を聞くや否や、電気に打たれたようにハッと首を縮めた。無意識のうちに眼をシッカリと閉じながら、肩をすぼめて固くなったが、やがて又、静かに眼を見開いて、オズオズと左手の高い処を見上げた。寂《さび》しい霜《しも》枯《が》れの草に蔽《おお》われた赤土の斜面と、その上に立っている小さな、黒い人影を予想しながら……。

ところが現在、彼の眼の前に展開している堀割の内側は、そんな予想と丸で違った光景をあらわしていた。見渡す限り草も木も、燃え立つような若緑に蔽われていて、色とりどりの春の花が、巨大な左右の土の斜面の上を、涯《は》てしもなく群がり輝やき、流れ漾《ただよ》い、乱れ咲いていた。線路の向うの自分の家を包む山の斜面の中程には、散り残った山桜が白々と重なり合っていた。朗《うら》らかに晴れ静まった青空には、洋紅色《ローズマダー》の幻覚をほのめかす白い雲がほのぼのとゆらめき渡って、遠く近くに呼びかわす雲雀《ひばり》の声や、頰白《ほおじろ》の声さえも和《なご》やかであった。

……その中のどこにも吾児《わがこ》らしい声は聞こえない……どこの物蔭にも太郎らしい姿は発見されない……全く意外千万な眩《ま》ぶしさと、華やかさに満ち満ちた世界のまん中に、昔のまんまの見窄《みすぼ》らしい彼自身の姿を、タッタ一つポツネンと発見した彼……。

……彼がその時に、どんなに奇妙な声を立てて泣き出したか……それから、どんなに正体もなく泣き濡《ぬ》れつつ線路の上をよろめいて、山の中の一軒屋へ帰って行ったか……そうして自分の家《うち》に帰り着くや否や、簞笥《たんす》の上に飾ってある妻子の位牌《いはい》の前に這《は》いずりまわり、転がりまわりつつ、どんなに大きな声をあげて泣き崩れたか……心ゆくまで泣いては詫《わ》び、あやまっては慟哭《どうこく》したか……。そうして暫《しばら》くしてからヤット正気付いた彼が、見る人も、聞く人も無い一軒屋の中で、そうしている自分の恰好の見っともなさを、気付き過ぎる程気付きながらも、ちっとも恥かしいと思わなかったばかりでなく、もっともっと自分を恥かしめ、苛《さい》なみ苦しめてくれ……というように、白木《しらき》の位牌を二つながら抱き締めて、どんなに頰《ほお》ずりをして、接吻《せっぷん》しつつ、あこがれ歎いたことか……。

「……おお……キセ子……キセ子……俺が悪かった。重々悪かった。堪忍《かんにん》……堪忍してくれ……おおっ。太郎……太郎太郎。お父さんが……お父さんが悪かった。モウ……もう決して、お父さんは線路を通りません……通りません。……カ……堪忍して……堪忍して下さアア――イ……」

と声の涸《か》れるほど繰返し繰返し叫び続けたことか……。

彼は依然として枯木林の間の霜《しも》の線路を渡りつづけながら、その時の自分の姿をマザマザと眼の前に凝視した。その瞼《まぶた》の内側が自《おの》ずと熱くなって、何ともいえない息苦しい塊《かた》まりが、咽喉《のど》の奥から、鼻の穴の奥の方へギクギクとコミ上げて来るのを自覚しながら……。

「……アッハッハ……」

と不意に足の下で笑う声がしたので、彼は飛び上らむばかりに驚いた。思わず二三歩走り出しながらギックリと立ち佇《ど》まって、汗ばんだ額《ひたい》を撫《な》で上げつつ線路の前後を大急ぎで見まわしたが、勿論、そこいらに人間が寝ている筈は無かった。薄霜を帯びた枕木と濡《ぬ》れたレールの連続が、やはり白い霜を冠《かぶ》った礫《こいし》の大群の上に重なり合っているばかりであった。

彼の左右には相も変らぬ枯木林が、奥もわからぬ程立ち並んで、黄色く光る曇り日の下に灰色の梢《こずえ》を煙らせていた。そうしてその間をモウすこし行くと、見晴らしのいい高い線路に出る白い標識柱《レベル》の前にピッタリと立竚《たちど》まっている彼自身を発見したのであった。

「……シマッタ……」

と彼はその時口の中でつぶやいた。……あれだけ位牌《いはい》の前で誓ったのに……済まない事をした……と心の中で思っても見た。けれども最早《もはや》取返しの付かない処まで来ている事に気が付くと、シッカリと奥歯を噛《か》み締めて眼を閉じた。

それから彼は又も、片手をソッと額に当てながら今一度、背後《うしろ》を振り返ってみた。ここまで伝って来た線路の光景と、今まで考え続けて来た事柄を、逆にさかのぼって考え出そうと努力した。あれだけ真剣に誓い固めた約束を、それから一年近くも過ぎ去った今朝《けさ》に限って、こんなに訳もなく破ってしまったそのそもそもの発端の動機を思い出そうと焦燥《あせ》ったが、しかし、それはモウ十年も昔の事のように彼の記憶から遠ざかっていて、どこをドンナ風に歩いて来たか……いつの間に帽子を後ろ向きに冠《かぶ》り換えたか……鞄《かばん》を右手に持ち直したかという事すら考え出すことが出来なかった。ただズット以前の習慣通りに、鞄を持ち換え持ち換え線路を伝って、ここまで来たに違い無い事が推測されるだけであった。………しかしその代りに、たった今ダシヌケに足の下で笑ったものの正体が彼自身にわかりかけたように思ったので、自分の背後《うしろ》の枕木の一つ一つを念を入れて踏み付けながら引返し初めた。すると間もなく彼の立《たち》佇《ど》まっていた処から四五本目の、古い枕木の一方が、彼の体重を支えかねてグイグイと砂利《ざり》の中へ傾き込んだ。その拍子に他の一端が持ち上って軌条の下縁とスレ合いながら……ガガガ……と音を立てたのであった。

彼はその音を聞くと同時に、タッタ今の笑い声の正体がわかったので、ホッと安心して溜息《ためいき》を吐《つ》いた。それにつれて気が弛《ゆる》んだらしく、頭の毛が一本一本ザワザワザワとして、身体《からだ》中にゾヨゾヨと鳥肌が出来かかったが、彼はそれを打消すように肩を強くゆすり上げた。黒い鞄を二三度左右に持ち換えて、切れるように冷《つ》めたくなった耳《みみ》朶《たぼ》をコスリまわした。それから鼻息の露《つゆ》に濡《ぬ》れた胡麻《ごま》塩髯《しおひげ》を撫《な》でまわして、歪《ゆが》みかけた釣鐘マントの襟《えり》をゆすり直すと、又も、スタスタと学校の方へ線路を伝い初めた。いつも踏切の近くで出会う下りの石炭列車が、モウ来る時分だと思い思い、何度も何度も背後《うしろ》を振り返りながら……。

彼は、それから間もなく、今までの悲しい思出《おもいで》からキレイに切り離されて、好きな数学の事ばかりを考えながら歩いていた。彼自身にとって最も幸福な、数学ずくめの冥想《めいそう》の中へグングンと深入りして行った。

彼の眼には、彼の足の下に後から後から現われて来る線路の枕木の間ごとに変化して行く礫石《バラス》の群れの特徴が、ずっと前に研究しかけたまま忘れかけている函数論《かんすうろん》や、プロバビリチーの証明そのもののように見えて来た。彼は又、枕木と軌条が擦れ合った振動が、人間の笑い声に聞こえて来るまでの錯覚作用を、数理的に説明すべく、しきりに考え廻わしてみた。それは何の不思議もない簡単な出来事で、考えるさえ馬鹿《ばか》馬鹿《ばか》しい事実であったが、しかしその簡単な枕木の振動の音波が人間の鼓膜に伝わって、脳髄に反射されて、全身の神経に伝わって、肌を粟立《あわだ》たせるまでの経路を考えて来ると、最早《もはや》、数理的な頭ではカイモク見当の付けようの無い神秘作用みたようなものになって行くのが、重ね重ね腹が立って仕様がなかった。人間が機関車に正面すると、ちょうど蛇《へび》に魅入《みい》られた蛙《かえる》のように動けなくなって、そのまま、轢《ひ》き殺されてしまうのも、やはり脳髄の神秘作用に違い無いのだが……。一体脳髄の反射作用と、意識作用との間にはドンナ数理的な機構の区別が在るのだろう……。

……突然……彼の眼の前を白いものがスーッと横切ったので、彼は何の気もなく眼をあげてみた。……今頃白い蝶《ちょう》が居るか知らんと不思議に思いながら……けれどもそこいらには蝶々らしいものは愚か、白いものすら見えなかった。

彼はその時に高い、見晴らしのいい線路の上に来ていた。

彼の視線のはるか向うには、線路と一直線に並行して横たわっている国道と、その上に重なり合って並んでいる部落の家々が見えた。それは彼が昔から見慣れている風景に違い無いのであったが、今朝《けさ》はどうした事かその風景がソックリそのまんまに、数学の思索の中に浮き出て来る異常なフラッシュバックの感じに変化しているように思われた。その景色の中の家や、立木や、畠《はたけ》や、電柱が、数学の中に使われる文字や符号……√‾, =, 0, ∞, KLM, XYZ, αβγ, θω, π……なんどに変化して、三角函数が展開されたように……高次方程式の根《こん》が求められた時の複雑な分数式のように……薄黄色い雲の下に神秘的なハレーションを起しつつ、涯《は》てしもなく輝やき並んでいた。形《かた》に表わす事の出来ないイマジナリー・ナンバーや、無理数や、循環《じゅんかん》小数なぞを数限りなく含んで……。

彼は、彼を取巻く野山のすべてが、あらゆる不合理と矛盾とを含んだ公式と方程式にみちみちている事を直覚した。そうして、それ等《ら》のすべてが彼を無言のうちに嘲《あざけ》り、脅《おび》やかしているかのような圧迫感に打たれつつ、又もガックリとうなだれて歩き出した。そうしてそのような非数理的な環境に対して反抗するかのように彼は、ソロソロと考え初めたのであった。

……俺は小さい時から数学の天才であった。

……今もそのつもりでいる。

……だから教育家になったのだ。今の教育法に一大革命を起すべく……児童のアタマに隠れている数理的な天才を、社会に活《い》かして働かすべく……。

……しかし今の教育法では駄目だ。全く駄目なんだ。今の教育法は、すべての人間の特徴を殺してしまう教育法なんだ。数学だけ甲でいる事を許さない教育法なんだ。

……だから今までにドレ程の数学家が、自分の天才を発見し得ずに、闇《やみ》から闇に葬《ほうむ》られ去ったことであろう。

……俺は今日まで黙々として、そうした教育法と戦って来た。そうして幾多の数学家の卵を地上に孵化《ふか》させて来た。

……太郎もその卵の一つであった。

……温柔《おとな》しい、無口な優良児であった太郎は、俺が教えてやるままに、彼独特の数理的な天才をスクスクと伸ばして行った。もう代数や幾何の初等程度を理解していたばかりでなく、自分でLOGを作る事さえ出来た。……彼が自分で貯《た》めたバットの銀紙で球を作りながら、時々その重量と直径とを比較して行くうちに、直径の三乗と重量とが正比例して増加して行く事を、方眼紙にドットして行った点の軌跡《きせき》の曲線から発見し得た時の喜びようは、今でもこの眼に䋝《こび》り付いている。眼を細くして、頰ぺ《ほっ》タを真赤にして、低い鼻をピクピクさせて、偉大なオデコを光らしているその横顔……。

……けれども俺は太郎に命じて、そうした数理的才能を決して他人の前で発表させなかった。学校の教員仲間にも知らせないようにしていた。「又余計な事をする」と云って視学官連中が膨《ふく》れ面《つら》をするにきまっていたから……。……視学官ぐらいに何がわかるものか。彼奴等《きゃつら》は教育家じゃない。タダの事務員に過ぎないのだ。

……ネエ。太郎、そうじゃないか。

……彼奴《やつら》の数学は、生徒職員の数と、夏冬の休暇に支給される鉄道割引券の請求歩合と、自分の月給の勘定ぐらいにしか役に立たないのだ。ハハハ……。

……ネエ。太郎……。

……お父さんはチャント知っているんだよ。お前が空前の数学家になり得る素質を持っていることを……アインスタインにも敗けない位スゴイ頭を持っていることを……。

……しかし、お前自身はソンナ事を夢にも知らなかった。お父さんが云って聞かせなかったから……だから残念とも何とも思わなかったであろう。お父さんの事ばかり思って死んだのであろう……。

……だけども……だけども……。

ここまで考えて来ると彼はハタと立ち停まった。

……だけども……だけども……。

というところまで考えて来ると、それっきり、どうしてもその先が考えられなかった彼は、枕木の上に両足を揃《そろ》えてしまったのであった。ピッタリと運転を休止した脳髄の空虚を眼球のうしろ側でジイッと凝視しながら……。

それは彼の疲れ切って働けなくなった脳髄が、頭蓋骨《ずがいこつ》の空洞の中に作り出している、無限の時間と空間とを抱擁《ほうよう》した、薄暗い静寂であった。どうにも動きの取れなくなった自我意識の、底知れぬ休止であった。どう考えようとしても考えることの出来ない……。

彼は地底の暗黒の中に封じ込められているような気持になって、両眼を大きく大きく見開いて行った。しまいには瞼《まぶた》がチクチクするくらい、まん丸く眼の球《たま》を剥《む》き出して行ったが、そのうちにその瞳の上の方から、ウッスリと白い光線がさし込んで来ると、それに連れて眼の前がだんだん明るくなって来た。

彼の眼の前には見覚えのある線路の継目と、節穴の在る枕木と、その下から噴き出す白い土に塗《まみ》れた砂利の群れが並んでいた。

そこは太郎が轢《ひ》かれた場所に違い無いのであった。

彼は徐《おもむ》ろに眼をあげて、彼の横に突立っているシグナルの白い柱を仰いだ。黒線の這入《はい》った白い横木が、四十五度近く傾いている上に、ピカピカと張り詰められている鋼鉄色の青空を仰いだ。そうして今一度、吾児《わがこ》の血を吸い込んだであろう足の下の、砂利の間の薄暗がりを、一つ一つに覗《のぞ》き込みつつ凝視した。その砂利の間の薄暗がりから、頭だけ出している小さな犬蓼《いぬたで》の、血よりも紅《あか》い茎の折れ曲りを一心に見下していた。

……だけども……だけども……。

という言葉によって行き詰まらせられた脳髄の運転の休止が、又も無限の時空を抱《ほう》擁《よう》しつつ、彼の頭の上に圧《の》しかかって来るのを、ジリジリと我慢しながら……どこか遠い処で、ケタタマシク吹立《ふきた》てていた非常汽笛が、次第次第に背後に迫って来るのを、夢うつつのように意識しながら……。

……だけども……だけども……。

と考えながら彼は自分の額《ひたい》を、右手でシッカリと押え付けてみた。

……だけども……だけども……。

……今まで俺が考えて来た事は、みんな夢じゃないか知らん。……キセ子が死んだのも、悴《せがれ》が轢《ひ》き殺されたのも……それからタッタ今まで考え続けて来た色々な事も、みんな頭を悪るくしている俺の幻覚に過ぎないのじゃないか知らん。神経衰弱から湧《わ》き出した、一種のあられもないイリュージョンじゃないかしらん……。

……イヤ……そうなんだそうなんだ……イリュージョンだイリュージョンだ……。

……俺は一種の自己催眠にかかってコンナ下らない事を考え続けて来たのだ。俺の神経衰弱がこの頃だんだん非道《ひど》くなって来たために、自己暗示の力が無暗《むやみ》に高まって来たお蔭でコンナみじめな事ばかり妄想するようになって来たのだ。

……ナアーンダ。……何でもないじゃないか……。

……妻のキセ子も、子供の太郎も、まだチャンと生きているのだ。太郎はモウ、とっくの昔に学校に行き着いているし、キセ子は又キセ子で、今頃は俺の机の上にハタキでも掛けているのじゃないか。あの大切な「小学算術」の草案の上に……。

……アハハハハハ……。

……イケナイイケナイ。こんな下らない妄想に囚《とら》われていると俺はキチガイになるかも知れないぞ……。

……アハ……アハ……アハ……。

彼はそう思い思い、スッカリ軽い気持になって微笑しいしい、又も上半身を傾けて、線路の上を歩き出そうとした。するとその途端に、思いがけない背後から、突然非常な力で……グワーン……とドヤシ付けられたように感じた。そうしてタッタ今、凝視していた砂利《バラス》の上に、何の苦もなく突き倒されたように思ったが、その瞬間に彼は真黒な車輪の音も無い廻転と、その間に重なり合って閃《ひら》めき飛ぶ赤い光明《こうみよう》のダンダラ縞《じま》を認めた。……と思ううちに後頭部がチクチク痛み初めて、眼の前がグングン暗くなって来たので、二三度大きく瞬《まばたき》をしてみた。

……お父さんお父さんお父さんお父さん……。

と呼ぶ太郎のハッキリした呼び声が、だんだんと近付いて来た。そうして彼の耳の傍まで来て鼓膜の底の底まで泌《し》み渡ったと思うと、そのままフッツリと消えてしまったが、しかし彼はその声を聞くと、スッカリ安心したかのように眼を閉じて、投げ出した両手の間の砂利の中にガックリと顔を埋めた。そうしてその顔を、すこしばかり横に向けながらニッコリと白い歯を見せた。

「……ナアーンダ。お前だったのか……アハ……アハ……アハ……」

あやかしの鼓《つづみ》

私は嬉《うれ》しい。「あやかしの鼓《つづみ》」の由来を書いていい時機が来たから……

「あやかし」という名前はこの鼓の胴が世の常の桜や躑躅《つつじ》と異《ちが》って「綾《あや》になった木目を持つ赤樫《あかがし》」で出来ているところからもじったものらしい。同時にこの名称は能楽でいう「妖怪《アヤカシ》」という意味にも通《かよ》っている。

この鼓はまったく鼓の中の妖怪である。皮も胴もかなり新らしいもののように見えて実は百年ばかり前に出来たものらしいが、これをしかけて打ってみると、ほかの鼓の、あのポンポンという明るい音とはまるで違った、陰気な、余韻のない……ポ……ポ……という音を立てる。

この音は今日迄《こんにちまで》の間に私が知っているだけで六七人の生命を呪《のろ》った。しかもその中の四人は大正の時代にいた人間であった。皆この鼓の音を聞いたために死を早めたのである。

これは今の世の中では信ぜられぬことであろう。それ等の呪われた人々の中で、最近に問題になった三人の変死の模様を取り調べた人々が、その犯人を私——音丸久弥《おとまるきゅうや》と認めたのは無理もないことである。私はその最後の一人として生き残っているのだから……。

私はお願いする。私が死んだ後《のち》にどなたでもよろしいからこの遺書を世間に発表していただきたい。当世の学問をした人は或《あるい》は笑われるかも知れぬが、しかし……。楽器というものの音が、どんなに深く人の心を捉《とら》えるものであるかということを、本当に理解しておられる人は私の言葉を信じて下さるであろう。

そう思うと私は胸が一パイになる。

今から百年ばかり前のこと京都に音丸久能《くのう》という人がいた。

この人はもとさる尊とい身分の人の妾腹《しょうふく》の子だという事であるが、生れ付き鼓をいじることが好きで若いうちから皮屋へ行っていろいろな皮をあつらえ、また材木屋から様々の木を漁《あさ》って来て鼓を作るのを楽しみにしていた。そのために親からは疎《うと》んぜられ、世間からは蔑《さげ》すまれたが、本人はすこしも意としなかった。その後さる町家から妻を迎えてからは、とうとうこれを本職のようにして上《うえ》つ方《がた》に出入りをはじめ、自ら鼓の音に因《ちな》んだ音丸という苗字《みょうじ》を名宣《なの》るようになった。

久能の出入り先で今大路《いまおおじ》という堂上方《どうじょうがた》の家に綾姫《あやひめ》という小鼓に堪能《たんのう》な美人がいた。

この姫君はよほどいたずらな性質《たち》で色々な男に関係したらしく、その時既に隠し子まであったというが、久能は妻子ある身でありながら、いつとなくこの姫君に思いを焦《こ》がすようになった揚句《あげく》、ある時鼓の事に因《よ》せて人知れず云《い》い寄った。綾姫は久能にも色よい返事をしたのであった。しかしそれとてもほんの一時のなぐさみであったらしく、間もなく同じ堂上方で、これも小鼓の上手ときこえた鶴原卿《つるはらきょう》というの へ嫁《かた》づくこととなった。

これを聞いた久能は何とも云わなかった。そうしてお輿《こし》入《い》れの時にお道具の中に数えて下さいといって自作の鼓を一個さし上げた。

これが後《のち》の「あやかしの鼓」であった。

鶴原家に不吉なことが起ったのもそれからのことであった。

綾姫は鶴原家に嫁づいて後その鼓を取り出して打って見ると、尋常と違った音色が出たので皆驚いた。それは恐ろしく陰気な、けれども静かな美くしい音であった。

綾姫はその後何と思ったか、一室《ひとま》に閉じこもってこの鼓を夜となく昼となく打っていた。そうして或る朝何の故《ゆえ》ともなく自害をして世を早めた。するとそれを苦に病んだものかどうかわからぬが、鶴原卿もその後病気勝ちになって、或る年関東へお使者に行った帰り途《みち》に浜松とかまで来ると血を吐いて落命した。今でいう結核か何かであったろう。その跡目は卿の弟が継いだそうである。

しかしその鼓を作った久能も無事では済まなかった。久能はあとでこの鼓をさし上げたことを心から苦にして、或る時鶴原卿の邸内へ忍び入ってこの鼓を取り返そうとすると、生憎《あいにく》その頃召し抱えられた左近という若侍に見付けられて肩先を斬《き》られた。そのまま久能は鼓を取り得ずに逃げ帰って間もなく息を引き取ったが、その末期《いまわ》にこんなことを云った。

「私は私があの方に見すてられて空虚《うつろ》となった心持ちをあの鼓の音《ね》にあらわしたのだ。だから生き生きとした音を出させようとして作った普通《なみ》の鼓とは音色が違う筈《はず》である。私はこれを私の思うた人に打たせて『生きながら死んでいる私』の心持ちを思い遣《や》ってもらおうと思ったのだ。ちっとも怨《うら》んだ心持ちはなかった。その証拠にはあの鼓の胴を見よ。あれは宝の木といわれた綾模様の木目を持つ赤樫の古材で、日本中に私の鑿《のみ》しか受け付けない木だ。その上に外側の蒔絵《まきえ》まで宝づくしにしておいた。あれはお公卿《くげ》様というものが貧乏なものだから、せめてあの方の嫁《ゆ》かれた家《うち》だけでも、お勝手《かって》許《もと》の御都合がよいようにと祈る心からであった。それがあんなことになろうとは夢にも思い設けなんだ。誰でもよい。私が死に際《ぎわ》のお願いにあの鼓を取り返して下さらんか。そうして又と役に立たんように打ち潰《つぶ》して下さらんか。どうぞどうぞ頼みます」

これが久能の遺言となったが、誰も鶴原家に鼓を取り返しに行く者なぞなかった。それどころでなく変死であったので、ごく秘密で久能の死骸《しがい》を葬《ほうむ》った。

しかしこの遺言はいつとなく噂《うわさ》となって世間に広まり、果は鶴原家の耳にも入るようになった。鶴原家ではそれからその鼓をソックリ箱に蔵《おさ》めて、土蔵の奥に秘めて虫干しの時にも出さないようにした。それと一緒に誰云うとなく「あやかしの鼓」という名が附いて、その箱の蓋《ふた》を開いただけでも怪しいことがある……その代りこの鼓を持ち伝えてさえおれば家《うち》の中に金が湧《わ》くと言い伝えられた。そのおかげかどうかわからぬが、その後の鶴原家には別に変ったこともなく却《かえ》ってだんだんと勝手向きもよくなって維新後は子爵《ししやく》を授けられたが、大正の初めになると京都を引き上げて東京の東中野に宏大《こうだい》な邸《やしき》を構えた。

これと反対に綾姫の里方の今大路家はあまり仕合せがよくなかった。綾姫が鶴原家に嫁《かた》づいたあとで、血統《ちすじ》が絶えそうになったが綾姫の隠し子があったのを探し出して表向きを都合よくして、やっと跡目を立てたような始末であった。しかしその後次第に零落してしまって維新後はどうなったか、わからなくなっているという。

こうして「あやかしの鼓」に関係のある二軒の家が一軒は栄え一軒は落ちぶれてい

る一方に、音丸久能の子の久伯《きゆうはく》と、その子の久意《きゆうい》は久能のあとを継いで鼓いじりを商売にしてどうにか暮しているにはいた。けれども二人とも久能の遺言を本気に受けて鶴原家からアヤカシの鼓を引き取ろうというようなことはしなかった。

この久能の孫の久意が私の父であった。

私の父は京都にいる時分から鼓の修繕《ていれ》や仲買い見たようなことをやっていた。けれども手職《てしよく》が出来たらしい割りにお客の取り付きがわるく、最初に生れた男の子の久禄《きゆうろく》というのは生涯音信不通で、六ツの年に他家《よそ》へ遣るという有り様であった。これを東京の九段におられる能小鼓の名人で高林弥九郎《やくろう》という人が見かねて東京に呼び寄せ、牛込の筑土《つくど》八幡《はちまん》の近くに小さな家《うち》を借りて住まわせて下すったので父はやっと息を吐《つ》いたという事である。

しかし明治三十六年になって母が私を生み残して死ぬと、どうしたものか父は仕事を怠け初めて貸本ばかり読むようになった。それから大正三年の夏に脊髄《せきずい》病に罹《かか》って大正五年の秋まで足かけ三年の間私に介抱されたあげく肺炎で死んだ。その時が五十五であった。

その死ぬすこし前のことであった。

私が復習《おさらえ》を済ましてから九段の老先生から貸りて来た「近世説美少年録」という本

を読んできかせようとすると父は、

「ちょっと待て、今日はおれが面白い話をしてきかせる」

と云いながらポツポツと話し出した。それが「アヤカシの鼓」の由来で私にとっては全く初耳の話であった。

……ところで……

と父は白湯《さゆ》を一パイ飲んで話し続けた。

「……実はおれもこの話をあまり本気にしなかった。名高い職人にはよくそんな因縁ばなしがくっついているものだから……東京に来ても鶴原家がどこにあるやら気も付かず、また考えもしなかった。

すると今から三年ばかり前の春のこと、朝早くおれが表を掃いていると二十歳《はたち》ばかりの若い美しいいいからさんが来て、この鼓の調子を出してくれと云いながら綺麗《きれい》な皮と胴を出した。おれは何気なく受け取って見ると驚いた。胴の模様は宝づくしで材木は美事な赤樫だ。話にきいた『あやかしの鼓』に違いないのだ。そのはいいからさんはその時こんなことを云った。

「私は中野の鶴原家のもので九段の高林先生の処《ところ》でお稽古《けいこ》を願っているものだが、この鼓がうちにあったから出して打って見たんだけど、どうしても音《ね》が出ない。何でもよっぽどいい鼓だと云い伝えられているのだから、音が出ない筈はないと思うのだけど」

と云うんだ。おれは試しに

「ヘエ。その云い伝えとはどんなことで……」

と引っかけて見たが奥さんはまだ鶴原家に来て間もないせいか、詳しいことは知らないらしかった。只《ただ》、

「赤ん坊のような名前だったと思います」

と云ったのでおれはいよいよそれに違いないと思った。おれはその鼓を一先《ひとま》ず預ることにして別嬪《べっぴん》さんをかえした。そのあとですぐに仕かけて打って見ると……おれは顫《ふる》え上った。これは只の鼓じゃない。祖父《じい》さんの久能の遺言は本当であった。鶴原家に祟《たた》るというのも嘘《うそ》じゃないと思った。

とはいうものの鶴原家がこの鼓を売るわけはないし、どんなに考えてもこっちのものにする工夫が附かなかったので、おれはそのあくる日中野の鶴原家に鼓を持って行って奥さんに会ってこんな嘘を吐《つ》いた。

「この鼓はどうもお役に立ちそうに思えませぬ。第一長い事打たずにお仕舞《しま》いおきになっておりましたので皮が駄目になっております。胴もお見かけはまことに結構に出

来ておりますが、材が樫で御座いますからちょっと音《ね》が出かねます。多分これは昔の御縁組みの時のお飾り道具にお用い遊ばしたものと存じますが……その証拠には手擦《カンニユウ》があまり御座いませんので……お模様も宝づくしで御座いますから……」

これは家業の一番六《むず》かしいところで、こっちの名を捨ててお向う様のおためを思わねばならぬ時のほか、滅多に吐《つ》いてはならぬ嘘なのだ。ところが若い奥さんはサモ満足そうにうなずいたよ。

「妾《わたし》もおおかた、そんな事だろうと思ったヨ。妾の手がわるいのかと思っていたけど、それを聞いて安心しました。じゃ大切《だいじ》にして仕舞っておきましょう」

って云って笑ってね。十円札を一枚、無理に包んでくれたよ。それから間もなく俺は脊髄にかかって仕事が出来なくなったし、その奥さんも別に仕事を持って来なかった。

けれども俺は何となく気になるから、その後九段へ伺うたんびに内弟子の連中から鶴原家の様子を聞き集めて見ると……どうだ……。

鶴原の子爵様というのは元来、お家柄自慢の気の小さい人で、なかなかお嫁さんが定《き》まらないために三十まで独身《ひとりみ》でいた位だったそうだが、その前の年の暮にチョットした用事で大阪へ行くと、世間でいう魔がさしたとでもいうのだろう。どこで見初《みそ》めたものか今の奥さんに思い付かれて夢中になったらしく、とうとう子爵家へ引っぱり込んでしまった。するとその奥さんの素性《すじよう》がわからないというので、親類一統から義絶された揚げ句、京都におれなくなって、東京の中野に移転して来たものだった。

ところでそれはまあいいとしてその奥さんは、名前をたしかツル子さんといったっけが……東京へ越して来て鼓のお稽古を初めると間もなく、子爵様の留守の間《ま》に、お附きの女中が青くなって止めるのもきかないで『あやかしの鼓』を出して打って見たものだ。それをあとから子爵様が聞いてヒドク叱《しか》ったそうだが、それを気に病んだものか子爵様は間もなく癇《かん》が昂《たか》ぶり出して座敷牢《ざしきろう》みたようなものの中へ入れられてしまった。それからツル子夫人は中野の邸を売り払って麻布《あざぶ》の笄町《こうがいちょう》に病室を兼ねた小さな家《うち》を建てて住んだものだが、そうして病人の介抱をしいしい若先生のところへお稽古に来ているうちに子爵様はとうとう糸のように痩《や》せ細って、今年の春亡《な》くなってしまった。

そうすると鶴原の未亡人《ごけさん》は、そのあとへ、自分の甥《おい》とかに当る若い男を連れて来て跡目にしようとしたが、鶴原の親類はみんなこの仕打ちを憤《おこ》ってしまって、お上《かみ》に願って華族の名前を除くといって騒いでいる。おまけに若未亡《わかごけ》のツル子さんについても、よくない噂ばかり……ドッチにしても鶴原家のあとは断絶《たえ》たと同様になってしまった。

おれは誰にも云わないが、これはあの『あやかしの鼓』のせいだと思う。そうして、それにつけておれはこの頃から決心をした。お前は俺の子だけあって鼓のいじり方がもうとっくにわかっている。今にきっと打てるようになると思う。けれども俺はお前に云っておく。お前はこれから後《のち》、忘れても鼓をいじってはいけないぞ。これは俺の御幣担《ごへいかつ》ぎじゃない。鼓をいじると自然いい道具が欲しくなる。そうしておしまいにはキットあの鼓に心を惹《ひ》かされるようになるから云うんだ。あのアヤカシの鼓は鼓作りの奥儀《おうぎ》をあらわしたものだからナ……。そうなったらお前は運の尽きだ。あの鼓の音をきいて妙な気もちにならないものはないのだから。狂人《きちがい》になるか変人になるかどっちかだ。お前は勉強をしてほかの商売人か役人かになって東京からずっと離れた処へ行け。鶴原家へ近寄らないようにしろ。おれはこのごろこの事ばかり気にしていた。いずれ老先生にもよくお願いしておくつもりだが、お前がその気にならなければ何にもならない。いいか……忘れるな……」

私はお伽噺《とぎばなし》でも聞くような気になってこの話を聞いていた。しかし別段鼓打ちになろうなぞとは思わなかったから、温柔《おとな》しくうなずいてばかりいた。

父は安心したらしかった。

その年の秋に父が死んで九段の老先生の処へ引き取られると、間もなく私は丸々と肥《ふと》って元気よく富士見町小学校へ通い続けた。「あやかしの鼓」の話なぞは思い出しもしなかった。

老先生は小柄な、日に焼けた、眼の光りの黒いお爺《じい》さんであった。年はその時が六十一で還暦のお祝いがその春にある筈であったのが、思いがけなく養子の若先生が家出をされたのでその騒ぎのためにおやめになった。

若先生は名を靖二郎《やすじろう》といった。私は会ったことがないが老先生と反対にデップリと肥った気の優しい人で、鼓の音《ね》ジメのよかった事、東京や京阪で催しのある毎《ごと》に一流の芸者がわざわざ聞きに来た位であったという。家出された時が二十歳《はたち》であったが着のみ着のままで遺書《かきおき》なぞもなく、また前後に心当りになるような気配もなかったので探す方では途方に暮れた。一方に気の早い内弟子はもう後釜《あとがま》をねらって暗闘を初めているらしい事なぞをおしゃべりの女中からきいた。

「あなたが大方あと継ぎにおなりになるんでショ」なぞとその女中は云った。

しかし老先生は私に鼓打ちになれなぞとは一口も云われなかった。只無暗《むやみ》に可愛《かわい》がって下さるばかりであった。

けれども家《うち》が家《うち》だけに鼓の音《ね》は朝から晩まで引っ切りなしにきこえた。そのポンポンポンという音をウンザリする程きかされているうちに私の耳は子供ながら肥えて来た。初めいい音だと思ったのがだんだんつまらなく思われるようになった。内弟子の中で一番上手だという者の鼓の音〆《ねじめ》はほかの誰のよりもまん丸くて、キレイで、品がよかったがそれでも私は只美しいとしか感じなかった。もうすこし気高い……神様のように静かな……又は幽霊の声のように気味のわるい鼓の音はないものか知らん……などと空想した。

私は老先生の鼓が聞きたくてたまらなくなった。

しかし老先生が打たれる時は舞台か出稽古の時ばかりで、うちでは滅多に鼓を持たれなかった。一方に私も学校へ通っていたので、高林家へ来て暫《しばら》くの間は一度も老先生の鼓をきくことが出来なかった。只一度正月のお稽古初めの時に吉例の何とかいうものを打たれたそうであるが、その時は生憎お客様のお使いをしていたために聞き損ねた。

こうして一夜明けた十六の年の春、高等二年の卒業免状を持って九段に帰ると、私はすぐ裏二階の老先生の処へ持って行ってお眼にかけた。すると向うむきになって朱筆で何か書いておられた老先生はふり返ってニッコリしながら、

「ウム。よしよし」

とおっしゃって茶托に干菓子《ひがし》を山盛りにして下さった。それをポツポツ喰べている私の顔を老先生はニコニコして見ておられたが、やがて床の間の横の袋戸から古ぼけた鼓を一梃《ちよう》出して打ち初められた。

その、、、《チチチ》〇〇〇《ポポポ》という音をきいた時、私はその気高さに打たれて髪の毛がゾーッとした。何だか優しいお母さんに静かに云い聞かされているような気もちになって胸が一パイになった。

「どうだ鼓を習わないか」

と老先生は真白な義歯《いれば》を見せて笑われた。

「ハイ、教えて下さい」

と私はすぐに答えた。そうしてその日から安っぽい稽古鼓で「三ツ地《じ》」や「続け」の手を習った。

けれども私の鼓の評判はよくなかった。第一調子が出ないし、間《ま》や呼吸なぞもなっ

ていないといって内弟子からいつも叱られた。

「大飯を喰うから頭が半間《はんま》になるんだ。おさんどん見たいに頰《ほっ》ペタばかり赤くしやがって……」

なぞと寄ってたかって笑い物にした。けれども私はちっとも苦にならなかった。——鼓打ちなんぞにならなくてもいい。老先生が死なれるまで介抱をして御恩報じをしたら、あとは坊主《ぼうず》になって日本中を旅行してやろう——なぞと思っていたから、なおのこと大飯を喰って元気を養った。

その年が過ぎて翌年の春のおしまいがけになると、若先生はいよいよ亡くなられたことにきまったので、極《ご》く内輪でお菓子とお茶ばかりの御法事が老先生のお室《へや》であった。その席上で老先生の親類らしい胡麻《ごま》塩のおやじが、

「早く御養子でもなすっては……」

と云ったら並んでいる内弟子の三四人が一時に私の方を見た。老先生は苦笑いをされた。

「サア。靖《やす》（若先生）のあとは、ちょっとありませんね。ドングリばかりで……」

とみんなの顔を一渡り見られた。内弟子はみんな真赤になった。

私はこの時急に若先生に会って見たくなった。——きっとどこかに生きておられる

に違いない。そうして鼓を打っておられるような気がする。その音《ね》がききたいな――と夢のようなことを考えながら、老先生のうしろにある仏壇のお燈明《とうみよう》の間に白く光っている若先生のお位牌《いはい》を見ていると、不意に、

「その久弥さんはどうです」

と胡麻塩おやじが又出しゃばって云ったので私は胸がドキンとした。

「イヤ。これはいわば『鼓の唖《おし》』でね……調子がちっとも出ないたちです。生涯鳴らないかも知れません。こんなのは昔から滅多にいないものですがね」と云いながら私の頭を撫《な》でられた。私もとうとう真赤になった。

「その児《こ》はものになりましょうか」

と内弟子の中の兄さん株が云った。吹き出したものもあった。

「物になった時は名人だよ」

と老先生は落ち付いて云われた。みんなポカンとした顔になった。

みんなが裏二階を降りると老先生は私に取っときの羊羹《ようかん》を出して下さった。そうして長い煙管《きせる》で刻煙草《きざみ》を吸いながらこんなことを云われた。

「お前はなぜ鼓の調子を出さないのだえ。いい音《ね》が出せるのに調子紙を貼《は》ったり剝《は》が

したりして音色を消しているが、どうしてお前はあんなことをするのだえ」

私はおめず臆《おく》せず答えた。

「僕の好きな鼓がないんです。どの鼓もみんな鳴り過ぎるんです」

「フーン」

と老先生はすこし御機嫌がわるいらしく、白い煙を一服黒い天井の方へ吹き出された。

「じゃどんな音色が好きなんだ」

「どの鼓でもポンポンポンって『ン』の字をいうから嫌なんです。ポンポンの『ン』の字をいわない……ポ……ポ……ポ……という響のない……静かな音を出す鼓が欲しいんです」

「……フーム……おれの鼓はどうだえ」

「好きです僕は……。けれどもポオ……ポオ……ポオ……といいます。その『オ』の字も出ない方がいいと思うんです」

老先生は又天井を向いてプーッと煙を吹きながら、眼をショボショボと閉じたり明けたりされた。

「先生」と私はいくらか調子に乗って云った。

「鶴原様のところに名高い鼓があるそうですが、あれを借りてはいけないでしょうか」

「飛んでもない」

と老先生は私の顔を見られた。私はこの時ほど厳重な老先生の顔を見たことがなかった。私はうなだれて黙り込んだ。

「あの鼓を出すとあの家《うち》に不吉なことがあるというじゃないか。たとい嘘にしろ他人の家に災難があるようなことを望むものじゃないぞ。いいか。気に入った鼓がなければ生涯舞台に出ないまでのことだ」

私は生れて初めて老先生にこんなに叱られて真青になった。けれども心から恐れ入ってはいなかった。

「あやかしの鼓」が私のあこがれの的となったのはこの時からであった。

それから間もなく老先生は私を高林家の後嗣《あとつぎ》にきめられて披露をされた。内弟子たちはみんな不承不承に私を若先生と云った。

しかし私は落胆《がっかり》した。――とうとう本物の鼓打ちになるのか。一生涯下手糞《へたくそ》の御機嫌を取って暮さなければならないのか。――と思うとソレだけでもウンザリした。

——老先生の御恩に背いてはならぬぞ——と、いつも云って聞かせた父の言葉が恨《うら》めしかった。同時に若先生が家出をされた原因もわかったような気がして、若先生に対するなつかしさがたまらなく弥増《いやま》した。しかし若先生に会いたいという望みは「あやかしの鼓」を見たいという望みよりももっと果敢《はか》ない空想であった。

私は相も変らず肥え太りながらポコリポコリという鼓を打った。

こうして大正十一年——私が二十一歳の春が来た。その三月のなかばの或る日の午後、老先生は私を呼び付けて、

「これを鶴原家へ持ってゆけ」と四角い縮緬《ちりめん》の風呂敷《ふろしき》包みを渡された。

鶴原家ときくとすぐに例の鼓のことを思い出したので、私は思わず胸を躍らせて老先生の顔を見た。老先生もマジマジと私の顔を見ておられたが、

「誰にも知れないようにするんだよ。家《うち》は笄町の神道本局の筋向うだ。樅《もみ》の木に囲まれた表札も何もない家《うち》だ」と眼をしばたたかれた。

私は鳥打に紺飛白《こんがすり》、小倉袴《こくらばかま》、コール天の足袋、黒の釣鐘マントに朴歯《ほおば》の足駄といういでたちでお菓子らしい包みを平らに抱えながら高林家のカブキ門を出た。

麻布笄町の神道本局の桜が曇った空の下にチラリと白くなっていた。その向うに樅の木立ちにかこまれた陰気な平屋建てがある。セメントの高土塀にも檜《ひのき》作りの玄関に

も表札らしいものが見えず、軒燈の丸い磨硝子《すりガラス》にも何とも書いてない。この家《うち》だと思いながら私は前の溝川《どぶがわ》に架かった一間ばかりの木橋を渡った。

玄関の格子戸《こうしど》をあけると間もなく障子《しょうじ》がスーッと開《あ》いて、私より一つか二つ上位に見える痩せこけた紺飛白の書生さんが顔を出して三つ指をついた。髪毛《かみのけ》をテカテカと二つに分けて大きな黒眼鏡をかけている。

「鶴原様はこちらで……私は九段の高林のうちのものですが……老先生からこれを……」

と菓子箱を風呂敷ごとさし出した。

書生さんは受け取って私の顔をチラリと見たが、私の眼の前で風呂敷を解くと中味は杉折りを奉書《ほうしょ》に包んだもので黒の水引がかかっていて、その上に四角張った字で「妙音院高誉靖安居士……七回忌」と書いた一寸幅位の紙切《かみきれ》が置いてあった。

私はオヤと思った。ちょっとも気が付かずに持って来たが、これは若先生の七回忌のお茶だ。若先生の御法事はごく内輪で済まされていて、素人弟子《しろうと》には全く知らせないことになっていたのに老先生は何でこんなことをなさるのであろう。鶴原未亡人が差し出てお香典でも呉《く》れたのか知らんと思いながら見ていると、書生さんもその戒名を手に取って青白い顔をしながら何べんも読み返している。何だか様子が変なあんばいだ。

そのうちに書生さんはニッと妙な笑い方をしながら私の顔を見て、

「どうも御苦労様です……ちょっとお上りになりませんか……今私一人ですが……」

と云った。その声は非常に静かで女のような魅力があった。私はどうしようかと思った。上ってはいけないような気がする一方に、何だか上りたくてたまらぬような気がして立ったまま迷っていると書生さんは箱を抱えて立ち上りがけに躊躇《ちゅうちょ》しいしい又云った。

「……いいでしょう……それに……すこしお頼みしたいことも……ありますから」

私は思い切って下駄を脱いだ。書生さんは私を玄関の横の、もと応接間だったらしい押し入れのない室《へや》に連れ込んだ。見ると八畳の間一パイに新聞や小説や雑誌の類《たぐい》が柳行李《やなぎごうり》や何かと一緒に散らばっていて、真中の鉄瓶のかかった瀬戸物の大火鉢のまわりすこしばかりしか坐《すわ》るところがない。書生さんはそこいらに散らばっている茶器を押し除《の》けて、奥から座布団《ざぶとん》を持って来て私にあてがうと、

「私は妻木《つまき》というものです。鶴原の甥です」

と挨拶《あいさつ》をした。

さてはこの人がそうかと思いながら私は改めて頭を下げていると、妻木君はその物

ごしのやさしいのにも似ず、私が見ている前で杉折りをグッと引き寄せるとポツンと水引を引き切った。オヤと思ううちに蓋をあけて中にある風月のモナカを一つ抓《つま》んで自分の口に入れてから私の方にズイと押し進めた。

「いかがです」

私は少々度胆を抜かれた。しかしそのうちに妻木君の唇の両端が豆腐のように白く爛《ただ》れているのに気が付くと、やっとわかった。妻木君は甘い物中毒で始終こんなことをやっているのだ。そのために胃をメチャメチャに壊しているのだ。そうして、かかり合いにするつもりで私を呼び上げたものらしい。用事とはこの事かと思うと私は急にこの青年と心安くなったような気がしてすすめられるままに手を出した。

ところが妻木君の喰い方の荒っぽいのには又流石《さすが》の私も舌を捲《ま》かれた。初めに四つ五つ私を追い越して喰っているばかりでなく、私が三つ喰ううちに四つか五つの割りで頬張って飲み込むので、見る見るうちに箱の半分以上が空っぽになってしまった。

私はとうとう兜《かぶと》を抜いで茶を一パイ飲んだ。すると妻木君はあと二つばかり口に入れてから、うしろの書物の間から古新聞を出して、その中に残ったモナカの二十ばかりをザラザラとあけてグルグルと包んで書物のうしろに深く隠した。それから杉折りを取り上げるとペキンペキンと押し割って薪《まき》のように一束にして、戒名と一緒に奉書の紙に包んだ上から黒水引きでグルグル巻きに縛った。

「どうも済みませんが……」と妻木君はそれを私の前に差し出した。

「これをお帰りの時にどこかへ棄《す》ててくれませんか」

それを私が微笑しながら受け取ると、妻木君の顔が小児《こども》のように輝やいた。そうして前よりも一層丁寧に云った。

「それからですね。ほんとに済みませんけどもこの事はお宅の先生へも秘密にしてくれませんか」

私は思わず吹き出すところであった。

「えええ大丈夫です。僕からもお願いしたい位です」

「有り難う御座います。御恩は死んでも忘れません」

と云いつつ妻木君は不意に両手をついて頭を畳にすりつけた。

その様子があまり馬鹿《ばか》丁寧で大袈裟《おおげさ》なので私は又変な気もちになった。鶴原子爵は狂気《きちがい》で死んだというがこの青年も何だか様子が変である。ことによるとやっぱり「あやかしの鼓」に呪われているのじゃないかと思った。

しかしそう思うと同時に又「あやかしの鼓」が見たくてたまらなくなって来た。しかもそれを見るのには今が一番いい機会じゃないかというような気がしはじめた。

「この人に頼んだらことに依《よ》ると『あやかしの鼓』を見せてくれるかも知れない。今がちょうどいいキッカケだ。そうして今よりほかにその時機がないのだ。この家《うち》に又来ることがあるかないかはわからないのだから」

と考えたが一方に何だか恐ろしく気が咎《とが》めるようにもあるので、心の中で躊躇しいしい妻木君の顔を見ていると、妻木君も黒い眼鏡越しに私の顔をジッと見ている。そうして何の意味もないらしい微笑をフッと唇のふちに浮かべた。私はその笑顔に釣り込まれたようにポツンと口を利《き》いた。

「『あやかしの鼓』というのがこちらにおありになるそうですが……」

妻木君の笑顔がフッと消えた。私は勇を鼓して又云った。

「すみませんが内密で僕にその鼓を見せて頂けないでしょうか」

「…………」

妻木君は返事をしないで又も私の顔をシゲシゲと見ていたが、やがて今までよりも一層静かな声で云った。

「およしなさい。つまらないですよあの鼓は……変な云い伝えがあるのでね、鼓の好きな人の中には見たがっている人もあるようですがね……」

「ヘエ」と私は半ば失望しながら云った。こんな書生っぽに何がわかるものかと思いながら……すると妻木君は私をなだめるように、いくらか勿体《もったい》ぶって云った。

「あんな伝説なんかみんな迷信ですよ。あの鼓の初めの持ち主の名が綾姫といったもんですから謡曲の『綾の鼓』だの能仮面の『あやかしの面』などと一緒にして捏《でっ》ち上げた碌《ろく》でもない伝説なんです。根も葉もないことです」

「そうじゃないように聞いているんですが」

「そうなんです。あの鼓は昔身分のある者のお嫁入りの時に使ったお飾りの道具でね。音《ね》が出ないものですから皆怪しんでいろんなことを……」

私はここまで聞くと落ち付いて微笑しながら妻木君の言葉を押し止《とど》めた。

「ちょっと……そのお話は知っています。それはこちらの奥さんが或る鼓の職人から欺《だま》されていらっしゃるのです。その職人はこの家《うち》のおためを思ってそう云ったのです。本当はとてもいい鼓……」

と云いも終らぬうちに妻木君の表情が突然物凄《ものすご》いほどかわったのに驚いた。眉《まゆ》が波打ってピリピリと逆立った。口が力なくダラリと開くとまだモナカの潰《つぶ》し餡《あん》のくっ付いている荒れた舌がダラリと見えた。

私は水を浴びたようにゾッとした。これはいけない。この青年はやっぱり気が変なのだ。それも多分あやかしの鼓に関係した事かららしい。飛んでもないことを云い出した……と思いながらその顔を見詰めていた。

けれどもそれはほんの一寸の間《ちょっとま》のことであった。妻木君の表情は見る見るもとの通りに冷たく白く落ち付くと同時に、ふるえた長い溜め息《たいき》がその鼻から洩《も》れた。それから眼と唇を閉じて腕を拱《く》んでジッと何か考えていたが、やがて眼を開くと同時にハッキリした口調で云った。

「承知しました。お眼にかけましょう」

「エッ見せて下さいますか」と私は思わず釣り込まれて居住居《いずまい》を直した。

「けれども今日は駄目ですよ」

「いつでも結構です」

「その前にお尋ねしたいことがあります」

「ハイ……何でも」

「あなたはもしや音丸という御苗字ではありませんか」

私はこの時どんな表情《かおつき》をしたか知らない。唯《ただ》妻木君の顔を穴のあく程見詰めてやっとのことうなずいた。そうして切れ切れに尋ねた。

「……どうして……それを……」

妻木君は深くうなずいた。悄然《しょうぜん》として云った。

「しかたがありません。私は本当のことを云います。あなたのお家《うち》の若先生から聞きました。私は若先生にお稽古を願ったものですが……」

私はグッと唾《つば》を飲み込んだ。妻木君の言葉の続きを待ちかねた。

「……若先生は伯母《おば》からあの鼓のことを聞かれたのです。あの鼓はほんのお飾りでホントの調子は出ないものだと或る職人が云ったが、本当でしょうかってね。そうすると若先生は……サア……それを打って見なければわからぬが、とにかく見ましょうということになってね……七年前のしかもきょうなんです……この家《うち》へ来られてその鼓を打たれたんです。それからこの家《うち》を出られたのですがそのまんま九段へも帰られないのだそうです」

「若先生は生きておられるのですか」

と私は畳みかけて問うた。妻木君は黙ってうなずいた。それから静かに云った。

「……この鼓に呪われて……生きた死骸とおんなじになって……しかしそれを深く恥じながら……自分を知っているものに会わないようにどこにか……姿をかくしておられます」

「あなたはどうしてそれがおわかりになりますか」

「……私は若先生にお眼にかかりました……私にこの事だけ云って行かれたのです。

そうして……私の後継ぎにはやはり音丸という子供が来ると……」

私は思わずカッと耳まで赤くなった。若先生にまで見込まれていたのかと思うと空恐ろしくなったので……。

それと一緒に眼の前に居る妻木という書生さんがまるで違ったえらい人に思われて来た。若先生がそんなことまで打ち明けられる人ならば、よほど芸の出来た人に違いないからである。私はすぐにも頭を下げたい位に思いながら恭《うやうや》しくきいた、

「それからあなたは……どうなさいましたか」

妻木君も私と一緒に心持ち赤くなっていたようであったが、それでも前より勢い込んで話し出した。

「私はこの事をきくと腹が立ちました。高《たか》の知れた鼓一梃が人の一生を葬るような音《ね》を立てるなんて怪《け》しからぬ。鼓というものはその人の気持ちによって、いろんな音色を出すもので、鼓の音が人の心を自由にするもんじゃない。どうかしてその鼓を打って見たい。そうしてそのような人を呪うような音色でなく当り前の愉快な調子を打ち出して、若先生の讐《かたき》を取りたいものだと思っている矢先へ伯母が私を呼び寄せたのです。私は得たり賢しで勉強をやめて此家《ここ》に来ました」

「……で……その鼓をお打ちになりましたか」

と私は胸を躍らしてきいた。しかし妻木君は妙な冷やかな顔をしてニヤニヤ笑った切り返事をしない。私は自烈度《じれった》くなって又問うた。

「その鼓はどんな恰好《かっこう》でしたか」

妻木君はやはり妙な顔をしていたが、やがて力なく投げ出すように云った。

「僕はまだその鼓を見ないのです」

「エッ……まだ」と私は呆気《あっけ》にとられて云った。

「エエ。伯母が僕に隠してどうしても見せないんです」

「それは何故《なぜ》ですか」と私は失望と憤慨とを一緒にして問うた。妻木君は気の毒そうに説明をした。

「伯母は若先生が打たれた『あやかしの鼓』の音をきいてから、自分でもその音が出したくなったのです。そうして音が出るようになったら、それを持ち出して高林家の婦人弟子仲間に見せびらかしてやろうと思っているのです。ですからそれ以来高林へ行かないのです」

「じゃ何故あなたに隠されるのですか」

と私は矢継早《やつぎばや》に問うた。その熱心な口調にいくらか受け太刀《だち》の気味になった妻木君は苦笑しいしい云った。

「おおかた僕がその鼓を盗みに来たように思っているのでしょう」

「じゃどこに隠してあるかおわかりになりませんか」

と私の質問はいよいよぶしつけになったので、妻木君の返事は益々《ますます》受け太刀の気味になった。

「……伯母は毎日出かけますのでその留守中によく探して見ますけれども、どうしても見当らないのです」

「外へ出るたんびに持って出られるのじゃないですか」

「いいえ絶対に……」

「じゃ伯母さんは……奥さんはいつその鼓を打たれるのですか」

この質問は妻木君をギックリさせたらしく心持ち羞恥《はにか》んだ表情をしたが、やがて口《くち》籠《ごも》りながら弁解をするように云った。

「私は毎晩不眠症にかかっていますので睡眠薬を服《の》んで寝るのです。その睡眠薬は伯母が調合をして飲ませますので私が睡《ねむ》ったのを見届けてから伯母は寝るのです。その時に打つらしいのです」

「ヘエ……途中で眼のさめるようなことはおありになりませんか」

「ええ。ありません……伯母はだんだん薬を増すのですから……けれどもいつかは利かなくなるだろうと、それを楽しみに待っているのです。もう今年で七年になります」

と云うと妻木君は悄然《しょんぼり》とうなだれた。

「七年……」と口の中で繰り返して私は額に手を当てた、この家中に充《み》ち満ちている不思議さ……怪しさ……気味わるさ……が一時に私に襲いかかって頭の中で風車《かざぐるま》のように回転し初めたからである。この家中のすべてが「あやかしの鼓」に呪《のろ》われているばかりでなく、私もどうやら呪われかけているような……。

しかし又この青年の根気の強さも人並ではない。そんな眼に会いながら七年も辛抱するとは何という恐ろしい執念であろう。しかもそうした青年をこれ程までにいじめつけて鼓を吾《わ》が物にしようとする鶴原夫人の残忍さ……それを通じてわかる「あやかしの鼓」の魅力……この世の事でないと思うと私は頸《くび》すじが粟立《あわだ》つのを感じた。

私は殆《ほと》んど最後の勇気を出してきいた。

「じゃ全くわからないのですね」

「わかりません。わかれば持って逃げます」

と妻木君は冷やかに笑った。私は私の愚問を恥じて又赤面した。

「こっちへお出《いで》なさい。家《うち》の中をお眼にかけましょう。そうすれば伯母がどんな性格の女だかおわかりになりましょう。ことによると違った人の眼で見たら鼓の隠してあるところがわかるかも知れません」

と云ううちに妻木君は立ち上った。私は鼓のことを殆んど諦《あきら》めながらも、云い知れぬ好奇心に満たされて室《へや》を出た。

応接間を出ると左は玄関と、以前人力車を入れたらしいタタキの間《ま》がある。妻木君は右へ曲って私を台所へ連れ込んだ。

それは電気と瓦斯《ガス》を引いた新式の台所で、手入れの届いた板の間がピカピカ光っている。そこの袋戸棚から竈《かまど》の下とその向う側、洗面所の上下の袋戸、物置の炭俵や漬物桶《おけ》の間、湯殿と台所との間の壁の厚さ、女中部屋の空っぽの押入れ、天井裏にかけた提灯《ちょうちん》箱なぞいうものを、妻木君は如何《いか》にも慣れた手付きで調べて見せたが何一つ怪しいところはなかった。

「女中はいないんですか」と私は問うた。

「ええ……みんな逃げて行きます。伯母が八釜《やかま》しいので……」

「じゃお台所は伯母さんがなさるのですね」

「いいえ。僕です」

「ヘエ。あなたが……」

「僕は鼓よりも料理の方が名人なのですよ。拭《ふ》き掃除も一切自分でやります。この通りです」

と妻木君は両手を広げて見せた。成る程今まで気が附かなかったがかなり荒れている。

ボンヤリとその手を見ている私を引っ立てて妻木君は台所を出た。右手の日本風のお庭に向って一面に硝子障子《ガラスしょうじ》がはまった廊下へ出て、左側の取っ付きの西洋間の白い扉《ドア》を開くと妻木君は先に立って這入《はい》った。私も続いて這入った。

初めはあまり立派なものばかりなので何の室《へや》だかわからなかったが、やがてそれが広い化粧部屋だということがわかった。うっかりすると辷《すべ》り倒れそうなゴム引きの床の半分は美事な絨氈《じゅうたん》が敷いてある。深緑のカアテンをかけた窓のほかは白い壁にも扉《ドア》の内側にも一面に鏡が仕掛けてあって、室中《へや》のものが涯《は》てしもなく向うまで並び続いているように見える――西洋式の白い浴槽《ゆぶね》、黒い木に黄金色《きん》の金具を打ちつけた美事な化粧台、着物かけ、タオルかけ、歯医者の手術室にあるような硝子《ガラス》戸棚、その中に並んだ様々な化粧道具や薬品らしいもの、室《へや》の隅の電気ストーブ、向うの窓際の大きな長椅子《いす》、天井から下った切り子細工の電燈の笠《かさ》――。

妻木君はその中に這入って先ず化粧台の下からあらため初めた。しかし私はその時鼓を探すということよりもかなり年増《としま》になっている筈の鶴原未亡人が、こんな女優のいそうな室でお化粧をしている気持ちを考えながら眼を丸くしていた。

「この室も不思議なことはないんです」

と妻木君は私の顔を見い見い微笑して扉《ドア》を閉じた。そうして次に今一つある西洋間の青い扉《ドア》の前を素通りにして一番向うの廊下の端にある日本間の障子に手をかけた。

「この室は……」と私は立ち止まって青い扉《ドア》を指した。

「その室は問題じゃないんです。一面にタタキになって真中に鉄の寝台が一つあるきりです。問題じゃありません」

と妻木君は何だかイマイマしいような口つきで云った。

「ヘエ……」

と云いながら私はわれ知らず鍵穴《かぎあな》に眼を近づけて内部《なか》をのぞいた。

青黒く地並になった漆喰《しっくい》の床と白い古びた土壁が向うに見える。あかり窓はずっと左の方に小さいのがあるらしく、その陰気で淋《さび》しいことまるで貧乏病院の手術室である。隣りの化粧室と比べるととても同じ家の中に並んで在る室とは思えない。

「その室に僕は毎晩寝るのです。監獄みたいでしょう」

妻木君は冷笑《あざわら》っているらしかったが、その時に私の眼に妙なものが見えた。それは正面の壁にかかっている一本の短かい革製の鞭《むち》で、初め私は壁の汚染《しみ》かと思っていたものだった。

「その室で伯父《おじ》は死んだのです」

という声がうしろから聞こえると同時に私はゾッとして鍵穴から眼を退《の》けた。同時に妻木君の顔一面に浮んだ青白い笑いを見ると身体《からだ》がシャンと固《こわ》ばるように感じた。むろん今の鞭の事なぞ尋ねる勇気はなかった。

「こっちへお這入りなさい。この室で伯母は鼓を打つらしいのです」

私はほっと溜め息をして奥の座敷に這入った――この家《うち》にはこれ切りしか室がないのだ――と思いながら……。

奥の一室《ひとま》の新しい畳を踏むと、私は今まで張り詰めていた気分が見る見る弛《ゆる》んで来るように思った。

青々とした八畳敷の向うに月見窓がある、外には梅でも植えてありそうに見える。

その下に脚の細い黒塗りの机があって、草色の座布団と華奢《きゃしゃ》な桐《きり》の角火鉢とが行儀よく並んでいる。その左の桐の簞笥《たんす》の上には大小の本箱が二つと、大きな硝子《ガラス》箱入りのお河童《かっぱ》さんの人形が美しい振り袖《そで》を着て立っている。

右手には机に近く茶器を並べた水屋《みずや》と水棚があって、壁から出ている水道の口の下に菜《な》種《たね》と蓮華草《れんげそう》の束が白糸で結《ゆ》わえて置いてある。その右手は四尺の床の間と四尺の違い棚になっているが床の間には唐美人の絵をかけて前に水晶の香炉を置き、違い棚には画帖《がちよう》らしいものが一冊と鼓の箱が四ツ行儀よく並べてある。その上下の袋戸と左側の二間一面の押し入れに立てられた新しい芭蕉布《ばしようふ》の襖《ふすま》や、つつましやかな恰好の銀色の引き手や、天井の真中から下っている黒枠に黄絹張りの電燈の笠まで何一つとして上品でないものはない。

私は思わず今一度溜め息をさせられた。

「これが伯母の居間です」

というちに妻木君は左側の押し入れの襖を無造作にあけて、青白い二本の手を突込んで中のものを放り出し初めた……縮緬《ちりめん》の夜具、緞子《どんす》の敷布団、麻のシーツ、派手なお召の搔《か》い巻《ま》き、美事な朱総《しゆぶさ》の付いた括《くく》り枕《まくら》と塗り枕、墨絵を描いた白地の蚊帳《かや》……。

「ええ……もう結構です……」

と私は妙に気が退《ひ》けて押し止めた。しかし妻木君はきかなかった。放り出した夜具類を、もとの通りに片付けると今度は隣り側の襖を開いて内部一面に切り組んである衣裳棚《いしょうだな》を引き出し初めた。

「イヤ。わかりました。わかりました。あなたがお調べになったのなら間違いありません」

「そうですか……それじゃ簞笥を……」

「もう……もう本当に結構です」

「じゃ御参考に鼓《つづみ》だけお眼にかけておきましょう」

と云《い》ううちに右手の違い棚から一つ宛《ずつ》四ツの鼓箱を取り下した。私はそれを受け取って室《へや》の真中に置いた。

箱から取り出された四ツの仕掛け鼓が私の前に並んだ時私は何となく胸が躍った。この中に「あやかしの鼓」が隠れていそうな気がしたからである。

この道にすこしでも這入った人は皆知っている通り、鼓の胴と皮とは人間でいえば夫婦のようなもので、元来別々に出来ていて皮には皮の性《しょう》があり胴には胴の性がある。その二つの性が合って始めて一つの音色が出るので、仮令《たとい》どんな名器同志の皮と胴でも、性が合わなければなかなか鳴らない。調子皮を貼って性を合わせたにしても、今までとは全く違った音色が出るので、今ここに四ツの皮と胴とがあるとすれば、鳴る鳴らぬに拘《かか》わらず総計で十六通りの音色が出るわけである。鶴原未亡人はそれを知っていて、ふだん胴と皮とをかけ換えているのではないか……。

しかしこの考えが浅墓《あさはか》であることは間もなくわかった。妻木君は私と向い合って坐るとすぐに云った。

「私はこの四つの胴と皮とをいろいろにかけ換えてみました。けれどもどれもうまく合いませんでやっぱりもとの通りが一番いい事になります」

「つまりこの通りなんですね」

「そうです」

「みんなよく鳴りますか」

「ええ。みんな伯母が自慢のものです。胴の模様もこの通り春の桜、夏の波、秋の紅葉《もみじ》、冬の雪となっていて、その時候に打つと特別によく鳴るのです。打って御覧なさい」

「伯母さまがお帰りになりはしませんか」

「大丈夫です。今三時ですから。帰るのはいつも五時か六時頃です」

「じゃ御免下さい」と一礼して羽織を脱いだ、妻木君も居住居《いずまい》を直した。

私は手近の松に雪の模様の鼓から順々に打って行ったが、九段にいる時と違って一パイに出す調子を妻木君は身じろぎもせずに聞いてくれた。

「結構なものばかりですね」

と御挨拶なしに賞《ほ》めつつ私は秋の鼓、夏の鼓と打って来て、最後に桜の模様の鼓を取り上げたが、その時何となく胸がドキンとした。ほかの鼓の胴は皆塗りが古いのに、この胴だけは新らしかった。大方この鼓だけ蒔絵《まきえ》の模様が時候と合わないために、春の模様に塗りかえさしたものであろうが、その前の模様はもしや「宝づくし」ではなかったろうか。

私はまだ打たぬうちに妻木君に問うた。

「この鼓はいつ頃お求めになったのでしょうか」

「サア。よく知りませんが」

「ちょっと胴を拝見してもいいでしょうか」

「エエ。どうぞ」と妻木君は変にカスレた声で云った。

私は黄色くなりかけている古ぼけた調緒《しらべ》をゆるめて胴を外《はず》して、乳袋《ちぶくろ》の内側を一眼見るとハッと息を詰めた。

久能張《くのうば》りのサミダレになった鉋目《かんなめ》がまだ新しく見える胴の内側には、蛇の鱗《うろこ》ソックリに綾《あや》取《ど》った赤樫《あかがし》の木目が眼を刺すようにイライラと顕《あら》われていたからである。私の両手は本物の蛇を摑《つか》んだあとのようにわななき出して思わず胴を取り落した。胴はコロコロと私の膝《ひざ》の上から転がり落ちて、横に坐っている妻木君の膝にコツンとぶつかった、

「アッハッハッハッハッ」

と不意に妻木君が笑い出した。たまらなくコミ上げて来る笑いと一緒に、身体《からだ》をよじって腹を押えて、しまいには畳の上にたおれてノタ打ちまわりながら、ヒステリー患者のように笑いつづけた。

「アッハッハッハッハハハハ、とうとう一パイ喰いましたね……ヒッヒッホッホッホホハハハハハ。ヒッヒッヒッヒッ……」

私は歯の根も合わぬ位ふるえ出した。恐ろしいのか気味悪いのか、それとも腹立たしいのかわからぬまま、妻木君の黒い眼鏡を見つめて戦《おのの》いていたが、やがてその笑いが静まって来ると私の心持ちもそれにつれて不思議に落ち付いて来た。あとには只《ただ》頭の毛がザワザワするのを感ずるばかりになった。

妻木君は涙を拭《ぬぐ》い拭い笑い止《や》んだ。

「ああ可笑《おか》しい。ああ面白かった。アハ……アハ……。御免なさい音丸君……じゃない高林君。僕は君を欺《だま》したんです。本当にこの鼓の伝説を知っておられるかどうか試

して見たんです。さっきから僕が家《うち》の中を案内なんかしたりしたものだから、君は本当に僕がこの鼓を知らないものと思ったのです。ここに鼓があろうとは思わなかったんです……アハ……アハ……眠り薬の話なんかみんな嘘ですよ。僕は毎日伯母と二人でこの鼓を打っているのですよ……」

私は開いた口が閉《ふさ》がらなかった。茫然《ぼうぜん》と妻木君の顔を見ていた。

「君は失敬ですけれど正直な立派な方です。そうして本当にこの鼓の事を知って来られたんです……」

「それがどうしたんですか」

と私は急に腹が立ったように感じて云った。こんなに真剣になっているのに笑うなんてあんまりだと思って……。すると妻木君は眼鏡の下から涙を拭き拭き坐り直したが、今度は全く真面目《まじめ》になってあやまった。

「失敬失敬。憤《おこ》らないでくれ給《たま》えね。僕は君を馬鹿にしたんじゃないんです。出来るならこの鼓を絶対に見つからないことにして諦めてもらって、君をこの鼓の呪いから遠ざけようとしたのです。ですから疑わぬ先にと思ってこの鼓をお眼にかけたのです。けれども見事に失敗しました。この胴の木目のことまで御存じとすれば君は、君のお父さんから本当に遺言をきいて来られたに違いありません。君はこの鼓を手に入れて打ち壊してしまいたいと思っているのでしょう」

青天の霹靂《へきれき》……私は全身の血が頭にのぼった。……と思う間もなく冷汗がタラタラと腋《わき》の下を流れると、手足の力が抜けてガックリとうなだれつつ畳の上に手を支《つか》えた。

「今まで隠していたが……」と妻木君は黒い眼鏡を外しながら怪しくかすれた声で云った「僕は七年前に高林家を出た靖二郎……ですよ」

「アッ。若先生……」

「……………」

二人の手はいつの間にかシッカリと握り合っていた。年の割りに老《ふ》けた若先生の近眼らしい眼から涙がポロリと落ちた。

「会いとう御座いました……」

と私はその膝に泣き伏した。それと一緒に誰一人肉親のものを持たぬ私の淋しさがヒシヒシと身に迫って来て、いうにいわれぬ悲しさがあとからあとからこみ上げて来た。

若先生も私の背中に両手を置きながら暫《しばら》く泣いておられるようであったが、やがて切れ切れに云われた。

「よく来た……と云いたいが……僕は……君が……高林家に引き取られたときいた時

から……心配していた。もしや……ここへ来はしまいかと……」

私は父の遺言を思い出した。――鼓をいじるとだんだんいい道具が欲しくなる。そうしておしまいにはきっと「あやかしの鼓」に引きつけられるようになる――といった運命の力強さをマザマザと思い知ることが出来た。けれどもそれと同時に若先生と私の膝の前に転がっている「あやかしの鼓」の胴が何でもない木の片《はし》のように思われて来たのは、あとから考えても実に不思議であった。

そのうちに若先生は私をソッと膝から離して改めて私の顔を見られた。

「何もかもすっかりわかったでしょう」

「わかりました。……只一つ……」と私は涙を拭いて云った。

「若先生は……あなたはなぜこの鼓を持って高林家へお帰りにならないのですか」

若先生の眉の間に何ともいえぬ痛々しい色が漂った。

「わかりませんか君は……」

「わかりません」と私は真面目にかしこまった。若先生は細いため息を一つされた。

「それではこの次に君が来られる時自然にわかるようにして上げよう。そうしてこの鼓も正当に君のものになるようにして上げよう」

「エ……僕のものに……」

「ああ。その時に君の手でこの鼓を二度と役に立たないように壊してくれ給え。君の御先祖の遺言通りに……」

「僕の手で……」

「そうだ。僕は精神上肉体上の敗残者なのだ。この鼓の呪いにかかって……瘦《や》せ衰えて……壊す力もなくなったのだ」

と云いつつすこし暗くなった外をかえり見て独言《ひとりごと》のように云われた。

「もう来るかも知れぬ、鶴原の後家さんが……」

私はうな垂れて鶴原家の門を出た。

この日のように頭の中を搔《か》きまわされたことは今までになかった。こんな家《うち》が世の中にあろうとは私は夢にも思い付かなかった。何もかも夢の中の出来事のように変梃《へんてこ》なことばかりでありながらその一つ一つが夢以上に気味わるく、恐ろしく、嬉《うれ》しく、悲しかった。

恩義を棄て、名を棄て、自分の法事のお菓子を喰べられる若先生――それを甥《おい》だと偽って吾が家に封じこめて女中同様にコキ使っているらしい鶴原子爵《ししやく》未亡人……そうしてあの美しい化粧室、あの薄気味のわるい病室、皮革《かわ》の鞭、「あやかしの鼓」――

何という謎《なぞ》のような世界であろう。何というトンチンカンな家庭であろう。眼で見ていながら信ずる事が出来ない――。

こんなことを考えて歩いているうちに、私はふと自分の懐中が妙にふくらんでいるのに気が付いた。見れば今しがた玄関で若先生が押し込んだ菓子折の束がのぞいている。私はそれを引き出してどこに棄てようかと考えながら頭を上げた。そのはずみに向うからうつむいて来た婦人にブツカリそうになったので私はハッと立ち止《とど》まった。

向うも立ち止まって顔を上げた。

それは二十四五位に見える色の白い品のいい婦人であった。髪は大きくハイカラに結っていた。黒紋付きに白襟《しろえり》をかけていたが芝居に出て来る女のように恰好がよかった。手に何か持っていたようであるがその時はわからなかった。

私はその時何の意味もなくお辞儀をしたように思う。その婦人もしとやかにお辞儀をしてすれ違った。その時に淡い芳香が私の顔を撫《な》でて胸の奥までほのめき入った。

私は今一度ふり返って見たくてたまらないのを我慢して真直《まっす》ぐに歩いたために汗が額にニジミ出た。そうして、やっと笄橋《こうがいばし》の袂《たもと》まで来ると、不意に左手の坂から俥《くるま》が駈《か》け降りて来て私とすれ違った。私はその拍子にチラリとふり向いた。

黒い姿が紫色の風呂敷包みを抱えて鶴原家の前の木橋の上に立っていた。白い顔がこっちを向いていた。

私は逃げるように横町に外《そ》れた。


この間は失礼しました。

私はあの鼓の魔力にかかって精魂を腐らした結果御覧の通りの無力の人間に成り果てました。しかしその核心には、まだ腐り切っていない或《あ》るものが残っていることを君は信じて下さるでしょう。私もそう信じてこの手紙を書きます。

二十六日の午後五時キッカリに鶴原家にお出が願えましょうか。御都合がわるければそれ以後のいつでもよろしいから、きめて下さい。時間はやはりその頃にお願いしたいのです。今度お出での時にはあやかしの鼓がきっと君のものになる見込みが附きました。尚《なお》その時に君がまだ御存じのない秘密もおわかりになることと思います。それは矢張り音丸家と鶴原家に古くから重大な関係を持っていることで、君にとっては非常に意外な、且《か》つ不可思議な事実であろうことを信じます。

しかし来られる時に誠に失礼ですが御註文申し上げたいことがあります。奇怪に思われるかも知れませんが是非左様《さよう》願いたいと思います。

二十六日までにまだ十日ばかりありますからその間に君は一切の服装を新調して来

て頂きたい。鼓の家元の若先生らしく、そうして出来るだけ立派な外出姿に扮装《ふんそう》して来て頂きたい。無論誰にも秘密でです。理由はお出《いで》になればすぐわかります。東洋銀行の小切手金一千円也を封入致しておきます。鶴原未亡人の名前ですが私の貯金の一部です。私の後を継いで下すった御礼の意味とお祝いの意味を兼ねて誠に軽少ですが差し上げます。

尚私たちお互いの身の上は今まで通りとして一切を秘密にして下さい。鶴原家に来られてもです。

あやかしの鼓が百年の間に作って来た悪因縁が、君の手で断ち切れるか切れないかは二十六日の晩にきまるのです。同時に七年間一歩もこの家の外に出なかった僕が解放されるか否《いな》かも決定するのです。君の救いの手を待ちます。

三月十七日　　　　　　　　高林靖二郎

音丸久弥様

私はこの手紙を細かく引き裂いて自動車の窓から棄てた。ちょうど芝公園を走り抜けて赤羽橋の袂を右へ曲ったところであった。

眼の前の硝子《ガラス》板に私の姿が映ってユラユラと揺れている。

三越の番頭が見立ててくれた青い色の袷《あわせ》に縫紋《ぬいもん》、白の博多帯、黄色く光る袴《はかま》、紫がかった羽織、白足袋にフェルト草履《ぞうり》、上品な紺羅紗《こんらしゃ》のマントに同じ色の白リボンの中折れという馬鹿馬鹿しくニヤケた服装が、不思議に似合って神妙な遊芸の若先生に見えた。ふだんなら吹き出したかも知れないがこの時はそれどころではなかった。

私はこの数日間のなやみに窶《やつ》れた頬を両手で押えながら、運転手のうしろの硝子板に顔を近寄せて見た。頭を刈って顔を剃《そ》ったばかりなのに年が二つ位老《ふ》けたような気がする。赤かった頬の色もすっかり消え失《う》せているようである。

自動車が鶴原家に着くと若先生……ではない妻木君が、この間の通りの紺飛白《こんがすり》の姿のまま色眼鏡をかけないで出て来て三つ指を突いた。水仕事をしていたらしく真赤になった両手をさし出して、運転手が持って来た私の古着の包みを受け取って横の書生部屋にそっと入れた。それから今一つ塩瀬《しおせ》の菓子折の包みを受け取ると、わざとらしく丁寧に一礼して先に立った。私は詐欺《さぎ》か何かの玉に使われているように気になって磨き上げた廊下をあるいて行った。

奥の座敷は香《か》木の香がみちみちてムッとする程あたたかかった。しかし未亡人は居なかったので私は何やら安心したようにホッとして程よい処《ところ》に坐った。

室の様子がまるで違ったように思われたが、あとから考えるとあまり違っていなかった。それは室の真中に吊《つる》された電燈《でんとう》の笠の黄色いのが取り除《の》けられて華やかな紫色にかわったせいであろう。真中に鉄色のふっくりした座布団が二つ、金蒔絵をした桐の丸胴の火鉢、床の間には白孔雀《くじやく》の掛け物と大きな白牡丹《ぼたん》の花活《はない》けがしてあって、丸い青銅の電気ストーブが私の背後《うしろ》に真赤になっていた。

しずかに妻木君が這入って来て眼くばせ一つせずにお茶を酌《く》んで出した。私も固くなってお辞儀をした。何だか裁判官の出廷を待つ罪人のような気もちになった。

私は妻木君が出てゆくのを待ちかねて違い棚の上に露出《むきだ》しに並んでいる四ツの鼓を見た。何だかそれが今夜私を死刑にする道具のように見えたからである。――「四ツの鼓は世の中に世の中に。恋という事も。恨《うらみ》ということも」――という謡曲の文句を思い出しながら私は気を押し鎮《しず》めた。

うしろの障子《しょうじ》が音もなく開いて鶴原未亡人が這入って来た気はいがした。

私はこの間のように眩惑《げんわく》されまいと努力しながら出来るだけしとやかに席を辷《すべ》った。

「ま……どうぞ……」と澄み通った気品のある声で会釈《えしやく》しながら、未亡人は私の真向いに来てほの紅い両手の指を揃《そろ》えた。

私の決心は見る間に崩れた。あおぎ見ることも出来ないで畳にひれ伏しつつ、今までとはまるで違った調子に高まって行く自分の胸の動悸《どうき》をきいているうちに、この間の得《え》もいわれぬ床しい芳香が私の全身に襲いかかって来た。

「初めまして……ようこそ……又只今は……御噂《うわさ》はかねて……」

なぞ次から次へきこえる言葉を夢心地できいているうちに、私は気もちがだんだん落ち付いて来るように思った。そうして「まあどうぞ……おつき遊ばして……それではあの……」という言葉をきくと間もなく顔を上げる事が出来た。その時にはじめて鶴原未亡人の姿をまともに見る事が出来た。

艶々《つやつや》した丸髷《まるまげ》。切れ目の長い一重《ひとえ》まぶた。ほんのりした肉づきのいい頬。丸い腮《あご》から恰好のいい首すじへかけて透きとおるように白い……それが水色の着物に同じ色の羽織を着て黒い帯を締めて魂のない人形のように美しく気高く見えた。

私はこの間からあこがれていた姿とはまるで違った感じに打たれて暫くの間ボンヤリしていた。ハテナ。自分は何の用でこの婦人に会いに来たのか知らんとさえ思った。

その時未亡人は前の言葉の続きらしく静かに云った。

「それで私は甥を叱《しか》ったので御座います。なぜおかえし申したかって申しましてね……若先生が音丸家の御血統で、あの鼓を御覧になりたいとおっしゃったならばこんない機会《おり》は……」

さては私はまだ鼓を見ないことになっているのだな……と思って未亡人の顔を見た。けれどもその長い眉と黒く澄んだ眼の気品に打たれて又伏し眼になった。

「……なぜお眼にかけなかったのか。こんないい幸いなことはないではありませんか。この年月《としつき》二人で打っていながら一度もそのシンミリとその呪いの音をきいた事がないではありませんか。あの鼓を打ってホントの音色をお出しになるほどのお方ならば私はいつでもあの鼓をお譲りしますと……」

私は又顔を上げないわけに行かなかった。すると今度は未亡人の方が淋しい恰好で伏眼になっている。

「……そう申しますと甥が申しますには、それなら今からお手紙を差し上げよう。いま一度お運びをお願いしようと申します。そんなぶしつけなことをと申しますと、それはきっとお出で下さるにちがいない。まだあの鼓をお打ちにならないからだと申します……オホ……ほんとに失礼なことばかり……」

未亡人は赤面して私の顔を見た。私もその時急に耳まで火照《ほて》って来るのを感じつつ苦笑した——モナカの事件も存じております——と云われそうな気がして……。

「けれども私もすこし考えが御座いましたので、甥に筆を執《と》らせましてあのような手紙を差し上げさせましたので……まことに申訳《もうしわけ》……」と未亡人は頭を下げた。

「どう致しまして……」

と私もやっとの思いで初めて口を利くと慌《あわ》てて袂《たもと》からハンカチを出して顔を拭いた。途端に頭の上の電燈が眩《まぶ》しく紫色に灯《と》もった。

「何か御用で……」と妻木が顔を出した。未亡人はいつの間にか呼鈴《ベル》を押したらしい。

「お前用事が済んだのかえ」と云いつつ未亡人はジロリと妻木君を見据えたが、その一瞬間に未亡人の眼が、冷たいというよりも寧《むし》ろ残忍な光りを帯びたのを私はありありと見た。私の神経は急に緊張した。嘗《かつ》てきいていた「美人の凄《すご》さ」が一時に私の眼に閃《ひら》めき込んだからである。そうして同時にその「美しい凄さ」にさながら奴隷《どれい》のように支配されている妻木君――若先生の姿がこの上なくミジメに瘠《や》せて見えたからである。

「ハイ。すっかり……」と妻木君は女のように、しとやかに三つ指を支《つ》いた。

「……じゃこちらへお這入り。失礼して……あとを締めて……それから、その鼓を四ツともここへ……」

その言葉の通りに妻木君は影のように動いて四ツの鼓を未亡人と私の間に並べ終ると、その傍《かたえ》にすこし離れてかしこまった。

未亡人は無言のまま四ツの鼓を一渡り見まわしたが、やがてその中の一つにジッと眼を注いだ——と思うとその頰の色は見る見る白く血の気が失《う》せて、唇の色までなくなったように見えた。

私たち二人も固唾《かたず》を呑《の》んで眼を瞠《みは》った。

いい知れぬ鬼気がウッスリと室《へや》に満ちた。

突然かすかな戦慄《せんりつ》が未亡人の肩を伝わったと思うと、未亡人はいつの間にか手にしていた絹のハンカチで眼を押えた。

私はハッとした。妻木君も驚いたらしい瞬《まばた》きを三ツ四ツした。そのまま未亡人は二分か三分の間ヒソヒソと咽《むせ》び泣いたが、やがてハンカチの下から乱れた眉と睫《まつげ》を見せた。それから小さな咳《せき》を一つすると繊細《かぼそ》い……けれども厳《おごそ》かな口調で云った。

「わたくしはこんな時機の来るのを待っておりました。こうして私とこの鼓との間に結ばれました因縁を断ち切って頂こうと思ったので御座います」

「因縁……」と私は思わず口走った。

「それはどういう……」

「それは私が私の身の上に就《つい》て一口申し上げぐれば、おわかりになるので御座います」

「あなたの……」

「ハイ……しかし只今は、わざとそれを申し上げません。押しつけがましゅう御座いますけれども、それは私の生命《いのち》にも換えられませぬお恥かしい秘密で御座いますから、この四ツの鼓の中から『あやかしの鼓』をお選《よ》り出し下すって、物語りに伝わっております通りの音色をお出し下さるのを承わった上で御座いませぬと……まことに相済みませぬが、只今それをお願い申し上げたいので御座いますが……」

未亡人の言葉の中には婦人でなければ持ち得ぬ根強い……けれども柔らかい力が籠っていた。三人の間には更に緊張した深い静けさが流れた。

不意に或る眼に見えぬ力に打たれたように恭《うやうや》しく一礼しながら私はスラリと座布団《ざぶとん》を辷り降りて羽織を脱いだ。そうしてイキナリ眼の前の桜の蒔絵の鼓に手をかけると、ハッと驚いて唇をふるわしている未亡人を尻目《しりめ》にかけた。そうして武士が白刃の立ち合いをする気持ちで引き寄せて身構えた。

「あやかしの鼓」の皮は、しめやかな春の夜《よ》の気はいと、室《へや》に充ち満ちた暖かさのために処女の肌のように和《やわ》らいでいるのを指が触わると同時に感じた。その表皮と裏皮に、さらに心を籠めた息を吐きかけると、やおら肩に当てて打ち出した。……これを最後の精神をひそめて……。

初めは低く暗い余韻のない——お寺の森の暗《やみ》に啼《な》く梟《ふくろう》の声に似た音色が出た。喜びも悲しみもない……只淋しく低く……ポ……ポ……と。

けれども打ち続いて出るその音が私の手の指になずんでシンミリとなるにつれて、私は眼を伏せ息を詰めてその音色の奥底に含まれている、或るものをきくべく一心に耳を澄ました。

ポ……ポ……という音の底にどことなく聞こゆる余韻……。

私は身体《からだ》中の毛穴が自然《おのず》と引き緊《し》まるように感じた。

私の先祖の音丸久能《おとまるくのう》は如何《いか》にも鼓作りの名人であった。けれどもこの鼓を作り上げた時に自分が思っている以外の気もちがまじっているのに心づかなかった。

久能は云った。――私は恋にやぶれて生きた死骸《しがい》になった心持ちだけをこの鼓に籠めた。私の淋しい空《から》になった心持ちだけをこの鼓の音《ね》にあらわした。怨《うら》む心なぞは微《み》塵《じん》もなかった――と……。

しかしそれはあやまっていた。

久能が自分の気持ちソックリに作ったというこの鼓の死んだような音色……その力なさ……陰気さの底には永劫《えいごう》に消えることのない怨みの響きが残っている。人間の力では打ち消す事の出来ない悲しい執念の情調《こころ》がこもっている。それは恐らく久能自身にも心付かなかったであろう。無間《むげん》地獄の底に堕《お》ちながら死のうとして死に得ぬ魂魄《こんぱく》のなげき……八万奈落《ならく》の涯《はて》をさまよいつつ浮ぼうとして浮び得ぬ幽鬼の声……これが恋に破れたものの呪いの声でなくて何であろう。久能の無念の響きでなくて何であろう。

百年前の、ある月の、ある日、綾姫はこの鼓を打って、この音をきいた。そうして眼にも見えず耳にも止まり難《にく》い久能の心の奥の奥の呪いが、云い知れぬ深い怨みをこめてシミジミ自分の心に伝わって来るのを只独り感じたのであろう。死ぬよりほかにこの呪いから逃れるすべがない事をくり返しくり返し思い知らせられたであろう。

……そうして百年後の今日只今……。

……私の額から冷たい汗が流れ初めた。室中の暖か味が少しも身体に感じなくなった。背中がゾクゾクして来ると共に肩から手足の力が抜けて鼓を取り落しそうになった。眼の前が青白く真暗くなりそうになって力なく鼓を膝の上におろした。わななく手でハンケチを掴《つか》んで額の汗を拭いた。

妻木君が慌てて羽織を着せた。鶴原未亡人は立ち上って袋戸棚から洋酒の小瓶を取り出して来てふるえる手で私に小さなグラスを持たした。そうして私に火のような酒を一杯グッと飲み干させると今一杯すすめた。

私は手を振りながらフーッと燃えるような息を吐《つ》いた。

「大丈夫で御座いますか……御気分は……」

と未亡人は私の顔をのぞいた。妻木も私の顔を心配そうに見ている。私は微笑して肩を大きくゆすりながら羽織の紐《ひも》をかけた。飲み慣れぬアルコール分のおかげで血のめぐりがズンズンよくなるのを感じながら……。

「まあ……ほんとに雪のように真白におなり遊ばして……今はもうよほど何ですけれど……」

と未亡人は魘《おび》えた声で云った。妻木君はホッとため息をした。

「けれどもまあ……何というかわった音色で御座いましょう。そうして又何というお手の冴《さ》えよう……私は髪の毛を引き締められるようにゾッと致しましたよ……」

と感激にふるえるような声で云いつつ未亡人は立ち上って洋酒の瓶を仕舞うと又座に帰ったが、やがてふと思い出したように黒い眼で私の顔をジッと見ると、両手を畳に支えて身を退けながらひれ伏した。

「まことに有り難う存じました。私はおかげ様で生れて初めてこの鼓の音色を本当にうかがうことが出来ました。あなた様は正《まさ》しく名人のお血すじをお享《う》け遊ばしたお方に違い御座いません。この上は私も包まずに申し上げます。私こそ……」

と云いさして未亡人は両手の間に頭を一層深く下げた。

「私こそ……今大路の……綾姫の血すじを……受けましたもので御座います」

「アッ」

と私は思わず声を立てて妻木君をかえり見た。しかし妻木君は知っているのかいないのかジッと未亡人の水々しい丸髷を見下したまま身じろぎ一つしなかった。未亡人は両手の間に顔を埋めたまま言葉を続けた。

「申すもお恥かしい事ばかりで御座いますが、今大路家は御維新後零落致しまして一粒種の私は大阪へある賤《いや》しい稼業《かぎょう》に売られようと致しましたのを、こちらの主人に救われましたので御座います。申すまでもなくこの家にこの鼓が……」

とやおら顔を上げて鼓から二人の顔へ眼を移した。曇った顔をして曇った声で云った。

「……この家にこの鼓が御座いますことは、とっくに承わっておりましたが、その鼓に呪《のろ》われてこのような淋しい身の上になりまして……その上にこのような不思議な……御縁になりましょうとは……」

「わかりました」と私は自分の感情に堪え得ないで、それを打ち切るように云った。

「よくわかりました。サ。お顔をお上げ下さい。つまるところこの三人はこの鼓に呪われたものなのです。呪われてここに集まったものなのです。けれども今日限りその因縁はなくなります。もしあなたがお許し下されば、私はこの鼓を打ち砕いて私たちの先祖の罪と呪いをこの世から消し去ります。そうしてあんな陰気臭い伝説にまつわられない明るい自由な世界に出ようではありませんか」

「ま嬉《うれ》しい」

と未亡人は涙に濡《ぬ》れた顔を上げて不意に私の手を執って握り締めた。その瞬間私の全身の血は今までとはまるで違っためぐり方をし初めた。未亡人は両手に云い知れぬ力を籠めて云った。

「マア何というお勇ましいお言葉でしょう。そのお言葉こそ私がお待ちしていたお言葉です。それで私はきょうこの鼓と別れるお祝いにつまらないものを差し上げたいと思いまして……」

「アッ……それは……」と私は腰を浮かした。しかし未亡人の手はしっかりと引き止めた。

「いいえ……いけません……」

「でもそれは又別に……」

「いいえ……今日只今でなければその時は御座いません……サ……お前早くあれを……」

と妻木君をかえり見た。

妻木君は追い立てられるように室を出た。

あとを見送った未亡人はやっと私の手を離してニッコリした。

私は最前の洋酒の酔いがズンズンまわって来るのを感じながら両手で頬と眼を押えた。

頭が痛い……と思いながら私は眼を閉じて夜具を頭から引き冠《かぶ》った。すると今まで着た事のない絹夜具の肌ざわりを感ずると共に、得《え》ならぬ芳香がフワリと鼻を撲《う》ったのがわかった。

私は全く眼が醒《さ》めた。けれども起き上る前にシクシクと痛む頭の中から無理に記憶を呼び起していた――さっきあれからどうしたか――。

眼の前に御馳走《ごちそう》の幻影が浮んだ。それは皆珍らしいものばかりで贅沢《ぜいたく》を極めたものであった。そのお膳《ぜん》や椀《わん》には桐《きり》の御紋が附いていた。

その次には晴れやかな鶴原未亡人の笑顔がまぼろしとなって現われた。

「あやかしの鼓とお別れのお祝いですから」

というので無理に盃《さかずき》をすすめられたことを思い出した。

「もうお一つ……」

とニッコリ白い歯を見せた未亡人の眼に含まれた媚《こび》……それをどうしても飲まぬと云い張った時、飲まされた「酔いざまし」の水薬の冷たくてお美味《い》しかったこと……。それから先の私の記憶は全く消え失せている。只あおむけに寝ながらジッと見詰めていた電燈の炭素線のうねりが不思議にはっきりと眼に残っている。

私は酔いたおれて鶴原家に寝ているのだ。

「失策《しま》った」と私は眼を開いて夜具の襟から顔を出した。

さっきの未亡人の室《へや》に違いない。只電燈に桃色のカバーがかかっているだけが最前と違う。耳を澄ますとあたりは森閑《しんかん》として物音一つない。

「ホホホホホホホホホ」

と不意に枕元《まくらもと》で女の笑い声がした。私は驚いて起きようとしたが、その瞬間に白い手が二本サッと出て来て夜着の上からソッと押え附けた。同時にホンノリと赤い鶴原未亡人の顔が上からのぞいてニッタリと笑った。溶けそうな媚を含んだ眼で私を見据えながら、仄《ほの》かに酒臭い息を吐いて云った。

「駄目よ。もう遅いわよ……諦《あき》めて寝ていらっしゃいオホホホホホ」

錐《きり》で揉《も》むような痛みを感じて私は又頭を枕に落ち付けた。そうして何事も考えられぬ苦しさのため息をホッと吐《つ》いた。

コトリコトリと音がする。私の枕元で未亡人が何か飲んでいるらしく、やがて小さなオクビが聞えた。同時に滑らかな声がし初めた。

「とうとうあなたは引っかかったのね。オホホホホ……ほんとに可愛《かわい》い坊ちゃん。あたしすっかり惚《ほ》れちゃったのよ。オホホホホ」

私は頭の痛いのを忘れてガバとはね起きた。見れば私は新しい更紗《さらさ》模様の長襦袢《じゅばん》一つになってビッショリと汗をかいている。

未亡人も友禅模様の長襦袢をしどけなく着て私の枕元に横坐《よこずわ》りをしている。前には銀色の大きなお盆の上に、何やら洋酒を二三本並べて薄いガラスのコップで飲んでいたが、私が起きたのを見ると酔いしれた眼で秋波《しゅうは》を送りながら空《から》のグラスをさしつけた。私は払い除《の》けた。

「オホ……いけないこと？　弱虫ねあなたは、オホホホ……でもこうなっちゃ駄目よ。どんなにあなたがもがいても云い訳は立たないから。あなたは私と一緒に東京を逃げ出して、どこか遠方へ行って所帯を持つよりほかないわよ……今から……すぐに」

「エッ……」

「オホホホホ」と未亡人は一層高い調子で止め度なく高笑いをした。私はクラクラと眼が眩《くら》みそうになって枕の上に突伏した。

「あのね……」

と未亡人はやっと笑い止んだ。その声はなめらかに落ち付いていた。私の枕元に坐り直したらしい。

「音丸さん。よく気を落ちつけて、まじめにきいて頂戴《ちょうだい》よ。あなたと私の生命《いのち》にかかわることなんですから。よござんすか……。あたしね。この間往来でお眼にかかった時にすぐにあなただということがわかったのです。だって若先生の戒名をあなたが落したのを拾ったんですもの。それから妻木を問い訊《ただ》してあなたと御一緒にお菓子をいただいたあと、それを隠そうとしたことを白状させました。そうしてそれと一緒にあなたのお望みのお話も妻木からきいたんです。ですからあの手紙を書かせたんです。そうしてその時にもう今夜の事を覚悟していました。よござんすか」

「覚悟とは……」

と私は突然に起き直って問うた。けれども未亡人の燃え立つような美しさと、その眼に籠めた情火に打たれて意気地なくうなだれた。

「覚悟ったって何でもないんです。私は妻木に飽きちゃったんです。血の気のない影法師みたいな男がイヤになったんです。あんな死人みたいな男はあたし大嫌いなんです……」

と云ううちに未亡人は一番大きなコップに並々と金茶色の酒を注《つ》ぐと半分ばかり一息に呑み干した。それから真赤な唇をチョッと嘗《な》めて言葉をつづけた。

「だけどあなたは無垢《むく》な生き生きした坊ちゃんでした。だから妾《わたし》は好きになっちゃったんです。あたしは、あたしの云う通りになる男に飽きたんです。あの鼓の音にそそられて、そんな男をオモチャにするのに飽きていたんです。私の顔ばかり見ないで気もちを見てくれる人を探していたんです。その時にあなたに会ったんです。私は前の主人の墓参りの帰りにあなたにお眼にかかったのを何かの因縁だと思うのよ。私はもうあなたの純な愛をたよりに生きるよりほかに道がなくなったのよ」

と云いつつ未亡人は両手をあげて心持ち歪《ゆが》んだ丸髷を直し初めた。私は人に捕えられた蜘蛛《くも》のように身を縮めた。

「ですから私は今日までのうちにすっかり財産を始末して、現金に換えられるだけ換えて押し入れの革鞄《カバン》に入れてしまいました。みんなあなたに上げるのです。明日《あした》死に別れるかも知れないのを覚悟してですよ。そんなにまで私の気持ちは純になっているのですよ……只あの『あやかしの鼓』だけは置いて行きます……可愛そうな妻木敏郎のオモチャに……敏郎はあれを私と思って抱き締めながら行きたいところへ行くでしょう」

私は両手を顔に当てた。

「もう追つけ三時です。四時には自動車が来る筈です。敏郎は夜中過ぎからグッスリ睡《ねむ》りますからなかなか眼を醒ましますまい」

私は両手を顔に当てたまま頭を強く左右に振った。

「アラ……アラ……あなたはまだ覚悟がきまっていないこと……」

と云ううちに未亡人の声は怒りを帯びて乱れて来た。

「駄目よ音丸さん。お前さんはまだ私に降参しないのね。私がどんな女だか知らないんですね……よござんす」

と云ううちに未亡人が立ち上った気はいがした。ハッと思って顔を上げると、すぐ眼の前に今までに見たことのない怖《おそ》ろしいものが迫り近付いていた。……しどけない長繻絆の裾《すそ》と、解けかかった伊達巻《だてまき》と、それからしなやかにわないている黒い革の鞭《むち》と……私は驚いてうしろ手を突いたまま石のように固くなった。

未亡人はほつれかかる鬢《びん》の毛を白い指で掻《か》き上げながら唇を噛《か》んで私をキッと見下した。そのこの世ならぬ美しさ……烈《はげ》しい異様な情熱を籠めた眼の光りのもの凄さ……私は瞬《まばたき》一つせずその顔を見上げた。

未亡人は一句一句、奥歯で噛み切るように云った。

「覚悟をしてお聞きなさい。よござんすか。私の前の主人は私のまごころを受け入れなかったからこの鞭で責め殺してやったんですよ。今の妻木もそうです。この鞭のおかげで、あんなに生きた死骸みたように音《おと》なしくなったんです。その上にあなたはどうです。この『あやかしの鼓』を作って私の先祖の綾姫を呪い殺した久能の子孫ではありませんか。あなたはその罪ほろぼしの意味からでも私を満足さしてくれなければならないではありませんか。この鼓を見にここへ来たのは取り返しのつかない運命の力だとお思いなさい。よござんすか。それとも嫌だと云いますか。この鞭で私の力を……その運命の罰を思い知りたいですか」

私の呼吸は次第に荒くなった。正《まさ》しく綾姫の霊に乗り移られた鶴原未亡人の姿を仰いでひたすらに喘《あえ》ぎに喘いだ。百年前の先祖の作った罪の報いの恐ろしさをヒシヒシと感じながら……。

「サ……しょうちしますか……しませんか」

と云い切って未亡人は切れるように唇を噛んだ。燐火《りんか》のような青白さがその顔に颯《さっ》と閃めくと、しなやかな手に持たれたしなやかな黒い鞭がわなわなと波打った。

「ああ……わたくしが悪う御座いました」

と云いながら私は又両手を顔に当てた。

……バタリ……と馬の鞭が畳の上に落ちた。

ガチャリと硝子《ガラス》の壊れる音がして不意に冷たい手が私の両手を払い除《の》けた……と思う間もなく眼を閉じた私の顔の上に烈しい接吻《せっぷん》が乱れ落ちた。酒臭い呼吸。女の香《か》、お白粉《しろい》の香、髪の香、香水の香——そのようなものが死ぬ程せつなく私に襲いかかった。

「許して……許して……下さい」

と私は身を悶《もだ》えて立ち上ろうとした。

「奥さん……奥さん奥さん」

と云う妻木君の声が廊下の向うからきこえた。同時にボーッと燃え上る火影《ほかげ》が二人でふり返って見ている障子にゆらめいて又消えた。

「火事……ですよ」という悲しそうな妻木君の声が何やらバタバタという音と一緒にきこえた。

未亡人はハッとしたらしく、立ち上って夜具の上を渡って障子をサラリと開いた。同時に廊下のくらがりの中に白い浴衣《ゆかた》がけで髪をふり乱した妻木君が現われて未亡人の前に立ち塞《ふさ》がった。

「アッ」と未亡人は叫んだ。両手で左の胸を押えて空《くう》に身を反《そ》らすとよろよろと夜具の上を逃げて来たが、私の眼の前にバッタリとうつ向けに倒れて苦しそうに身を縮めた。私は廊下に突立っている妻木君の姿と、たおれている未亡人の姿を何の意味もなく見比べながら坐っていた。

妻木君はつかつかと這入《はい》って来て未亡人の枕元に立った。手に冷たく光る細身の懐剣を持って妙にニコニコしながら私の顔を見下した。

「驚いたろう。しかしあぶないところだった。もすこしで此女《こいつ》の変態性慾《せいよく》の犠牲になるところだった。こいつは鶴原子爵を殺し、僕を殺して、今度は君に手をかけようとしたのだ。これを見たまえ」

と妻木君は左の片肌を脱いで痩せた横腹を電燈の方へ向けた。その肋骨《あばら》から背中へかけて痛々しい鞭の瘢痕《あと》が薄赤く又薄黒く引き散らされていた。

「おれはこれに甘んじたんだ」と妻木君は肌を入れながら悠々と云った。「この女に溺《おぼ》れてしまって斯様《こん》な眼に会わされるのが気持よく感ずる迄《まで》に堕落してしまったんだ。けれども此女《こいつ》はそれで満足出来なくなった。今度はおれを失恋させておいて、そいつを見ながら楽しむつもりでお前を引っぱり込んだ。おれが起きているのを承知で巫山《ふざ》戯《け》て見せた。……けれどもおれが此女《こいつ》を殺したのは嫉妬《しっと》じゃない。もうお前がいけないと思ったからこの力が出たんだ。お前を助けるためだったんだ」

「僕を助ける？」と私は夢のようにつぶやいた。

「しっかりしておくれ。おれはお前の兄なんだよ。六ツの年に高林家へ売られた久禄だよ」

と云ううちにその青白い顔が涙をポトポト落しながら私の鼻の先に迫って来た。瘦せた両手を私の肩にかけると強くゆすぶった。

私はその顔をつくづくと見た。……その近眼らしい瘦せこけた顔付きの下から、死んだおやじの顔がありありと浮き上って来るように思った。兄――兄――若先生――妻木君――と私は考えて見た。けれども別に何の感じも起らなかった。すべてが活動写真を見ているようで……。

その兄は浴衣の袖《そで》で涙を拭《ふ》いて淋《さび》しく笑った。

「ハハハハ、あとで思い出して笑っちゃいけないよ久弥……おれははじめて真人間に帰ったんだ。今日はじめて『あやかしの鼓《つづみ》』の呪いから醒めたんだ」

兄の眼から又新しい涙が湧いた。

「お前はもうじきに自動車が来るからそれに乗って九段へ帰ってくれ。その時にあの押し入れの中にある鞄《かばん》を持って行くんだよ。あれはこの家《うち》の全財産でお前が今しがた此女《こいつ》から貰《もら》ったものだ。あとは引き受ける。決してお前の罪にはしないから。只《ただ》老先生へだけこの事を話してくれ。そうしておれたちのあとを……弔《とむら》って……」

兄はドッカとうしろにあぐらをかいた。浴衣の両袖で顔を蔽《おお》うてさめざめと泣いた。

私はやはり茫然《ぼうぜん》として眼の前に落ちた革の鞭と短刀とを見ていた。

そのうちに未亡人の身体《からだ》が眼に見えてブルブルと震え始めた。

「ウ――ムム」

という低い細い声がきこえると、未亡人が青白い顔を挙げながら私と兄の顔を血走った眼で見まわした。私は何故ともなくジリジリと蒲団《ふとん》から辷り降りた。未亡人の白い唇がワナワナとふるえ始めた。

「す……み……ませ……ん」

とすきとおるような声で云いながら、枕元にある銀の水注《みずさ》しの方へ力なく手を伸ばした。私は思わず手を添えて持ち上げてやったが、未亡人の白い指からその銀瓶の把手《ハンドル》に黒い血の影が移ったのを見ると又ハッと手を引込めた。

未亡人は二口三口ゴクゴクと飲むと手を離した。蒲団から畳に転がり落ちた銀瓶からドッと水が迸《ほとばし》り流れた。

未亡人はガックリとなった。

「サ……ヨ……ナ……ラ……」

と消え消えに云ううちに夫人の顔は私の方を向いたまま次第次第に死相をあらわしはじめた。

兄は唇を噛んでその横顔を睨《にら》み詰めた。

自動車が桜田町へ出ると私は運転手を呼び止めて、「東京駅へ」と云った。何のために東京駅へ行くかわからないまま……。

「九段じゃないのですか」と若い運転手が聴き返した。私は「ウン」とうなずいた。

私の奇妙な無意味な生活はこの時から始まったのであった。

東京駅へ着くと私はやはり何の意味もなしに京都行きの切符を買った。何の意味もなしに国府津《こうづ》駅で降りて何の意味もなしに駅前の待合所に這入って、飲めもしない酒を誂《あつら》えて、グイグイと飲むとすぐに床を取ってもらって寝た。

夕方になって眼が醒めたがその時初めて御飯を喰べると、何の意味もなしに又西行きの汽車に乗った。その時に待合所の女中か何かが見覚えのない小さな鞄を持って来たのを、

「おれのじゃない」

と押し問答したあげく、やっと昨夜《ゆうべ》鶴原家を出がけに兄が自動車の中に入れてくれ

たものであることを思い出して受け取った。同時にその中に紙幣が一パイ詰まっていることも思い出したが、その時はそれをどうしようという気も起らなかったようである。

汽車が動き出してから気が付くと私の傍《かたえ》に東京の夕刊が二枚落ちている。それを拾って見ているうちに「鶴原子爵未亡人」という大きな活字が眼についた。

▲きょうの午前十時に美人と淫蕩《いんとう》で有名な鶴原子爵未亡人ツル子（三二）が一人の青年と共に麻布《あざぶ》笄町《こうがいちょう》の自宅で焼け死んだ。その表面は心中と見えるが実は他殺である。その証拠に焼け爛《ただ》れた短刀の中味は二人の枕元から発見されたにも拘《かか》わらず、その鞘《さや》の口金《くちがね》はそこから数間を隔てた廊下の隅から探し出された。

▲未亡人は二三日前東洋銀行から預金全部を引き出したばかりでなく、家や地面も数日前から金《かね》に換えていたがその金は焼失していないらしい。

▲未亡人と一緒に焼け死んでいた青年は、同居していた夫人の甥で妻木敏郎（二七）という青年であることが判明した。同家には女中も何も居なかったらしく様子が全くわからないが痴情の果という噂もある。

▲当局では目下全力を挙げてこの怪事件を調査中。……。

そんな事を未亡人の生前の不行跡と一緒に長々と書き並べてある。それを見ているうちにあくびがいくつも出て来たので、私は窓に倚《よ》りかかったままウトウトと居眠りをはじめた。

あくる朝京都で降りると私はどこを当てともなくあるきまわった。すこし閑静なところへ来ると通りがかりの人を捕まえて、

「ここいらに鶴原卿《きょう》の屋敷跡はありませんでしょうか」

ときいた。その人は妙な顔をして返事もせずに行ってしまった。それから今大路家や音丸家のあとも一々尋ねて見たがみんな無駄骨折りにおわった。そこに行ってどうするというつもりもなかったけれども只何となく自烈度《じれった》かった。

夕方になって祇園《ぎおん》の通りへ出たが、そこの町々の美しいあかりを見ると私はたまらなくなつかしくなった。何だか赤ん坊になって生れ故郷へ帰ったような気持ちになってボンヤリ立っていると向うから綺麗《きれい》な舞い妓《こ》が二人連れ立って来た。その右側の妓《こ》の眼鼻立ちが鶴原の未亡人にソックリのように見えたので、私は思わず微笑しながら近付いて名前をきいたら右側のは「美千代」、左側のは「玉代」といった。「うちは？」ときいたら美千代が向うの角を指した。その手に名刺を渡しながら、

「どこかで僕とお話ししてくれませんか」

というと二人で名刺をのぞいていたが眼を丸くしてうなずき合って私の顔を見ながらニッコリするとすこし先の「鶴羽《つるは》」という家《うち》に案内した。そうして二人共一度出て行くと間もなく美千代一人が着物を着かえて這入って来たので私は奇蹟《きせき》を見るような気持ちになった。

その時仲居《なかい》は「高林先生」とか「若先生」とか云って無暗《むやみ》にチヤホヤした。私は気になって「本当の名前は久弥」と云ったら「それでは御苗字《みょうじ》は」ときいたから、「音丸」と答えたら美千代が腹を抱えて笑った。私も東京を出て初めて大きな声で笑った。

それから後《のち》私は鶴原未亡人に似た女ばかり探した。芸妓《げいしゃ》。舞妓。カフエーの女給。女優など……しまいには只鼻の恰好《かっこう》とか、眼付きとか、うしろ姿だけでも似ておればいいようになった。それから大阪に行った。

大阪から別府、博多、長崎、そのほか名ある津々浦々を飲んでは酔い、酔うては女を探してまわった。昨夜《ゆうべ》鶴原未亡人に丸うつしと思ったのが、あくる朝は似ても似つかぬ顔になっていたこともあった。その時私は潸々《さめざめ》と泣き出して女に笑われた。

酔わない時は小説や講談を読んで寝ころんでいた。そうしてもしや自分に似た恋をしたものがいはしまいか。いたらどうするだろうと思って探したが、生憎《あいにく》一人もそんなのは見付からなかった。

そのうちに二年経《た》つと東京の大地震の騒ぎを伊予の道後できいたが、九段が無事ときいたので東京へ帰るのをやめて又あるきまわった。けれども今度は長く続かなかった。私の懐《ふところ》中が次第に乏しくなると共に私の身体《からだ》も弱って来た。ずっと以前から犯されていた肺尖《はいせん》がいよいよ本物になったからである。

久し振りに、なつかしい箱根を越えて小田原に来たのはその翌年の春の初めであった。そこで暖くなるのを待っているうちに懐中がいよいよ淋しくなって来たので、私は宿屋の払いをして東の方へブラブラとあるき出した。すてきにいい天気で村々の家々に桃や椿《つばき》が咲き、菜種畠《なたねばたけ》の上にはあとからあとから雲雀《ひばり》があがった。

その途中あんまり疲れたので、とある丘の上の青い麦畑の横に腰を卸《おろ》すと不意に眼がクラクラして喀血《かっけつ》した。その土の上にかたまった血に大空の太陽がキラキラと反射するのを見て私は額に手を当てた。そうしてすべてを考えた。

私は東京を出てから丸三年目にやっと本性《ほんしょう》に帰ったのであった。懐中を調べて見ると二円七十何銭しかない。私は畠の横の草原に寝て青い大空を仰いで「チチババチバチバ」という可愛らしい雲雀の声をいつまでもいつまでも見詰めていた。

東京に着くと私は着物を売り払って労働者風になって四谷の木賃宿に泊った。そうして夜のあけるのを待ちかねて電車で九段に向った。

なつかしい檜《ひのき》のカブキ門が向うに見えると、私は黒い鳥打帽を眉深《まぶか》くして往来の石に腰をかけた。その時暁星学校《ぎょうせい》の生徒が二人通りかかったが、私の姿を見ると除《よ》けて通りながら「若い立ちん坊だよ」と囁《ささや》き合って行った。青褪《あおざ》めて鬚《ひげ》を生やして、塵埃《ちり》まみれの草履《ぞうり》を穿《は》いた吾《わ》が姿を見て私は笑うことも出来なかった。

その日は見なれぬ内弟子が一人高林家の門を出たきり鼓の音一つせずに暗くなりかけて来た。

私は咳《せき》をしいしい四谷まで帰って木賃宿に寝た。そうして夜があけると又高林家の門前へ来て出入りの人を見送ったが老先生らしい姿は見えなかった。鼓の音《ね》もその日は盛んにきこえたけれども老先生の鼓は一つも聞えなかった。

私はそのあくる日又来た。そのあくる日もその又あくる日も来た。しかし老先生の影も見えない。亡《な》くなられたのか知らんと思うと私の胸は急に暗くなった。

「しかしまだわからない。せめて老先生のうしろ影でも拝んで死なねば……」

と思うと私の足は夜が明けるとすぐに九段の方に向いた。高林家の門からかなり離れた処《ところ》にある往来の棄《す》て石が、毎日腰をかけるために何となくなつかしいものに思われるようになった。

「又あの乞食《こじき》が……」と二人の婦人弟子らしいのが私の方を指しながら高林家の門を這入った。私はその時にうとうと居ねむりをしていたが、やがて私の肩にそっと手を置いたものがあった。巡査かと思って眼をこすって見ると、それは思いもかけぬ老先生だった。私はいきなり土下座した。

「やっぱりお前だった。……よく来た……待っていた……この金で身なりを作って明日《あす》の夜中過ぎ一時頃にわたしの室《へや》にお出《い》で。小潜《こぐ》りと裏二階の下の雨戸を開けておくから。内緒《ないしよ》だよ」

と云いつつ老先生は私の手にハンケチで包んだ銀貨のカタマリを置いて、サッサと帰って行かれた。その銀貨の包みを両手に載せたまま、私は土に額をすりつけた。

その夜は曇ってあたたかかった。

植木職人の風をした私は高林家の裏庭にジッと蹲《しやが》んで時刻の来るのを待った。雨らしいものがスッと頰をかすめた。

……と……「ポポポ……プポ……ポポポ」という鼓の音が頭の上の老先生の室《へや》から起った。

私はハッと息を呑んだ。

「失策《しま》った。あの鼓が焼けずにいる。兄が老先生に送ったのだ。イヤあとから小包で私へ宛てて送り出したのを、老先生が受け取られたのかな……飛んでもない事をした」

と思いつつ私は耳を傾けた。

鼓の音は一度絶えて又起った。その静かな美しい音をきいているうちに私の胸が次第に高く波打って来た。

陰気に……陰気に……淋しく、……淋しく……極度まで打ち込まれて行った鼓の音《ね》がいつとなく陽気な嬉し気な響を帯びて来たからである。それは地獄の底深く一切を怨んで沈んで行った魂が、有り難いみ仏の手で成仏《じょうぶつ》して、次第次第にこの世に浮かみ上って来るような感じであった。

みるみる鼓の音に明る味がついて来てやがて全く普通の鼓の音《ね》になった。しかも日本晴れに晴れ渡った青空のように澄み切った音にかわってしまった。

「イヤア……△《タ》……ハア……○《ポ》……ハアッ○《ポ》……○○《ポポ》」

それは名曲「翁《おきな》」の鼓の手であった。

「とう――とうたらりたらりらア――。所千代《ところちよ》までおわしませエ――。吾等も千秋侍《せんしゆうさむ》らおう——。鶴《つる》と亀《かめ》との齢《よわい》にてエ——。幸い心にまかせたりイ——。とう——とうたらりたらりらア……」

と私は心の中で謡《うた》い合わせながら、久しぶりに身も心も消えうせて行くような荘厳《そうごん》な芽出度《めでた》い気持になっていた。

やがてその音がバッタリと止《や》んだ。それから五六分の間何の物音もない。

私は前の雨戸に手をかけた。スーッと音もなく開いたので私は新しいゴム靴を脱いで買い立ての靴下の塵《ちり》を払って、微塵《みじん》も音を立てずに思い出の多い裏二階の梯子《はしご》を登り切って、板の間に片手を支えながら襖《ふすま》をソロソロと開いた。

…………………

私はこのあとのことを書くに忍びない。只順序だけつないでおく。

私は老先生の死骸を電気の紐《ひも》から外して、敷いてあった床の中に寝かした。室の隅の仏壇にあった私の両親と兄の位牌《いはい》を取って来て、老先生の枕元に並べて線香を上げて一緒に拝んだ。

それから暫《しばら》くして「あやかしの鼓」を箱ごと抱えて高林家を出た。ザアザア降る雨の中を四ツ谷の木賃宿へ帰った。

あくる日は幸いと天気が上ったので宿の連中は皆出払ったが、私一人は加減が悪いといって寝残った。そうして人気《ひとけ》がなくなった頃起き上って鼓箱を開いて見ると、鼓の外に遺書《かきおき》一通と白紙に包んだ札の束が出た。その遺書には宛名《あてな》も署名もしてなかったが、まがいもない老先生の手蹟でこう書いてあった。

これは私の臍《へそ》くりだからお前に上げる。この鼓を持って遠方へ行ってまめに暮してくれ。そうして見込みのあるものを一人でも二人でもいいからこの世に残してくれ。あやかしの鼓にこもった霊魄《たましい》の迷いを晴らす道はもうわかったろうから。私はお前達兄弟の腕に惚れ込み過ぎた。安心してこの鼓を取りに遣《や》った。そのためにあのような取り返しの附かないことを仕出かした。私はお前の親御様へお詫《わ》びにゆく。

私は死ぬかと思う程泣かされた。この御恩を報ずる生命《いのち》が私にないのかと思うと私は蒲団を摑み破り、畳をかきむしり、老先生の遺書《かきおき》を嚙みしだいてノタ打ちまわった。しかしまだ私の業《ごう》は尽きなかった。

私は鼓を抱えて、その夜の夜汽車で東京を出て伊香保《いかほ》に来た。温泉宿に落ちついて翌日であったか、東京の新聞が来たのに高林家の事が大きく出ていた。その一番初めに載っていたのはなつかしい老先生の写真であったが、一番おしまいに出ているのは私が見も知らぬ人であるのにその下に「稀代《きだい》の怪賊高林久弥事旧名音丸久弥」と書いてあったのには驚いた。その本文にはこんなことが書き並べてあった。

▲今から丸三年前大正十年の春鶴原未亡人の変死事件というのがあった。右に就《つい》て当局のその後の調べに依《よ》ると同未亡人を甥《おい》の妻木という青年と一緒にその旅立ちの前夜に殺害して大金を奪って去ったものは九段高林家の後嗣《あとつぎ》で旧名音丸久弥といった屈強の青年であることがわかった。

▲然《しか》るにその後久弥はその金を費《つか》い果したものか、昨夜突然高林家に忍び入って恩師を縊《くび》り殺してその臍繰りと名器の鼓を奪って逃げた。

▲彼は数日前から高林家の門前に乞食体《てい》を装《よそお》うて来て様子を伺い、恩師高林弥九郎氏が何かの必要のため貯金全部を引き出して来たのを見済ましてこの兇行《きょうこう》に及んだものらしく、三年前の事件と共に実に巧妙周到且《か》つ迅速を極めたものである。

▲尚《なお》高林家では前にも後嗣高林靖二郎氏の失踪《しっそう》事件があったので、久弥の事は全然秘密にしていたのであるが、兇行の際犯人が大胆にも被害者の枕元に義兄靖二郎氏と犯人の両親の位牌を並べて焼香して行った事実から一切の関係が判明したもので

ある。云々《うんぬん》。

これを読んでしまった時、私はどう考えても免れようのない犯人であることに気が付いた。この鼓が犯人だと云っても誰が本当にしよう。世の中というものはこんな奇妙なものかと思い続けながらこの遺書を書いた。そうして今やっとここまで書き上げた。

私は今からこの鼓を打ち砕いて死にたいと思う。私の祖先音丸久能の怨《うら》みはもうこの間老先生の手で晴らされている。この怨みの脱け殻の鼓とその血統は今日を限りにこの世から消え失《う》せるのだ。思い残すことは一つもない。

しかし私はこんな一片の因縁話を残すために生れて来たのかと思うと夢のような気もちにもなる。

■「あやかしの鼓」入選にあたっての作者の言葉

所感

夢野久作

「アヤカシの鼓《つづみ》」当選後の所感を書けとのことですが、只今《ただいま》の処《ところ》私のあたまは諸大家の御評を拝してすっかりたたきつけられていまして、いくらか残っていた自画自讃《じさん》みたような気もちまでもパンクしてしまったばかりのところなので所感なぞいう気もちにはとてもなれません。ですから此処《ここ》には只、私が執筆中知らず知らずに陥っていた錯覚がどんな風に此《この》一篇に影響しているかという原因についての告白みた様なものを述べまして一つは選をなすった方の御苦心の万一に酬《むく》い、且《か》つは私の心に消え残っている妄執を打ち消すよすがともさして頂き度《た》いと思います。

震災後の或《あ》る年の秋でした。ある地方で私の師であるAという人の「俊寛」の能がありまして、私も地謡の末席として招集されましたので私は職業の方を二日ばかり休むことにしました。

その能の前日のこと、A先生は同地の旅館の一室で私たちに俊寛の面を出して見せて「震災でよごれたから手入れに遣《や》ったらこんなに白く塗りかえてしまった。弱く見え過ぎて困っているんだが………」と云《い》いました。「ヘエ」と云い乍《なが》ら私は手を支《つ》いて黙って見て居りますとうしろからその地方の富豪でBという人が「C未亡人の処に素敵な俊寛の面がある」と耳打ちをしました。そこに居る人々の中で私だけがC未亡人に面識があることをA氏は知っていたらしいのです。私は誰にも云わずに只一人でC未亡人を訪れて「突然でまことに何ですが御秘蔵の俊寛の面を拝見さして頂けますまいか」と頼みました。すると未亡人は暗い顔になりまして「それはお気の毒様ですが今はこちらに御座いません。或る方が東京へ持って行かれましてどうしてもお返しになりませんので」と答えました。私はその時に、その「ある方」というのが亡《な》くなられた御主人C氏の謡曲の先生で某流のD氏であることを直覚しました。同時にC未亡人の好意を感謝してお暇《いとま》をしましたが実はガッカリしてしまいました。若《も》しその「俊寛」が良い面で明日の能に対するA先生の不安を一掃することが出来たら……という私の期待がスッカリ裏切られたからであります。

　私はC夫人の家《うち》を出ると夕日のさす町を歩き乍らいろんな事を考えさせられました。若しその面が或る深い因縁から来た執着でD氏の手に持って行かれたものとしたら、それをC夫人のために取り返すにはどうしたらいいであろう。又若しDさんが若い美しい婦人であるとしてA先生の内弟子のE君か誰かをお使いに立てて取り返しに遣ったら什麽《どんな》ことになるであろう。それとも又其面《その》が此間の震災で焼失していたらどうであろう。若しくは其面丈《だ》けが焼け残ってD氏が白骨となっていたら……なぞとそれからそれへ妄想をつづけて何だか纏《まと》まったものになり相《そう》に思われた時に私はあぶなく転びそうになりました。見ると何時《いつ》の間にかゴロゴロした砂利道へ這入《はい》っています。その途端に私はゆうべ紅茶に浮かされて寝られなかったことを思い出しまして、これは頭がだいぶ疲れているなと気が付きましたからそのまま諦《あきら》めてしまいました。そうして能が済んで本職に帰ると、このことも全く忘れていました。

それから久しい間経《た》った今年の正月の末に私は義弟のF学士の処に一晩泊りました。Fの家はFの母と姉と私の妹であるFの妻《さい》とFの若い妹二人という家庭でしたが老母と姉とを除いた全部がとても探偵小説好きで「トリック」だの「ウィット」だの「アリバイ」だのと中学卒業程度の私にはわかりかねる術語を使ってすごい話ばかりしているのです。その晩もそんな話をきかされながら紅茶に浮かされて夜を更《ふ》かしているうちにフト俊寛の面のことを思い出しました。そうして何だか筋がまとまった様に思いましたからほかで読んだことの様にして話してきかせますとF学士は飛び上って

「そいは面白い。兄さんの創作に違い無い。新青年の募集に応じたらどうです」と大騒ぎをしてすすめます。妹たちはもう一等当選にきめて奢《おご》る約束までするのです。

私は考えました。もう締切りまでに間は無いし、職業は三通りもあるし、とてもと思いましたが、少々勢づけられていた上に、コソコソと物を書くことが好きなので筆を執ろうとしますと第一に能面では説明に苦しむ処や筋が面白くなくなるところがある事に気が付きました。鼓でも似たものですがいくらか楽なのでその方にして「焼けあとの二つの死骸《しがい》」を最初に持って来て又十枚ばかり書きますととても骨が折れて筋が運べ無い上にあとの説明が私の力ではどうしてもダラケそうに思われます。そのうちにもう頭が疲れて坐っている足が痛くなりましたので「何でもいいとにかく出して見よう」という気になって最初の思い付き通りに因縁話から書き直し初めました。

そのうちに風邪で寝たり何かして案外早く出来上りましたから二度ばかり読み返すとすぐに妻に渡してこれを博文館のこれこれへこんな風にして出しておけと云った儘《まま》仕事に出かけました。そうして二日経って帰って来て妻に「出したか」とききますと「ヘエ。送りました。あれは何ですか」とあまり気の乗らない尋ね方をします。「読んだのか」「ヘエ」「面白かったか」「ヘエ……何だかわかりませんけど、あんな気味のわるいことが本当にあるものでしょうか」「どうだか知らん。返送料は入れたか」「へエ」こうした気の無い会話のうちに私は妻の表情の中《うち》から失望に価《あたい》する多くの点を見出しました。こんな方面にあまり趣味を持たない、何気も無いものの受けた感じが一番公平なものだということを私は兼ねてから聞いています。しかし些《すくな》くとも「あれが当選したら」位の挨拶《あいさつ》はするだろうと予期していたのにまるで懸賞募集に応じたものかどうかすら知らない程度の無表情さで、あとは留守中の報告に移りました。私はウンザリしました。そうしてあの一篇は単純な読み物としても落第では無いかと心配し初めました。「何故あの事実をもっと突込《つきこ》んで研究して見なかったろう。たとい興味は薄らいでも真実味はきっと深まったに違い無かったろうに」という後悔を其後二三度繰り返した様に思います。

ところが此一週間ばかり旅行して昨十日夜に帰って来ますと私の机の上に森下氏のお手紙と新青年の六月増大号と「アヤカシノゴセイコウヲシユクス○トシ○タミ○フミ○チヨ」という岡山発の電報がほかの手紙とゴッチャになって乗っています。電報は義弟のF学士と妹たちで高知の病院に赴任の途中岡山で新青年を見て打ったものに違いありません。私はまだ何も見ないうちにヒヤリとさせられました。

それから諸大家の御批評を読み初めましたが間も無く私は又此篇を書くに就いて飛んでも無い了簡《りょうけん》違いをやっていることに気が付きました。しかもそれは実に滑稽《こっけい》な、面目無い種類のものでした。すなわち「或る家の秘蔵の芸術品を一眼見たい為《た》めに或る芸術家が一生を棒に振ってしまった。そうしてその芸術家が死の際《きわ》に考えて見るとそのために受けた苦しみは現実の社会に何の益も無い。夢の中でもがいて眼がさめたら汗をかいていた位の価値しか無いものであった」というのが最初の私の妄想の興味の中心でした。それを探偵小説好きのF学士におだてられた結果探偵物として価値あるものの様に思い込んで書いていたので、つまるところ私は探偵小説を書く気分で普通の読み物を書いていた……極端に云えば知らず知らずとは云え探偵小説を冒瀆《ぼうとく》していたということを自覚しました。

それから私はも一度初めに帰って評を読み直して行きました。すると諸氏の批難の大部分は皆こうした、私の錯覚から出た弱点を指されてあるので私はまるで仮装した犯罪者が数名の名探偵につけまわされているような切なさを感じました。同時に折角賞讃して頂いたお言葉や、探偵小説として採用された原因等の大部分が私の思い設けていたところとは大変に違っていた——云わばそんな価値のあるものが偶然にあの一篇の中に落ち込んでいたに過ぎないことを知りました。

私はそれが更に山本氏のお作、「窓」までも一気に読み終えました。そうして眼を閉じて見ますと探偵小説の本来はかくある可《べ》きもの——そうしてかく六ケ《むつか》しいものであるということをまざまざと印象づけられましていよいよ兜《かぶと》を脱いでしまいました。「新青年」に載っているいろんな創作が表面は何の苦も無く面白く読まれていながら、実はなかなか容易ならぬものだ。此種のものは読むにも書くにも普通のものよりずっと深い強い処に興味の焦点を置かなければならぬものだ……ということをもその時に初めて思い知ったことでした。（知名の人に関係がありますので文中の個有名詞を符号にしたことを御諒恕《ごりょうじょ》願います）

（「新青年」一九二六年十月号より）

編者解説

日下三蔵

夢野久作の没後八十年に当たる今年（二〇一六年）、国書刊行会から『夢野久作全集』（全8巻予定）が刊行されると発表された。一九三六年の黒白書房版（全10巻予定だったが3冊で中絶）、六九～七〇年の三一書房版（全7巻）、九一～九二年のちくま文庫版（全11巻）に続いて通算四度目となる国書刊行会版『夢野久作全集』の刊行で、この偉大な物語作家の業績のほとんどが網羅されることが期待される。

しかし、ちょっと興味があるというくらいの読者や、初めて夢野作品を読むという人にとっては、一冊一万円近い大部の全集にいきなり手を出すのも厳しいだろう。

現在、角川文庫や創元推理文庫で久作の作品を手軽に読むことはできるものの、やはり代表作である『ドグラ・マグラ』を中心に『犬神博士』『少女地獄』といった中・長篇作品が多くを占めており、短篇傑作選が見当たらないのが残念である。

七〇年代から九〇年代にかけては社会思想社の現代教養文庫で出ていた中島河太郎

の編による〈夢野久作傑作選〉（全5巻）が、質・量ともに久作入門には最適だったのだが、二〇〇二年に同社が廃業してからは、それに代わる作品集が出ていない。本書は、その穴を埋めるべく企画した新潮文庫版〈夢野久作傑作選〉の第一弾である。もっとも、第二巻以降が出せるかどうかは、本書の反響次第なので、読者の皆さまのご支持をいただければ幸いである。

夢野久作は一八八九（明治二十二）年、福岡県に生まれた。父の杉山茂丸《しげまる》は政治結社・玄洋社《げんようしゃ》の創立メンバーで政界の黒幕といわれた大物である。本名・杉山直樹。幼い頃から能楽を学び、中学時代から黒岩涙香やポーの探偵小説を愛読していた。福岡県立中学修猷館《しゅうゆうかん》卒業後、近衛師団に入隊。除隊後、慶應義塾大学予科文科に入学するが父の厳命で中退し、福岡で家業の杉山農園の経営に従事した。

一九一五（大正四）年に出家して名を泰道《たいどう》と改めるが、二年後に杉山家を継ぐことになり法名のまま還俗《げんぞく》。謡曲喜多流の教授となり、「九州日報」の記者も務めた。

父の主宰する台華社の機関誌「黒白」や「九州日報」に、小説、エッセイ、短歌、童話などを精力的に執筆。一八年には杉山萠圓《ほうえん》名義で最初の著書『外人の見たる日本及日本青年』（菊池書院）を刊行。二二年にも、やはり杉山萠圓名義で長篇童話『白髪小僧』（誠文堂）を刊行している。

二四年に博文館の月刊誌「新青年」の懸賞募集に杉山泰道名義で投じた「侏儒《しゆじゆ》」が選外佳作となる。二六年、やはり「新青年」の創作探偵小説募集に投じた「あやかしの鼓《つづみ》」が二等に入選。このとき筆名を夢野久作とした。「夢の久作」は「ぼんやりして夢ばかり見ている変人」を意味する九州地方の方言。彼の小説を読んだ父・茂丸が「まるで夢の久作の書いた小説のようだ」と評したことから、この名をつけたという。

この年から後に『ドグラ・マグラ』として刊行される長篇『狂人の解放治療』の執筆に着手。それと並行して新進探偵作家・夢野久作は「新青年」「探偵趣味」「猟奇」「ぷろふいる」などに次々と作品を発表し始める。

二九（昭和四）年、「新青年」に発表した「押絵の奇蹟」が江戸川乱歩に絶賛され、同年十二月には改造社〈日本探偵小説全集〉の第11篇『夢野久作集』を刊行。作家としての地歩を固めた。

三五年一月、松柏館書店から「幻魔怪奇探偵小説」と銘打った長篇『ドグラ・マグラ』を刊行。ミステリの枠を超えた天下の奇書として、今でも多くの読者を惹《ひ》き付けてやまない傑作である。

三六年三月、来客との対談中に脳溢血《のういつけつ》で急死。デビュー作「あやかしの鼓」から数えて夢野久作としての活動期間は十年に満たなかったが、その作品群は没後八十年を経ても、まったく色あせない輝きを放っている。

ただ、ひとつだけ注意しておきたいのは、初めての久作作品として『ドグラ・マグラ』をいきなり読むのはお勧めできない、ということだ。あまりにも有名な代表作だから、まずこれを手に取る読者が多いのは仕方ないにしても、異様な文体、物語の複雑な構造、千枚という長さ、こうした要素が複合して最後まで読み通せなかったという人も少なくないのだ。これはあまりにももったいない。

作中作が入れ子になった構成は確かに複雑だが、新本格ミステリを経た現代の読者であれば、それほど惑わされることはないだろう。問題は饒舌体《じょうぜつたい》ともいうべき久作特有の文体だが、これを克服するのは実は簡単だ。短篇集を一冊読んでおけばいいのである。短篇を読んで久作の文体に慣れた後であれば、『ドグラ・マグラ』も比較的容易に読み通すことが出来ると思う。

本書でも半数以上の作品が一人称の語り手による饒舌体になっており、初めて夢野久作を読むという方に最適なラインナップを選んだつもりである。

各篇の初出は、以下のとおり。

死後の恋　「新青年」28年10月号
瓶詰地獄　「猟奇」28年10月号（「瓶詰の地獄」改題）
悪魔祈禱書　「サンデー毎日」36年3月10日特別号
人の顔　「新青年」28年3月号
支那米の袋　「新青年」29年4月号
白菊　「新青年」33年11月号
いなか、の、じけん
大きな手がかり（「ぬす人の朝寝」改題）、按摩の昼火事、夫婦の虚空蔵、汽車の実力試験、スットントン、花嫁の舌喰い、感違いの感違い、スウィートポテトー「探偵趣味」27年7月号
空屋の傀儡踊、一ぷく三杯、蟻と蠅、赤い松原「探偵趣味」27年12月号
郵便局、赤玉、古鍋「探偵趣味」28年6月号
兄貴の骨　「猟奇」28年12月号
模範兵士　「猟奇」29年3月号
X光線　「猟奇」29年5月号
赤い鳥　「猟奇」29年7月号

八幡まいり「猟奇」30年1月号
怪夢
工場、空中、街路、病院「文学時代」31年10月号
七本の海藻、硝子世界「探偵クラブ　3号」32年6月
木魂「ぷろふいる」34年5月号
あやかしの鼓「新青年」26年10月号

巻頭に置いた「死後の恋」「瓶詰地獄」「悪魔祈禱書」の三篇は、筆者の考える久作短篇のベスト3である。そのうちの二篇「死後の恋」と「瓶詰地獄」が同じ月に発表されているのが恐ろしい。

「死後の恋」は前出の改造社版『日本探偵小説全集　第11篇　夢野久作集』(29年12月)に初収録。

「瓶詰地獄」は「瓶詰の地獄」として猟奇社の探偵小説誌「猟奇」に発表後、改造社版『日本探偵小説全集　第11篇　夢野久作集』に初収録。さらに『瓶詰地獄』(33年5月/春陽堂/日本小説文庫)に収められた際に「瓶詰地獄」と改題された。

「悪魔祈禱書」は毎日新聞社の「サンデー毎日」特別号に発表後、黒白書房版『夢野

久作全集　第八巻』（36年6月）に初収録。

「人の顔」は改造社版『日本探偵小説全集　第11篇　夢野久作集』に初収録。

「支那米の袋」は『押絵の奇蹟』（32年12月／春陽堂／日本小説文庫）に初収録。

「白菊」は黒白書房版『夢野久作全集　第八巻』に初収録。

「いなか、の、じけん」は同人グループ探偵趣味の会の機関誌「探偵趣味」に三回にわたって十五篇が掲載され、同誌が二八年九月号で休刊した後は掲載誌を「猟奇」に移してさらに五篇が発表された。最終作「八幡まいり」を除く十九篇は改造社版『日本探偵小説全集　第11篇　夢野久作集』に初収録。『冗談に殺す』（33年5月／春陽堂／日本小説文庫）に全二十篇が改めて収録された。

「探偵趣味」二七年七月号に初めて掲載された際の末尾には、「いなか、の、じけん備考」として以下のような注記が付されていた。

みんな、私の郷里、北九州の某地方の出来事で、私が見聞致しましたことばかりです。五六行程の豆記事として新聞に載ったのもありますが、間の抜けたところが、却《かえ》って都に住む方々の興味を惹《ひ》くかも知れぬと存じまして、記憶しているだけ書いてみました。場所の事もありますので、場所と名前を抜きにいたしましたことをお許し下さい。

「怪夢」は新潮社の月刊誌「文学時代」に「工場」「空中」「街路」「病院」の四篇からなる連作ショート・ショートとして発表され、『瓶詰地獄』（日本小説文庫）に初めて収録された。「文学時代」はたびたび探偵小説特集を行っており、久作の他にも江戸川乱歩、横溝正史、甲賀三郎、大下宇陀児《うだる》、城昌幸らが寄稿している。「七本の海藻」「硝子世界」の二篇は新潮社版〈新作探偵小説全集〉（全10巻）の付録冊子「探偵クラブ」に、やはり「怪夢」のタイトルで発表後、三一書房版『夢野久作全集　第二巻』（69年7月）に先の四篇と併せて「怪夢」として収録された。なお、夢野久作は新潮社版〈新作探偵小説全集〉の第九巻として長篇『暗黒公使』（33年1月）を刊行している。

「木魂」はぷろふいる社の探偵小説誌「ぷろふいる」に発表後、黒白書房版『夢野久作全集　第八巻』に初収録。

「あやかしの鼓」は改造社版『日本探偵小説全集　第11篇　夢野久作集』に初収録。前述のように「新青年」の懸賞募集で二等に入選した夢野久作名義でのデビュー作である。一等はなく、二等入選が山本禾太郎《のぎたろう》「窓」と久作の「あやかしの鼓」であった。

「あやかしの鼓」掲載号には「所感」と題するエッセイが掲載されていた。本書にも収めておいたので、作品と併せてお読みいただきたい。

それに先立って「新青年」二六年六月号に掲載された各選考委員の「当選作所感」(選評)から、「あやかしの鼓」に言及している箇所をご紹介しておこう。ただし特に江戸川乱歩のものは内容に詳しく触れているので、作品をまだお読みでない方はご注意あれ。

江戸川乱歩

細評をしていては際限がありませんから、次の「アヤカシの鼓」に移ります。

これはどうも私には感心出来ません。他《た》の人々が第一の佳作として推奨していられると聞き、少々意外に思った程です。念の為《ため》に二度読んで見たのですが、やっぱり駄目です。私にはこの作のよさは分りません。どっちかといえば芸術家肌のもので、私の柄としては「窓」よりも好きでなければならない種類の作品ですが、ただ幼稚な所が目について、どう考え直しても推奨すべき長所が理解出来ないのです。これはひょっとしたら作が悪いのでなくて、私自身の頭がどうかしているのかも知れません。そうでもなければ、他の人々があんなにほめる筈《はず》がないのですから。

ある人はスケールが大きいといいました。なる程スケールは大きい。併《しか》し、大きければ大きい丈《だ》け作の不出来は目立つ訳です。第一人物が一人も書けていない。どの人物もその心持を理解することが出来ない。少しも準備のない、出たとこ勝負でちょっとばかり達者な緞帳芝居《どんちょう》を見ている感じです。

一例を上げますと、主人公が鶴原家へ使いに行って、実は彼の兄である所の書生と逢《あ》って話す部分、あすこの書生の気違いじみた態度の描写は、全体の中でも出色の出来栄《ば》えだと思うのですが、後に至って、実は正気だったことになり、高林家の若主人だと名のり、二人が手を取り合って泣く、あれで折角の感興が滅茶滅茶です。若主人が何の為に気違いの真似《まね》をしなければならなかったのか、馬鹿馬鹿しい様な気がします。のみならず、手をとり合って泣く程の誠意を見せながら、彼は主人公の実の兄だということをまだ隠しているのです。それもなぜ隠していなければならなかったのか。解釈に苦しみます。

又彼は弟が子爵《ししゃく》夫人にもてあそばれようとするのを見て、弟を救う為に夫人を殺害するのですが、それ程弟を思う彼が、何故《なぜ》先に呼び出しの手紙を書いたのでしょう。当時は自分の身変りを立てる意向だったらしく見えるではありませんか。

これ等は凡《すべ》て鼓のさせる業《わざ》だというのでしょうか。たたりにしても余りに気まぐれな、廻りくどいたたりではありませんか。

右は一例に過ぎません。こうしたこじつけみたいなものが、作全体に満ちて居ります。お伽噺《とぎばなし》ならお伽噺で書き様もありましょう。お伽噺でもなく、現実味にも乏しく、妙に受けとれない作品です。ある人はそれを鏡花に書かせたらといいましたが、鏡花の名文だって、この筋ではこなせないかも知れません。私としては選外「最初の検死」などの方が無難な丈けでも、この作よりはいいと思うのですが。

「鼓」の作者よ怒ってはいけません。この非難は前にも云う通り、私の頭がどうかしているせいかも知れませんし、それに、他の人達がほめるものだから、無意識に悪い所を誇張した点がないとも限らないのですから。では少しいい所を探して見ましょうか。

この作の取柄は、全体に漲《みなぎ》っている気違いめいた味です。（気違で一貫すればいいのを、実は正気であったりするのが困るのです。）そういう味は可也《かなり》豊富に持っている人だと思います。この調子で、もっと深くつき進み、筋の運び方、人物の描写に上達されたら、すばらしいものが出来上るかも知れません。その意味では「窓」なんかに比べて将来のある作者かも知れません。鼓の知識は本物らしく見えます。他の人々はこの点を買い過ぎたのではないでしょうか。

以上余りにも正直な所感であります。自分のつたない作品は棚に上げて、生意気な妄評、平に御許し下さい。

甲賀三郎

私の読んだうちで記憶に残っているのは、「窓」「アヤカシの鼓」「左柳の死」「最初の検視」の諸篇である。

私はこの中で「アヤカシの鼓」を第一に執る。

全篇を濃厚に押し包んだグロテスクな気分鼓《ママ》に纏《まつわ》る神秘と鼓師を取捲《ま》く世俗的な出来事が、互に絡《から》み合って渦を巻きながら進展して、ある一つの焦点に不可抗的に収斂《しゅうれん》して行く所は得難い味である。名人の芸がユニクであると云う事もうなずかされる。残念な事は筆負《ふでまけ》がしている事で、鏡花の才筆あらしめばと思うのである。そうして一番残念な事は探偵小説と云うよりも、より多く怪奇小説の領分に這入《はい》っている事である。私はこの作を読んだ時に直《す》ぐ好いなあと思った。然《しか》し之《これ》が当選作では少し物足らないと思った。只《ただ》何となくそう思ったのである。

平林初之輔

「あやかしの鼓」

はじめの方は、私には相当読みづらかったが三分の一くらいまでくると段々面白くなって、ついひきずられて読んでしまった。仲々手にいった書きかたで、作者の並々ならぬ手腕を偲《しの》ばせるところもあるが、私は、主として不満に感じた点だけをならべる。

先ず全体の筋が「あやかしの鼓」につきまとう、因果ばなしめいた一聯《いちれん》のお噺《はな》しであるのが、私にはもの足りない。鼓の「祟《たた》り」などは迷信だと極論するわけでもないが、迷信なら迷信で、もっと凄味《すごみ》と神秘の色とを濃くしてほしい。「祟り」を科学的に分析するなら、もっと徹底的に俎上《そじょう》にのせてメスをふるってほしかった。全体に中途半端の感じがする。現代と徳川時代とがまざりあっていて、よく融合していないといった感じだ。ちょうど、洋館の中で、椅子に腰をかけて、講釈師の浮世話をきいているようだ。最後のたたりは、ある未亡人の変態性欲で説明されているが――これとても現代式吉田御殿といった感じで、私にはぴったり来なかったが――それ以前にどんな祟りがあったのかは、田舎のおばあさんからたわいもない土地の昔話をきくようで一向たよりがなかった。

最後にばたばたと事件が整理されて、刑事や監獄などが出て来るのも、前の方の落ちついた空気をぶちこわしている。そうして、こういう話の大団円としては少しくどすぎるように思った。

要するに、作者が、皷につきまとう奇縁を全くの「偶然と一致」としてとりあつかうでもなければ、全く神秘そのものとしてとりあつかうでもないところに内容の分烈《ママ》があって、そこから凡ての欠点が来ているように思う。

小酒井不木

「アヤカシの鼓」は「窓」とちがって、いわゆる変格探偵小説と称すべきものである。そうして、私一人の好みからいえば、この方が遥《はる》かに面白く、且《か》つ印象が深かった。元来鼓の音というものは、何となく、狐狸《こり》妖怪の弄《もてあそ》ぶ音であるかのような感じを与えるのであって、「アヤカシの鼓」全体に亘《わた》って、鼓の音を聞くような気分が充ちて居ると思う。不吉な鳥だと称せられて居る梟《ふくろ》のような音を出す鼓の崇が、どんな風に現代人にあらわれて来るかは、私の頗《すこぶ》る期待したところであって、それが変態性欲と結び附けられたことは、大して奇抜ではないが、一般読者の満足を得るに足ると思ったのである。欲を言えば、こうした、いわば超自然的な気分をねらったものには、描写の筆が、今少し夢幻的であってほしかった。そうすればこの作は一層光彩を放ったにちがいない。

又、最後の部分が、何となく駈足《かけあし》をして居るような感じがしたのは、作者が疲れたのか、或《あるい》は紙数の制限のためか、兎《と》に角《かく》惜しいことだと思った。然し、一百枚の中篇を、息をもつがせずに読ませる作者の腕は決して尋常ではないと思う。

私は「窓」と「アヤカシの鼓」の作者の一層の奮闘と努力とを祈ってやまない。

延原謙

『あやかしの鼓』夢野久作作——これも一気に読了した。『私』が兇行の現場《げんじょう》を脱出して後が駈け足になっており、最後の一千円の貯金云々《うんぬん》で味噌《みそ》をつけている（手厳しく云うならば）けれども、変態な女性が出て来てからの筆致など凄惨《せいさん》を極めている。鼓という普通人《ふつうじん》の知りそうもないものを持って来て専門的叙述をなし読者の眼を多少眩惑《げんわく》していることは事実だが、私はそれでよいのだと思う。そうしたことで作者が一種の儲《もう》けをすることは許し得べきだと思う。「あやかし」の由来も面白く出来ていた。ドイル等も使っている術だ。少年の頃私はドイルの飜訳《ほんやく》を見てホームズのあの底知れぬ科学知識に驚嘆し、ためにどれほどホームズを尊敬し従ってドイルの作品に吸いつけられたか知れない。「あやかしの鼓」は探偵小説ではないと云った人があるやに聞及んだが、探偵小説をそんな窮屈なものに考えたくはない。私はこれをも立派に探偵小説のカテゴリイに入れて考える。

編集長である森下雨村の総評「応募作品を読みて」には、「あやかしの鼓」の内容に言及した部分はない。

破格の分量を割いて作品構造の難点を指摘している江戸川乱歩だが、この一作を読んだだけで「この作の取柄は、全体に漲っている気違いめいた味です」と述べている炯眼《けいがん》には脱帽せざるを得ない。『ドグラ・マグラ（狂人の解放治療）』はいうにおよばず、「狂人は笑う」「キチガイ地獄」など正気と狂気の境目の追究は、久作の最大のテーマなのだ。

諸家に小説技術の未熟さを指摘されながらも、なおあふれ出る才能のきらめきを感じさせるこのデビュー中篇から、中期・後期の完成度の高い作品群まで、久作短篇の精髄を、どうかじっくりと楽しんでいただきたいと思う。

（二〇一六年九月、ミステリ研究家）

底本『夢野久作全集』3巻、4巻、6巻、8巻（ちくま文庫版）

【読者の皆様へ】

本選集収録作品には、今日の人権意識に照らし、不適切な語句や表現が散見され、それらは、現代において明らかに使用すべき語句・表現ではありません。

しかし、著者が差別意識より使用したとは考え難い点、故人の著作者人格権を尊重すべきであることという点を踏まえ、また個々の作品の歴史的文学的価値に鑑み、新潮文庫編集部としては、原文のまま刊行させていただくことといたしました。

決して差別の助長、温存を意図するものではないことをご理解の上、お読みいただければ幸いです。

（新潮文庫編集部）

江戸川乱歩著

江戸川乱歩傑作選

日本における本格探偵小説の確立者乱歩の処女作「二銭銅貨」をはじめ、その独特の美学によって支えられた初期の代表作9編を収める。

江戸川乱歩著

江戸川乱歩名作選

謎に満ちた探偵作家大江春泥――その影を追いはじめた私は。ミステリ史に名を刻む「陰獣」ほか大乱歩の魔力を体感できる全七編。

小野不由美著

東京異聞

人魂売りに首遣い、さらには闇御前に火炎魔人、魑魅魍魎が跋扈する帝都・東京。夜闇で起こる奇怪な事件を妖しく描く伝奇ミステリ。

小野不由美著

残穢

山本周五郎賞受賞

何かが畳を擦る音、いるはずのない赤ん坊の泣き声……。転居先で起きる怪異に潜む因縁とは。戦慄のドキュメンタリー・ホラー長編。

伊坂幸太郎著

ゴールデンスランバー

山本周五郎賞受賞
本屋大賞受賞

俺は犯人じゃない！ 首相暗殺の濡れ衣をきせられ、巨大な陰謀に包囲された男。必死の逃走。スリル炸裂超弩級エンタテインメント。

伊坂幸太郎著

オー！ファーザー

一人息子に四人の父親!? 軽快な会話、悪魔的な箴言、鮮やかな伏線。伊坂ワールド第一期を締め括る、面白さ四〇〇％の長篇小説。

奥田英朗著

港町食堂

土佐清水、五島列島、礼文、釜山。作家の行く手には、事件と肴と美女が待ち受けていた。笑い、毒舌、しみじみの寄港エッセイ。

奥田英朗著

噂の女

男たちを虜にすることで、欲望の階段を登ってゆく〝毒婦〟ミユキ。ユーモラス&ダークなノンストップ・エンタテインメント！

垣根涼介著

君たちに明日はない

山本周五郎賞受賞

リストラ請負人、真介の毎日は楽じゃない。組織の理不尽にも負けず、仕事に恋に奮闘する社会人に捧げる、ポジティブな長編小説。

森見登美彦著

太陽の塔

日本ファンタジーノベル大賞受賞

巨大な妄想力以外、何も持たぬフラレ大学生が京都の街を無闇に駆け巡る。失恋に枕を濡らした全ての男たちに捧ぐ、爆笑青春巨篇！

森見登美彦著

きつねのはなし

古道具屋から品物を託された青年が訪れた奇妙な屋敷。彼はそこで魔に魅入られたのか。美しく怖しくて愛おしい、漆黒の京都奇譚集。

森見登美彦著

四畳半王国見聞録

その大学生は、まだ見ぬ恋人の実在を数式で証明しようと日夜苦闘していた。四畳半から生れた7つの妄想が京都を塗り替えてゆく。

神永学著　タイム・ラッシュ
—天命探偵　真田省吾—

真田省吾、22歳。職業、探偵。予知夢を見る少女から依頼を受け、巨大組織の犯罪へと迫っていく——人気絶頂クライムミステリー！

北村薫著　スキップ

目覚めた時、17歳の一ノ瀬真理子は、25年を飛んで、42歳の桜木真理子になっていた。人生の時間の謎に果敢に挑む、強く輝く心を描く。

桐野夏生著　東京島
谷崎潤一郎賞受賞

ここに生きているのは、三十一人の男たち。そして女王の恍惚を味わう、ただひとりの女。孤島を舞台に描かれる、〝キリノ版創世記〟。

桐野夏生著　ナニカアル
島清恋愛文学賞・読売文学賞受賞

「どこにも楽園なんてないんだ」。戦争が愛人との関係を歪めてゆく。林芙美子が熱帯で覗き込んだ恋の闇。桐野夏生の新たな代表作。

京極夏彦著　ヒトでなし
—金剛界の章—

仏も神も人間ではない。ヒトでなしこそが悩める衆生を救う？　罪、欲望、執着、救済の螺旋を描く、超・宗教エンタテインメント！

京極夏彦著　文庫版　ヒトごろし（上・下）

人殺しに魅入られた少年は長じて新選組鬼の副長として剣を振るう。襲撃、粛清、虚無。心に翳を宿す土方歳三の生を鮮烈に描く。

倉橋由美子著　大人のための残酷童話

世界中の名作童話を縦横無尽にアレンジ、物語の背後に潜む人間の邪悪な意思や淫猥な欲望を露骨に焙り出す。毒に満ちた作品集。

黒川博行著　螻蛄（けら）
―シリーズ疫病神―

最凶「疫病神」コンビが東京進出！　巨大宗派の秘宝に群がる腐敗刑事、新宿極道、怪しい画廊の美女。金満坊主から金を分捕るのは。

越谷オサム著　陽だまりの彼女

彼女がついた、一世一代の嘘。その意味を知ったとき、恋は前代未聞のハッピーエンドへ走り始める――必死で愛しい13年間の恋物語。

上田和夫訳　小泉八雲集

明治の日本に失われつつある古く美しく霊的なものを求めつづけた小泉八雲（ラフカディオ・ハーン）の鋭い洞察と情緒に満ちた一巻。

国分　拓著　ヤノマミ
大宅壮一ノンフィクション賞受賞

僕たちは深い森の中で、ひたすら耳を澄ました――。アマゾンで、今なお原初の暮らしを営む先住民との150日間もの同居の記録。

沢木耕太郎著　深夜特急（1〜6）

地球の大きさを体感したい――。26歳の〈私〉のユーラシア放浪の旅がいま始まる！「永遠の旅のバイブル」待望の増補新版。

酒見賢一著
後宮小説
日本ファンタジーノベル大賞受賞

後宮入りした田舎娘の銀河。奇妙な後宮教育の後、みごと正妃となったが……。中国の架空王朝を舞台に描く奇想天外な物語。

佐藤愛子著
冥界からの電話

ある日、死んだはずの少女から電話がかかってきた。それも何度も。97歳の著者が実体験よりたどり着いた、死後の世界の真実とは。

坂口安吾著
不連続殺人事件
探偵作家クラブ賞受賞

探偵小説を愛した安吾。著者初の本格探偵小説は日本ミステリ史に輝く不滅の名作となった。「読者への挑戦状」を網羅した決定版！

島田荘司著
写楽　閉じた国の幻（上・下）

「写楽」とは誰か――。美術史上最大の「迷宮事件」を、構想20年のロジックが打ち破る！　現実を超越する、究極のミステリ小説。

清水朔著
奇譚蒐集録
―弔い少女の鎮魂歌―

死者の四肢の骨を抜く奇怪な葬送儀礼。少女たちに現れる呪いの痣《あざ》の正体とは。沖縄の離島に秘められた謎を読み解く民俗学ミステリ。

長江俊和著
出版禁止

女はなぜ〝心中〟から生還したのか。封印された謎の「ルポ」とは。おぞましい展開と、息を呑むどんでん返し。戦慄のミステリー。

真保裕一著
ホワイトアウト
吉川英治文学新人賞受賞
吹雪が荒れ狂う厳寒期の巨大ダムを、武装グループが占拠した。敢然と立ち向かう孤独なヒーロー！ 冒険サスペンス小説の最高峰。

新堂冬樹著
吐きたいほど愛してる。
妄想自己中心男、虚ろな超凶暴妻、言葉を失った美少女、虐待される老人。暴風のような愛が人びとを壊してゆく。暗黒純愛小説集。

萩原麻里著
呪殺島の殺人
目の前に遺体、手にはナイフ。犯人は、僕？——陸の孤島となった屋敷で始まる殺人劇。呪術師一族最後の末裔が、密室の謎に挑む！

須賀しのぶ著
神の棘
（Ⅰ・Ⅱ）
苦悩しつつも修道士となった男。ナチス親衛隊に属し冷徹な殺戮者と化した男。旧友ふたりが火花を散らす。壮大な歴史オデッセイ。

瀬名秀明著
パラサイト・イヴ
死後の人間の臓器から誕生した、新生命体の恐怖。圧倒的迫力で世紀末を震撼させた、超弩級バイオ・ホラー小説、新装版で堂々刊行。

三川みり著
龍ノ国幻想1
神欺く皇子
皇位を目指す皇子は、実は女！ 一方、その身を偽り生き抜く者たち——命懸けの「嘘」で建国に挑む、男女逆転宮廷ファンタジー。

高村薫著
黄金を抱いて翔べ

大阪の街に生きる男達が企んだ、大胆不敵な金塊強奪計画。銀行本店の鉄壁の防御システムは突破可能か？ 絶賛を浴びたデビュー作。

高村薫著
マークスの山（上・下）
直木賞受賞

マークス――。運命の名を得た男が開いた扉の先に、血塗られた道が続いていた。合田雄一郎警部補の眼前に立ち塞がる、黒一色の山。

高村薫著
レディ・ジョーカー（上・中・下）
毎日出版文化賞受賞

巨大ビール会社を標的とした空前絶後の犯罪計画。合田雄一郎警部補の眼前に広がる、深い霧。伝説の長篇、改訂を経て文庫化！

高村薫著
冷血（上・下）

クリスマス前日、刑事・合田雄一郎は、歯科医一家四人殺害事件の第一報に触れる――。生と死、罪と罰を問い直す、圧巻の長篇小説。

知念実希人著
天久鷹央の推理カルテ

お前の病気《ナゾ》、私が診断してやろう――。河童、人魂、処女受胎。そんな事件に隠された〝病〟とは？ 新感覚メディカル・ミステリー。

千早茜著
あとかた
島清恋愛文学賞受賞

男は、どれほどの孤独に蝕まれていたのだろう。そして、わたしは――。鏤《ちりば》められた昏い影の欠片が温かな光を放つ、恋愛連作短編集。

恒川光太郎著　草祭

この世界のひとつ奥にある美しい町〈美奥〉。その土地の深い因果に触れた者だけが知る、生きる不思議、死ぬ不思議。圧倒的傑作！

辻村深月著　ツナグ
吉川英治文学新人賞受賞

一度だけ、逝った人との再会を叶えてくれるとしたら、何を伝えますか――死者と生者の邂逅がもたらす奇跡。感動の連作長編小説。

天童荒太著　幻世《まぼろよ》の祈《いの》り
家族狩り　第一部

高校教師・巣藤浚介、馬見原光毅警部補、児童心理に携わる氷崎游子。三つの生が交錯したとき、哀しき惨劇に続く階段が姿を現わす。

貫井徳郎著　灰色の虹

冤罪で人生の全てを失った男は、復讐を誓った。次々と殺される刑事、検事、弁護士……。復讐は許されざる罪か。長編ミステリー。

帚木蓬生著　閉鎖病棟
山本周五郎賞受賞

精神科病棟で発生した殺人事件。隠されたその動機とは。優しさに溢れた感動の結末――。現役精神科医が描く、病院内部の人間模様。

望月諒子著　蟻の棲み家

売春をしていた二人の女性が殺された。三人目の殺害予告をした犯人からは、「身代金」が要求され……木部美智子の謎解きが始まる。

新潮文庫最新刊

浅田次郎著
母の待つ里
四十年ぶりに里帰りした松永。だが、周囲の景色も年老いた母の姿も、彼には見覚えがなかった……。家族とふるさとを描く感動長編。

羽田圭介著
滅　私
その過去はとっくに捨てたはずだった。順風満帆なミニマリストの前に現れた、〝かつての自分〟を知る男。不穏さに満ちた問題作。

河野　裕著
さよならの言い方なんて知らない。9
架見崎の王、ユーリイ。ゲームの勝者に最も近いとされた彼の本心は？　その過去に秘められた謎とは。孤独と自覚の青春劇、第9弾。

石田　千著
あめりかむら
わだかまりを抱えたまま別れた友への哀惜が胸を打つ表題作「あめりかむら」ほか、様々な心の機微を美しく掬い上げる5編の小説集。

阿刀田　高著
谷崎潤一郎を知っていますか
—愛と美の巨人を読む—
人間の歪な側面を鮮やかに浮かび上がらせ、飽くなき妄執を巧みな筆致と見事な日本語で描いた巨匠の主要作品をわかりやすく解説！

高田崇史著
采女の怨霊
—小余綾《こゆるぎ》俊輔の不在講義—
藤原氏が怖れた〈大怨霊〉の正体とは。奈良・猿沢池の畔に鎮座する謎めいた神社と、そこに封印された闇。歴史真相ミステリー。

新潮文庫最新刊

早見俊著
高虎と天海
戦国三大築城名人の一人・藤堂高虎。明智光秀の生き延びた姿と噂される謎の大僧正・天海。家康の両翼の活躍を描く本格歴史小説。

永嶋恵美著
檜垣澤家の炎上
女系が治める富豪一族に引き取られた少女。政略結婚、軍との交渉、殺人事件。小説の醍醐味の全てが注ぎこまれた傑作長篇ミステリ。

谷川俊太郎
尾崎真理子著
詩人なんて呼ばれて
詩人になろうなんて、まるで考えていなかった――。長期間に亘る入念なインタビューによって浮かび上がる詩人・谷川俊太郎の素顔。

R・トーマス
松本剛史訳
狂った宴
楽園を舞台にした放埒な選挙戦は、美女に酒に金にと制御不能な様相を呈していく……。政治的カオスが過熱する悪党どもの騙し合い。

G・D・グリーン
棚橋志行訳
サヴァナの王国
CWA賞最優秀長篇賞受賞
サヴァナに〝王国〟は実在したのか？ 謎の鍵を握る女性が拉致されるが……。歴史の闇を抉る米南部ゴシック・ミステリーの怪作！

矢部太郎著
大家さんと僕 これから
大家のおばあさんと芸人の僕の楽しい〝二人暮らし〟にじわじわと終わりの足音が迫ってきて……。大ヒット日常漫画、感動の完結編。

新潮文庫最新刊

西加奈子著
夜が明ける
親友同士の俺とアキ。夢を持った俺たちは希望に満ち溢れていたはずだった。苛烈な今を生きる男二人の友情と再生を描く渾身の長編。

江國香織著
ひとりでカラカサさしてゆく
大晦日の夜に集った八十代三人。思い出話に耽り、それから、猟銃で命を絶った——。人生に訪れる喪失と、前進を描く胸に迫る物語。

結城真一郎著
#真相をお話しします
日本推理作家協会賞受賞
でも、何かがおかしい。マッチングアプリ・ユーチューバー・リモート飲み会……。現代日本の裏に潜む「罠」を描くミステリ短編集。

森絵都著
あしたのことば
小学校国語教科書に掲載された「帰り道」や、書き下ろし「%」など、言葉をテーマにした9編。すべての人の心に響く珠玉の短編集。

作刈湯葉著
幽霊を信じない理系大学生、霊媒師のバイトをする
理系大学生・豊は謎の霊媒師と出会い、奇妙な〝慰霊〟のアルバイトの日々が始まった。気鋭のSF作家による少し不思議な青春物語。

緒乃ワサビ著
天才少女は重力場で踊る
未来からのメールのせいで、世界の存在が不安定に。解決する唯一の方法は不機嫌な少女と恋をすること?! 世界を揺るがす青春小説。

死《し》後《ご》の恋《こい》
—夢野久作傑作選—

新潮文庫　ゆ - 15 - 1

平成二十八年十一月一日発行
令和六年八月二十五日四刷

著者　夢《ゆめ》野《の》久《きゅう》作《さく》

発行者　佐藤隆信

発行所　株式会社新潮社

郵便番号　一六二—八七一一
東京都新宿区矢来町七一
電話　編集部(〇三)三二六六—五四四〇
読者係(〇三)三二六六—五一一一
https://www.shinchosha.co.jp

価格はカバーに表示してあります。

乱丁・落丁本は、ご面倒ですが小社読者係宛ご送付ください。送料小社負担にてお取替えいたします。

印刷・株式会社三秀舎　製本・株式会社植木製本所
Printed in Japan

ISBN978-4-10-120641-7 C0193